fièvre

MAGGIE STIEFVATER

fièvre

Traduit de l'anglais (États-Unis)
par Camille Croqueloup

Couverture : Istockphoto/Ivan Kmit

L'édition originale de cet ouvrage a paru en langue anglaise
chez Scholastic Press, an imprint of Scholastic Inc.
sous le titre :
Linger

© Maggie Stiefvater, 2010.
© Hachette Livre, 2010, pour la traduction française.
© Librairie Générale Française, 2012, pour la présente édition.

*pour Tess,
un peu pour les trucs malins
mais surtout pour les morceaux
entre les trucs malins*

Prologue

Grace

Ceci est l'histoire d'un garçon qui a été loup et d'une fille qui va le devenir.

Il y a quelques mois seulement, c'était Sam, la créature mythique. Nous ne pouvions le guérir de sa maladie, son départ était plus que déchirant, son corps un mystère trop étrange, merveilleux et terrifiant pour que nous puissions le comprendre.

Maintenant, avec l'arrivée du printemps et des premières chaleurs, les derniers loups ne tarderont plus à quitter leur fourrure pour réintégrer leur corps humain. Pourtant Sam reste Sam, et Cole Cole, et moi la seule à ne pas être fermement ancrée dans ma propre peau.

L'année dernière, je ne désirais rien d'autre. Je n'aspirais qu'à rejoindre la meute qui vit dans les bois derrière la maison. Mais ce n'est plus moi à présent qui épie les loups dans l'espoir que l'un d'eux m'approche : ce sont eux qui me guettent, eux qui m'attendent.

Leurs yeux, humains dans leurs crânes lupins, m'évoquent l'eau : ils ont le bleu limpide du ciel printanier qui s'y reflète, le brun du ruisseau débordant de pluie, le vert du lac en été, quand les algues s'épanouissent, ou le gris de la rivière engorgée de neige. Et, alors qu'autrefois, entre les bouleaux détrempés, seules me poursuivaient les prunelles jaunes de Sam, je sens maintenant peser sur moi le poids des regards de la meute tout entière. Le poids des choses sues, des choses tues.

J'ai percé leur secret, et les loups de la forêt me sont devenus des étrangers. Splendides et séduisants – mais pas moins étrangers. Un passé humain insoupçonné rôde derrière chaque paire de pupilles. Sam, le seul que j'ai jamais vraiment connu, est près de moi, et je le veux ainsi : ma main dans la sienne, sa joue contre mon cou.

Mais mon corps me trahit, et c'est moi qui deviens l'inconnue, l'inconnaissable.

Ceci est une histoire d'amour. Je ne savais pas qu'il y avait tant de sortes d'amour, ni que celui-ci pouvait pousser les gens à faire des choses si diverses.

Je ne savais pas qu'il y avait tant de façons de se dire adieu.

chapitre 1

Sam

Mercy Falls, Minnesota, prenait un tout autre air quand on se savait humain pour le restant de ses jours.

Avant, la ville n'existait pour moi que lors des grandes chaleurs d'été, univers de trottoirs de béton où les feuilles s'incurvaient vers les rayons du soleil et où tout prenait l'odeur de l'asphalte mou et des gaz d'échappement en suspension, mais les branches printanières se couvraient à présent de collerettes d'un rose rare et tendre – et c'était devenu mon univers.

Pendant les mois qui avaient suivi la perte de ma peau de loup, j'avais essayé de réapprendre à vivre en garçon ordinaire : j'avais repris mon job à *L'Étagère Biscornue*, je m'étais replongé dans ce monde de mots et de pages bruissantes ; j'avais troqué la Chevrolet, toute pleine des effluves de Beck et de ma vie lupine, contre une Volkswagen Golf juste assez grande pour Grace et ma guitare ; je m'entraînais à ne pas broncher lorsque le froid se ruait sur moi par une porte soudain ouverte ; je tâchais de me souvenir que je n'étais plus seul. La nuit, Grace et moi nous faufilions dans sa chambre, je me lovais tout contre elle et, inspirant à fond les parfums de ma nouvelle vie, je synchronisais les battements de mon cœur sur les siens.

Et, lorsque je sentais ma poitrine se serrer en entendant les longues plaintes des loups portées par le vent, je me consolais à l'idée de cette vie simple et banale, d'une succession de Noëls, mon amie dans mes bras, de cet *à venir* dans une peau que je connaissais mal. Tout cela était mien, je le savais :

Don du temps en moi inclus
Le futur soudain en vue

J'avais pris l'habitude d'apporter ma guitare au travail. Les clients étaient rares ces temps-ci, et des heures entières pouvaient s'écouler sans que personne ne m'entende fredonner mes textes pour les seuls murs tapissés d'ouvrages. Le petit carnet que Grace m'avait acheté s'emplissait lentement de mots. Chaque nouvelle date inscrite en haut d'une page marquait une victoire sur l'hiver qui s'éloignait.

Ce matin-là, tandis que je parcourais les rues mouillées encore désertes pour me rendre à la librairie, la journée s'annonçait tout comme les précédentes. Je fus donc surpris quand, peu après avoir ouvert la boutique, j'entendis quelqu'un entrer. J'appuyai ma guitare contre le mur et relevai la tête.

— Salut, Sam, dit Isabel.

Je trouvai étrange de la voir seule, sans Grace à ses côtés, et plus curieux encore de la voir ici, à la librairie, dans l'univers feutré de ma caverne de livres. Elle avait changé depuis notre première rencontre : la mort de son frère, l'automne dernier, avait durci sa voix et acéré son regard. Elle me toisa d'un air fin et blasé qui me fit me sentir naïf.

— Quoi de neuf ?

Elle se jucha sur le tabouret près de moi, croisa devant elle ses longues jambes (Grace, elle, aurait replié les siennes dessous), s'empara de mon thé et en sirota une gorgée, avant de le reposer en poussant un profond soupir.

Je considérai mon gobelet.

— Pas grand-chose. Ta coiffure, peut-être ?

Ses anglaises blondes impeccables avaient disparu, au profit d'une coupe courte et brutale qui lui donnait un splendide éclat ravagé.

Elle haussa un sourcil.

— Je ne te croyais pas adepte des évidences, Sam.

— Ce n'est pas le cas (je poussai mon gobelet vers elle pour l'inviter à le finir ; boire à sa suite me semblait trop lourd de sens cachés), sinon, je t'aurais demandé pourquoi tu n'es pas en cours.

— Touché, reconnut-elle en prenant le thé comme son dû.

Elle se tenait élégamment avachie sur son siège. Je me voûtais comme un vautour sur le mien. La pendule égrenait les secondes. Dehors, de lourds nuages blancs pesaient bas dans le ciel, rappelant l'hiver. Une goutte de pluie glissa sur la vitre avant de rebondir, gelée, contre le trottoir, et mes pensées dérivèrent de ma vieille guitare à mon exemplaire de Mandelstam posé sur la caisse (« *Que ferai-je de ce corps qu'ils m'ont donné, si intime et si moi ?* »). Finalement, je me penchai pour appuyer sur la touche *PLAY* de la chaîne dissimulée sous le comptoir, et la musique jaillit des haut-parleurs.

— J'ai vu des loups récemment, près de chez nous, annonça Isabel en faisant tourner le liquide dans le gobelet. Ça a un goût de rognures de pelouse, ton truc !

— C'est bon pour toi. (Je regrettais amèrement mon thé : le liquide chaud me paraissait un rempart contre le froid, et, bien que je n'en aie plus besoin, je me sentais toujours plus fermement humain un gobelet brûlant à la main.) À quelle distance de votre maison ?

Elle haussa les épaules.

— Je les aperçois dans les bois, de la fenêtre du troisième. Ils n'ont de toute évidence pas le moindre instinct de survie, autrement ils éviteraient mon père, qui ne les porte pas dans son cœur.

Son regard se posa sur la cicatrice hachée de mon cou.

— Oui, je sais. (Elle n'avait d'ailleurs elle non plus aucune raison d'aimer les loups.) S'il t'arrive d'en croiser un sous sa forme humaine, tu me le signaleras, d'accord ? Si possible, avant que ton père l'embaume pour en décorer son… *foooyer* ? lui demandai-je en accentuant le mot d'une voix ridicule, pour ôter à la remarque de son mordant.

Elle me cingla d'un regard glaçant.

— À propos de foyer, tu habites tout seul dans cette grande maison, maintenant ?

Ce n'était pas le cas. Alors qu'une partie de moi savait que j'aurais dû m'installer chez Beck, pour me préparer à accueillir les membres de la meute, au fur et à mesure qu'ils quittaient l'hiver et reprenaient forme humaine, et pour guetter l'apparition des quatre nouveaux loups dont la métamorphose était sans doute imminente, une autre haïssait l'idée de devoir y séjourner, sans espoir de jamais le revoir.

Et, en tout cas, ce n'était pas là mon chez-moi. Mon chez-moi, c'était Grace.

— Oui.

— Menteur, répliqua-t-elle avec un sourire aigu. Grace est tellement plus douée que toi pour raconter des bobards ! Dis-moi plutôt où sont rangés les livres de médecine. Inutile de prendre l'air surpris, je ne suis pas venue sans raison.

Je désignai de la main un rayonnage dans un coin.

— Je n'en ai jamais douté, même s'il me reste à apprendre laquelle.

Elle se laissa glisser de son tabouret et se dirigea vers l'endroit indiqué.

— Je suis ici parce que, parfois, Wikipédia n'assure pas un cachou.

— Il y aurait de quoi écrire une saga, avec tout ce qu'on ne trouve pas sur le Net !

Elle s'était levée et s'éloignait. Je reprenais mon souffle. J'entrepris de plier un double de facture pour en faire un oiseau.

— Tu devrais être bien placé pour le savoir, dit-elle, toi qui as été une créature imaginaire, pas vrai ?

Esquissant une grimace, je poursuivis mon pliage. Le code-barres de la facture rayait l'une des ailes de stries monochromes, faisant paraître l'autre plus grande. Je pris un stylo dans l'intention de la hachurer, elle aussi, pour équilibrer, puis me ravisai.

— Que cherches-tu, au juste ? Nous n'avons pas beaucoup de vrais livres de médecine, juste des guides de bien-être, et quelques ouvrages sur le holisme et les thérapies alternatives.

— Je le saurai en le voyant, répondit Isabel, accroupie devant l'étagère. C'est quoi, déjà, le nom de ce bouquin incontournable ? Celui qui parle d'absolument tout ce qui peut se détraquer dans la vie de quelqu'un ?

— *Candide*, suggérai-je, mais personne n'était là pour saisir la blague.

Je restai un instant silencieux.

— Le Manuel Merck ?

— Oui, celui-là.

— Nous ne l'avons pas en stock. (J'en étais assez sûr pour ne pas avoir à consulter l'inventaire.) Je peux te le commander, si tu veux. Neuf, il coûte plutôt cher, mais je pourrais sans doute t'en procurer un exemplaire d'occasion. L'avantage avec les maladies, c'est qu'elles changent assez peu. (Je passai un fil dans le dos de ma grue en papier et grimpai sur le comptoir pour la suspendre au plafond.) Mais je n'appellerais pas ça une lecture incontournable, à moins que tu ne te destines à la médecine.

— J'y songeais, justement, rétorqua-t-elle si abruptement qu'il me fallut un moment pour saisir toute la portée de cette confidence.

La porte tinta de nouveau.

— Je suis à vous dans une minute (perché sur le comptoir sur la pointe des pieds, je m'apprêtais à attacher le fil au plafonnier), mais n'hésitez pas à me demander, si vous cherchez un livre en particulier !

Je perçus soudain le silence subit d'Isabel, et ce silence hurlait. Je ramenai d'un geste indécis mes bras le long de mon corps.

— Ne vous interrompez pas pour moi, dit le nouveau venu d'un ton posé et indubitablement professionnel. J'attendrai.

Un je-ne-sais-quoi dans sa voix dissipa sur-le-champ mon humeur fantasque. Je me retournai. Debout devant le comptoir, un officier de police me regardait. De mon poste d'observation, je pouvais détailler tous les gadgets pendus à sa ceinture : revolver, radio, bombe paralysante, menottes et téléphone cellulaire.

Quand vous avez des secrets et même si ceux-ci n'ont rien d'illégal, l'irruption d'un représentant des forces de l'ordre sur votre lieu de travail s'avère une expérience terriblement traumatisante.

Je redescendis lentement de mon perchoir et indiquai l'oiseau d'un geste mal assuré :

— Ce n'est pas au point, malheureusement. Puis-je vous aider à... trouver quelque chose ?

Je savais pertinemment qu'il n'était pas venu acheter un livre. Mon pouls palpitait à toute volée dans mon cou. Isabel s'était éclipsée quelque part, et la librairie paraissait déserte.

— En fait, si vous n'êtes pas trop occupé, j'aurais souhaité vous parler un instant, dit-il poliment. Vous êtes bien Samuel Roth, n'est-ce pas ?

J'opinai.

— Officier Koening, se présenta-t-il. Je travaille sur l'affaire Olivia Marx.

Olivia. Je sentis mon estomac se contracter. Olivia, l'une des amies les plus intimes de Grace, avait été mordue l'année précédente et avait vécu ces derniers mois dans les bois de Boundary Wood, sous la peau d'une louve blanche. Sa famille croyait qu'elle s'était enfuie.

Je regrettais que Grace n'ait pas été là : si le mensonge avait figuré au nombre des disciplines olympiques, mon amie aurait décroché la médaille d'or, et, pour quelqu'un qui détestait avoir à rédiger une rédaction, elle se montrait une affabulatrice hors pair.

— Oh, m'exclamai-je faiblement. Olivia !

Ce policier qui me questionnait me rendait nerveux, et de savoir Isabel, qui connaissait la vérité, écouter la conversation ne faisait qu'amplifier mon malaise. Je l'imaginais, accroupie derrière un rayon, hausser un sourcil méprisant à chacune de mes piteuses réponses.

— Vous la connaissez, sauf erreur ?

Il paraissait aimable, mais dans quelle mesure l'est-on, quand on achève une question par *sauf erreur* ?

— Assez peu. Je l'ai parfois rencontrée en ville, mais je ne vais pas à son lycée.

— Et où êtes-vous scolarisé ?

Son ton restait affable. Je tâchai de me convaincre que ses questions ne me semblaient louches que parce que j'avais des choses à lui cacher.

— Nulle part. J'étudie à la maison, par correspondance.

— Ma sœur aussi faisait ça, commenta-t-il, ça rendait ma mère complètement folle ! Mais vous connaissez bien Grace Brisbane, sauf erreur ?

Je commençais à trouver qu'il abusait de l'expression, et il me vint à l'esprit qu'il avait sans doute commencé par les questions dont il connaissait d'avance la réponse. J'étais de nouveau intensément conscient de la présence d'Isabel.

— Oui, admis-je. C'est ma petite amie.

La police n'était probablement pas au courant de ce dernier détail et n'en avait nul besoin, mais je voulais, sans trop savoir pourquoi, qu'Isabel me l'entende énoncer.

Koening eut un sourire qui me surprit.

— Je m'en serais douté. (Il semblait sincère, mais je me raidis, méfiant.) Grace et Olivia étaient très proches. Pourriez-vous me dire quand vous avez vu Olivia pour la dernière fois ? Je ne vous demande pas une date exacte, mais une approximation aussi précise que possible nous serait très utile.

Il avait sorti un petit carnet bleu, l'avait ouvert et se tenait prêt, stylo brandi.

— Voyons voir…

Je méditai la question. J'avais effectivement aperçu Olivia, la fourrure toute poudrée de neige, quelques semaines auparavant, mais j'estimai inutile d'en informer le policier.

— Je l'ai vue en ville. Ici, devant la librairie. Grace et moi étions là par hasard, et Olivia est arrivée avec son frère. Mais cela doit faire plusieurs mois maintenant, en novembre, ou en octobre, peut-être ? Juste avant qu'elle ne disparaisse.

— Pensez-vous que Grace l'ait rencontrée depuis ?

Je m'efforçai de soutenir son regard.

— Je suis quasiment sûr que c'était la dernière fois pour elle aussi.

— Ce n'est pas simple, pour un jeune, de se débrouiller tout seul, déclara Koening.

Je n'en doutais plus à présent : il connaissait ma situation, et ses mots lourds de sous-entendus s'adressaient à moi aussi, moi qui, sans Beck, errais seul, à la dérive.

— Oui, la vie des jeunes fugueurs est très difficile, insista l'officier. Ils partent de la maison pour toutes sortes de raisons, et Olivia, d'après ses parents et ses professeurs, souffrait sans doute de dépression. Il arrive souvent qu'un adolescent s'enfuie simplement par besoin de quitter le foyer parental, mais qu'il ne sache pas comment survivre au-dehors et qu'il n'aille pas plus loin que la maison voisine. Parfois…

— Monsieur l'officier, l'interrompis-je, je comprends ce que vous essayez de me dire, mais je vous assure qu'Olivia n'est pas chez Grace ! Grace ne lui apporte pas de nourriture en cachette ni ne lui vient en aide subrepticement. J'aimerais que la réponse soit aussi simple, autant pour Grace que pour Olivia, et je serais ravi de pouvoir vous affirmer que je sais précisément où elle se trouve, mais nous nous demandons comme vous quand elle reviendra.

Était-ce ainsi que mon amie procédait pour forger ses meilleurs mensonges ? En tournant les choses de façon à pouvoir y croire elle-même ?

— Je devais vous poser la question, vous comprenez.

— Je comprends.

— Merci d'avoir pris le temps de me répondre. Ne manquez pas de me tenir au courant, si vous apprenez quoi que ce soit de nouveau.

Il se tournait déjà vers la porte, quand il s'interrompit soudain.

— Que savez-vous des bois ?

Je me figeai sur place. Loup immobile, dissimulé entre les arbres, je n'aspirais plus qu'à passer inaperçu, qu'à me fondre entre les arbres.

— Plaît-il ? murmurai-je.

— La famille d'Olivia m'a dit qu'elle prenait beaucoup de photos dans la forêt, des photos de loups, et que Grace s'y intéressait aussi. Est-ce également votre cas ?

Je ne pus que hocher la tête en silence.

— Pensez-vous qu'Olivia puisse avoir eu l'idée de s'installer dans la forêt pour y vivre seule, au lieu de partir pour une autre ville ?

La panique s'insinua dans mon esprit à l'idée de la police et de la famille d'Olivia passant au peigne fin la vaste étendue des bois, fouillant les arbres et les taillis, les tanières de la meute, à la recherche de traces de vie humaine, et les trouvant peut-être, mais je m'efforçai néanmoins de garder un ton dégagé :

— Franchement, j'en doute. Olivia ne m'a jamais paru raffoler de la vie en plein air.

Koening hocha la tête comme à sa propre adresse.

— Eh bien, merci encore.

— Je vous en prie, et bonne chance !

La porte tinta derrière lui. Dès que je vis sa voiture s'éloigner du trottoir, je posai les coudes sur le bureau et enfouis mon visage dans mes mains. Oh ! là, là !

— Bien joué, Garçon Prodige, commenta Isabel en se relevant dans un crissement de semelles derrière le rayon des guides pratiques. À t'entendre, tu ne semblais presque pas dément !

Je ne lui répondis pas. Toutes les questions que le policier aurait pu me poser défilaient dans mon esprit, et je me sentais encore plus nerveux qu'avant son départ. Et s'il m'avait demandé où était Beck ? Ou si j'avais entendu parler des trois jeunes disparus du Canada ? Ou si je savais quoi que ce soit sur la mort du frère d'Isabel Culpeper ?

— Qu'est-ce qui te tourmente ? me demanda cette dernière en posant sur le comptoir une pile de livres surmontée d'une carte de crédit. Tu as assuré de A à Z. Ce n'est qu'une enquête de routine, il n'a pas vraiment de soupçons. Mais je rêve, tes mains tremblent !

— Je ferais un criminel lamentable !

Mon trouble avait pourtant une autre cause, et si Grace avait été là, je lui aurais avoué la vérité : à savoir que c'était la première fois que je parlais à un policier depuis que mes parents avaient été emprisonnés pour m'avoir tailladé les poignets. La simple vue de l'officier Koening avait fait affleurer à la surface de mon esprit mille choses auxquelles je n'avais pas songé depuis des années.

— Encore heureux, vu que tu ne fais rien d'illégal, répliqua-t-elle d'un ton débordant de mépris. Alors arrête de flipper et passe à ton numéro de garçon libraire. Je veux une facture !

J'encaissai ses achats et les emballai en jetant de temps à autre un regard à la rue déserte. Ma tête était emplie d'un mélange confus d'uniformes de police, de loups dans la forêt et de voix que je n'avais pas entendues depuis des lustres.

Je lui tendis le sac. Les cicatrices de mes poignets palpitaient au rythme de souvenirs enfouis.

Isabel parut un instant sur le point d'ajouter quelque chose, mais se contenta de secouer la tête.

— Il y a des gens qui ne sont vraiment pas faits pour jouer la comédie. À plus tard, Sam !

chapitre 2

Cole

Ma seule pensée : *Survis !*

Ne songer à rien d'autre, jour après jour, c'était pour moi le paradis.

Nous courions entre les pins clairsemés, nos pattes légères sur le sol encore humide du souvenir de la neige. Si proches que nos épaules se heurtaient, claquant par jeu des mâchoires, nous bondissions, tressant nos trajectoires comme des poissons dans une rivière, tant et si bien qu'on n'aurait su dire où commençait un loup et où finissait l'autre.

Des marques sur les arbres, des zones de mousse usée qui laissaient voir la terre nue nous guidaient à travers bois. Bien avant d'entendre le clapotis des vagues, j'ai senti l'odeur croissante de pourriture du lac. Un loup a envoyé une brève image : des canards glissant sans heurt sur la froide surface bleue. Puis une autre : une biche en quête d'eau et son faon, chancelant sur ses pattes tremblantes.

Rien n'existait au-delà de cet instant, de ces échanges, de ce lien silencieux et fort.

Et, pour la première fois depuis des mois, je me suis soudain souvenu que j'avais eu des doigts.

J'ai trébuché, j'ai perdu et la cadence et la meute. Des spasmes parcouraient mes épaules crispées. Les loups me dépassaient, certains revenaient à toutes pattes m'encourager à les rejoindre, mais je ne pouvais plus suivre. Je me tordais sur le sol, des feuilles gluantes collées à la peau, les narines engorgées par la chaleur de la journée.

Mes doigts ont fouillé l'humus frais et noir, y ont plongé des ongles trop courts pour me défendre, l'ont étalé sur des yeux qui percevaient à présent tout un monde de couleurs éclatantes.

Je me retrouvais de nouveau Cole, et le printemps était venu trop tôt.

chapitre 3

Isabel

Le jour où le flic s'est pointé à la librairie, pour la première fois de ma vie, j'ai entendu Grace se plaindre d'un mal de tête. Cela peut vous paraître un détail anodin, mais depuis que je la connaissais, jamais il ne lui était arrivé de mentionner ne serait-ce qu'un nez qui coule. Par ailleurs, j'étais devenue en quelque sorte une experte en céphalées. J'en avais fait l'un de mes violons d'Ingres.

Après avoir vu Sam expédier gauchement la police, je suis retournée en cours. Le lycée me paraissait alors une part presque accessoire de ma vie. Mes professeurs, embarrassés par mes bons résultats que contredisait un absentéisme constant, ne savaient pas trop quoi faire de moi et se montraient indulgents. Notre accord gêné pouvait se résumer ainsi : je faisais acte de présence, et ils me fichaient la paix, dans la mesure où je ne contaminais pas mes camarades.

En arrivant en infographie, j'ai donc tout d'abord consciencieusement allumé mon ordinateur et je me suis connectée, puis j'ai bien moins consciencieusement tiré de mon sac les livres que je venais d'acheter. Le gros qui sentait la poussière, une *Encyclopédie des maladies* macabrement illustrée et dont le copyright datait de 1986, figurait sans doute dans le tout premier stock de *L'Étagère Biscornue*. Pendant que M. Grant nous expliquait ce que nous devions faire, je l'ai feuilleté en cherchant les illustrations les plus horribles. Il y avait une photo positivement grotesque d'une personne atteinte de dermatite séborrhéique, et un cliché d'ascarides en pleine action qui a réussi, à mon grand étonnement, à me soulever le cœur.

Je suis alors passée à la lettre *M*. Mes doigts ont descendu la page jusqu'à *méningite bactérienne,* et j'ai lu l'article du début à la fin. La racine de mon nez me picotait. Causes. Symptômes. Diagnostic. Traitements. Pronostic. Taux de mortalité de la méningite bactérienne non traitée : 100 %. Taux de mortalité de la méningite bactérienne traitée : de 10 à 30 %.

Tout cela ne m'apprenait rien. Je connaissais déjà les statistiques et j'aurais pu réciter le texte dans son intégralité. J'en savais même plus que cette encyclopédie du siècle dernier, puisque j'avais lu tous les articles postés sur le Net traitant des thérapies les plus modernes et des cas les plus rares.

Le siège près de moi a grincé quand quelqu'un s'y est assis. La chaise a glissé sur ses roulettes et s'est rapprochée, mais je n'ai pas refermé le livre : Grace portait toujours le même parfum, ou plutôt, la connaissant, utilisait toujours le même shampooing.

— Isabel, a-t-elle dit dans un murmure tout relatif. (Le travail commençait, et certains bavardaient déjà à mi-voix.) C'est affreusement morbide, même pour toi !

— Je m'en fiche !

— Tu as besoin d'une thérapie, a-t-elle poursuivi, mais sur un ton léger.

— Je m'en occupe, justement. (J'ai relevé la tête pour la regarder.) J'essaie de comprendre comment ça fonctionne, la méningite, ça n'a rien de morbide. Tu n'es pas curieuse, toi, de savoir ce qui s'est passé quand Sam a eu son problème ?

Grace a haussé les épaules en pivotant sur son siège, puis elle a baissé la tête, et ses mèches blond sombre sont retombées sur ses joues empourprées. Elle semblait mal à l'aise.

— Mais c'est fini maintenant !
— Ben voyons !
— Je ne reste pas à côté de toi si tu as décidé d'être méchante, d'autant que je ne me sens pas bien. J'aimerais mieux rentrer à la maison.
— J'ai juste dit « ben voyons », ce n'est pas méchant, ça, Grace ! Si tu veux que je te montre comment c'est, quand je parle vraiment méch…
— Mesdemoiselles ? est intervenu M. Grant, qui, surgi derrière mon épaule, contemplait l'écran vide devant moi et l'écran noir devant Grace. Pour autant que je le sache, nous sommes en cours d'infographie, pas de conversation !

Grace l'a regardé avec sérieux.

— Je pourrais aller à l'infirmerie, s'il vous plaît ? Ma tête me… je crois que j'ai un début de migraine.

M. Grant a considéré un instant ses joues trop roses et son air implorant.

— Vas-y, et pense à rapporter un mot du bureau.

Grace l'a remercié et s'est levée. Elle ne m'a rien dit, mais elle a heurté légèrement du poing le dossier de ma chaise au passage.

— Quant à toi…, a commencé M. Grant, quand son regard est tombé sur l'encyclopédie. Il s'est tu, a hoché la tête d'un air songeur et m'a laissée.

Je me suis replongée dans mon étude extrascolaire des maladies et de la mort. Quoi que Grace puisse en penser, je savais bien, moi, qu'à Mercy Falls, on n'en a jamais vraiment fini avec ces choses-là.

chapitre 4

Grace

Quand Sam est rentré de la librairie ce soir, j'étais assise à la table de la cuisine et j'écrivais une liste de résolutions pour le nouvel An.

Je faisais cela depuis l'âge de neuf ans. Chaque année, à Noël, le dos voûté dans le chandail à col roulé que j'avais enfilé à cause du courant d'air qui venait de la porte vitrée de la terrasse, je m'installais sous la faible lumière jaune de la lampe et j'inscrivais mes objectifs pour les douze mois à venir dans mon carnet noir tout simple. Et, chaque année, la veille de Noël, je m'asseyais exactement au même endroit, je l'ouvrais à une nouvelle page et je notais ce que j'avais accompli pendant les douze derniers mois. D'une année sur l'autre, les listes concordaient.

L'an dernier, pourtant, je n'avais pas pris de résolutions. J'avais passé tout décembre à m'efforcer de ne pas fixer les bois par la porte vitrée, de ne pas penser aux loups, de ne pas songer à Sam. L'idée de faire des projets d'avenir à la table de la cuisine m'aurait paru une sinistre plaisanterie.

Mais j'avais retrouvé Sam, une nouvelle année s'annonçait, et le carnet noir, soigneusement niché entre mes guides d'orientation et mes dissertations, revenait me hanter. Je me voyais en rêve dans la cuisine, vêtue d'un pull à col roulé, ne cessant d'écrire sans jamais atteindre le bas de la page.

Je n'ai pas résisté plus longtemps : je l'ai pris sur l'étagère et je suis allée dans la cuisine. Avant de m'asseoir, j'ai avalé encore deux comprimés d'ibuprofène. Ceux que l'infirmière du lycée m'avait donnés avaient dissipé presque entièrement mon mal de tête, mais je voulais être sûre qu'il n'allait pas récidiver. Je venais juste d'allumer la lampe en forme de fleur au-dessus de la table et de tailler mon crayon quand le téléphone a sonné. Je me suis levée et penchée par-dessus le plan de travail pour l'atteindre.

— Allô ?

— Allô, Grace ? Bonsoir !

Je n'ai pas reconnu tout de suite mon père. Il ne m'appelait jamais d'ordinaire, et son débit précipité et sa voix déformée par l'appareil m'avaient prise au dépourvu.

— Il y a un problème ?

— Quoi ? Non, non, tout va bien ! C'est juste pour te dire que ta mère et moi rentrerons de chez Pat et Tina vers neuf heures.

— D'accord.

Je le savais déjà : Maman me l'avait annoncé le matin même, quand nous nous étions quittées pour aller, elle à son atelier et moi au lycée.

Une pause.

— Tu es toute seule ?

Voilà donc la vraie raison de son appel ! J'ai senti ma gorge se nouer.

— Non, avec Elvis ! Tu veux lui parler ?

Papa a fait semblant de ne pas avoir entendu.

— Sam n'est pas là ?

J'avais envie de lui faire croire que si, rien que pour le faire enrager, mais je lui ai tout de même dit la vérité, d'une voix qui m'a paru étrange et comme sur la défensive.

— Non. Je fais mes devoirs.

Bien qu'ils sachent que Sam était mon petit ami – nous n'en avions pas fait mystère –, mes parents n'étaient au courant de rien. Pendant toutes ces nuits que Sam passait avec moi, ils pensaient que je dormais seule. Je ne leur avais parlé ni de mes espoirs, ni de mes projets pour nous deux. Ils croyaient à un simple flirt, innocent et passager, entre deux adolescents. Ce n'était pas que je veuille leur faire des cachotteries, mais plutôt que, pour le moment, leur ignorance avait ses avantages.

— Bien, a dit mon père. Tu comptes passer une soirée tranquille, alors ?

J'ai décelé dans sa voix une approbation implicite. Il était content de me savoir seule, penchée sur mes devoirs : c'est ce qu'on attendait de Grace, le soir, et à Dieu ne plaise que je bouleverse cet ordre de choses.

J'ai entendu la porte d'entrée s'ouvrir et le pas de mon ami résonner dans le hall.

— Oui, ai-je répondu alors que Sam, son étui à guitare à la main, entrait dans la pièce.

— Parfait, à ce soir, s'est exclamé Papa. Travaille bien !

Nous avons raccroché en même temps. J'ai regardé mon ami qui se dépouillait en silence de son manteau et fonçait droit dans le bureau.

— Bonsoir, mon grand loup ! ai-je lancé lorsqu'il est revenu avec son instrument. (Il m'a souri, mais la peau autour de ses yeux restait tendue.) Tu m'as l'air soucieux.

Il s'est laissé tomber, mi-assis, mi-vautré, sur le canapé et il a glissé les doigts sur les cordes en arrachant un accord dissonant.

— Isabel est venue à la librairie, aujourd'hui.

— Ah oui ? Qu'est-ce qu'elle voulait ?

— Des livres, tout simplement. Et aussi me dire qu'elle avait vu des loups, près de chez elle.

J'ai aussitôt repensé au père d'Isabel et à la grande battue qu'il avait organisée dans les bois, derrière la maison. À en juger par le visage troublé de Sam, ses pensées reflétaient les miennes.

— Aïe, mauvais, ça !

— Oui, très mauvais, a-t-il approuvé. (Ses doigts courant nerveusement sur les cordes avaient trouvé sans effort un bel accord mineur.) Comme la visite du flic, du reste !

J'ai posé mon crayon et je me suis penchée vers lui.

— *Quoi ?* Qu'est-ce qu'il voulait, ce flic ?

Sam a hésité.

— M'interroger sur Olivia, il m'a demandé si je la pensais capable d'être partie vivre seule dans les bois.

— Quoi ? ai-je répété. (J'en avais la chair de poule : personne ne pouvait avoir deviné ça, c'était absolument impossible.) Comment peut-il savoir ?

— Il ne suggérait pas qu'elle était devenue loup, bien sûr ! Je crois qu'il espérait qu'on la cachait, ou bien qu'elle vivait dans les parages et qu'on l'aidait, ou quelque chose du même acabit. Je lui ai répondu qu'elle ne raffolait pas du camping, il m'a remercié et il est parti.

— Ça alors !

Je me suis adossée à mon siège et j'ai réfléchi. En réalité, le plus surprenant était sans doute qu'on n'ait pas interrogé Sam plus tôt. La police était venue me parler peu après la soi-disant « fugue » d'Olivia, mais elle ne devait avoir fait le lien avec lui que récemment. J'ai haussé les épaules.

— Ils enquêtent consciencieusement, c'est tout. Je ne crois pas qu'il y ait de quoi s'inquiéter. Et Olivia réapparaîtra en temps voulu, n'est-ce pas ? Combien de temps encore, à ton avis, avant que les nouveaux loups commencent à redevenir humains ?

Il ne m'a pas répondu aussitôt.

— Au début, ils ne le resteront pas, ils seront extrêmement instables. C'est lié à la température pendant la journée, mais ça varie aussi, et parfois considérablement, d'un individu à l'autre. Un peu comme certains portent encore un pull quand d'autres sortent en tee-shirt – des réactions différentes à une même température. Mais je crois que certains loups ont pu déjà être redevenus humains une fois, cette année.

J'ai imaginé un instant Olivia, traversant les bois comme une flèche dans son nouveau corps de louve, puis je suis revenue à ce que Sam me disait.

— Déjà ? Alors, quelqu'un pourrait l'avoir vue ?

Il a secoué la tête.

— Par ce temps-là, elle ne garderait cette forme que quelques minutes d'affilée, et je doute fort qu'on puisse l'avoir surprise. C'est juste... comme une sorte d'entraînement pour plus tard.

Ses yeux se faisaient distants, il se perdait dans ses pensées. Songeait-il à l'époque où il était nouveau loup ? J'ai frissonné. L'idée de Sam et ses parents me bouleversait toujours autant, et un nœud glacé m'a serré l'estomac, puis mon ami s'est remis à faire courir de longues minutes ses doigts d'un bout à l'autre des cordes. Quand j'ai compris qu'il s'était tu pour de bon, je suis revenue à mes résolutions, mais je me sentais distraite. Je pensais à Sam enfant, à Sam qui ne cessait de se transformer sous le regard horrifié de ses parents. J'ai griffonné un rectangle en perspective sur le coin de la page.

— Qu'est-ce que tu fais ? m'a demandé mon ami. Ça a l'air drôlement créatif, c'est louche !

— Raisonnablement créatif, ai-je rectifié.

Je l'ai regardé, un sourcil levé, jusqu'à ce qu'il me sourie. Il a pincé les cordes de sa guitare en fredonnant :

— *Grace aurait-elle quitté les nombres ? / Grace aurait-elle rejoint les mots ?*

— Ça ne rime même pas !

— *Abandonné toute son algèbre / Pour des verbes tracés au stylooo ?*

Je lui ai fait une grimace.

— J'écris mes résolutions de nouvel An, et *mots* et *stylo* ne riment pas vraiment.

— Mais si, je t'assure !

Il a pris sa guitare et il est venu s'installer en face de moi. L'instrument a heurté légèrement le coin de la table avec un petit *dzoinnng* harmonieux.

— Je vais te regarder. Jamais je n'ai rédigé de liste de résolutions, je serais curieux de voir à quoi ressemble la genèse de l'ordre !

Il a tiré à lui le carnet ouvert sur la table et a froncé les sourcils.

— Qu'est-ce que c'est que ça ? Résolution n° 3 : *choisir une université*. Tu t'en préoccupes déjà ?!

J'ai fait de nouveau glisser le carnet devant moi et j'ai vite tourné à une page blanche.

— Non, pas vraiment, j'ai été distraite par un beau gosse qui se transforme en loup. C'est la première année que je n'ai pas tenu toutes mes résolutions, et c'est entièrement ta faute. Il faut que je me ressaisisse.

Sam a repoussé sa chaise en la faisant grincer et il a appuyé sa guitare contre le mur. Son sourire s'était un peu terni. Il a pris un stylo et une fiche bristol près du téléphone.

— Bon, d'accord. Allons-y pour de nouvelles résolutions !

J'ai écrit : *trouver un travail* ; il a écrit : *continuer à aimer mon travail*. J'ai écrit : *rester éperdument amoureuse* ; il a écrit : *rester humain*.

— Parce que je serai toujours éperdument amoureux, m'a-t-il précisé sans me regarder.

Je l'ai fixé – ses cils me cachaient son regard – jusqu'à ce qu'il relève les paupières.

— Alors, tu vas remettre : *choisir une université* ?
— Et toi ?

J'avais pris un ton léger, car la question me semblait piégée – c'était la première fois que nous amorcions une conversation sur ce que serait notre vie, maintenant que l'hiver était fini et que Sam pouvait envisager une véritable existence. L'université la plus proche de Mercy Falls se trouvait à Duluth, à une heure de voiture, et tous mes autres choix, antérieurs à ma rencontre avec Sam, étaient plus lointains encore.

— Je t'ai demandé en premier.
— Exact, ai-je répondu sur un ton plus désinvolte qu'insouciant, et j'ai griffonné : *choisir une université* d'une écriture qui ne ressemblait pas à celle du reste de la page.
— À ton tour ! Alors ?

Mais il s'est levé sans répondre. J'ai pivoté sur ma chaise pour le suivre des yeux. Il a mis de l'eau à chauffer dans la bouilloire pour le thé et il a sorti deux mugs du placard au-dessus de la cuisinière. L'aisance souple de ses gestes m'a attendrie, et j'ai dû m'empêcher d'aller me serrer contre son dos et d'entourer son torse de mes bras.

— Beck voulait que j'aille en fac de droit, a-t-il déclaré d'une voix songeuse, tout en parcourant du doigt le bord de mon mug bleu turquoise préféré. Il ne m'en a jamais parlé, mais je l'ai entendu le dire à Ulrik.

— J'ai du mal à t'imaginer en homme de loi !

Il a esquissé un petit sourire d'autodérision et a secoué la tête.

— Tu n'es pas la seule, moi aussi. Pour tout t'avouer, j'ai encore du mal à m'imaginer en quoi que ce soit. Je sais bien que ça sonne un peu... minable, comme si je n'avais aucune ambition (ses sourcils se sont rapprochés), mais cette idée de futur est complètement nouvelle pour moi ! Je n'avais jamais envisagé pouvoir aller un jour à l'université avant ce mois-ci, et je ne veux pas me précipiter.

Je le dévisageais sans doute trop fixement car il s'est hâté de poursuivre :

— Mais je ne veux pas non plus que tu sois obligée de m'attendre, Grace ! Je ne veux pas t'empêcher d'avancer, sous prétexte que je reste encore indécis !

— On pourrait aller quelque part ensemble, tous les deux, ai-je proposé – aussitôt je me suis sentie puérile.

La bouilloire a sifflé. Sam l'a retirée du feu.

— Je doute qu'il existe un établissement qui convienne à la fois à un futur génie des mathématiques comme toi, et à un gars fantasque épris de poésie, mais ce n'est pas exclu, je suppose.

Il a contemplé par la fenêtre les bois gris et gelés.

— Seulement je ne sais pas si je peux partir, je ne sais pas si je pourrais quitter un jour cet endroit pour de bon. Qui s'occuperait de la meute ?

— Je croyais que c'était à ça que servaient les nouveaux loups.

Les mots avaient un drôle de goût dans ma bouche, ils semblaient durs, insensibles, comme si la dynamique de la meute était une chose artificielle, conçue de toutes pièces, ce qui n'était bien sûr pas le cas. Personne ne savait à quoi ressembleraient les nouveaux. Personne, sauf Beck, bien sûr, mais lui ne parlait pas.

Sam s'est frotté le front et il a appuyé la paume de sa main contre ses yeux. Il répétait souvent ce geste depuis qu'il était rentré.

— Oui, je sais, c'est bien pour ça qu'ils ont été créés.

— Beck voulait que tu ailles à l'université, ai-je insisté, et je crois quand même possible de trouver un endroit où nous pourrions étudier tous les deux.

Il m'a regardée. Il continuait à presser ses doigts contre ses tempes, comme s'il avait oublié qu'ils étaient là.

— Cela me plairait (il s'est tu un instant), mais j'aimerais tout de même vraiment... rencontrer d'abord les nouveaux, voir quel genre d'humains ils sont. Je me sentirais mieux. Peut-être qu'après, je pourrais partir, quand je serai certain que tout se passe bien, ici.

J'ai biffé *choisir une université* d'un trait en dents de scie.

— Je t'attendrai !

— Pas éternellement, m'a dit Sam.

— Non, si je découvre que tu n'es qu'un bon à rien, j'irai sans toi. (J'ai tapoté mon crayon contre mes dents.) Tu sais, je crois qu'on devrait essayer de trouver les nouveaux et Olivia, demain. Je vais appeler Isabel pour l'interroger sur ceux qu'elle a vus dans les bois, près de chez elle.

— Cela me semble une bonne idée.

Il est retourné à sa liste et y a ajouté quelque chose, puis il m'a souri et il a retourné sa fiche à l'endroit pour que je puisse lire :

Écouter Grace.

Sam

Plus tard dans la soirée, je songeai à ce que j'aurais pu ajouter à ma liste de résolutions, à tout ce que j'avais pu désirer jadis, avant que je ne réalise ce qu'être loup impliquait pour mon avenir. Des choses comme *écrire un roman*, *trouver un groupe*, *me spécialiser dans la traduction de poètes obscurs* et *voyager*. J'avais du mal à ne pas prendre pour de la complaisance, voire un caprice insensé, le fait de m'autoriser à penser à cela maintenant, après m'être si souvent répété que c'était impossible.

Je m'efforçai de m'imaginer remplissant un dossier de candidature pour entrer à l'université, rédigeant un CV, punaisant sur le panneau d'affichage du bureau de poste, en face de la boîte de Beck, une petite annonce : *RECHERCHE PERCUSSIONNISTES*. Les mots dansaient dans ma tête, éblouissants d'une proximité subite. J'aurais voulu les ajouter sur ma fiche... mais je n'y parvenais pas.

Cette nuit-là, tandis que Grace prenait sa douche, je sortis le rectangle de carton et le relus. Puis j'écrivis :

Croire en ma guérison.

chapitre 5

Cole

J'étais humain.

Mes yeux larmoyaient. J'étais exténué, dérouté, confus. Je ne savais pas où je me trouvais, mais seulement que du temps s'était de nouveau écoulé depuis mon dernier réveil. J'étais sans doute redevenu loup dans l'intervalle. Je me suis retourné sur le dos en gémissant et j'ai serré et desserré les poings, testant mes forces.

Une brume matinale recouvrait la forêt glaciale et la nimbait d'or clair. Les troncs humides des pins près de moi perçaient, sévères et noirs, des vapeurs montant du sol. À quelques pas, ils viraient au bleu pâle, avant de se fondre complètement dans le brouillard blanc.

J'étais allongé dans une satanée boue. Je la sentais se craqueler, là où elle avait formé une croûte sur mes épaules. J'ai levé la main pour m'essuyer et je m'en suis mis plein les doigts – c'était une argile mince et friable qui rappelait le caca de bébé. Mes mains puaient comme le lac, et j'entendais effectivement tout près de moi, à gauche, le lent clapotis des vagues. J'ai étendu le bras, j'ai touché encore de la boue, puis, du bout des doigts, l'eau.

Comment étais-je arrivé là ? Je me souvenais que je courais avec la meute, puis que j'avais changé, mais je ne me rappelais pas le trajet jusqu'à la rive. J'avais dû me transformer encore, d'abord en loup, puis en humain. Cette logique – ou plutôt, cette absence de logique – me rendait fou. Beck m'avait pourtant affirmé qu'avec le temps, je maîtriserais mieux le processus de la métamorphose. Alors, il était où, ce fichu contrôle ?

Allongé sur le sol, le froid me mordait la peau. Mes muscles se remettaient à tressauter, je n'allais pas tarder à redevenir loup. Bon sang, que j'étais fatigué ! Étirant mes mains tremblantes au-dessus de ma tête, je me suis senti émerveillé devant la peau lisse et sans tache de mes bras. La plupart des écorchures et des marques de ma vie antérieure avaient disparu. Je renaissais toutes les cinq minutes.

J'ai entendu un mouvement dans les bois et j'ai tourné la tête, joue contre le sol, pour voir s'il annonçait un danger. Tout près, à demi dissimulée derrière un arbre, sa fourrure rosie et dorée par la lueur du jour naissant, une louve blanche m'observait. Ses yeux verts étrangement pensifs se sont longtemps attardés dans les miens. Je lisais quelque chose d'inconnu dans la façon dont elle me contemplait en silence : un regard simplement humain, sans jugement, ni envie, ni pitié, ni colère.

Je ne comprenais plus ce que je ressentais.

— Tu veux ma photo ? j'ai grogné avec hargne.

Elle s'est évanouie en silence dans la brume.

J'ai tressailli malgré moi, et ma peau s'est distordue en une nouvelle forme.

Je n'avais aucune idée de combien de temps j'étais resté loup, cette fois-ci. Quelques minutes ? Plusieurs heures ? Des jours entiers ? La matinée était déjà bien avancée. Je ne me sentais pas humain, mais je n'étais pas non plus lupin : j'errais quelque part entre les deux, mon esprit dérapant du passé au présent pour replonger dans ses souvenirs, et tout m'apparaissait également limpide.

Mon cerveau a sauté sans crier gare de la fête pour les dix-sept ans de ma sœur à cette soirée au Club Joséphine, quand mon cœur avait cessé de battre, et il s'est arrêté là, sur cette nuit que je n'aurais pas choisi de revivre.

Ce que j'étais, avant de devenir loup ? J'étais Cole St. Clair, et tout Narkotika.

Dehors, Toronto disparaissait dans la nuit, une nuit glaciale à congeler les flaques et à vous couper le souffle, mais dedans, à l'intérieur de l'entrepôt qui abritait le Club Joséphine, régnait une chaleur d'enfer, et il faisait sûrement encore plus torride à l'étage, à cause de la foule.

Il y en avait, de la foule !

Ça promettait d'être un concert géant, mais il me laissait froid. Tous me faisaient cet effet-là, à l'époque. Ils se fondaient les uns dans les autres jusqu'à ce que je ne me souvienne plus que de soirées de défonce, de soirées sans défonce, et d'autres où je devais sans cesse aller pisser. Sur scène, en jouant, je continuais à poursuivre quelque chose — une certaine idée de la vie et de la célébrité comme je les avais rêvées à seize ans —, mais l'atteindre m'était devenu indifférent.

J'apportais mes claviers quand une fille qui se faisait appeler Jackie nous a proposé de nouveaux comprimés.

— Cole, m'a-t-elle susurré à l'oreille comme si elle me connaissait vraiment, et pas juste de nom. Cole, ces petites choses-là vont t'envoyer là où tu n'as jamais encore été !

— Tu te berces d'illusions, bébé ! j'ai dit en déplaçant mon sac pour ne pas le cogner contre le labyrinthe de cloisons sous la piste de danse. Faut vraiment se lever matin pour me faire découvrir du nouveau !

Elle s'est fendue d'un large sourire entendu. Ses dents paraissaient jaunes à la lumière incertaine des ampoules. Elle sentait le citron.

— T'inquiète ! Je sais ce que je dis.

J'ai manqué lui rire au nez. Je lui ai tourné le dos et j'ai poussé de l'épaule une porte à demi fermée.

— Allez, viens, Vik ! j'ai crié par-dessus les mèches à reflets de la fille, avant de baisser les yeux sur elle.

— Tu en as pris, toi ?

Elle a fait courir un doigt sur la manche longue et étroite de mon tee-shirt.

— Si c'était le cas, je ne resterais pas là à te sourire !

J'ai tendu la main et j'ai tapoté la sienne jusqu'à ce qu'elle comprenne et qu'elle ouvre le poing. Sa paume était vide, mais elle a tiré de la poche de son jean une liasse de sachets en plastique : une multitude de petits comprimés vert électrique marqués *TT*. Incontestablement très jolis, mais qui pouvaient contenir à peu près n'importe quoi.

Mon portable a bourdonné dans ma poche. En temps normal, j'aurais laissé le répondeur s'en charger, mais cette Jackie qui me collait me pompait l'air, et je voulais couper court à notre échange. J'ai repêché l'appareil et je l'ai collé à mon oreille.

— Da !

— Cole, je suis content que tu répondes ! (Berlin, mon impresario, parlait comme toujours à toute vitesse et d'une voix rocailleuse.) Écoute-moi ça : « *Narkotika ravit de force la scène avec son dernier album* 13-partout. *Le fougueux mais frénétique Cole St. Clair, dont beaucoup pensaient qu'il avait perdu de son tranchant* – désolé, mec, mais c'est ce qui est marqué – *effectue un retour plus triomphal que jamais, prouvant ainsi que ses premiers succès à l'âge de seize ans ne devaient rien à la chance. Les trois...* » Tu m'écoutes, Cole ?

— Non.

— Eh bien, tu devrais. C'est Elliot Fry qui a écrit ça, tu sais !

Et, devant mon absence de réaction :

— Souviens-toi, celui qui t'a appelé « le petit morveux maussade et survolté scotché à son synthé », cet Elliot Fry-là ! Vous valez de l'or, maintenant, il a complètement retourné sa chemise ! Ça y est, mec, t'as réussi !

— Génial.

Je lui ai raccroché au nez et je me suis tourné vers Jackie.

— Je te prends le tout. Tu le diras à Victor, c'est lui mon porte-monnaie.

Victor a donc acheté les comprimés, mais, comme j'avais pris la décision, en fin de compte, c'est sans doute moi qui suis responsable.

Ou alors Jackie, pour ne pas nous avoir dit ce que ces trucs contenaient. Rien de surprenant, du reste : le Club Joséphine est l'endroit idéal où dénicher le dernier *must* pour décoller avant que quiconque sache jusqu'où il vous emportera : cachets encore anonymes, toutes nouvelles poudres, mystérieuses ampoules pleines de nectars brillants. Et j'avais déjà contraint Victor à pire.

Juste avant de faire notre entrée, dans la pénombre du bar, sous le regard de Jeremy-mon-corps-est-un-temple qui sirotait du thé vert, Victor a avalé une des pilules vertes avec de la bière, et j'en ai fait descendre une petite poignée – je ne sais pas exactement combien – avec un Pepsi. Quand on est montés sur scène, je me sentais plutôt amer en repensant à la transaction : les machins de Jackie ne me faisaient rien, ils ne valaient pas tripette. Puis on a commencé à jouer devant la foule des fans qui se pressaient en délire contre la scène, bras tendus, hurlants.

Victor vociférait derrière sa batterie. Les trucs que Jackie nous avait vendus avaient visiblement de l'effet sur lui, il planait comme un aigle, mais c'était un gars qui décollait facilement. Les stroboscopes illuminaient des fragments de foule – un cou, un éclat de lèvres, une cuisse enlaçant un danseur. Ma tête pulsait au rythme martelé par Victor, mon cœur battait une cadence effrénée, et quand j'ai levé la main pour faire glisser mon casque de mon cou sur mes oreilles, mes doigts ont effleuré ma peau brûlante. Des filles ont commencé à scander mon nom.

Je ne sais pas pourquoi, mais il y en avait une sur laquelle mes yeux revenaient sans cesse. La blancheur de son teint tranchait sur son marcel noir, elle hurlait mon nom comme s'il lui faisait physiquement mal, et ses pupilles étaient tellement dilatées que ses yeux semblaient sombres et sans profondeur. Un je-ne-sais-quoi dans l'arc de son nez, ou peut-être son jean accroché bas sur une ébauche de hanches qui le retenaient à peine, me rappelait la sœur de Victor, même s'il était inconcevable d'imaginer Angie ne serait-ce qu'à proximité d'un club comme celui-ci.

Soudain, je n'ai plus eu envie d'être là. Je n'éprouvais aucune satisfaction à entendre mon nom retentir de toutes parts. Le bruit de mon cœur noyait la musique, qui ne me semblait plus très importante.

Le moment était venu pour moi de me mettre à chanter et de rompre le motif lancinant du rythme halluciné de Victor, mais je m'en fichais, et lui était trop parti pour s'en apercevoir. Il dansait sur place : seules les baguettes dans ses mains le retenaient encore au sol.

Juste en face de moi, perdu dans un océan de ventres dénudés et de bras levés luisants de sueur, sporadiquement illuminé par les stroboscopes et les lasers, un type restait debout sans bouger. Sa parfaite immobilité me fascinait. Il résistait à la marée des corps qui le pressaient de toutes parts et me scrutait de derrière ses sourcils froncés. J'ai croisé son regard et j'ai repensé à l'odeur de la maison, là-bas, très loin de Toronto, puis je me suis demandé si cet homme – ou quoi que ce soit d'autre dans ce fichu endroit – était vraiment réel. Il a croisé les bras sur son torse sans me quitter des yeux.

Mon cœur se débattait, cherchant à s'enfuir. J'aurais dû mieux le surveiller, le forcer à rester à l'intérieur de ma poitrine : mon pouls s'est emballé, et tout m'a échappé, dans une explosion de chaleur. Mon visage a heurté violemment le synthé qui a protesté d'un long gémissement et j'ai tenté, en vain, d'une main qui ne m'appartenait plus, de me raccrocher au clavier.

Gisant sur la scène, la joue embrassant le sol, j'ai surpris le regard de mépris que me lançait Victor, qui venait enfin de comprendre que j'avais raté mon entrée.

J'ai fermé les paupières sur le Club Joséphine.

J'en avais fini avec Narkotika. Fini avec Cole St. Clair.

chapitre 6

Grace

— Tu sais, Grace, m'a dit Isabel, quand je t'ai demandé de m'appeler ce week-end, ce n'était pas que je mourais d'envie d'aller crapahuter entre des flopées d'arbres par un froid polaire !

Elle a froncé les sourcils. Avec son visage mince et pâle cerné par la fourrure qui doublait la capuche de sa parka blanche et ses yeux de glace, elle semblait, dans cette forêt printanière, curieusement à sa place, comme la princesse perdue d'un royaume boréal.

— Le froid n'a rien de polaire, ai-je objecté en cognant la semelle de ma botte pour en détacher un bloc de neige molle. Et puis, tu voulais sortir, non ?

En réalité, l'air était même assez doux pour que la neige ait fondu dans la plupart des endroits exposés au soleil. Il n'en restait plus que quelques plaques isolées sous les arbres. Ces quelques degrés supplémentaires avaient adouci le paysage et teinté les gris de l'hiver d'une touche de couleur, et, si le froid m'engourdissait le bout du nez, mes gants gardaient mes mains au chaud.

— C'est toi qui devrais marcher en tête, ai-je lancé, puisque c'est toi qui les as vus par ici !

Je connaissais mal cette partie de la forêt, derrière la maison des parents d'Isabel. Il poussait là beaucoup de pins, ainsi que des arbres à l'écorce grise qui se dressaient tout droit et dont j'ignorais le nom. J'étais sûre que Sam, lui, les aurait identifiés.

— Ça ne veut pas dire que je suis déjà partie cavaler dans les bois à leurs trousses ! (Elle a tout de même pressé un peu le pas pour me rattraper, et nous avons continué à avancer de front, à un ou deux mètres l'une de l'autre, enjambant de conserve les troncs d'arbres abattus et les broussailles.) Tout ce que je sais, c'est qu'ils viennent toujours de ce côté-ci du jardin, et je les ai entendus hurler dans la direction du lac.

— Le lac Two Island ? C'est loin ?

— Bien assez pour moi ! a maugréé Isabel. Qu'est-ce qu'on est venues faire ici, au juste ? Flanquer la frousse aux loups pour qu'ils déguerpissent, ou essayer de trouver Olivia ? Si j'avais su que Sam allait se mettre à piailler comme ça, je n'en aurais pas parlé.

— Les deux. Sauf qu'il ne piaille pas. Il est inquiet, ce que je ne trouve pas déraisonnable.

— Si tu le dis ! Tu penses vraiment qu'Olivia aurait déjà pu se transformer ? Parce que sinon, on pourrait peut-être prolonger l'excursion jusqu'à ma voiture et aller boire un café quelque part.

J'ai écarté une branche devant moi et j'ai plissé les yeux : je croyais avoir vu de l'eau scintiller entre les arbres.

— Sam m'a dit qu'il n'est pas trop tôt pour qu'un nouveau loup change, au moins pendant un petit moment. Cela peut arriver en cas de brusque vague de chaleur, comme aujourd'hui, par exemple.

— Bon, mais quand on aura fini de ne pas la trouver, on ira prendre un café. Regarde, voilà le lac, là-bas ! Contente ?

— Mmmm…

J'ai froncé les sourcils : je venais de remarquer que les arbres avaient changé. Régulièrement espacés et plus clairsemés, ils dominaient maintenant un sous-bois enchevêtré de plantes plus jeunes et plus tendres. J'ai pilé net devant une tache de couleur qui tranchait sur le chaume brun et monotone à mes pieds : la petite tige violette d'un crocus dissimulant sa gorge jaune. Quelques pas plus loin, j'ai vu des pousses vertes qui pointaient à travers les vieilles feuilles, et deux autres fleurs. Des signes de printemps, mais aussi d'une activité humaine en plein cœur de la forêt. J'ai eu envie de m'agenouiller et de toucher les pétales du doigt, pour m'assurer qu'ils étaient bien réels, mais le regard scrutateur d'Isabel m'en a empêchée.

— C'est quoi exactement, cet endroit ?

Elle a enjambé une branche pour venir me rejoindre et contemplé les petites fleurs intrépides.

— Oh, ça ! Ça date du passé glorieux de la maison, avant qu'on y habite. Je crois que les propriétaires avaient tracé un sentier qui menait jusqu'au lac et à un petit pavillon de jardin. Il y a aussi des bancs, près de l'eau, et une statue.

— On peut aller voir ?

J'étais fascinée par l'idée d'un monde caché sous la végétation.

— Nous y sommes. En voilà un, là !

Isabel s'est approchée du rivage et elle a donné un coup de botte dans un banc en béton. Des traînées d'une mince mousse verte le recouvraient, ponctuées çà et là de plaques de lichen orange, et je ne l'aurais peut-être pas remarqué si elle ne me l'avait pas montré, mais maintenant que je savais où regarder, je reconstituais aisément la disposition des lieux : à quelques mètres de là se dressait un autre banc, ainsi qu'une petite statue représentant une femme, le visage tourné vers le lac, les mains levées devant la bouche, comme émerveillée. Au pied de la statue et sous les bancs poussaient d'autres fleurs aux tiges caoutchouteuses d'un vert vif, et plus loin, j'ai aperçu encore quelques crocus dans un reste de neige. Isabel a balayé les feuilles de sa botte.

— Regarde, il y a des dalles, en dessous. Une terrasse ou un truc comme ça, j'imagine. J'ai découvert ça l'année dernière.

Je l'ai imitée et j'ai senti de la pierre sous mon pied. Oubliant le but de notre expédition, j'ai écarté les feuilles et dévoilé un carré de sol humide et sale.

— Mais, Isabel, ce n'est pas juste de la pierre ! Regarde, c'est... (Je ne trouvais plus le mot pour désigner ces petites pierres assemblées en motifs tourbillonnants.)

— ... une mosaïque, a-t-elle complété pour moi en considérant d'en haut les rosaces savamment enchevêtrées à ses pieds.

Je me suis accroupie et j'ai frotté les dalles avec un bâton pour les nettoyer. La plupart avaient une teinte terne, mais il s'y trouvait aussi quelques petits éclats de céramique bleu vif et rouges. J'ai dégagé encore un peu le terrain : des arabesques s'enroulaient autour d'un soleil archaïque et souriant. Cette face radieuse, dissimulée sous une couche de feuilles pourrissantes, me faisait une impression étrange.

— Sam adorerait ça !
— Où est-il ?
— Il inspecte les bois derrière chez Beck, mais il aurait mieux fait de nous accompagner !

Je croyais déjà voir ses sourcils se lever en découvrant la mosaïque et la statue. C'était typiquement le genre de choses qu'il aimait.

Sous le banc devant moi, un objet a attiré mon attention, me ramenant au présent : long, mince, d'un blanc terne – c'était un os. Je l'ai ramassé pour l'examiner. Il portait des traces de dents. Je me suis alors rendu compte qu'il y en avait d'autres, éparpillés tout autour, à demi dissimulés par les feuilles, puis j'ai trouvé un bol de verre taché et ébréché, qui n'avait de toute évidence rien d'antique. Il m'a fallu un moment pour comprendre.

Je me suis relevée et tournée vers Isabel :

— Toi, tu les nourris, pas vrai ?

Elle m'a regardée de travers, d'un air de défi, sans répondre.

J'ai ramassé le bol, je l'ai retourné et secoué pour faire tomber les deux feuilles recroquevillées au fond.

— Qu'est-ce que tu leur donnes ?

— De la chair de nourrisson !

Je lui ai lancé un regard.

— De la viande, bien sûr, je ne suis pas complètement idiote, et uniquement quand il a fait très froid. Pour autant que je le sache, ces crétins de ratons laveurs ont tout dévoré !

Elle parlait d'un ton agressif, tranchant. J'ai eu envie de me moquer de sa sollicitude secrète, mais elle paraissait presque en colère, et j'y ai renoncé.

— Ou des cerfs carnivores, en quête d'un supplément de protéines !

Elle a esquissé un de ses sourires qui s'apparentaient à une grimace.

— Je pensais plutôt au bigfoot.

Nous avons sursauté toutes les deux : du lac montait un cri aigu, comme un rire étrange et lugubre, suivi d'un bruit d'éclaboussures.

— Grands dieux ! s'est exclamée Isabel, une main pressée sur le ventre.

J'ai inspiré à fond avant de répondre :

— Un plongeon. Nous lui avons fait peur.

— On dit beaucoup trop de bien de la nature, à mon avis ! En outre, si nous avons effrayé le plongeon, c'est qu'Olivia n'est sans doute pas dans les parages : une louve qui se transforme en jeune fille, ça doit faire un peu plus de bruit que nous.

Il me fallait admettre que son raisonnement se tenait, et comme je n'avais en outre toujours pas la moindre idée sur la façon de gérer une éventuelle réapparition soudaine d'Olivia à Mercy Falls, je me sentais un peu soulagée.

— Alors, on peut aller boire un café, maintenant ?
— Moui.

Mais j'ai traversé la terrasse vers le lac. Quand on la savait là, on sentait bien sous le pied la surface dure de la mosaïque, si différente de la terre meuble du sol de la forêt. Je me suis approchée de la statue et j'ai porté ma main à mes lèvres en découvrant le panorama. J'ai contemplé longtemps les eaux calmes cernées d'arbres nus où nageait un plongeon à tête noire, avant de remarquer que j'avais pris inconsciemment la pose de la femme de pierre.

— Tu as vu ?

Isabel est venue me rejoindre.

— Encore la nature ! a-t-elle lâché avec dédain. Achète la carte postale, si tu veux. Viens, on s'en va !

J'avais baissé les yeux au sol. Les battements de mon cœur se sont accélérés.

— Isabel, ai-je murmuré, glacée.

Derrière la statue gisait un loup. Son pelage gris se fondait presque entièrement dans les branchages secs, je distinguais tout juste le bout de sa truffe noire et la courbe d'une oreille qui dépassait.

— Il est mort, a annoncé Isabel sans se soucier de baisser la voix. Regarde, une feuille s'est posée sur lui, il doit être là depuis un bon moment.

Mon cœur battait toujours la chamade. J'ai dû me répéter qu'Olivia ne s'était pas transformée en louve grise, mais blanche, et que Sam était maintenant en sécurité, enfermé dans son corps humain. Ce loup ne pouvait être ni l'un ni l'autre.

Mais Beck, peut-être. Je ne me souciais véritablement que d'Olivia et de Sam, mais mon ami tenait à Beck, lui, et le pelage de Beck le loup était gris.

Pourvu que ce ne soit pas Beck !

J'ai dégluti et je me suis accroupie près du corps. Isabel est restée à piétiner près de moi. Quand j'ai ôté doucement la feuille qui recouvrait le museau, à travers mes gants, j'ai senti les poils rêches, striés de gris, de noir et de blanc, frotter contre le côté de ma main, et ils ont continué à osciller un peu après que je l'ai retirée. J'ai soulevé délicatement la paupière mi-close. L'œil gris et terne, qui n'avait rien de lupin, fixait un point très loin derrière moi. Ce n'était pas Beck. Soulagée, je me suis balancée en arrière sur mes talons, et j'ai regardé Isabel.

— Je me demande de quoi il est mort, s'est-elle enquise, juste au moment où je disais : Je me demande qui c'était.

J'ai passé les mains le long du corps de l'animal. Il gisait sur le flanc, les pattes avant et arrière croisées, la queue étalée derrière lui comme un drapeau en berne. Je me suis mordillé la lèvre.

— Je ne vois pas de sang.

— Retourne-le, m'a suggéré Isabel.

Je l'ai pris par les pattes et je l'ai fait basculer. Il était encore souple, malgré la feuille sur son museau, il ne pouvait donc pas être mort depuis très longtemps. Je me suis raidie, appréhendant une horrible découverte, mais il ne portait pas de ce côté-là non plus de trace manifeste de blessure.

— C'était peut-être la vieillesse ! (Rachel avait un chien quand je l'ai rencontrée, un golden retriever grisonnant, au museau blanchi par l'âge.)

— Il ne m'a pas l'air si âgé que ça, a objecté Isabel.

— Sam dit que les loups meurent après une quinzaine d'années sans se métamorphoser, ai-je expliqué. C'est peut-être ce qu'il lui est arrivé.

J'ai soulevé la tête de l'animal pour y chercher des signes de vieillesse, et j'ai entendu le hoquet de dégoût d'Isabel avant d'en découvrir la cause : un sang sec et rouge maculait le museau. J'ai d'abord cru qu'il provenait de sa dernière proie, puis j'ai remarqué la croûte qui s'était formée sur la partie de la mâchoire en contact avec le sol : ce sang était le sien.

J'ai dégluti de nouveau. J'avais vaguement envie de vomir, mais je ne voulais pas qu'Isabel me prenne pour une chochotte.

— Il aurait été heurté par une voiture et il se serait traîné jusqu'ici ?

Elle a fait un drôle de bruit du fond de la gorge, mi-dégoût, mi-mépris.

— Non, regarde sa truffe !

Elle avait raison : deux filets de sang jumeaux reliaient les narines à la croûte sur les babines.

Je ne pouvais plus en détacher mes yeux. Seule, je ne sais pas combien de temps je serais restée accroupie, le museau dans le creux de mes mains, à contempler ce loup – cet humain – mort, la face couverte de son propre sang.

Mais Isabel était là. J'ai reposé doucement la tête par terre et j'ai caressé du doigt le duvet qui poussait sur le côté. J'ai eu l'envie macabre de revoir l'autre profil, côté sang.

— Tu penses qu'il était malade ?

— Je ne sais pas. (Elle a haussé les épaules.) C'est peut-être juste un saignement. Est-ce que les loups saignent du nez ? Je sais que ça peut faire vomir, si on lève les yeux à ce moment-là.

L'angoisse me serrait l'estomac.

— Hé, Grace, ne fais pas cette tête-là ! Ça pourrait tout aussi bien résulter d'un traumatisme crânien, ou d'animaux venus le becqueter après sa mort, pour ne pas parler de plein d'autres possibilités répugnantes avant le déjeuner. En tout cas, ce qu'il y a de sûr, c'est qu'il est mort ! Fini.

J'ai contemplé l'œil gris et sans vie.
— On devrait peut-être l'enterrer.
— Et si on commençait par aller boire ce café !

Je me suis levée et j'ai brossé la terre de mes genoux. Je me sentais tiraillée d'anxiété, rongée par l'impression tenace d'avoir laissé une chose en plan. Sam pourrait peut-être nous en apprendre plus.

— Bon, *d'accord*, ai-je dit d'un ton délibérément léger. On va se réchauffer quelque part, et j'appelle Sam, pour qu'il vienne voir lui-même.
— Attends une seconde !

Elle a sorti son portable, elle a visé le loup et elle a pris une photo.

— Utiliser nos cerveaux et la technologie, Grace.

J'ai regardé l'écran. Malgré le sang qui la recouvrait en réalité, la tête du loup paraissait intacte et ordinaire sur l'image numérique, et si je ne l'avais pas vue, je n'aurais jamais deviné que quelque chose clochait.

chapitre 7

Sam

J'étais attablé chez Kenny depuis environ cinq minutes, je regardais la serveuse papillonner d'un box et d'un client à l'autre comme une abeille butine, quand j'entendis toquer contre la vitre sale près de moi : la silhouette de Grace se découpait, toute sombre sur le bleu vif du ciel. Je distinguais à peine l'arc de son sourire. Elle m'envoya un baiser, avant de faire le tour du bâtiment et d'entrer, flanquée d'Isabel.

Un instant plus tard, mon amie, le nez et les joues rosis de froid, venait se glisser près de moi. Son jean couina sur la surface invariablement grasse de la banquette rouge craquelée. Elle allait poser la main sur mon visage pour m'embrasser, mais j'eus un mouvement de recul.

— Qu'est-ce qu'il y a, je sens mauvais ? me demanda-t-elle d'un ton léger.

Elle posa son portable et ses clefs de voiture sur la table et tendit le bras devant moi pour attraper un menu près du mur. Je me penchai en arrière et montrai ses mains.

— À vrai dire, oui. Tes gants ont gardé la trace de ce loup, ils empestent.

— Eh bien, merci pour ton soutien, garçon-garou ! ironisa Isabel. (Grace lui tendit un menu, et elle secoua énergiquement la tête.) Toute la voiture puait le chien mouillé !

En ce qui concerne le chien mouillé, j'avais des doutes : les gants de Grace dégageaient une odeur musquée de loup, et s'y ajoutait un je-ne-sais-quoi — une forme d'effluve sous-jacent — contre lequel mon odorat toujours exacerbé achoppait.

— Du calme, dit Grace, pas la peine de faire mine d'être sur le point de vomir ! Je vais aller poser mes gants dans la voiture. Si la serveuse vient, vous me prenez un café et quelque chose avec du bacon, d'accord ?

Pendant son absence, Isabel et moi restâmes plongés dans un silence contraint, que trouaient seulement, en bruit de fond, la soul de Motown dans le haut-parleur au-dessus de nos têtes et un cliquètement de vaisselle provenant de la cuisine. J'étudiais la déformation de l'ombre projetée par la salière sur la boîte de dosettes de sucre, Isabel examinait le renflement du bord de la manche de son pull-over et la façon dont il reposait contre la table.

Elle finit par prendre la parole :

— Tu as encore fabriqué un de ces oiseaux ?

Je ramassai la serviette que j'avais pliée en forme de grue. Elle n'était pas parfaitement carrée, et le résultat plutôt approximatif et plein de bosses.

— Oui.

— Pourquoi tu fais ça ?

Je frottai le bout de mon nez pour essayer de me débarrasser de l'odeur du loup.

— Je ne sais pas. Au Japon, on dit que si quelqu'un plie mille grues en papier, l'un de ses vœux sera exaucé.

Le sourcil droit toujours relevé d'Isabel rendait son sourire un peu cruel.

— Alors, tu fais un vœu ?

— Non, répondis-je tandis que Grace revenait s'asseoir près de moi. Tout ce que je désire m'a déjà été accordé.

— À savoir ? intervint mon amie.

— T'embrasser !

Elle se pencha vers moi et m'offrit son cou, et je pressai les lèvres juste derrière son oreille, feignant d'ignorer l'effluve lupin d'amande amère qui s'attardait sur sa peau. Isabel ne se départit pas de son sourire, mais en la voyant plisser légèrement les yeux, je sus que, d'une façon ou d'une autre, ma réaction ne lui avait pas échappé.

La serveuse vint prendre notre commande, je détournai le regard. Grace demanda du café et un sandwich bacon-tomate-salade, et j'optai pour la soupe du jour et un verre d'eau. Isabel, elle, se contenta d'un café et, une fois la serveuse repartie, sortit un sachet de muesli de son petit sac de cuir.

— Une allergie à la nourriture ? m'enquis-je.

— À la cuisine des ploucs, déclara-t-elle, et aux matières grasses. Là où j'habitais avant, il y avait de vrais restaurants. Ici, quand je dis « panini », on me répond : « À vos souhaits ! ».

Grace éclata de rire, ramassa ma serviette pliée en grue et lui fit battre des ailes.

— On se fera une sortie panini à Duluth, un de ces jours, Isabel ! promit-elle. En attendant, ça te ferait du bien de manger un peu de bacon !

Isabel eut une grimace incrédule.

— Si par « du bien », tu veux dire « de la cellulite et des boutons », pas de doute ! Alors, Sam, qu'est-ce que tu en penses, de cette charogne ? Grace m'a dit que tu lui avais raconté qu'un loup a encore une espérance de vie d'environ quinze ans, après qu'il a fini de muter.

— Quelle délicatesse, Isabel, vraiment ! grommela Grace.

Elle me lança un regard en coin pour voir comment je réagissais au mot *charogne*, mais comme elle m'avait assuré au téléphone qu'il ne s'agissait ni de Beck, ni de Paul, ni d'Ulrik, je demeurai impassible.

Isabel haussa les épaules, ouvrit son portable et le fit glisser sur la table.

— Support visuel numéro un, annonça-t-elle.

L'appareil crissa sur quelques miettes minuscules quand je le tournai face à moi. Je sentis mon estomac se nouer en voyant sur l'écran la photo de ce loup manifestement mort, mais ma tristesse resta toute relative : je ne l'avais pas connu humain.

— Lui, je ne l'ai jamais rencontré autrement que comme loup, dis-je. Il est sans doute mort de vieillesse.

— Je ne crois pas qu'il s'agisse d'une mort naturelle, objecta Grace, et, en plus, il n'avait pas de poils blancs sur le museau !

Je haussai une épaule.

— Je ne sais que ce que Beck m'en a dit : nous pouvons… je veux dire… – car je n'étais plus des leurs – ils peuvent vivre encore dix à quinze ans après leur dernière métamorphose. Une durée de vie normale pour un loup, en somme.

— Il saignait des narines, déclara Grace.

Elle parlait d'un ton presque fâché, comme irritée d'avoir à le dire.

J'inclinai l'appareil dans un sens, puis dans l'autre, et examinai en plissant les yeux la gueule de l'animal. Rien dans cette image floue sur l'écran ne suggérait une mort violente.

— Mais pas beaucoup, précisa-t-elle comme en réponse à mes sourcils froncés. Tu as déjà vu un loup mourir avec du sang sur le museau ?

Je tâchai de me remémorer les différents loups qui avaient péri pendant que j'habitais chez Beck. Mes souvenirs se brouillaient : je revoyais confusément Beck et Paul porter des bâches et des bêches et j'entendais Ulrik entonner à pleins poumons *Malbrough s'en va-t-en guerre !*

— Je serais incapable de l'affirmer. Peut-être que celui-ci a reçu un coup sur le crâne.

Je m'interdisais de penser à l'humain qui avait vécu sous cette peau de loup.

La serveuse vint disposer sur la table la nourriture et les boissons, et Grace se tut. Puis il y eut un long silence, pendant que je mélangeais du sucre et du lait dans mon thé, et qu'Isabel faisait de même avec son café. Grace contemplait pensivement son bacon-tomate-salade.

— Pour un resto de ploucs, il faut reconnaître qu'ils font du très bon café, ici ! concéda Isabel.

Je l'admirais presque, malgré moi, de n'avoir même pas pris la peine de vérifier, avant de parler, que la serveuse ne pouvait l'entendre : sa brutalité avait quelque chose de rafraîchissant. Mais j'étais content, aussi, d'être assis près de Grace, qui lui lança un regard qui signifiait clairement : *Parfois, je me demande pourquoi je te fréquente !*

— Aïe, en voilà d'autres ! m'exclamai-je.

John Marx, le frère aîné d'Olivia, venait d'ouvrir la porte.

Je n'avais pas très envie de lui parler et crus pouvoir l'éviter, car il ne sembla pas tout d'abord nous remarquer : il se dirigea droit vers le bar, tira à lui un tabouret et se percha dessus, tassant sa haute silhouette pour s'accouder au comptoir. La serveuse lui apporta aussitôt un café, sans le consulter.

— Beau gosse ! commenta Isabel d'un ton qui sous-entendait que ce pouvait être en l'occurrence un défaut.

— Dis donc, Isabel ! siffla Grace. Tu ne pourrais pas mettre un peu la pédale douce, question cynisme ?

Celle-ci fit la moue.

— Pourquoi ? Olivia n'est pas morte, que je sache !

— Je vais aller lui proposer de nous rejoindre, dit Grace.

— Non, s'il te plaît, pas ça ! protestai-je. Je serais obligé de lui mentir, et tu sais que je ne suis pas doué.

— Mais moi, si, et il n'a pas l'air d'avoir le moral. Je reviens tout de suite !

Elle réapparut en effet une minute plus tard, escortée de John, et vint se glisser près de moi. Le frère d'Olivia resta debout, un peu embarrassé, tandis qu'Isabel tardait ostensiblement à lui libérer la place à côté d'elle.

— Alors, comment ça va ? demanda Grace avec gentillesse en posant ses coudes sur la table.

Je ne pensais pas me tromper en la soupçonnant de chercher à le faire parler. Je l'avais déjà entendue employer ce ton, lorsqu'elle posait une question dont elle connaissait déjà la réponse, et que celle-ci lui plaisait.

John jeta un coup d'œil à Isabel qui, s'accoudant au rebord de la fenêtre, s'était écartée de lui sans tact excessif, puis il se pencha vers nous.

— J'ai reçu un mail d'Olivia !

— Un mail ? répéta mon amie en mettant dans sa voix la dose exacte d'espoir, d'incrédulité et d'incertitude que l'on aurait attendu d'une jeune fille éplorée, mais qui voulait croire sa meilleure amie toujours vivante.

Je lui lançai un regard.

Elle m'ignora et continua à regarder John d'un air intensément innocent.

— Et qu'est-ce qu'elle écrivait ?

— Qu'elle était à Duluth. Qu'elle rentrerait bientôt à la maison ! (John leva les bras au ciel.) Je ne savais plus si je devais tomber dans les pommes ou tordre le cou à l'écran ! Comment a-t-elle pu faire ça aux parents ? Et la voilà maintenant qui se pointe et qui annonce qu'elle reviendra *bientôt* ! Genre, elle est allée voir des amies et elle sort de chez elles ! Je veux dire, pas d'erreur, je suis vraiment supercontent, mais, en même temps, tu sais, Grace, je me sens tellement *furax* contre elle !

Il s'adossa à la banquette et eut l'air vaguement surpris d'en avoir tant dit. Je croisai les bras et m'appuyai sur la table, essayant de passer outre le pincement de jalousie que je ressentais devant la familiarité et l'affection avec lesquelles il usait du nom de mon amie. Étrange comme l'amour vous renseignait sur vos défauts !

— Mais quand ? insista Grace. Quand disait-elle qu'elle serait de retour ?

Il haussa les épaules.

— Bien sûr, elle n'a rien marqué d'autre que *bientôt* !

— Elle est *vivante*, affirma Grace, les yeux brillants.

— Ouais, dit John, et ses yeux aussi luisaient. Les flics nous avaient dit que... qu'il ne fallait pas trop continuer à espérer. C'était ça le pire : ne pas savoir si elle était vivante ou non.

— À propos de flics, intervint Isabel, tu leur as montré le mail ?

Grace lui décocha un bref regard mauvais, mais reprit son masque d'amical intérêt avant que John ne remarque son manège.

Il eut l'air coupable.

— En fait, je ne voulais pas qu'ils viennent me dire que ce n'était pas vrai, mais... je crois bien que je vais le faire ! Eux, ils peuvent savoir d'où vient un mail, pas vrai ?

— Oui, dit Isabel en regardant Grace au lieu de John. J'ai entendu dire que la police peut localiser les adresses IP, si c'est bien comme ça que ça s'appelle, et elle saurait *grosso modo* de quelle région ça vient. Peut-être même qu'on l'a envoyé d'*ici*, de Mercy Falls.

— Mais si le mail a été écrit dans un cybercafé d'une ville assez grande, Duluth ou Minneapolis, par exemple, ce ne serait pas vraiment utile, coupa Grace d'un ton dur.

— Et je ne sais pas, l'interrompit John, je ne sais pas si j'ai vraiment envie qu'on la ramène ici de force. Elle a presque dix-huit ans, je veux dire, et elle n'est pas idiote. C'est vrai qu'elle me manque, mais elle devait bien avoir ses raisons pour partir comme elle l'a fait.

Nous le regardâmes tous – mais pour des raisons différentes, je crois. Je me disais que sa remarque s'avérait à la fois très perspicace et très généreuse, même s'il était un peu à côté de la plaque. Isabel le dévisageait, du style *t'es vraiment complètement marteau*, tandis que Grace le contemplait avec admiration.

— Tu es plutôt chic, comme frère, lui dit-elle.

John baissa la tête sur sa tasse.

— Ouais, ben, je ne sais pas trop, pour ça. Faut que je file maintenant, j'ai un cours !

— Un cours le samedi ?

— Un atelier, expliqua-t-il. Ça me sort de chez moi, et ça compte dans mes options.

Il se glissa hors du box et tira quelques billets de sa poche.

— Vous donnerez ça à la serveuse pour moi ?

— Pas de problème, répondit Grace. À un de ces jours ?

John hocha la tête et partit. Il avait à peine disparu qu'Isabel reprenait sa place en face de Grace, au milieu de la banquette.

— Wouaou, Grace ! Tu m'avais caché que tu étais née sans cervelle ! s'exclama-t-elle. Parce que, franchement, je ne vois pas d'autre explication à un comportement aussi incroyablement stupide !

J'étais assez d'accord avec elle, même si je me serais sans doute exprimé autrement.

Grace écarta la critique d'un geste.

— *Pfff !* J'ai envoyé le mail la dernière fois que j'étais à Duluth. Je voulais leur redonner un peu d'espoir. Et j'ai pensé, aussi, que si la police croyait avoir affaire à une fugue ordinaire, même exaspérante, et pas à un cas d'enlèvement ou d'homicide, ça la dissuaderait sans doute de chercher trop consciencieusement Olivia. Ce qui prouve bien que j'y ai réfléchi !

Isabel secoua son sachet pour faire tomber un peu de muesli dans le creux de sa main.

— Eh bien, je trouve que tu ne devrais pas t'en mêler. Sam, dis-lui de ne pas intervenir !

Cette histoire me mettait effectivement mal à l'aise, mais je déclarai pourtant avec loyauté :

— Grace est un puits de sagesse.

— Je suis un puits de sagesse, répéta Grace à l'intention Isabel.

— La plupart du temps, précisai-je.

— On devrait peut-être le mettre au courant, dit Grace.

Nous la dévisageâmes de conserve.

— Pourquoi pas ? C'est son frère, après tout, il l'aime et il voudrait qu'elle soit heureuse ! Et je ne comprends pas non plus pourquoi on fait toutes ces cachotteries, s'il s'agit de science. C'est vrai, les gens en général risquent de ne pas aimer ça, mais les membres de la famille ? Est-ce qu'ils ne réagiraient pas mieux, eux, s'ils savaient que c'est logique plutôt que monstrueux !

Je n'avais pas les mots pour décrire l'horreur que m'inspirait sa suggestion. Je n'étais même pas sûr de *pourquoi* elle me choquait si vivement.

— Sam ! dit Isabel, et je réalisai soudain que je ne cessais de suivre du doigt la cicatrice de mon poignet.

Isabel regarda Grace.

— C'est l'idée la plus idiote que j'aie jamais entendue. Sauf si ce que tu cherches, c'est qu'on envoie Olivia dare-dare sous le microscope le plus proche pour examen et analyse ! En plus, John est visiblement bien trop nerveux et émotif pour supporter la vérité.

Cela me paraissait sensé. J'opinai :

— Non, je crois qu'il vaut mieux ne pas révéler la vérité à John, Grace.

— Tu l'as bien dit à Isabel, toi !

— Seulement parce qu'on n'avait plus le choix, répliquai-je aussitôt pour couper court à l'air supérieur de cette dernière. Et parce qu'elle en avait déjà deviné beaucoup. Je pense qu'il ne faut mettre les gens au courant qu'en cas de nécessité absolue. (Grace prenait ce regard vide qui montrait qu'elle était contrariée, et je m'empressai de poursuivre.) Mais cela ne t'empêche pas d'être un puits de sagesse ! La plupart du temps, s'entend.

— La plupart du temps, reprit Isabel. Sur ce, il faut que je m'arrache : je ne veux pas rester définitivement collée à cette banquette.

— Isabel, dis-je alors qu'elle se levait. (Elle s'arrêta près du bord de la table et me lança un regard étrange, comme si je prononçais son nom pour la première fois.) J'irai enterrer ce loup, peut-être aujourd'hui, si le sol n'est pas trop gelé.

— Il n'y a pas le feu ! répondit-elle. Il ne risque pas de se sauver.

Grace s'appuya contre moi, et une bouffée de l'odeur fétide m'agressa de nouveau les narines. Je regrettais ne pas avoir mieux examiné la photo sur le portable d'Isabel. J'aurais voulu que la cause du décès de ce loup fût plus évidente. J'étais las de tant de mystères.

chapitre 8

Sam

J'étais humain.

Le jour qui suivit celui où j'inhumai le loup fut glacial : le Minnesota en mars, dans toute sa splendeur. Ces derniers temps, la température pouvait grimper jusqu'à zéro (et je m'étonnais alors de trouver ces redoux si chauds, après deux mois entiers de températures négatives), pour n'atteindre le lendemain que péniblement les -10 °C. C'était la première fois que mon enveloppe humaine endurait un tel froid. Il mordait âprement, l'air était aussi peu printanier que possible, et, à l'exception des baies rouges d'hiver qui avaient envahi les haies, toute couleur semblait évanouie du monde. Mon souffle gelait devant mes yeux qui se desséchaient. L'air sentait le devenir loup, et je n'en demeurais pas moins humain.

Le savoir m'enthousiasmait et me déchirait.

De toute la journée, il n'était venu que deux clients à la librairie, et je me demandais ce que j'allais faire après le travail. La plupart du temps, quand j'en sortais avant la fin des cours de Grace, je préférais m'attarder dans le magasin avec un livre, plutôt que retourner dans la maison vide des Brisbane. Sans mon amie, ce n'était qu'un endroit où l'attendre, une douleur sourde dans mon corps.

Cette douleur m'avait suivi au travail. J'avais composé une chanson – juste une amorce de chanson – *C'est toujours un secret, si personne n'y prend garde / Si savoir le savoir n'affecte en rien / Ce que tu vis, ce que tu sens, la forme de ton souffle / Toi qui sais, toi qui sais qui je suis* – un embryon, un espoir de chanson, et, perché derrière le comptoir, je lisais un livre de Theodore Roethke. L'heure de partir approchait. Grace avait un cours particulier qui se terminait tard. Distraits par les minuscules flocons de neige qui dérivaient lentement jusqu'au trottoir, mes yeux avaient quitté la page et les mots du poète :

Sombre, sombre ma lumière, plus sombre encore mon désir. Mon âme, telle une mouche d'été égarée de chaleur, bourdonne sans cesse près du seuil. Quel JE suis-JE ?

Je contemplai mes doigts sur le livre, ces doigts si merveilleux, si précieux, et je me sentis coupable de ce désir sans nom qui me hantait.

La pendule sonna cinq heures. D'ordinaire, je verrouillais alors la porte du magasin, je retournais la pancarte pour afficher : *FERMÉ – JE REVIENS DE SUITE*, et je sortais par-derrière retrouver ma Volkswagen.

Mais ce jour-là, je fermai la porte de derrière, pris mon étui à guitare et sortis par-devant, en dérapant un peu sur la plaque de glace qui recouvrait le seuil. J'enfilai le bonnet que Grace m'avait acheté dans une vaine tentative pour me donner un air sexy tout en gardant mon crâne au chaud, marchai jusqu'au milieu du trottoir et contemplai le ballet des petits flocons flottant dans la rue déserte. Aussi loin que portait le regard, des sculptures de neige sale se dressaient sur les congères. Des stalactites de glace ornaient les devantures de sourires dentelés.

Le froid me brûlait les yeux. Je tendis ma main libre, paume face au ciel, et regardai la neige fondre sur ma peau.

Je ne pouvais y croire : tout cela me paraissait une vie vue à travers une vitre, ou sur un écran de télévision, que j'avais toujours fuie.

Je tenais une poignée de neige dans la main, j'avais froid, et j'étais humain.

L'avenir s'offrait à moi, infini, croissant, et *mien* comme rien encore ne l'avait jamais été.

Je fus traversé d'une soudaine bouffée d'euphorie, et un sourire étira mes lèvres à l'idée que j'avais tiré le gros lot dans cette loterie cosmique : que j'avais tout risqué, tout gagné, et que j'étais maintenant ici, dans ce monde, *de* ce monde. Je partis d'un rire exubérant que seuls les flocons entendirent. Quittant d'un bond le trottoir, j'atterris dans le talus de neige grise. J'étais ivre de la réalité de mon propre corps humain. Toute une vie d'hivers, de bonnets, de cols remontés contre le froid, de nez rougissants, de veillées tardives le soir du nouvel An ! Dérapant sur les traces de pneus de la chaussée, je valsai à travers la rue sous la neige qui tombait dru, balançant mon étui à guitare en cercle autour de moi, jusqu'à ce qu'une voiture me rappelle à l'ordre en klaxonnant.

Avec un grand signe de la main à l'adresse du chauffeur, je sautai sur le trottoir d'en face en balayant au passage la neige fraîche des parcmètres que je rencontrais. Elle entrait dans mes chaussures, gelait mon pantalon, rougissait et engourdissait mes doigts, et je restais *moi*. *Moi* et toujours *moi*.

Je fis le tour du pâté de maisons jusqu'à ce que le spectacle perde le charme de la nouveauté, puis je retournai à ma voiture et consultai ma montre. Grace n'avait pas encore terminé, et je ne voulais pas, en rentrant chez elle, risquer de tomber sur l'un ou l'autre de ses parents. Appeler les échanges que je pouvais avoir avec eux « inconfortables » serait un euphémisme : plus ils nous voyaient proches, Grace et moi, moins ils trouvaient de choses à me dire, et réciproquement. Je décidai d'aller chez

Beck : je savais vain d'espérer qu'un loup se soit déjà transformé, mais cela me permettrait de prendre certains de mes livres : les romans policiers qui emplissaient la bibliothèque de Grace n'étaient pas ma tasse de thé.

Je suivis donc dans la lumière déclinante l'autoroute qui longeait Boundary Wood, jusqu'à la rue déserte menant chez Beck.

Je me garai dans l'allée vide, sortis de la voiture et inspirai profondément. Les bois avaient une odeur différente de la forêt derrière la maison de mon amie : l'air était ici tout plein des effluves âcres et verts des bouleaux et des senteurs complexes de l'humus humide des rives du lac, et je captais aussi le fumet musqué et puissant de la meute.

L'habitude guida mes pas jusqu'à la porte de derrière. La neige fraîchement tombée crissa sous mes bottes et se colla aux revers de mon pantalon. Je contournai la maison en faisant courir mes doigts sur les buissons qui poussaient le long du mur, appréhendant la vague de nausée qui accompagnait le début de la transformation, mais rien ne se produisit.

Près de la porte, j'hésitai, le regard tourné vers le jardin enneigé et les bois. Mille souvenirs peuplaient cette étendue de terrain entre seuil et forêt.

Je me retournai enfin : la porte n'était ni entrebâillée, ni parfaitement close, le battant ayant été repoussé juste assez pour empêcher les rafales de vent de l'ouvrir, et je vis une trace rouge sur la poignée. Ce ne pouvait être le fait que d'un loup mutant très tôt, or, en cette saison, seul l'un des nouveaux risquait de redevenir humain, et même ainsi, il ne saurait persister longtemps sous cette forme, quand une croûte de neige gelée recouvrait le sol.

— Bonjour ? criai-je en ouvrant la porte.

Un bruit de frottement provenait de la cuisine, et un je-ne-sais-quoi dans ces grattements, ces crissements contre les dalles du carrelage me mit mal à l'aise. Je cherchai une réplique rassurante pour des oreilles lupines, mais qui ne paraisse pas pour autant démente à celles d'un humain :

— Pas de panique, je suis de la maison !

Tournant le coin, j'entrai dans la cuisine plongée dans la pénombre. Je m'arrêtai net près de l'îlot central en percevant la puanteur de vase de l'eau du lac. J'étendis un bras pour allumer.

— Qui est là ?

Derrière l'îlot pointait un pied – humain et sale – qui soudain tressaillit, ce qui me fit sursauter. Je contournai le meuble : un garçon gisait, recroquevillé par terre, le corps tout secoué de violents tremblements. Ses cheveux châtain foncé hérissés de boue sèche et les multiples écorchures qui recouvraient ses bras témoignaient d'un périple nu à travers bois. Il empestait le loup.

Ce ne pouvait être que l'un des nouveaux, un de ceux qui avaient été créés l'année précédente. Je me sentis traversé d'un étrange picotement à l'idée que Beck l'avait choisi, et que je contemplais là un tout nouveau membre de la meute, le premier depuis bien longtemps.

Celui-ci tourna vers moi la tête. Bien qu'il dût souffrir – je n'avais pas oublié la douleur –, son visage me parut assez calme, et étrangement familier : quelque chose dans la ligne abrupte qui reliait ses pommettes à sa mâchoire, dans l'amande étroite de ses yeux verts et lumineux, évoquait un nom juste au bord de ma conscience. Dans des circonstances plus ordinaires, il me semblait que je l'aurais retrouvé aisément, mais il persistait à se dérober, ce qui m'agaçait.

— Je vais me transformer, maintenant, pas vrai ?

Je me sentis un peu déconcerté, à la fois par sa voix – plus désinvolte et plus âgée que ce à quoi je m'attendais – et par son ton parfaitement uni, malgré les frissons qui ébranlaient ses épaules et ses ongles qui avaient viré au noir.

Je m'agenouillai près de sa tête, testant les mots dans ma bouche, et me sentis comme un gosse qui aurait enfilé les vêtements de son père : toute autre année, Beck se serait chargé d'expliquer les choses aux nouveaux, et non moi.

— Oui, tu vas changer, lui confirmai-je. Il fait encore trop froid pour que tu restes ainsi. Écoute-moi, la prochaine fois que tu deviens humain, cherche la cabane dans les bois, et…

— Je l'ai vue, rétorqua-t-il d'une voix qui dérapa en grognement.

— Il y a là un chauffage d'appoint, de la nourriture et des vêtements. Ouvre la boîte marquée *Sam*, ou *Ulrik*, et tu y trouveras sans doute quelque chose à ta taille. (En fait, je n'en étais pas si sûr : il avait les épaules larges et des muscles de gladiateur.) Ce n'est pas aussi confortable qu'ici, mais ça t'évitera toujours les ronces et les épines, et…

Il leva sur moi des yeux brillants et sardoniques, et je réalisai alors qu'il ne m'avait jamais laissé entendre que ses blessures le faisaient souffrir.

— Merci pour le tuyau, coupa-t-il.

Tout ce que je m'apprêtais à ajouter prit un goût amer dans ma bouche.

Beck m'avait dit que les trois nouveaux savaient ce qui les attendaient et avaient donné leur accord, mais je n'avais pas, jusqu'à présent, réfléchi à quel type de personne opterait pour une telle existence : qui choisirait, de son plein gré, de se perdre soi-même un peu plus, année après année, jusqu'à l'inévitable adieu final ? C'était en réalité une forme de suicide, et à peine avais-je formulé le mot en pensée que je me mis à considérer le garçon d'un œil tout différent. Alors même que son corps se convulsait sur le sol, son expression restait pleine de sang-froid – d'expectative, presque, et juste avant que sa peau ne se déforme et qu'il ne redevienne loup, j'entrevis des traces de piqûre sur ses avant-bras.

Je me hâtai d'aller ouvrir la porte de derrière pour permettre à l'animal, dont la fourrure brune paraissait presque noire dans la pénombre naissante, de s'enfuir et d'échapper dans la neige à l'environnement trop humain de la cuisine. Mais, contrairement à tout autre loup, contrairement à ce que j'aurais fait, *moi*, dans de semblables circonstances, lui ne se précipita pas vers la sortie, mais traversa lentement la pièce, tête basse, s'arrêta près de moi et fixa droit dans mes yeux son regard vert. Je ne détournai pas le mien. Il se faufila alors par la porte et s'éclipsa, après une nouvelle pause dans le jardin pour me jauger du regard.

Longtemps après son départ, l'image de ce nouveau loup me hanta : les piqûres d'aiguilles au creux de ses coudes, l'arrogance dans ses prunelles, la familiarité de ses traits.

En revenant dans la cuisine pour nettoyer les traces de sang et de boue du carrelage, je découvris par terre la clef de rechange. Je la remettais en place dans sa cachette près de la porte de derrière, quand je me sentis observé. Je me retournai, pensant surprendre le nouveau à l'orée de la forêt, mais c'était un grand loup gris qui me fixait posément.

— Beck ! murmurai-je.

Il resta immobile. Seules frémissaient ses narines, détectant cette odeur que je percevais moi-même : l'effluve du nouveau.

— Beck, mais qu'est-ce que tu nous as ramené là !?

chapitre 9

Isabel

Je suis restée après les cours pour une réunion du conseil des élèves. Je m'ennuyais à périr et je me fichais éperdument de savoir comment Mercy Falls High comptait s'organiser, mais cela m'évitait de traîner à la maison tout en m'offrant le luxe de m'installer au fond de la salle, les yeux sombrement maquillés et un sourire sarcastique aux lèvres, dans un mutisme distant. Ma cour habituelle de filles aux paupières peintes comme les miennes m'entourait, arborant des airs inaccessibles – ce qui n'a rien à voir avec *l'être* réellement.

Ridicule, comme c'était facile de devenir populaire dans une ville de la taille de Mercy Falls, il suffisait d'y croire, et le tour était joué ! Rien à voir avec San Diego, où la manœuvre s'apparentait à un travail à plein temps. Ici, l'impact de ma présence – une heure de pub gratuite pour l'image de marque d'Isabel Culpeper – se ferait sentir pendant toute une semaine.

Après quoi, j'ai quand même dû me résoudre à rentrer. Les deux voitures de mes parents étaient garées dans l'allée devant la maison. *Génial !* Je n'en pouvais plus de joie, je vous assure. Assise dans ma Chevrolet, j'ai ouvert le volume de Shakespeare que nous étions censés lire et j'ai réglé le volume de la musique jusqu'à ce que les basses fassent trembler le rétroviseur. Une dizaine de minutes se sont écoulées, puis la silhouette de ma mère a surgi dans l'encadrement d'une fenêtre, gesticulant comme une démente pour me dire de rentrer.

La soirée avait démarré.

Dans la vaste cuisine en inox, le grand numéro des Culpeper battait son plein :

M'man :

— Je suis sûre que les voisins raffolent de White Trash et qu'ils te sont reconnaissants de mettre ta musique assez fort pour qu'ils en profitent !

P'pa :

— Et où étais-tu passée ?

M'man :

— À une réunion du conseil des élèves.

P'pa :

— Ce n'est pas toi que j'interroge, c'est ma fille !

M'man :

— Franchement, Thomas, qu'est-ce que ça change, qui te répond ?

P'pa :

— J'ai l'impression qu'il faut que je lui braque un canon sur la tempe pour qu'elle daigne m'adresser la parole.

Moi :

— C'est une possibilité ?

Maintenant, ils me fusillaient tous les deux du regard. Inutile d'en rajouter, le Culpeper show se poursuivrait très bien sans moi, il enchaînerait des rediffusions toute la nuit.

— Je t'avais bien dit qu'il ne fallait pas l'envoyer dans une école publique ! a dit mon père à ma mère.

Je connaissais la suite. M'man allait répliquer : « *Je t'avais bien dit qu'on n'aurait pas dû venir à Mercy Falls !* » puis P'pa se mettrait à lancer des objets à travers la pièce, et ils finiraient par s'enfermer chacun dans une pièce pour y siroter des alcools différents.

— J'ai des devoirs, j'ai coupé. Je monte. À la semaine prochaine !

Je leur ai tourné le dos et j'allais partir, quand mon père m'a ordonné :

— Attends un peu, Isabel !

J'ai attendu.

— Jerry me dit que tu fréquentes la fille de Lewis Brisbane. C'est vrai ?

Là, je me suis retournée, pour voir la tête qu'il faisait. Appuyé, bras croisés, contre le plan de travail monochrome, en chemise et cravate impeccables malgré l'heure tardive, il arquait l'un des sourcils de son visage étroit. J'en haussai un, moi aussi, pour ne pas être en reste.

— Et alors ?

— Ne me parle pas sur ce ton ! Je t'ai seulement posé une question.

— Dans ce cas, parfait. Oui, je fréquente Grace.

Il serrait et desserrait convulsivement les poings. Je voyais une veine saillir sur son bras.

— Je me suis laissé dire qu'elle était mêlée à ces histoires de loups !

J'ai balayé la phrase d'un petit geste, comme pour signifier : *C'est quoi ce délire ?*

— On raconte qu'elle leur donne à manger. J'en ai vu beaucoup dans les parages, et ils m'ont paru singulièrement bien nourris. Je crois que le temps est revenu d'éclaircir un peu tout ça.

Nous nous sommes toisés un moment en silence. Je me demandais s'il savait que je les avais nourris, moi aussi, et s'il jouait la comédie dans l'espoir de m'arracher un aveu. Lui essayait de me faire baisser les yeux.

— Oui, P'pa, ai-je enfin repris, riche idée ! Retourne donc tuer quelques loups, ça fera revenir Jack, pas de doute ! Tu veux que je demande à Grace de les attirer un peu plus près de la maison ?

M'man m'a fixée, glacée comme une statue : *Portrait de femme avec chardonnay*. Mon père m'a dévisagée comme s'il avait envie de me frapper.

— Tu as fini ? Je peux m'en aller, maintenant ?

— Oh, je suis bien près d'en avoir fini pour de bon avec toi ! m'a-t-il répondu d'un ton menaçant.

Il s'est tourné vers ma mère pour lui lancer un regard lourd de sous-entendus, que cette dernière, trop occupée à emplir ses yeux de larmes imminentes, n'a même pas vu.

Décidant que mon rôle dans cet épisode-ci de notre feuilleton familial était définitivement achevé, je les ai abandonnés à leur cuisine. J'ai entendu mon père annoncer : « Je vais les tuer tous ! », et ma mère lui répondre d'une voix éplorée : « Comme tu voudras, mon chéri ! »

C'était fini. Il valait sans doute mieux que je cesse de nourrir les loups.

Plus ils approchaient, plus la situation devenait dangereuse pour nous tous.

chapitre 10

Grace

Quand Sam est enfin arrivé, Rachel et moi nous efforcions depuis une demi-heure de faire du poulet au parmesan. Comme mon amie avait trop de mal à se concentrer pour paner la viande, je lui ai fait remuer la sauce tomate, pendant que je trempais d'innombrables morceaux de volaille dans de l'œuf battu avant de les enduire de chapelure. Je faisais semblant de lui en vouloir, mais, en réalité, le côté machinal de la tâche avait un effet presque relaxant, et je prenais plaisir au maniement de ces substances, aux tourbillons visqueux jaune brillant de l'œuf sur le poulet et au chuintement doux des miettes glissant à sa surface.

Si seulement ce mal de tête ne persistait pas ! La préparation du dîner et la compagnie de Rachel contribuaient pourtant à atténuer la douleur, à oblitérer la nuit d'hiver dehors, le froid qui se pressait contre la vitre au-dessus de l'évier, et le fait que Sam n'était toujours pas rentré. Je me répétais et me répétais en boucle : *Il ne changera plus. Il est guéri, c'est fini, tout ça !*

Rachel m'a heurtée de la hanche. Elle venait de monter le volume du transistor à fond. Elle a repris le geste au rythme de la musique, puis a pirouetté au milieu de la pièce, bras dressés ondulant au-dessus de sa tête, en une sorte de pas de Snoopy effréné. Sa tenue – une robe noire sur des collants rayés – et sa sempiternelle paire de tresses rendaient la scène plus grotesque encore.

— Rachel ! (Elle m'a regardée, mais sans cesser de danser.) Rachel, c'est à cause de ça que tu es célibataire !

— Qui s'y frotte s'y pique, a-t-elle rétorqué en se désignant elle-même du menton.

Elle a pivoté sur elle-même et s'est retrouvée nez à nez avec Sam, debout dans l'encadrement de la porte du couloir. Le battement sourd de la basse avait dû couvrir le bruit de la porte d'entrée. À la vue de mon ami, mon estomac a effectué un plongeon, et j'ai ressenti un étrange mélange de soulagement, de nervosité et d'expectative.

Toujours face à Sam, Rachel a effectué de ses index tendus une chorégraphie bizarre, qui aurait pu être inventée dans les années cinquante, quand les gens n'avaient pas le droit de se toucher.

— Salut, ô Garçon ! a-t-elle crié par-dessus la musique. Nous préparons un plat italien !

Je me suis retournée, un morceau de poulet à la main, et j'ai protesté vivement.

— Ma collègue, a rectifié Rachel, m'informe que j'exagère, et qu'il serait plus juste de dire que je la regarde préparer un plat italien !

Sam m'a souri, de son habituel sourire triste, un peu plus tendu qu'à l'ordinaire peut-être, et il a ouvert la bouche :

— ...

J'ai baissé maladroitement le son de ma main sans chapelure.

— Qu'est-ce que tu dis ?

— « Qu'est-ce que vous préparez ? » a répété Sam. Et aussi : « Bonsoir, Rachel, puis-je entrer dans la cuisine ? »

Mon amie lui a cédé le passage d'une glissade majestueuse, et il est venu s'appuyer contre le plan de travail à côté de moi. Il plissait les paupières sur ses yeux jaunes lupins. Il semblait avoir oublié qu'il portait toujours son manteau.

— Poulet au parmesan !

Sam a cillé.

— Quoi ?

— Ce que je nous prépare. Qu'est-ce que tu faisais ?

— J'étais à la librairie, je lisais. (Il a lancé un rapide coup d'œil à Rachel.) Je suis encore frigorifié. Quand donc le printemps finira-t-il par venir ?

— Oublie-le, a répondu Rachel, et demande plutôt quand le *dîner* finira par venir !

Je l'ai menacée d'un morceau de viande sans chapelure, et Sam s'est tourné vers moi.

— Je peux aider ?

— Le plus urgent, c'est de finir de paner ces quelques millions de blancs de poulet. (Des pulsations douloureuses martelaient à présent ma tête, et je commençais à haïr la simple vue de la chair crue.) Je n'avais pas imaginé ce que devient un kilo de volaille, une fois aplati !

Sam m'a bousculée gentiment pour accéder à l'évier et se laver les mains. Il s'est penché pour les sécher sur le torchon et il a posé sa joue contre la mienne.

— Je m'occupe de paner le reste pendant que tu les fais frire. Ça ira, comme ça ?

— Moi, je mets l'eau à bouillir pour les spaghettis, a proposé Rachel. Je suis très douée pour faire bouillir des trucs.

— Tu trouveras la grande casserole à côté !

Elle a disparu dans la petite pièce attenante où elle s'est mise à fureter à grand fracas. Sam s'est penché vers moi et il a pressé ses lèvres contre mon oreille.

— J'ai vu un des nouveaux loups de Beck, aujourd'hui, a-t-il chuchoté. Il a muté !

Il a fallu un moment pour que mon cerveau intègre le sens de ces mots : un des *nouveaux loups*. Olivia était-elle redevenue humaine ? Sam devait-il partir à la recherche des autres ? Où en étions-nous, au juste ?

Je me suis tournée brusquement vers lui, et comme il était tout près, nous nous sommes retrouvés nez contre nez. Le sien était tout froid, et j'ai lu de l'inquiétude dans ses yeux.

— Hep, pas de ça devant moi ! a protesté Rachel. J'aime bien le Garçon, mais je ne veux pas te voir l'embrasser. S'embrasser devant les autres, ça peut être cruel. Et n'êtes-vous pas censés faire frire des trucs ?

Nous avons donc fini de préparer le dîner. Cela m'a semblé prendre un temps d'autant plus horriblement long que je savais que Sam avait quelque chose à me dire, et qu'il ne parlerait pas devant Rachel. En outre, je me sentais coupable : Rachel aussi était une amie d'Olivia, et si elle avait su que celle-ci risquait d'être bientôt de retour parmi nous, elle en aurait été ravie et aurait posé tout plein de questions. J'essayais de ne pas regarder la pendule. La mère de Rachel devait passer la prendre à huit heures.

— Oh, bonsoir, Rachel ! Mmm, ça sent bon !

Ma mère venait d'entrer dans la cuisine et avait traversé la pièce en laissant choir au passage son manteau sur une chaise.

— Maman ? ai-je dit sans chercher à dissimuler ma surprise. Pourquoi tu rentres si tôt ?

— Il y en a aussi pour moi ? J'ai mangé à l'atelier, mais c'était assez léger. (Pour ça, je lui faisais confiance : son métabolisme tournait à cent à l'heure, elle n'arrêtait pas de bouger et ça décimait les calories.)

Puis elle a vu Sam, et son ton est devenu moins aimable :

— Encore toi, Sam ? Bonsoir.

Les joues de mon ami se sont empourprées.

— On pourrait croire que tu habites ici, a poursuivi M'man et elle m'a regardée, cherchant visiblement à me faire comprendre quelque chose, mais je n'ai pas saisi quoi. Sam s'est détourné, comme si le message était bien assez clair pour lui.

Au début, M'man appréciait vraiment Sam, elle avait même pour ainsi dire flirté avec lui, à sa façon de mère, et elle lui avait demandé de chanter et de poser pour un portrait. Mais, à l'époque, elle croyait que c'était juste un flirt. Maintenant que mon ami était manifestement là pour de bon, la gentillesse de ma mère à son égard avait disparu, et nous ne parlions plus, à présent, que le langage du silence : la longueur des pauses entre les phrases devenait plus riche de sens que les mots.

Ma mâchoire s'est contractée :

— Prends des pâtes, M'man. Tu travailles encore ce soir ?

— Tu veux que je débarrasse le plancher, c'est bien ça ? Je peux aller à l'étage. (Elle m'a tapoté le crâne de sa fourchette.) Inutile de me fusiller des yeux, Grace, j'ai compris ! À plus tard, Rachel !

— Je ne la fusillais pas des yeux, ai-je objecté en allant suspendre son manteau.

Quelque chose dans notre échange m'avait laissé un goût amer dans la bouche.

— Non, c'est vrai, a approuvé Sam d'une voix un peu funèbre, mais sa conscience la tourmente !

Son visage était pensif, ses épaules avachies et comme ployant sous un fardeau qu'il ne portait pas ce matin-là. Soudain, je me suis demandé s'il lui arrivait parfois de douter, de remettre en question son choix. Je voulais qu'il sache que je pensais qu'il avait bien fait, que j'étais prête à le crier sur tous les toits. C'est alors que j'ai décidé de me confier à Rachel.

— Tu devrais aller déplacer ta voiture, ai-je dit à Sam.

Il a jeté un coup d'œil inquiet vers le plafond, comme si M'man pouvait lire dans ses pensées à travers le plancher de son atelier, puis vers Rachel, puis moi. *Tu vas lui dire ?* demandait-il des yeux. J'ai haussé une épaule.

Rachel m'a regardée d'un air interrogatif, et j'ai esquissé un geste : *Attends un peu, je t'expliquerai !* Sam est sorti pour lancer vers l'étage :

— Au revoir, madame Brisbane !

Il y a eu une longue pause.

— Au revoir, a enfin articulé la voix de M'man, malgracieuse.

Il est revenu dans la cuisine. Il n'a pas dit qu'il se sentait coupable, ce n'était pas nécessaire : son embarras était peint sur son visage.

— Alors, au revoir, Rachel, si tu pars avant mon retour ! a-t-il prononcé d'un ton incertain.

— Mon retour ? a repris mon amie avec surprise pendant qu'il sortait par-devant en faisant tinter ses clefs de voiture. Qu'est-ce qu'il entend par là ? Dois-je comprendre que le Garçon passe ses *nuits* ici ?

— Chhh… ! (J'ai risqué un œil vers le couloir, j'ai saisi le coude de mon amie et je l'ai propulsée dans le coin de la pièce, avant de lui rendre sa liberté.) Oh ! là, là ! ce que tu as la peau froide, Rachel !

— Mais non, c'est la tienne qui est chaude ! Alors que se passe-t-il ici ? Est-ce que vous… *couchez* ensemble, tous les deux ?

Je me suis sentie rougir malgré moi.

— Ce n'est pas ce que tu crois, seulement…

Rachel ne m'a pas donné le temps de trouver la suite.

— Sacré nom d'un fichu nom d'un sacré fichu… ! J'en reste sans voix, Grace ! Seulement *quoi*, au juste ? Qu'est-ce que vous trafiquez, ensemble ? Non, attends, ne me réponds pas !

— Chhh… ! j'ai répété, même si elle ne faisait pas tant de bruit que ça. Oui, on dort ensemble, voilà ! Je sais bien que ça sonne bizarre de dire ça, mais je…

Je tâtonnais à la recherche des mots pour lui expliquer. Ce n'était pas simplement que je craignais de perdre Sam et que je voulais le garder auprès de moi, ni uniquement une question de sexe. L'important, c'était de m'endormir son torse pressé contre mon dos, de sentir les battements de son cœur ralentir pour s'accorder aux miens ; c'était de continuer à grandir en sachant que ses bras qui m'enlaçaient, l'odeur de son sommeil, le bruit de sa respiration étaient devenus mon foyer, et que, le soir venu, je n'aspirais à rien d'autre. Le voir pendant la journée, c'était différent. Mais je ne savais pas comment le dire à Rachel, et je me suis demandée pourquoi j'avais voulu le faire.

— Je ne sais pas si je vais réussir à t'expliquer. Dormir, ce n'est pas *pareil* avec lui.

— Je n'en doute pas, a-t-elle raillé, les yeux écarquillés.

— Rachel !

— Pardon, pardon ! J'essaie d'avoir un comportement raisonnable, là, mais tu comprends, ma meilleure amie vient de m'avouer qu'elle passe toutes ses nuits avec son petit ami à l'insu de ses parents ! Alors, ça veut dire que le Garçon revient en cachette ? Que tu l'as débauché !

— Tu trouves que j'ai tort ? ai-je demandé, et j'ai fait la grimace à l'idée qu'elle avait peut-être raison.

Rachel a considéré la chose.

— Je trouve ça terriblement romantique ! a-t-elle enfin déclaré.

Soulagée, j'ai éclaté d'un rire un peu incertain, et la tête m'a tourné.

— Si tu savais comme je l'aime, Rachel ! (Mais les mots sonnaient faux et niais, comme dans une pub, ma voix ne pouvait pas transmettre la vérité et la profondeur de ce que je ressentais.) Tu me jures le secret ?

— Motus et bouche cousue ! À Dieu ne plaise que je contribue à séparer les jeunes amants ! Bonté divine, je n'arrive pas à croire que c'est effectivement ce que vous êtes, maintenant !

Mon aveu faisait cogner mon cœur dans ma poitrine, mais je me sentais mieux : un secret de moins nous séparait, Rachel et moi. Peut-être était-il temps de lui en révéler un autre ? Mais quelques minutes plus tard, sa mère est arrivée.

Sam

Dehors, il faisait -8 °C. Dans la vive clarté projetée par le disque plat et pâle de la lune derrière l'enchevêtrement des branches dépouillées, je serrais mes bras nus croisés sur ma poitrine et contemplais mes chaussettes, attendant que la mère de Grace quitte la cuisine. Je maudissais à mi-voix les printemps du Minnesota, et mes imprécations se condensaient en bouffées blanches tourbillonnantes. C'était pour moi une étrange expérience que de me tenir dans ce froid, frissonnant, doigts et orteils gelés, de le sentir me brûler les yeux, et de ne pas pour autant être plus proche de me transformer.

La voix de Grace filtrait par l'interstice de la porte coulissante de la terrasse. Elle parlait de moi à sa mère. Celle-ci lui demanda avec douceur si je comptais revenir également le lendemain soir. Mon amie lui répondit évasivement que oui, sans doute, puisque que j'étais son petit ami. Sa mère fit remarquer sans avoir l'air d'y toucher que certains risquaient de trouver que nous allions un peu vite en besogne. Grace demanda à sa mère si celle-ci désirait se resservir avant qu'elle range le reste du poulet au parmesan au réfrigérateur. J'entendais une note d'impatience dans sa voix, mais sa mère ne semblait pas l'avoir remarquée et s'attardait dans la cuisine, me retenant par là même prisonnier au-dehors. Debout sur le plancher glacial de la terrasse, en jean et mince tee-shirt à l'effigie des Beatles, j'en venais à me demander s'il ne serait pas plus sage de me marier avec Grace, et de partir vivre avec elle comme un couple de jeunes hippies, loin de toute contrainte parentale, sur le siège arrière de ma Volkswagen. Jamais cela ne m'avait paru une si bonne idée qu'à cet instant, alors que mes dents commençaient à s'entrechoquer et que je ne sentais plus ni mes doigts de pieds, ni mes oreilles.

— Tu veux bien me montrer sur quoi tu travailles, dans ton atelier ? entendis-je Grace demander.

— Si tu veux, acquiesça sa mère avec un peu de méfiance.

— Je vais juste chercher mon pull, dit Grace.

Elle s'approcha de la porte vitrée de la terrasse et la déverrouilla discrètement d'une main tout en ramassant le vêtement posé sur la table de la cuisine de l'autre. Je la vis articuler silencieusement « Désolée ! » à mon adresse, puis déclarer, un peu plus fort :

— Il fait un de ces froids, ici !

Je comptai jusqu'à vingt après qu'elles eurent quitté la cuisine puis entrai. Je grelottais convulsivement, mais j'étais toujours Sam.

Tout semblait concourir à me prouver que ma guérison était bien réelle, mais je m'en défiais, et j'attendais la suite.

Grace

Quand je l'ai rejoint dans ma chambre, Sam tremblait encore si violemment que j'en ai oublié mon mal de tête. J'ai refermé la porte sans allumer la lumière et je me suis guidée sur sa voix pour traverser la pièce.

— Ppp... eut-être faudrait-il envisager de changer de mode de vie ! a-t-il murmuré en claquant des dents quand je suis venue le rejoindre dans le lit et que je l'ai enlacé. À travers l'épaisseur de sa chemise, je pouvais sentir sous mes doigts la chair de poule sur ses bras.

J'ai tiré la couverture sur nos têtes et j'ai enfoui mon visage dans la peau frigorifiée de son cou.

— Mais je ne veux pas dormir sans toi ! j'ai chuchoté tout en me sentant égoïste de le dire tout haut.

Il s'est roulé en boule compacte – malgré ses chaussettes, ses pieds glaçaient mes jambes nues – et il a marmonné :

— Moi non plus ! M… m… ais nous avons toute la… (il trébuchait sur ses mots, et il a dû s'arrêter et se frotter les lèvres des doigts pour les réchauffer avant de poursuivre) toute notre vie devant nous, à passer ensemble !

— Toute notre vie, ça commence maintenant !

J'ai entendu alors la voix de mon père – sans doute était-il arrivé juste au moment où j'entrais dans la chambre –, puis mes parents monter l'escalier, en discutant bruyamment et en se bousculant. Un instant, je leur ai envié cette liberté d'aller et de venir à leur gré, sans école, ni contraintes, ni règles.

— Je ne veux pas dire que tu es obligé de rester, si tu ne te sens pas bien, ou si tu ne veux pas. (Je me suis tue un instant.) Je n'ai pas dit ça pour te cramponner !

Sam a roulé face à moi. Dans l'obscurité, je ne distinguais que l'éclat de ses prunelles.

— Jamais je ne me lasserai de toi ! Simplement, je ne veux pas t'attirer des ennuis, ni que tu te sentes obligée de me demander de partir, si les choses deviennent trop difficiles.

J'ai posé la main sur sa joue, agréablement fraîche contre ma peau.

— Ce que tu peux être idiot, parfois, pour un type si futé !

Il s'est encore rapproché, et j'ai senti son sourire se dessiner en courbe contre ma paume.

— Soit tu as vraiment très chaud, m'a dit Sam, soit c'est moi qui suis gelé !

— J'ai très chaud, j'ai chuchoté. Je brûûûle, même !

Il a exhalé un petit rire silencieux, un peu tremblé.

J'ai serré ses doigts dans les miens et je les ai tenus ainsi, nos mains nouées coincées entre nos deux corps, jusqu'à ce qu'ils se soient réchauffés.

— Parle-moi de ce nouveau loup !

Sam s'est raidi.

— Il y a quelque chose qui cloche chez lui : il n'a pas eu peur de moi.

— Bizarre, ça !

— Du coup, je me suis demandé quel genre de personne choisirait de devenir loup. Tous ces nouveaux de Beck sont sûrement fous, Grace ! Qui pourrait désirer cela ?

Je me suis figée sur place à mon tour. Sam avait-il oublié avoir été allongé près de moi, l'année dernière, exactement comme maintenant, et m'avoir entendue lui avouer que j'aurais voulu, moi aussi, me transformer, pour pouvoir rester avec lui ? Non, pas seulement pour cela, mais aussi pour connaître la vie si simple, magique et élémentaire des loups. J'ai repensé à Olivia, devenue une louve à présent, à Olivia qui filait entre les arbres pour rejoindre le reste de la meute, et j'ai ressenti comme une douleur à fleur de peau.

— Ils aiment peut-être tout simplement les loups, et leur vie n'était sans doute pas très satisfaisante.

La main de Sam devenait inerte dans la mienne, et j'ai vu qu'il avait fermé les yeux. Ses pensées erraient loin, très loin de moi, inaccessibles.

— Il ne m'inspire pas confiance, Grace, a-t-il fini par déclarer. J'ai l'impression que rien de bien ne sortira de ces nouveaux. Je... j'aurais préféré que Beck s'abstienne de les créer, qu'il attende.

— Dors, ai-je ordonné, tout en sachant que je l'admonestais en vain. Arrête de t'inquiéter pour l'avenir !

Mais je savais bien que, là non plus, il ne m'obéirait pas.

chapitre 11

Grace

— Encore toi, Grace ?

L'infirmière a levé les yeux quand je suis entrée dans la pièce. Les trois chaises qui lui faisaient face étaient occupées : un élève s'était endormi, la tête rejetée en arrière dans une posture trop ridicule pour être feinte, deux autres lisaient. Personne n'ignorait que Mme Sanders laissait ceux qui se sentaient accablés par le poids de l'existence traîner dans son bureau, ce qui était parfait, jusqu'au moment où une personne affligée d'un affreux mal de crâne, qui ne rêvait que de s'asseoir un instant au calme, entrait pour découvrir toutes les places déjà prises.

J'ai avancé jusqu'au bureau et j'ai croisé les bras sur ma poitrine. J'avais presque envie de fredonner au rythme des pulsations de la douleur dans ma tête. Je me suis frotté le visage de la main – un geste qui m'a soudain violemment rappelé Sam.

— Désolée de revenir vous embêter pour une chose aussi stupide, mais j'ai l'impression que ma tête va éclater !

— Tu n'as pas très bonne mine, en effet, a acquiescé Mme Sanders et elle s'est levée et m'a montré la chaise roulante derrière le bureau. Assieds-toi, pendant que je vais chercher un thermomètre ! Tu me sembles aussi un peu fiévreuse.

— Merci.

Je me suis laissée tomber avec gratitude sur son siège, et elle a disparu dans la pièce voisine.

Cela me faisait tout drôle d'être ici, pas seulement installée à sa place, devant sa partie de solitaire sur l'écran de l'ordinateur et les photos de ses gosses qui me regardaient du bureau, mais à l'infirmerie pour commencer : j'y venais pour la deuxième fois de ma vie, et la première ne datait que de quelques jours. Il m'était arrivé, à l'occasion, d'attendre Olivia dehors, mais jamais je n'avais franchi la porte comme maintenant, cillant sous la lumière fluorescente et me demandant si je n'étais pas en train de tomber malade.

En l'absence de Mme Sanders, je ne me sentais plus obligée de paraître stoïque. Je me suis pincé la racine du nez en essayant d'exercer une pression au point central de ma souffrance. C'était cette même migraine qui m'avait tourmentée récemment, une douleur sourde et rayonnante, qui me brûlait les pommettes et semblait annoncer d'autres maux : je m'attendais sans cesse à avoir le nez qui coule, ou à me mettre à tousser, par exemple.

Mme Sanders est revenue, un thermomètre à la main, et je me suis dépêchée de baisser le bras.

— Ouvre le bec, mon poussin ! m'a-t-elle ordonné. (La formule lui ressemblait si peu que, dans d'autres circonstances, je l'aurais sans doute trouvée hilarante.) J'ai l'impression que tu es en train de tomber malade.

J'ai pris l'instrument et je l'ai glissé sous ma langue. La pochette de plastique qui le recouvrait paraissait visqueuse et tranchante dans ma bouche. J'aurais voulu dire que cela ne m'arrivait pas souvent, de tomber malade, mais je ne pouvais pas parler. Mme Sanders a bavardé avec les élèves qui ne dormaient pas pendant trois interminables minutes avant de reprendre le thermomètre.

— Je croyais qu'on en faisait à lecture accélérée, maintenant ?

— En pédiatrie, oui. On considère que vous, les trublions du secondaire, vous avez bien assez de patience pour utiliser ceux qui coûtent moins cher. (Elle a regardé le thermomètre.) Tu as un peu de température, pas beaucoup. C'est probablement un virus. Il y en a plusieurs qui circulent, en ce moment, et ils déclenchent des poussées de fièvre. Veux-tu que je téléphone à quelqu'un pour demander qu'on vienne te chercher ?

J'ai songé un instant au plaisir de fuir le lycée, de me réfugier dans les bras de Sam pour le restant de la journée. Mais il travaillait, et j'avais une interro de chimie. J'ai soupiré :

— Je vous remercie, mais la journée est déjà presque finie, et j'ai un contrôle.

Elle a fait la grimace.

— Une stoïque ! J'applaudis. Eh bien, je ne suis pas censée faire ça sans consulter tes parents, mais…

Elle s'est approchée et a ouvert un des tiroirs du bureau. J'ai vu une poignée de pièces de monnaie, ses clefs de voiture et un flacon de paracétamol. Elle a déposé deux comprimés dans la paume de ma main en me disant :

— Voilà qui devrait faire tomber ta fièvre et soulager ton mal de tête !

— Merci, ai-je dit en lui rendant sa chaise. Ne prenez pas ça mal, mais j'espère ne pas vous rendre visite à nouveau cette semaine !

— Pourtant, mon bureau devient vraiment le dernier repaire à la mode ! a-t-elle rétorqué, feignant d'être choquée. Prends soin de toi !

J'ai avalé le paracétamol avec quelques gorgées de l'eau de la fontaine près de la porte et je suis retournée en classe. Vers la fin de mon dernier cours, le médicament avait fait son effet, et la douleur était devenue presque imperceptible. Mme Sanders devait avoir vu juste, et cette sensation lancinante de *manque* qui me hantait était sans doute causée par un virus.

J'ai tenté de me convaincre qu'il ne s'agissait de rien d'autre.

chapitre 12

Cole

Il me semblait que je n'aurais pas dû être humain, juste à ce moment-là.

Le grésil, si froid qu'il en devenait brûlant, cisaillait ma peau nue, et je ne sentais plus le bout de mes doigts engourdis et lourds comme des massues. Je ne savais pas depuis quand je gisais sur cette terre gelée, mais la neige avait eu le temps de fondre dans le creux au bas de mon dos.

Je me suis relevé. Je frissonnais si violemment que j'avais du mal à tenir sur mes jambes. J'essayais de comprendre pourquoi je m'étais retransformé, pourquoi je n'étais plus loup. Mes interludes humains avaient jusqu'alors surgi par temps chaud, et ils étaient restés heureusement brefs. Or il régnait ce soir – car, à en juger par le disque orange du soleil derrière les arbres dénudés, il devait bien être six ou sept heures – un froid de loup.

Ce n'était pourtant pas le moment de m'attarder à méditer mon instabilité présente. Je tremblais, mais je ne sentais pas au creux de mon estomac monter la nausée ni ma peau me pincer comme quand j'allais me transformer. Je savais avec une certitude glaçante que j'étais coincé dans cette forme, du moins pour l'instant, ce qui voulait dire que je devais me mettre à l'abri des éléments – j'étais tout nu, et je n'avais pas envie de rester là à attraper des engelures : mon corps présentait trop d'extrémités que je n'entendais pas perdre.

J'ai croisé mes bras, je les ai serrés contre mon torse et j'ai fait un tour d'horizon. La surface du lac scintillait dans mon dos. J'ai scruté en plissant les paupières la forêt sombre devant moi : la statue se dressait près de l'eau, et je distinguais derrière elle les bancs de béton. Je me trouvais donc assez près de l'immense demeure que j'avais vue plus tôt pour y aller à pied.

J'avais désormais un but, et, avec un peu de veine, la maison serait vide.

Aucune voiture n'était garée dans l'allée, jusque-là, la chance était de mon côté.

— Ouille, saloperie de saloperie !

J'ai fait la grimace en traversant la zone de gravier pour gagner la porte de derrière. Mes pieds nus avaient conservé juste assez de nerfs en état de fonctionner pour que je sente les pierres entailler ma chair glacée. Je cicatrisais plus vite qu'avant, lorsque j'étais seulement Cole, mais cela n'atténuait pas la douleur.

J'ai essayé la porte – elle n'était pas verrouillée. Le Très-Haut m'avait décidément à la bonne, ce jour-là, je me suis promis de lui poster un mot en remerciement. J'ai poussé le battant et je suis entré dans un débarras encombré qui sentait la sauce barbecue. Je suis resté là, tout tremblant, paralysé par les souvenirs déclenchés par l'odeur. Mon estomac – bien plus plat et ferme que la dernière fois que j'avais été humain – m'a lancé un grondement agressif. Un bref instant, j'ai songé à chercher la cuisine pour y voler de la nourriture.

L'idée de vouloir une chose aussi intensément m'a fait sourire malgré moi, puis mes pieds douloureusement froids m'ont rappelé la raison de ma présence : d'abord trouver des vêtements, ensuite à manger. J'ai quitté le débarras pour un vestibule plongé dans la pénombre.

La maison n'était pas moins gigantesque qu'elle m'avait paru de l'extérieur. On aurait cru un décor étalé à la une de *Maisons et Jardins* : tous les ornements des murs étaient accrochés *exactement* là où il convenait, par groupes parfaits de trois ou de cinq, dans un alignement impeccable ou une charmante asymétrie. J'ai suivi le tapis immaculé d'une couleur sans doute appelée « mauve » étalé sur le parquet, qui étouffait le bruit de mes pas, et, me retournant pour surveiller mes arrières, j'ai bien manqué trébucher contre un vase qui avait l'air de coûter très cher et avec un bouquet de branches mortes artistement disposées dedans. Je me suis demandé si cet endroit était vraiment habité.

Et tout d'abord, s'il y vivait quelqu'un de la même taille que moi.

J'ai hésité : à ma gauche s'enfonçait le vestibule obscur, à ma droite, un escalier sombre et imposant, qui aurait pu servir pour le tournage d'une scène de crime dans un film d'horreur gothique. J'ai réfléchi et me suis décidé pour l'étage : si j'étais riche et si j'habitais le Minnesota, je mettrais ma chambre en haut, puisque la chaleur monte.

L'escalier m'a conduit à un couloir en mezzanine. Mes orteils, qui retrouvaient peu à peu leur sensibilité au contact de l'épaisse moquette verte, me brûlaient, mais la douleur me rassurait, car elle m'apprenait que le sang circulait toujours dans mes pieds.

— Pas un geste ! a intimé une voix de femme.

Malgré l'intrus en costume d'Adam dans sa maison, elle ne trahissait aucune frayeur, et j'en ai déduit que, si je me retournais, je me retrouverais sans doute nez à nez avec le canon d'un fusil. Je sentais avec acuité les battements trop mesurés de mon cœur dans ma poitrine. Comme ça me manquait, l'adrénaline !

Je me suis retourné.

C'était une fille, une jeune fille d'une beauté quasi annihilante dans le style je-te-consume-le-cœur, aux yeux bleus immenses partiellement dissimulés derrière une frange blonde en dents de scie, et dont la posture et la ligne des épaules indiquaient qu'elle ne s'en laisserait pas conter. Elle m'a balayé du regard, des pieds à la tête et retour, et j'ai eu l'impression d'avoir été jugé et reconnu décevant.

J'ai essayé un sourire.

— Bonjour ! Désolé, je suis tout nu.

— Enchantée ! Désolée, je suis Isabel, a-t-elle rétorqué du tac au tac. Qu'est-ce que tu fais chez moi ?

Question à laquelle il n'existait pas vraiment de bonne réponse.

On a entendu en bas une porte qui se refermait, et nous avons sursauté de conserve. Mon cœur a geint derrière mes côtes, et j'ai été surpris de ressentir de la terreur – de ressentir quoi que ce soit, après une si longue période de néant total.

Je me suis figé sur place.

— Bonté divine !

Une femme surgie au pied de l'escalier me lorgnait à travers la rambarde de la mezzanine. Ses yeux se sont tournés vers Isabel.

— Oh, mon Dieu ! Qu'est-ce que... ?!

Je me voyais sur le point d'être trucidé, et à poil, qui plus est, par deux générations de très belles femmes.

— *M'man !* a coupé sèchement la plus jeune. Cela te dérangerait de ne pas mater comme ça ? C'est positivement obscène !

Sa mère et moi avons cillé, bouche bée.

Isabel s'est approchée et penchée par-dessus la balustrade pour tonner :

— On ne pourrait pas avoir un peu d'intimité, par ici !

Ce qui a tiré sa mère de sa transe.

— Isabel Rosemary Culpeper ! s'est-elle exclamée d'une voix qui grimpait dans les aigus. M'expliqueras-tu enfin ce que ce garçon *tout nu* fait dans cette maison ?

— À ton avis ? Qu'est-ce que tu crois que je fais avec lui ? Carrotnose t'a pourtant prévenue que je risquais de passer à l'acte, si vous persistiez à m'ignorer. Eh bien, voilà, je passe à l'acte ! C'est ça, regarde-moi avec des yeux ronds, j'espère que tu apprécies le spectacle ! Je ne sais pas pourquoi tu exiges que nous suivions une thérapie, quand toi, tu n'écoutes même pas ce que te dit le docteur, alors, vas-y maintenant, punis-moi pour tes erreurs !

— Mon petit ! a dit sa mère sur un ton bien plus bas. Mais…

— Et estime-toi heureuse que je ne sois pas debout au coin d'une rue à me prostituer ! a rugi Isabel.

Elle a pivoté vers moi, et son visage s'est radouci d'un coup. Elle a poursuivi à mon adresse, d'une voix un million de fois plus légère :

— Je ne veux pas que tu me voies comme ça, chéri. Retourne dans la chambre, d'accord ?

J'étais un acteur jouant sa propre vie.

En bas, la mère d'Isabel a passé une main sur son front en évitant de regarder dans ma direction.

— Je t'en prie, dis-lui au moins d'enfiler quelque chose avant le retour de ton père ! Je vais aller prendre un verre pendant ce temps-là. Et je ne veux plus le voir !

Elle nous a tourné le dos. Isabel m'a agrippé le bras – le contact de sa main sur ma peau m'a fait comme un choc – et m'a tiré jusqu'à une porte. Je me suis retrouvé devant une salle de bains toute carrelée de noir et de blanc, dont la plus grande partie était occupée par une immense baignoire aux pattes griffues.

Isabel m'a propulsé à l'intérieur si violemment que j'ai failli tomber dedans et elle a refermé la porte.

— Pourquoi diable es-tu humain si tôt dans la saison ?

— Tu sais ce que je suis ? j'ai demandé stupidement.

— Je t'en prie ! (Sa voix débordait d'un tel mépris qu'elle menaçait d'en devenir séduisante : personne – absolument *personne* – ne se permettait de me parler comme ça.) Soit tu fais partie de la meute de Sam, soit tu n'es qu'un quelconque pervers à poil qui pue le chien !

— Sam ? Tu ne veux pas plutôt dire Beck ?

— Non, c'est Sam qui dirige, maintenant, a-t-elle rectifié. Mais peu importe, ce qui compte, c'est que, pour l'instant, tu te retrouves tout nu dans ma maison, au lieu d'être un loup dans la forêt. Comment ça se fait, d'ailleurs, et comment tu t'appelles ?

Et là, dans un éclair de folie, j'ai bien failli lui dire.

Isabel

Son visage a pris un instant un air lointain et un peu incertain, la première expression que je lui voyais depuis que je l'avais surpris à se pavaner près de la balustrade, puis il a repris son sourire presque narquois :

— Cole.

Il répondait comme s'il me faisait une fleur.

— Alors pourquoi n'es-tu pas loup, Cole ? ai-je répliqué sur le même ton.

— Parce que, sinon, je ne t'aurais pas rencontrée ?

— Pas mal ! ai-je concédé, et j'ai senti un rictus me tordre les lèvres. J'en savais assez sur la drague machinale pour la reconnaître du premier coup d'œil, et ce garçon ne manquait pas de culot : loin de sembler de plus en plus mal à l'aise au fur et à mesure que nous parlions, il avait attrapé des deux mains la barre du rideau de douche derrière lui et s'étirait assez joliment, tout en continuant à m'observer.

— Pourquoi as-tu menti à ta mère ? m'a-t-il demandé. Tu l'aurais fait, si j'avais été un agent immobilier bedonnant changé en loup-garou ?

— Sans doute pas, la bonté d'âme, ce n'est pas trop mon truc. (Par contre, la façon dont ses bras levés faisait saillir les muscles de ses épaules et tendait la peau de son torse l'était, et je me suis efforcée de ne voir que la courbe arrogante de ses lèvres.) Cela dit, il te faut des vêtements.

L'arc de sa bouche s'est prononcé.

— Tôt ou tard ?

Je lui ai lancé un sourire mauvais.

— Tôt, tant qu'à faire, histoire de voiler ta collection d'horreurs.

Il a arrondi les lèvres en O.

— Dur, dur !

J'ai haussé les épaules.

— Attends-moi ici, et ne fais pas de bêtises ! Je reviens tout de suite.

J'ai refermé la porte de la salle de bains et j'ai descendu le couloir jusqu'à l'ancienne chambre de mon frère. J'ai hésité un instant devant la porte, puis j'ai ouvert.

Un temps assez long s'était écoulé depuis sa mort pour que ma présence dans cette pièce ne me paraisse plus une intrusion, et en outre, l'endroit ne ressemblait plus beaucoup à sa chambre : sur les conseils de son avant-dernier thérapeute, ma mère avait rangé une grande partie des affaires de mon frère dans des cartons, qu'elle avait ensuite, sur ceux de son analyste actuel, abandonnés sur place. Son équipement sportif et les enceintes qu'il avait construites lui-même avaient été emballés, et, sans ces deux éléments-là, il restait pour ainsi dire *peanuts* de Jack.

En traversant la chambre obscure pour atteindre l'halogène, je me suis cogné le tibia contre le coin d'un carton thérapeutique. J'ai allumé la lumière en pestant à mi-voix, et j'ai envisagé pour la première fois ce que je m'apprêtais à faire : à savoir, fouiller dans les affaires de mon frère mort pour y trouver de quoi vêtir le loup-garou beau à se pâmer mais passablement abruti qui squattait présentement ma salle de bains, et dont je venais d'affirmer à ma mère qu'il était mon amant.

Peut-être avait-elle raison, après tout, de soutenir que j'avais besoin de consulter !

J'ai contourné les piles de cartons pour aller ouvrir la penderie. Une bouffée d'odeur-de-Jack s'en est échappée – plutôt répugnante, à vrai dire : un cocktail de polos mal lavés, de shampooing pour homme et de vieilles chaussures, mais, durant une seconde, une seule, je me suis figée sur place, fixant les silhouettes sombres des vêtements suspendus. Puis j'ai entendu ma mère, très loin en bas, laisser tomber quelque chose, et je me suis souvenue que je devais faire sortir Cole d'ici avant que mon père ne revienne à la maison. Maman ne lui dirait rien. Pour ce genre de choses, on pouvait compter sur elle : elle n'aimait pas plus que moi voir les objets voler en éclats.

J'ai déniché un vieux sweat miteux, un tee-shirt et un jean correct et, satisfaite, je me suis retournée – pour me retrouver nez à nez avec Cole.

J'ai ravalé une imprécation, le cœur battant à tout rompre. Il était assez grand et se tenait si près de moi que j'ai dû pencher la tête un peu en arrière pour distinguer ses traits. La clarté sourde de l'halogène accentuait les reliefs de son visage, comme dans un portrait de Rembrandt.

— Tu avais disparu depuis une éternité (il a reculé d'un pas, par politesse), alors je suis venu voir si tu n'étais pas allée chercher un fusil.

Je lui ai fourré les vêtements dans les bras.

— Il faudra que tu les portes sans rien dessous.

— Parce qu'il y a d'autres façons de s'habiller ?

Jetant le sweat et le tee-shirt sur le lit, il s'est détourné à demi pour enfiler le jean. Celui-ci était un peu trop large, et je voyais l'ombre de la crête de ses hanches s'enfoncer derrière le tissu.

Il a pivoté. J'ai vite détourné les yeux, mais je savais qu'il m'avait surprise à le mater, et j'avais envie de lui griffer la figure pour effacer la courbe insolente de ses sourcils. Il a ramassé le tee-shirt, l'a déplié, et j'ai alors vu que c'était le préféré de mon frère, son tee-shirt Viking, avec la tache blanche sur l'ourlet, en bas, à droite, qu'il avait faite en repeignant le garage l'année passée. Jack pouvait le porter pendant des jours et des jours d'affilée, jusqu'au moment où même lui admettait qu'il puait. J'avais haï ce vêtement.

Cole a levé les bras au-dessus de sa tête pour l'enfiler, et l'idée de voir qui que ce soit d'autre que mon frère porter ce maillot m'est soudain devenue intolérable. J'ai empoigné sans réfléchir le tissu. Cole s'est immobilisé et m'a considérée d'un regard sans expression. Juste un peu surpris, peut-être.

J'ai tiré sur l'étoffe pour lui faire comprendre ce que je voulais, il a desserré les doigts d'un air vaguement intrigué et il m'a laissée lui reprendre le tee-shirt des mains. Alors, pour ne pas avoir à m'expliquer, j'ai embrassé Cole : il était plus simple de le repousser contre le mur et d'explorer des lèvres les contours de son rictus que de comprendre pourquoi la vue du tee-shirt de Jack dans les mains de quelqu'un d'autre me perçait tant les tripes et me faisait me sentir si vulnérable.

Et il était doué, pour embrasser ! Il n'a pas cherché à me toucher, mais son ventre plat et ses côtes frottaient contre moi.

De près, il dégageait la même odeur musquée de loup et de pin que Sam, la première fois que je l'avais rencontré. Une certaine avidité dans la façon dont il pressait sa bouche sur la mienne me soufflait qu'il se montrait plus sincère en baisers qu'en paroles.

Cole n'a pas bougé quand je me suis écartée. Il est resté appuyé contre le mur, les pouces enfoncés dans les poches de son jean ouvert, la tête penchée, à m'observer. Mon cœur cognait dans ma poitrine, mes mains tremblaient tant je devais me faire violence pour ne pas l'embrasser derechef, mais lui ne semblait pas plus ému que ça. Je voyais son pouls battre tranquillement sous la peau de son ventre.

Qu'il reste plus maître de lui-même que je ne l'étais m'a mise hors de moi. J'ai reculé d'un pas et je lui ai lancé le tee-shirt de Jack à la figure. Le vêtement a rebondi contre son torse et il a levé le bras pour l'attraper.

— C'était si nul que ça ?

— Oui ! (J'ai croisé les bras, parce que c'était une façon de les immobiliser.) On aurait dit que tu essayais de mordre dans une pomme.

Il a levé les sourcils comme s'il savait que je mentais.

— On réessaye ?

— Non. (J'ai appuyé un doigt sur mon front.) Il vaut mieux que tu t'en ailles, maintenant.

J'avais peur qu'il me demande où, mais il a juste enfilé le tee-shirt et refermé sa braguette d'un geste définitif.

— Si tu le dis.

La plante de ses pieds était toute lacérée de coupures. Il ne m'a pas réclamé de chaussures, et je ne lui en ai pas proposé. Je ne pouvais lui parler, m'expliquer, les mots s'étranglaient dans ma gorge, alors je me suis contentée de redescendre avec lui au rez-de-chaussée et de l'escorter jusqu'à la porte par laquelle il était entré.

Il a hésité un instant quand nous sommes passés près de la cuisine, et je me suis souvenue de ses côtes saillantes contre les miennes. Je savais que j'aurais dû lui offrir quelque chose à manger, mais je désirais surtout le voir filer aussi vite que possible. En quoi était-ce tellement plus facile de déposer dehors une assiette pleine pour les loups ?

Sans doute parce que ceux-ci ne souriaient pas avec arrogance.

Dans le cellier, je me suis arrêtée près de la porte et j'ai croisé de nouveau les bras.

— Mon père tue les loups, lui ai-je annoncé, à bon entendeur, salut ! Tu ferais peut-être mieux d'éviter les bois derrière la maison.

— J'y songerai, quand je me retrouverai dans la peau d'une bête incapable de pensées plus élevées, m'a répondu Cole, mais merci pour le tuyau.

— Toujours ravie de rendre service !

Quand j'ai ouvert la porte, les flocons de neige fondue qui zébraient obliquement la nuit sombre ont constellé ma manche.

Je m'attendais à ce qu'il prenne un air abattu, histoire de m'apitoyer, mais il m'a seulement regardée, un étrange sourire plein d'assurance aux lèvres, avant de s'enfoncer dans la nuit en refermant fermement la porte derrière lui.

Je suis restée plantée là un bon moment, à jurer à mi-voix sans bien comprendre pourquoi je me laissais affecter par tout cela, puis je suis allée à la cuisine, j'ai pris la première chose qui me tombait sous la main – un sachet de pain – et je suis retournée à la porte de derrière.

J'avais préparé ce que j'allais dire, quelque chose comme : *Ne t'attends pas à quoi que ce soit d'autre !* mais quand j'ai ouvert la porte, il avait déjà disparu.

J'ai allumé la lampe extérieure, inondant le jardin gelé d'une clarté jaune et diffuse. La mince couche de neige lançait des ombres bizarres. À deux ou trois mètres de la porte, j'ai vu le jean, le tee-shirt et le sweat abandonnés en tas désordonné sur le sol.

Je suis sortie. Mes oreilles et mes yeux me brûlaient, mes pas crissaient sur la neige. Je me suis accroupie pour examiner les vêtements. L'une des manches dépassait de la pile, comme pour indiquer la pinède au loin. J'ai levé les yeux et je l'ai vu : à quelques mètres de là, un loup gris brun se tenait immobile et me fixait du regard vert de Cole.

— Mon frère est mort, lui ai-je dit.

Il n'a même pas tressailli d'une oreille. Le grésil et la neige fondue tombaient en voltigeant et s'accrochaient à sa fourrure.

— Je ne suis pas quelqu'un de très sympathique, j'ai poursuivi.

Pas un mouvement. Je me suis efforcée de concilier mentalement les yeux de Cole et ce museau de loup.

J'ai ouvert le sachet de pain et je l'ai tenu en laissant dégringoler les tranches à mes pieds. Il est resté figé comme une statue, me fixant sans ciller de ses yeux humains dans sa tête lupine.

— Mais je n'aurais pas dû te dire que tu étais nul pour embrasser, ai-je ajouté en frissonnant, puis je me suis tue, parce que je ne savais plus comment poursuivre.

Je suis revenue à la porte. Avant d'entrer, j'ai plié les vêtements et j'ai retourné le cache-pot près du mur par-dessus pour les protéger des éléments. Et je l'ai laissé dans la nuit.

Je revoyais ses yeux de garçon dans sa face de loup, et ils m'ont paru aussi vides que je me sentais, à l'intérieur.

chapitre 13

Sam

Ma mère me manquait.

Je ne pouvais m'en ouvrir à Grace qui, lorsqu'elle pensait à elle, ne voyait que les affreuses cicatrices que mon père et ma mère avaient laissées sur mes poignets. De fait, les souvenirs que je gardais de mes parents tentant de tuer le monstre miniature que j'étais devenu avaient si douloureusement pénétré mon esprit que j'avais parfois l'impression qu'ils allaient me fendre le crâne, et les traces en étaient si profondes et si vives que je n'approchais jamais une baignoire sans revivre le contact des lames de rasoir sur ma peau.

Mais s'y mêlaient également d'autres réminiscences, qui ressurgissaient lorsque je m'y attendais le moins. Comme à présent, alors que, penché sur le comptoir de *L'Étagère Biscornue*, mes livres délaissés à portée de main, je regardais par la fenêtre monter le crépuscule. Les derniers mots que j'avais lus s'accrochaient encore à mes lèvres – Ossip Mandelstam parlait de moi sans m'avoir jamais connu :

Mais nul loup de sang ne suis-je

Dehors, les derniers rayons de soleil glaçaient d'ambre aveuglant les ailes des voitures garées dans la rue et remplissaient les flaques d'or liquide. La boutique vide somnolait, s'obscurcissant déjà, hors de portée du jour déclinant.

Il restait encore vingt minutes avant la fermeture.

Et c'était mon anniversaire.

Ma mère confectionnait toujours des petits-fours pour l'occasion. Jamais un gâteau, car nous n'étions que trois, mes parents et moi, et j'avais un appétit d'oiseau capricieux et têtu. Un gâteau aurait rassis avant d'être mangé.

Elle préparait donc des petits-fours ce jour-là, et je me souvenais de la fragrance vanillée du glaçage qu'elle déposait avec un cornet, d'un geste vif, en traçant des spirales. La pâtisserie n'avait rien d'extraordinaire, sinon qu'une bougie y était fichée : au bout de la mèche, juste au-dessus d'une perle de cire tremblotante, dansait une flamme minuscule, qui la transformait en chose splendide, étincelante et spéciale.

Je retrouvais l'odeur d'église de l'allumette qu'on venait de souffler, je voyais le reflet de la flamme dans les yeux de ma mère, je sentais de nouveau le contact du coussin mou de la chaise de la cuisine sous mes maigres jambes repliées. J'entendis ma mère me dire de mettre mes mains sur mes genoux et la vis poser le gâteau devant moi – elle avait refusé de me laisser tenir l'assiette, de crainte que je ne renverse la bougie.

Mon père et ma mère m'avaient toujours si soigneusement couvé – jusqu'au jour où ils avaient décidé que je devais mourir.

Assis dans la boutique, je posai mon front dans mes mains et contemplai le coin corné de la jaquette du livre devant moi. Ce n'était pas une simple feuille de papier imprimé, elle était recouverte d'un film transparent, qui, en se déchirant, en avait mis à nu un fragment, maintenant tout abîmé, jauni et taché.

Je me mis alors à douter de mon souvenir. Ma mère préparait-elle réellement ces petits-fours ? Ne s'agissait-il pas plutôt d'une chose que mon esprit aurait empruntée à l'un ou l'autre des milliers de livres que j'avais lus, de la mère d'un autre, qui, plaquée sur la mienne, se serait glissée en moi pour combler un vide ?

Je relevai les yeux, sans bouger la tête, jusqu'aux marques jumelles de mes poignets. La pénombre vespérale laissait voir les lignes bleutées de mes veines. Elles couraient sous la peau translucide pour s'enfoncer dans les reliefs du tissu cicatriciel, mais les bras que je tendais en esprit vers le petit-four dans l'assiette avaient encore une peau lisse, immaculée, et vierge de l'amour de mes parents ; ma mère me lançait en souriant :

— *Joyeux anniversaire !*

Je fermai les paupières.

J'ignore combien de temps j'étais resté ainsi lorsque le tintement de la clochette de la porte me fit sursauter. J'allais informer le nouvel arrivant que la boutique était déjà fermée, quand Grace entra en repoussant le battant de l'épaule. Elle tenait d'une main un plateau de boissons et de l'autre un sac Subway, et ce fut comme si une nouvelle lumière venait de s'allumer dans la librairie. L'endroit tout entier me parut rayonner.

J'étais trop stupéfait pour me précipiter aussitôt à son aide, et le temps que j'y pense, elle avait déjà déposé le tout sur le bureau et le contournait pour venir m'enlacer.

— Bon anniversaire ! me chuchota-t-elle à l'oreille.

Je me contorsionnai pour libérer mes bras et les enrouler autour de sa taille. Je la pressai contre moi et enfouis mon visage dans son cou, dissimulant ma surprise.

— Comment savais-tu ?

— C'est Beck qui me l'a dit, avant qu'il se transforme, expliqua-t-elle, mais tu aurais quand même pu m'en parler toi aussi ! (Elle recula pour mieux me voir.) À quoi songeais-tu, quand je suis entrée ?

— À être Sam.

— Un bien beau songe !

Son sourire s'élargit encore et encore, jusqu'à ce que je le sente se refléter sur mon propre visage, puis Grace s'écarta et montra d'un geste le bureau et son offrande étroitement mêlée à ma pile de livres.

— Désolée de ne pouvoir faire mieux ! Il n'y a pas vraiment d'endroit romantique, à Mercy Falls, et y en aurait-il que je ne suis pas en fonds. Tu peux manger tout de suite ?

Je me faufilai jusqu'à la porte, la verrouillai et retournai le panonceau.

— C'est l'heure de la fermeture. Tu préfères qu'on rentre à la maison, ou qu'on s'installe ici, à l'étage ?

Elle eut un regard pour l'escalier recouvert d'un tapis bordeaux, et je compris que son choix était fait.

— Toi, le malabar, tu portes les boissons, dit-elle non sans une ironie considérable. Moi, je prends les sandwichs, qui sont incassables.

J'éteignis les lumières au rez-de-chaussée et lui emboîtai le pas, le plateau de carton à la main. Nos pieds s'enfoncèrent en chuintant dans l'épais tissu quand nous gravîmes les marches jusqu'au loft sombre et mansardé. À chaque pas, je me sentais m'élever un peu plus au-dessus de ce souvenir d'anniversaire, vers une chose infiniment plus réelle.

— Qu'est-ce que tu m'as choisi ?

— Un sandwich d'anniversaire, bien sûr, répondit-elle.

Je pressai le bouton de la lampe en forme d'iris posée sur l'une des étagères basses, et six petites ampoules illuminèrent la pièce d'une clarté rose erratique. Je rejoignis Grace sur le petit canapé défoncé.

Mon « sandwich d'anniversaire » se révéla être un rôti-de-bœuf-mayonnaise, tout comme le sien. Nous étalâmes entre nous en guise de table les papiers d'emballage en en superposant les bords, et Grace fredonna un « Joyeux anniversaire » affreusement faux.

— Et tout plein d'autres à venir ! ajouta-t-elle à la fin dans une tout autre tonalité.

— Merci beaucoup, dis-je en effleurant du doigt son menton, et elle me sourit.

Quand nous eûmes fini les sandwichs – ou, plus exactement, quand j'eus presque entièrement terminé le mien, et que Grace eut grignoté le pain du sien –, elle me dit :

— Va jeter les papiers, pendant que je sors ton cadeau !

Je la regardai d'un air interrogateur soulever son sac à dos pour le poser sur ses genoux.

— Tu ne devrais pas m'offrir un cadeau, protestai-je, ça me gêne !

— Mais moi, ça me fait plaisir, répondit-elle. Alors, ne gâche pas tout en faisant le timide, et débarrasse-nous de ça !

Je baissai la tête et entrepris de plier les papiers.

— Toi et tes grues ! s'exclama-t-elle en riant quand elle vit que je transformais le moins froissé des deux en un grand oiseau flasque au logo du métro. Pourquoi tu les fabriques, au juste ?

— Pour garder les moments heureux, pour m'en souvenir. (Je lui tendis l'oiseau, qui battit l'air de ses ailes molles et chiffonnées.) Je suis sûr que tu n'oublieras jamais d'où vient celle-ci !

Grace l'examina.

— Cela ne me paraît pas une affirmation trop risquée.

— Tu vois, mission accomplie ! dis-je en reposant doucement le pliage par terre près du canapé.

Je savais que j'étais en train d'essayer de gagner du temps. Un drôle de nœud s'était formé dans mon ventre à l'idée qu'elle m'avait trouvé un cadeau, mais je ne pouvais l'en dissuader.

— Maintenant ferme les yeux ! ordonna-t-elle.

Je perçus dans la voix comme un léger accroc – une note d'anticipation, d'espoir – et formai des vœux pour que son cadeau, quel qu'il fût, me plaise, et j'essayai de me représenter mentalement une expression ravie, pour pouvoir composer mon visage, en cas de besoin.

J'entendis Grace tirer la fermeture Éclair de son sac à dos. Les coussins bougèrent lorsqu'elle changea de position sur le canapé. J'étais plongé dans la demi-solitude de mes paupières closes.

— Tu te souviens de la première fois que nous sommes venus ici ?

La question était purement rhétorique, et je me contentai de sourire.

— Tu te rappelles comment tu m'as dit de fermer les yeux, et que tu m'as lu ce poème de Rilke ? (La voix de Grace s'était rapprochée, et je sentis son genou appuyer contre le mien.) Je t'ai tant aimé, ce jour-là, Sam Roth !

Je me sentis frémir. J'avalai ma salive. Je savais qu'elle m'aimait, mais elle ne le disait presque jamais, et ses mots étaient à eux seuls un cadeau. J'avais les mains posées ouvertes sur les genoux. Grace pressa quelque chose dans mes paumes, puis les referma l'une sur l'autre. Du papier.

— Je ne peux pas être romantique comme toi, dit-elle, tu sais bien que ce n'est pas dans mes cordes. Mais… voilà… (elle partit d'un drôle de petit rire, si attendrissant que j'en oubliai presque de garder les paupières closes et faillis la regarder) tu peux ouvrir les yeux, maintenant !

Je m'exécutai. Dans mes mains se trouvait une feuille de papier A4 pliée. Je devinais par transparence des lignes de texte à l'intérieur, que je ne pouvais lire.

Grace avait du mal à tenir en place. Je craignais tant de la décevoir que son impatience m'était douloureuse.

— Déplie-la !

Je m'efforçai de me remémorer les caractéristiques d'un visage radieux : les sourcils haussés, obliques, le large sourire, le plissement des yeux.

Je dépliai la feuille…

… et oubliai sur-le-champ de me composer une expression : je contemplais, presque incrédule, les mots imprimés sur le papier. Ce n'était pas un cadeau époustouflant en soi, même si, pour Grace, il avait sans doute été difficile à trouver, non, ce qui en faisait une chose extraordinaire, c'est qu'il *était* moi, qu'il incarnait une résolution que je n'avais pas eu le courage d'écrire. Il montrait combien elle me connaissait, et donnait corps à son *Je t'aime*.

C'était un bordereau de facture, pour cinq heures de studio d'enregistrement.

Je levai les yeux. Sur le visage de Grace, l'attente avait disparu, remplacée par la satisfaction, une satisfaction entière et totale, qui prouvait bien que mon visage avait trahi ma réaction.

— Grace, soufflai-je d'une voix plus basse que je ne l'avais escompté.

Son petit sourire ravi menaçait de s'étendre à ses oreilles.

— Ça te plaît ? demanda-t-elle inutilement.

— Je…

Elle m'épargna la suite.

— Le studio se trouve à Duluth, et j'ai choisi une date où on était libres tous les deux. Je me suis dit que tu pourrais jouer certaines de tes chansons et…, je ne sais pas, en faire ce que tu comptes en faire !

— Enregistrer une démo, dis-je doucement.

Elle n'imaginait pas tout ce que son cadeau représentait pour moi — ou, au contraire, si, peut-être en saisissait-elle toutes les implications. Plus qu'un simple encouragement à poursuivre ma musique, il fondait l'avenir en assurant qu'il y aurait bien pour moi une semaine, un mois et une année à venir. Travailler en studio d'enregistrement signifiait faire des projets pour un futur tout neuf, cela voulait dire que, si je donnais ma démo à quelqu'un, et que cette personne me dise : « *Je vous contacterai dans un mois* », je serais encore humain à ce moment-là.

— Oh, Grace, si tu savais comme je t'aime !

Je l'étreignis, la facture toujours à la main, je pressai les lèvres sur ses tempes et la serrai tout contre moi, puis je posai la feuille à côté de la grue au logo du métro.

— Tu vas aussi en faire un oiseau ? demanda-t-elle en fermant les yeux pour que je l'embrasse.

Mais j'écartai simplement d'une caresse les mèches de son visage pour la regarder. Elle me rappelait ces anges qu'on voit sur les tombes, paupières closes, visage levé et mains jointes.

— Tu as chaud à nouveau, lui dis-je. Tu es sûre que tu te sens bien ?

Grace n'ouvrit pas les yeux. Je fis courir un doigt autour de son visage comme pour en écarter encore quelques cheveux. Ma peau me paraissait froide contre la sienne, brûlante.

— Mmm hmm, murmura-t-elle.

Je poursuivis mon geste tout en songeant à lui dire qu'elle était belle, et qu'elle était mon ange, mais je savais ces mots plus lourds de sens pour moi que pour elle : elle y verrait de simples formules, des lieux communs qui la feraient sourire une seconde, avant de… disparaître, trop galvaudés pour être vrais. Pour elle, c'étaient ma main sur sa joue, mes lèvres sur sa bouche, tous ces contacts éphémères qui comptaient et lui prouvaient mon amour.

En me penchant pour l'embrasser, je perçus une ombre de l'effluve douceâtre d'amande du loup qu'elle avait trouvé, une trace si ténue que je l'imaginais peut-être, mais cette simple idée suffit à me déconcerter.

— Si on rentrait ? proposai-je.

— Tes pénates, c'est ici, me taquina Grace. On ne me la fait pas !

Mais je me levai et la tirai par les deux mains pour l'inciter à me suivre.

— Je voudrais qu'on soit de retour avant tes parents, et ils reviennent vraiment tôt ces derniers temps !

— Et si on s'enfuyait ensemble, tous les deux ? suggéra-t-elle avec désinvolture en se penchant pour ramasser les restes de notre pique-nique.

Je tins le sac en papier ouvert pour qu'elle puisse tout jeter dedans, je la regardai mettre de côté la grue que j'avais pliée, puis nous redescendîmes au rez-de-chaussée.

Main dans la main, nous retraversâmes la librairie obscure et sortîmes par-derrière, là où Grace avait garé sa Mazda blanche. Pendant qu'elle s'installait au volant, je levai ma paume à mes narines en essayant de retrouver l'odeur de tout à l'heure. Je n'y parvins pas, mais le loup en moi ne pouvait pas oublier son souvenir dans notre baiser.

Comme une voix basse, murmurant dans un souffle, dans une langue étrangère, un secret que je ne pouvais comprendre.

chapitre 14

Sam

Quelque chose me réveilla.

Dans l'obscurité familière de la chambre de mon amie, je n'étais pas sûr de pouvoir l'identifier. Aucun bruit ne provenait de l'extérieur, et la maison elle-même reposait dans le silence semi-conscient de la nuit. Grace, qui avait roulé loin de moi, dormait paisiblement. Je l'enlaçai, pressant le nez contre sa nuque qui fleurait bon la savonnette. Les minuscules cheveux blonds de son cou me chatouillèrent les narines, et je m'écartai, mais elle se serra contre moi avec un soupir. J'avais besoin de dormir, moi aussi – le lendemain était jour d'inventaire à la librairie –, mais un bourdonnement sourd de mon subconscient me tenait éveillé, mal à l'aise. Je restai donc ainsi, lové tout contre elle, comme deux cuillères dans un tiroir, jusqu'à ce que le contact de sa peau trop chaude m'incommode.

Je m'éloignai alors doucement de quelques centimètres, la main toujours posée sur sa hanche. D'ordinaire, la courbe douce de ses côtes sous ma paume m'apaisait et m'aidait à m'assoupir, mais pas cette nuit.

J'étais hanté par le souvenir de ce que je ressentais autrefois à l'amorce de la transformation : le froid qui rampait sur ma peau en laissant dans son sillage une traînée de chair de poule, les sursauts, les virevoltes et les bouleversements de mon estomac lorsque la nausée m'envahissait, le lent éblouissement de la douleur irradiant dans ma colonne vertébrale, et mes pensées qui m'éludaient, comprimées et contraintes par mon crâne d'hiver.

Les ténèbres pressaient contre mes yeux, mais le sommeil se dérobait, juste hors de ma portée. Mon instinct m'aiguillonnait inlassablement, m'exhortait à la vigilance. *Il y a quelque chose qui cloche*, chantonnait tout mon être lupin.

Dehors, les loups se mirent à hurler.

Grace

J'avais trop chaud. Les draps collaient à mes mollets moites et je sentais au coin de mes lèvres un goût de transpiration. Le chant des loups montait de la forêt, tandis que des milliers de minuscules aiguilles brûlantes me picotaient le visage et les bras. Tout m'était douloureux : le poids oppressant de la couverture, la main glaciale de Sam sur ma hanche, le souvenir de ses doigts pressés contre ses tempes, les plaintes aiguës de la meute, la forme de ma peau sur mon corps.

Je dormais, je rêvais. Ou peut-être étais-je éveillée, juste au sortir d'un rêve. Impossible de trancher.

Je revoyais en esprit tous ceux que j'avais vus transformés en loups : Sam, triste et torturé ; Beck, solide et maître de lui ; Jack, violent et pitoyable ; Olivia, leste et décontractée. De l'orée des bois, leurs yeux me fixaient, me poursuivaient : moi, l'étrangère, celle qui ne changeait pas.

Ma langue était engluée contre mon palais rugueux comme du papier de verre. J'aurais voulu détacher mon visage de la taie d'oreiller trempée, mais l'effort me paraissait au-dessus de mes forces. J'attendais impatiemment le sommeil, les yeux trop douloureux pour fermer les paupières.

Comment aurais-je vécu la métamorphose, si je n'avais pas guéri ? Quelle sorte de loup serais-je devenue ? J'ai regardé mes mains, je les ai imaginées gris sombre, striées de blanc et de noir. J'ai senti le poids d'un collier de fourrure sur mes épaules et la nausée ruer dans mes entrailles.

Pendant un éclair, une seconde lumineuse, je n'ai plus perçu que la fraîcheur de l'air sur ma peau, plus entendu que le souffle de Sam près de moi. Puis les loups ont repris leur concert, et un frisson tout ensemble nouveau et familier a traversé mon corps.

J'allais me transformer.

Le loup qui se levait en moi m'étouffait, pressait contre la paroi interne de mon estomac, me griffait la peau par en dessous, comme pour m'éplucher de l'intérieur.

Mes muscles brûlaient, gémissaient de le vouloir.

La douleur me déchirait.

J'étais sans voix.

J'étais en feu.

J'ai jailli d'un bond, du lit et de ma peau.

Sam

Le hurlement de Grace me réveilla en sursaut. Elle se consumait de fièvre. Je la sentais à la fois toute proche, brûlante, et bien trop lointaine pour que je puisse l'atteindre.

— Grace, chuchotai-je, tu dors ?

Les draps glissèrent sur moi lorsqu'elle s'écarta en roulant, puis elle poussa un nouveau cri. Dans la pénombre de la pièce, je ne distinguais que son épaule. Je tendis le bras et la couvris de ma main en coquille. Elle était trempée de sueur, sa peau palpitait sous ma paume, parcourue d'ondes mouvantes et inconnues.

— Réveille-toi, Grace ! Grace, ça va ?

Mon cœur battait si fort qu'il me semblait que je ne l'entendrais pas, quand bien même elle me répondrait.

Soudain, elle se mit à se débattre et se redressa, les yeux fous. Son corps vibrait, instable. Je ne la reconnaissais plus.

— Parle-moi, Grace ! l'implorai-je à mi-voix, bien que chuchoter paraisse absurde, après les cris qu'elle venait de pousser.

Elle contempla ses mains avec une sorte de ravissement. J'appuyai légèrement le dos d'une des miennes sur son front : il chauffait atrocement, plus encore que je n'aurais cru possible. Je posai les doigts de chaque côté de son cou et la sentis frissonner, comme si ma peau était de glace.

— Tu es malade ! (Je sentis mon estomac se nouer.) Tu as de la fièvre.

Elle écarta ses doigts en éventail et examina ses mains tremblantes.

— J'ai rêvé… j'ai rêvé que je me transformais. J'ai cru que je…

Elle s'interrompit avec un cri affreux et se pelotonna loin de moi, ses mains agrippant son ventre.

Je ne savais que faire.

— Où as-tu mal ? lui demandai-je sans espérer obtenir de réponse. Je vais te chercher du paracétamol, ou l'équivalent. C'est dans la salle de bains ?

Elle eut un gémissement terrifiant.

C'est en me penchant pour mieux la voir que je perçus l'odeur.

Elle empestait le loup.

Le loup, le loup, le loup !

Elle ?

Sentir le loup !

Impossible ! L'odeur devait venir de moi. Oh, pourvu qu'elle vienne de moi !

Je tournai le nez vers ma propre épaule et inspirai à fond. Je levai à mes narines la main que j'avais posée sur son front.

Le loup.

Mon cœur s'arrêta.

La porte s'ouvrit, et la lumière du couloir inonda la pièce.

— Grace ? demanda la voix de son père.

Il alluma la veilleuse et ses yeux me découvrirent, assis auprès de sa fille.

— *Sam ?*

chapitre 15

Grace

Je n'ai même pas vu Papa entrer dans la chambre. Je n'ai pris conscience de sa présence qu'en entendant sa voix, aussi lointaine qu'à travers une couche d'eau.

— Qu'est-ce qu'il se passe ici ?

Celle de Sam bruissait, telle la bande-son assourdie de la douleur qui me consumait. Étreignant mon oreiller, je fixais sur le mur l'ombre floue de mon ami et celle, plus tranchée, de mon père près du couloir éclairé, je les voyais toutes deux avancer, reculer, se fondre en une large silhouette, puis se séparer de nouveau.

— Grace ! *Grace Brisbane !* (La voix de mon père est redevenue plus forte.) Ne fais pas semblant de m'ignorer !

— Monsieur Brisbane..., a commencé Sam.

— Épargne-moi tes « monsieur Brisbane » ! a aboyé Papa. Comment oses-tu encore me regarder en face, alors que derrière notre dos, tu...

J'aurais voulu éviter de bouger, car le moindre mouvement attisait le feu dans mon corps, mais je ne pouvais pas le laisser dire ça. Je me suis rapprochée en pivotant sur moi-même et j'ai grimacé quand des épines m'ont transpercé l'estomac.

— Non, Papa, non ! Ne parle pas comme ça ! Tu n'en sais rien.

— Ne t'imagine pas que je ne suis pas furieux contre toi aussi ! a crié Papa. Tu as complètement, totalement et intégralement trahi notre confiance !

— S'il vous plaît, est intervenu Sam. (J'ai vu alors qu'il se tenait debout près du lit, en pantalon de jogging et tee-shirt, et que ses doigts crispés creusaient des marques blanches sur la peau de ses bras.) Je sais que vous êtes en colère contre moi, et vous pouvez continuer, je ne vous le reproche pas, mais Grace est malade !

— Qu'est-ce qu'il se passe ici ? (C'était Maman, à présent, et elle a poursuivi d'un ton déçu qui, je le savais, désolerait mon ami.) Sam ! Je n'en crois pas mes yeux !

— Je vous en prie, madame Brisbane ! a repris Sam, bien qu'elle lui ait déjà dit de l'appeler Amy, et qu'il le fasse d'ordinaire. Grace est vraiment brûlante, elle…

— Éloigne-toi de ce lit ! Où est ta voiture ?

La voix de Papa a reflué de nouveau à l'arrière-plan. Je contemplais la forme du ventilateur fixé au plafond au-dessus de moi et je l'imaginais se mettant en marche et séchant ma transpiration.

Le visage de Maman a surgi devant moi. Je l'ai sentie poser la main sur mon front.

— Tu sembles fiévreuse, en effet, ma chérie. Nous t'avons entendue crier.

— Mon ventre, ai-je murmuré en évitant de trop écarter les lèvres de peur que ce qui était en moi n'en sorte en rampant.

— Je vais essayer de trouver le thermomètre !

Elle a disparu de mon champ de vision. J'ai entendu les voix de Sam et de Papa discuter à n'en plus finir. Je n'avais aucune idée de ce qu'ils pouvaient bien trouver à se dire. Maman est réapparue.

— Essaie de t'asseoir, Grace.

Je lui ai obéi, et les griffes qui m'ont lacéré l'intérieur de la peau m'ont arraché un nouveau cri. Elle m'a tendu un verre d'eau tout en examinant le thermomètre.

Sam était debout près de la porte. Il s'est retourné d'un bond quand le verre a glissé de ma main pour atterrir sur le sol avec un bruit sourd et distant. Maman a regardé fixement les débris, puis mon visage.

Mes doigts encerclaient toujours un verre invisible.

— Maman, je crois que je suis vraiment malade, ai-je chuchoté.

— Ça suffit ! est intervenu Papa. Sam, va chercher ton manteau, je te reconduis à ta voiture ! Amy, prends la température de Grace. Je reviens dans quelques minutes. J'ai pris mon portable.

J'ai tourné les yeux vers Sam. Son expression m'a transpercée.

— Je vous en prie, ne me demandez pas de la laisser ainsi ! a-t-il supplié.

Ma respiration s'est accélérée.

— Je ne te le demande pas, lui a répondu mon père, je te l'ordonne ! Si tu veux être autorisé à revoir un jour ma fille, tu sors de cette maison sur-le-champ, pour la bonne raison que je l'exige !

Sam a passé ses doigts dans ses cheveux, puis il a croisé les mains derrière sa nuque en fermant les yeux, et, pendant un moment, tout le monde a paru retenir son souffle, comme dans l'attente de sa réaction. La tension de son corps était si visible qu'une explosion semblait imminente.

Il a rouvert les paupières et, quand il a pris la parole, j'ai bien failli ne pas reconnaître sa voix.

— Ne... *n'essayez même pas* de dire ça ! Ne me menacez pas ainsi ! Je m'en vais. Mais ne...

Il s'est interrompu, incapable de poursuivre, et je l'ai vu déglutir. Je crois que j'ai appelé son nom, mais il avait déjà quitté la pièce, mon père sur ses talons.

Un instant plus tard, j'ai cru entendre ronfler le moteur de la voiture de Papa, mais c'était en fait celle de ma mère, et j'étais dedans, dévorée de fièvre. Derrière les vitres, les étoiles nageaient dans le ciel froid au-dessus de ma tête. Je me sentais toute petite, toute seule, et j'avais si mal ! *Sam Sam Sam Sam, où es-tu ?*

— Sam n'est pas là, ma chérie, m'a dit Maman de derrière le volant.

J'ai ravalé mes larmes et j'ai regardé les étoiles filer au loin.

chapitre 16

Sam

La nuit où Grace partit sans moi pour l'hôpital fut celle où je me tournai enfin de nouveau vers les loups.

Ce fut une nuit emplie de minuscules coïncidences qui se télescopaient en esquissant un tableau plus vaste : si Grace n'était pas tombée malade à ce moment-là, si ses parents étaient rentrés aussi tard que d'habitude, s'ils ne nous avaient pas surpris, si je n'étais pas retourné chez Beck, si Isabel n'avait pas entendu Cole à sa porte de derrière, si elle ne l'avait pas conduit jusqu'à moi et si celui-ci n'avait pas été un mélange de junkie, d'enfoiré et de génie – que serait-il alors advenu ?

Verweilung, auch am Vertrautesten nicht, ist uns gegeben... disait Rilke.
Nous attarder, même auprès du plus proche, ne nous est pas accordé.

Ma main souffrait déjà de l'absence de celle de Grace.
Plus rien ne fut pareil après cette nuit-là. Plus rien.

Je pris place dans la voiture à côté du père de Grace, et il me ramena à la petite rue encombrée derrière la librairie, où j'avais garé ma Volkswagen. Il conduisait avec prudence pour ne pas érafler ses rétroviseurs contre les bennes à ordures rangées de chaque côté. Il s'arrêta juste derrière ma voiture. La lumière vacillante du réverbère fixé au niveau du troisième étage de la boutique illuminait son visage silencieux. Je me taisais, moi aussi, la bouche scellée par un mélange acide de honte et de colère. Nous sursautâmes de conserve quand les essuie-glaces s'ébranlèrent soudain : il les avait par mégarde mis en mode intermittent en allumant son clignotant pour tourner dans la ruelle, et il les laissa balayer inutilement le pare-brise encore une fois, avant de paraître les remarquer et les éteindre.

— Grace a toujours été parfaite, dit-il finalement sans m'accorder un regard. En dix-sept ans, jamais elle n'a eu le moindre problème à l'école, jamais elle n'a pris de drogue ni bu d'alcool, et ses résultats scolaires sont excellents !

Je restai coi.

Il poursuivit :

— Cela a toujours été le cas, jusqu'à maintenant, et nous ne voulons pas qu'on vienne nous la pervertir. Je ne te connais pas, Samuel, mais ma fille, elle, je la connais, et je sais que le responsable, c'est toi et toi seul ! Je ne cherche pas à te menacer, mais je ne te laisserai pas la détruire. Je crois que tu devrais réfléchir à tout ceci avec beaucoup de sérieux avant d'envisager de la revoir.

Je testai un moment quelques mots dans ma tête, mais comme tout ce que j'imaginais se révélait soit trop corrosif, soit trop brutalement honnête pour le lui dire, je sortis dans la nuit glaciale en gardant toutes ces paroles enfermées en moi.

Après son départ – il attendit que le moteur de ma voiture tourne avant de faire marche arrière dans la rue déserte –, je restai assis dans ma Volkswagen, les mains croisées sur les genoux, à fixer la porte de la librairie. Il me semblait que des jours entiers s'étaient écoulés depuis que Grace et moi l'avions franchie ensemble, moi dans l'euphorie de la perspective du studio d'enregistrement, elle dans celle de ma réaction à son cadeau et du plaisir d'avoir trouvé exactement quoi m'offrir. Mais je n'arrivais plus à me remémorer la joie sur son visage. La seule image que conjurait mon esprit était celle de mon amie se tordant de douleur dans ses draps, le visage congestionné, empestant le loup.

Ce n'est qu'une fièvre passagère, me répétais-je inlassablement en roulant vers la maison de Beck, tandis que le pinceau lumineux des phares, qui seul trouait l'épaisseur de la nuit, se déformait et clignotait contre les troncs noirs des arbres bordant la route. Et je tâchai de m'en convaincre, malgré mon instinct qui me soufflait qu'il n'en était rien et mes mains que démangeait le désir de tourner le volant vers chez les Brisbane.

À mi-chemin, je sortis mon portable et appelai Grace. Je savais que ce n'était pas une bonne idée, mais je ne pus m'en empêcher.

J'entendis un silence, puis la voix de son père :

— Je ne réponds que pour te dire de ne plus téléphoner, déclara-t-il. Sérieusement, Samuel, si tu sais ce qui est bon pour toi, tu en resteras là pour ce soir ! Je ne veux plus te parler dans l'immédiat, et je ne veux pas non plus que tu parles à Grace. Contente-toi de...

— Dites-moi comment elle va, l'interrompis-je, et je songeai à ajouter *je vous en prie*, sans parvenir à m'y résoudre.

Suivit une pause, comme s'il écoutait quelqu'un d'autre.

— Elle a de la fièvre, c'est tout, reprit-il. N'appelle plus ! Tu sais, Samuel, j'essaie de toutes mes forces de ne pas te dire des choses que je regretterais par la suite.

J'entendis cette fois-ci une voix à l'arrière-plan – celle de Grace ou de sa mère – puis la communication fut coupée.

J'étais un bateau de papier plié, à la dérive dans la nuit d'un immense océan.

Je ne voulais pas me rendre chez Beck, mais je n'avais nulle part ailleurs où aller. Personne d'autre. J'étais humain à présent, et, sans mon amie, il ne me restait que cette voiture, la librairie et une demeure pleine d'innombrables pièces vides.

J'allai donc chez Beck – il fallait que je cesse de penser à cette maison comme à la sienne – et rangeai la voiture dans l'allée vide. Il y avait eu une époque, quand je travaillais l'été à la librairie, quand Beck était humain et que je perdais encore tous mes hivers en loup, où je me garais là le soir, lorsqu'il faisait encore jour. J'entendais alors rire en quittant la voiture, et l'odeur des grillades me parvenait du jardin de derrière. Comme il semblait étrange de sortir à présent dans le calme de la nuit et, la peau hérissée de froid, de savoir tous ces fantômes de mon passé prisonniers des bois ! Tous, sauf moi.

Grace.

J'entrai et allumai dans la cuisine, illuminant les photos fixées pêle-mêle sur les portes des placards, puis dans le couloir. Dans ma tête, j'entendis Beck dire au Sam de neuf ans : « Pourquoi tiens-tu tant à ce que toutes les lampes fonctionnent ? Tu envoies des messages aux extraterrestres, ou quoi ? »

Je parcourus donc la maison ce soir-là en actionnant tous les interrupteurs, et chaque pièce réveilla en moi un souvenir : la salle de bains dans laquelle, juste après avoir rencontré Grace, j'avais failli me transformer en loup ; le salon, où Paul et moi improvisions ensemble à la guitare – sa vieille Fender déglinguée était restée appuyée contre le manteau de la cheminée ; la chambre d'amis du rez-de-chaussée, où Derek avait dormi avec une fille qu'il avait ramenée de la ville, avant que Beck ne lui passe un savon et n'y mette le holà. J'allumai la lumière dans l'escalier de la cave, puis toutes les lampes de la bibliothèque qui y était aménagée, avant de remonter faire de même dans le bureau de Beck que j'avais manqué au passage. Je m'arrêtai dans le salon le temps de mettre en marche la coûteuse chaîne stéréo qu'Ulrik avait achetée quand j'avais une dizaine d'années pour que je puisse, comme il le disait, « écouter Jethro Tull comme il doit être écouté ».

À l'étage, je tournai le bouton de l'halogène dans la chambre de Beck où il ne dormait presque jamais, préférant empiler des livres et des papiers sur son lit et s'assoupir dans un fauteuil au sous-sol, un volume ouvert posé sur la poitrine. Dans celle de Shelby, la faible lumière jaune du plafonnier révéla une pièce impeccablement propre et vide, à l'exception de son vieil ordinateur. Je fus un instant tenté d'en fracasser l'écran, simplement par besoin de me passer les nerfs sur quelque chose, et parce que, si quelqu'un le méritait, c'était bien Shelby, mais le faire à son insu ne m'aurait pas soulagé, et j'y renonçai. Dans la chambre d'Ulrik, le temps semblait s'être figé : un de ses blousons traînait encore sur le lit, près d'un jean plié, et un mug vide était resté posé sur la table de chevet. Puis ce fut celle de Paul, qui gardait sur sa commode un bocal en verre contenant deux dents – une des siennes, et une venant d'un chien blanc mort.

J'avais gardé ma propre chambre pour la fin. Les souvenirs flottaient au plafond, suspendus à des fils. Les livres s'entassaient contre les murs, croulaient sur le bureau. L'endroit sentait le renfermé et l'abandon. Le garçon qui y avait grandi ne l'avait pas occupé très longtemps.

J'y habiterai, dorénavant. Je demeurerai ici, à attendre, à espérer le retour des membres de ma famille.

J'allais atteindre l'interrupteur sur le mur de la pièce toujours plongée dans la pénombre, lorsque j'entendis dehors un bruit de moteur.

Je n'étais plus seul.

— Tu fabriques une piste d'atterrissage ?

Debout au milieu du salon, en pantalon de pyjama satiné et parka blanche à col de fourrure, Isabel me parut irréelle.

Je ne l'avais jamais vu sans maquillage, et cela la rajeunissait beaucoup.

— La maison est visible à bien un kilomètre de distance, reprit-elle. Je parie que tu as allumé absolument toutes les lampes !

Je ne lui répondis pas. J'essayais encore de tirer au clair comment elle avait fini par échouer ici, à quatre heures du matin, escortée d'un garçon qui, lorsque je l'avais vu pour la dernière fois, se muait en loup sur le carrelage de la cuisine. Il se tenait là, vêtu d'un sweat fatigué et d'un jean qui pendait sur ses hanches comme s'il appartenait à quelqu'un d'autre, les pieds nus marbrés de façon inquiétante et les doigts crochés dans ses poches, comme indifférent à ses mains effroyablement enflées et livides. Sa façon de regarder Isabel et celle dont cette dernière évitait soigneusement de tourner les yeux vers lui donnaient l'impression qu'ils se connaissaient déjà, ce qui était invraisemblable.

— Tu es frigorifié, dis-je au garçon parce que cela n'exigeait pas trop de réflexion de ma part. Il faut que tu te réchauffes les doigts, si tu veux éviter des douleurs atroces plus tard. Tu devrais pourtant le savoir, Isabel !

— Je ne suis pas idiote, rétorqua-t-elle. Sauf que, si mes parents l'avaient surpris chez nous, il serait mort à l'heure qu'il est, et ça lui aurait fait encore plus mal. J'ai décidé que le faible risque qu'ils remarquent l'absence de ma voiture au milieu de la nuit valait la peine d'être couru. (Peut-être me vit-elle avaler ma salive, mais elle n'en poursuivit pas moins.) Au fait, voici Sam, *le* Sam, déclara-t-elle, et il me fallut un moment pour comprendre qu'elle s'adressait au garçon arrogant et gelé.

Le Sam ? Qu'avait-elle bien pu lui raconter sur mon compte ? Je le regardai à nouveau, et son visage me sembla une fois de plus familier. Non que je le reconnaisse *vraiment*, comme si je l'avais déjà rencontré, mais plus comme si ses traits me rappelaient ceux d'un acteur dont je ne parviendrais pas à retrouver le nom.

— Alors, c'est toi le grand chef, maintenant ? demanda celui-ci avec un sourire qui me parut narquois. Je suis Cole.

Le grand chef, maintenant. En effet, c'était bien cela, n'est-ce pas ?

— Est-ce que d'autres que toi se sont déjà transformés ?

Il haussa les épaules.

— Je pensais qu'il faisait trop froid pour que *moi*, je change.

La décoloration grotesque de ses doigts me préoccupait suffisamment pour que j'aille à la cuisine chercher un flacon d'ibuprofène que je lançai à Isabel. Elle le rattrapa au vol, ce qui me surprit.

— C'est parce que tu as été mordu relativement récemment, seulement l'année dernière. Tes métamorphoses ne sont pas encore tellement liées à la température, elles sont juste... imprévisibles.

— Imprévisibles, répéta Cole en écho.

Non, Sam, non, pas encore ! Je t'en supplie, arrête !

Je clignai des yeux. La voix de ma mère réintégra le passé d'où elle avait surgi.

— C'est pour qui, ça, pour lui ?

Isabel leva le flacon et désigna Cole du menton. J'eus de nouveau l'impression fugace d'un passé commun entre eux.

— Oui. Ça va lui faire un mal de chien quand ses doigts se réchaufferont, l'ibuprofène calmera la douleur. La salle de bains, c'est par là !

Isabel

Cole a accepté les comprimés que je lui tendais, mais je voyais bien qu'il n'avait pas l'intention d'en prendre, peut-être parce qu'il se prenait pour un dur, ou pour des raisons religieuses, je ne sais pas. Il est allé dans la salle de bains du rez-de-chaussée, et je l'ai entendu allumer la lumière et poser le flacon sans l'ouvrir. Puis il y a eu le bruit de l'eau qui coulait dans la baignoire, et Sam, l'air curieusement dégoûté, a détourné la tête. J'ai compris qu'il n'aimait pas Cole.

— Alors, Romulus, ai-je dit, et il s'est retourné, ses yeux jaunes larges comme des soucoupes. Qu'est-ce que tu fais ici tout seul ? Moi qui croyais qu'il allait falloir user de chirurgie pour décoller Grace de toi !

Après une heure passée en compagnie de Cole, dont les traits ne révélaient que les émotions qu'il voulait bien montrer, la souffrance à nu sur ceux de Sam me faisait une drôle d'impression. Ses épais sourcils noirs exprimaient à eux seuls sa détresse, et j'ai pensé que Grace et lui s'étaient peut-être disputés.

— Ses parents m'ont mis à la porte, a-t-il avoué, et, une seconde, il a souri comme les gens confrontés à une chose qui n'a rien de plaisant et dont ils n'ont pas envie de parler, sans trop savoir que faire d'autre. Grace est… tombée malade, ils m'ont… surpris avec elle dans sa chambre et ils m'ont viré.

— *Cette nuit*, tu veux dire ?

Il a hoché honnêtement la tête, complètement effondré. J'avais du mal à le regarder en face.

— Oui. Je suis arrivé ici un peu avant toi.

L'illumination *a giorno* de toute la maison s'expliquait soudain. Je ne savais pas trop si je l'admirais de souffrir avec une telle intensité, ou si, au contraire, je le méprisais d'éprouver tant d'émotion qu'il avait besoin de la déverser par chacune des fenêtres. Je ne comprenais pas ce que je ressentais.

— Mais, hum…, a dit Sam, et dans ces seuls deux mots, je l'ai entendu se reprendre en main, comme un cheval repliant ses jambes avant de se relever. Passons. Parle-moi plutôt de Cole ! Comment se fait-il que tu sois avec lui ?

Je l'ai scruté de très près, jusqu'à ce que je comprenne qu'il voulait dire : que je sois *ici* avec lui.

— C'est une longue histoire, garçon-garou, ai-je répondu en me laissant tomber sur le canapé. Je n'arrivais pas à dormir, et je l'ai entendu dehors. Ce n'était pas bien sorcier de deviner ce qu'il était, et il semblait évident qu'il n'allait pas se retransformer. Comme je voulais éviter que mes parents le découvrent et se mettent à flipper, je l'ai conduit ici, c'est tout.

Sam a eu une moue ambiguë.

— Trop aimable !

J'ai esquissé un sourire.

— Ça m'arrive, à l'occasion.

— Vraiment ? Je crois que la plupart des gens auraient laissé dehors un étranger tout nu.

— Je ne voulais pas m'emmêler les pieds dans ses doigts en allant prendre ma voiture, demain.

J'avais l'impression que Sam me sondait et s'attendait à ce que je lui en dise plus, comme s'il avait, d'une façon où d'une autre, deviné que je voyais Cole pour la deuxième fois de ma vie, et que, lors de notre première rencontre, ma langue s'était retrouvée dans la bouche de ce dernier et *vice versa*. J'ai saisi le prétexte des doigts pour changer de sujet :

— Au fait, je me demande comment il se débrouille, là-dedans ?

J'ai jeté un coup d'œil en direction de la salle de bains.

Sam a hésité, et je me suis souvenue, je ne sais pourquoi, que c'était la seule pièce dont la lumière n'avait pas été allumée.

— Tu devrais aller frapper à la porte et juger par toi-même, a-t-il fini par me répondre. Je monte lui préparer une chambre. J'ai… besoin de réfléchir, juste une minute.

— Comme tu voudras.

Il a opiné et, au moment où il s'est tourné vers l'escalier, j'ai surpris sur son visage une émotion secrète, qui m'a fait penser qu'il n'était pas aussi transparent que je l'avais supposé. J'ai eu envie de l'arrêter et de l'interroger, histoire de combler les trous dans notre conversation – de lui demander de quoi souffrait Grace, pourquoi il n'avait pas allumé dans la salle de bains et ce qu'il comptait faire désormais – mais il avait disparu, et, en outre, je n'étais pas encore cette fille-là.

Cole

Le pire de la douleur était déjà passé, j'étais allongé dans l'eau, je laissais mes mains flotter à la surface et je m'imaginais m'assoupissant là, quand j'ai entendu frapper à la porte de la salle de bains. Je n'avais pas mis le verrou, et elle s'est entrouverte sous le choc.

— Tu t'es noyé ? a demandé Isabel.
— Oui.
— Je peux entrer ?

Sans attendre que je réponde, elle est venue s'asseoir sur les toilettes près de la baignoire. La capuche doublée d'une épaisse fourrure de son anorak lui donnait l'air d'être bossue. Ses cheveux traçaient une ligne en dents de scie sur sa joue. On aurait dit qu'elle jouait dans une pub : pour des toilettes, des anoraks ou des antidépresseurs, que sais-je, quoi qu'il en soit, j'étais preneur.

— Je suis tout nu, j'ai annoncé.
— Moi aussi, a-t-elle répliqué, sous mes vêtements.

Je me suis fendu d'un sourire, parce que quand ça le mérite, ça le mérite.

— Tes orteils se détachent ? s'est-elle enquise.

Étant donné la taille de la baignoire, j'ai dû déplier mes jambes pour les examiner. Mes doigts de pied étaient un peu rouges, mais je pouvais les remuer et je les sentais tous, sauf le petit, encore engourdi.

— Pas aujourd'hui, je ne crois pas.
— Tu comptes macérer là-dedans jusqu'à la fin des temps ?
— Probable.

J'ai enfoncé mes épaules dans l'eau, histoire de lui montrer que je parlais sérieusement, et j'ai levé les yeux vers elle.

— Si ça te dit de me rejoindre, ne te gêne pas !

Elle a haussé un sourcil entendu.

— Tu ne te trouves pas encore assez à l'étroit, là-dedans ?

Et toc ! ai-je pensé. J'ai souri.

J'ai refermé les yeux. Je me sentais tout chaud, flottant et invisible. On devrait inventer une drogue qui donne cette sensation.

— Ma Mustang me manque, j'ai dit, surtout parce que c'était le genre de phrases qui la ferait réagir.

— Quand tu es tout nu dans une baignoire, tu penses à ta voiture, toi ?

— Elle avait un chauffage du tonnerre, de quoi rôtir comme en enfer (il était beaucoup plus facile de lui parler les yeux fermés, la conversation tournait moins à la confrontation), et j'aurais bien aimé l'avoir, plus tôt dans la soirée.

— Où est-elle ?
— À la maison.

Je l'ai entendue enlever son anorak et le laisser tomber par terre dans un bruissement d'étoffe. L'abattant des toilettes a grincé quand elle s'est assise de nouveau.

— Et où est-ce, à la maison ?
— New York.
— La ville ?
— L'État.

Ma Mustang noire et lustrée au moteur dopé restait remisée dans le garage chez mes parents, parce que je n'étais jamais là pour l'utiliser. C'était la première chose que j'avais achetée quand j'avais reçu mon premier gros chèque, et, ironie du sort, j'étais trop souvent absent pour m'en servir vraiment.

— Je croyais que tu venais du Canada ?

— J'étais en… (je me suis arrêté juste avant de dire *tournée*, je tenais trop à mon anonymat) en vacances.

J'ai ouvert les paupières et j'ai lu dans son regard dur qu'elle savait que je mentais. Je commençais à comprendre que presque rien ne lui échappait.

— Tu parles ! Elles ne devaient pas être qu'un peu pourries, tes vacances, pour que tu choisisses *ça* !

Elle observait à présent les marques de piqûres sur mes bras, mais pas comme je m'y attendais, pas comme si elle me jugeait, plus avec une sorte d'avidité. Ajouté au fait qu'elle ne portait qu'un corsage sous son anorak, cela ne m'aidait pas à me concentrer.

— Oui, en effet. Et toi, comment ça se fait que tu sois au courant, pour les loups ?

Quelque chose de trop fugitif pour que je puisse l'identifier est passé brièvement dans ses yeux, et, devant son visage jeune et tendre, vierge de maquillage, je me suis senti coupable de l'interroger.

Puis je me suis demandé pourquoi diable je réagissais ainsi, alors que je la connaissais à peine.

— Il se trouve que je suis l'amie de la petite amie de Sam, a expliqué Isabel.

J'avais une assez longue pratique du mensonge – ou du moins, du mensonge par omission – pour en reconnaître un à l'oreille, mais comme elle s'était abstenue de relever le mien, je lui ai renvoyé l'ascenseur.

— Ah oui, Sam, j'ai repris. À propos, parle-moi un peu de lui !

— Je t'ai déjà raconté qu'il est en quelque sorte le fils spirituel de Beck, et que, en gros, c'est lui qui prend sa relève.

Qu'est-ce que tu veux savoir de plus ? Ce n'est pas comme si j'étais sa petite amie !

Mais sa voix trahissait son admiration. Il lui plaisait. Je ne savais pas encore ce que, moi, je pensais de lui.

J'ai exprimé ce qui me turlupinait depuis que je l'avais rencontré :

— Il fait froid, et pourtant il est humain.

— Et alors ?

— Et alors Beck m'a laissé entendre que c'était là une prouesse assez difficile, sinon impossible, à accomplir.

Isabel semblait contempler quelque chose – un petit combat muet se déroulait dans ses yeux – puis, finalement, elle a haussé les épaules.

— Il est guéri. Il s'est débrouillé pour attraper une grosse fièvre, et ça l'a guéri.

Quelque chose a accroché dans sa voix quand elle a dit ça. C'était une sorte d'indice, de clef pour la comprendre, mais je n'étais pas très sûr de comment cela s'articulait avec tout le reste.

— Je pensais que Beck voulait que nous, les nouveaux, nous occupions de la meute, parce qu'il n'en restait plus assez qui soient humains suffisamment longtemps pour le faire. (À dire vrai, savoir qu'il n'en était rien me soulageait : je ne tenais pas à cette responsabilité, je n'aspirais qu'à me glisser dans la nuit d'une peau de loup pour aussi longtemps que possible.) Alors, pourquoi n'a-t-il pas tout simplement appliqué le remède à tout le monde ?

— Il ne savait pas que Sam était guéri, sinon il n'aurait jamais créé de nouveaux loups. Sans compter que ça ne marche pas sur tous les garous.

La voix d'Isabel était devenue encore plus tranchante, et j'ai eu l'impression d'être pour ainsi dire exclu de la conversation que j'avais amorcée.

— Dans ce cas-là, c'est une bonne chose que je ne veuille pas guérir, j'ai dit légèrement.

Elle m'a regardé.

— Une bonne chose, en effet, a-t-elle acquiescé non sans mépris.

Et soudain, j'ai eu l'impression d'être fichu, comme si, quoi que je lui dise, elle allait finir par me démasquer, parce que c'était une de ces choses qu'elle faisait. Elle finirait par voir que, sans Narkotika, je n'étais plus que Cole St. Clair, et complètement vide au-dedans.

J'ai senti en moi le gouffre affamé que je connaissais bien, à croire que mon âme se décomposait.

Je voulais un shoot. J'avais besoin de trouver une aiguille à me glisser sous la peau, ou un comprimé à laisser fondre sous ma langue.

Non. Ce dont j'avais besoin, c'était d'être loup à nouveau.

— Mais tu n'as pas peur ? m'a soudain demandé Isabel, et j'ai ouvert les yeux.

Je ne m'étais pas rendu compte que je les avais fermés. Son regard était intense.

— Peur de quoi ?

— De te perdre toi-même, par exemple ?

Alors je lui ai dit la vérité :

— C'est bien ce que j'espère.

Isabel

Je n'avais rien à répondre à cela. Je ne m'attendais pas à ce qu'il se montre honnête envers moi et je ne savais pas très bien où cela pouvait nous mener, dans la mesure où je n'avais pas prévu de lui rendre la pareille.

Il a soulevé une main dégoulinante d'eau. La peau, au bout, était un peu plissée.

— J'ai assez mariné ?

Lorsque j'ai pris sa main mouillée et que j'ai passé mes doigts tout le long de sa paume jusqu'à l'extrémité des siens, quelque chose a fait la culbute dans mon estomac. Il gardait les yeux mi-clos et, quand j'ai eu fini, il a retiré sa main et s'est redressé pour s'asseoir dans un clapotis d'eau. Il s'est appuyé sur le bord de la baignoire et a amené son visage au niveau de mes yeux. Je savais que nous étions sur le point de nous embrasser à nouveau, et qu'il ne le fallait pas, parce que lui avait déjà touché le fond du fond, et que je m'en approchais, mais j'avais une telle faim de lui que je n'y pouvais rien.

Sa bouche avait un goût de loup et de sel. Quand il a mis sa main à la base de mon cou pour m'attirer, j'ai senti de l'eau tiède dégouliner dans mon chemisier, sur mes épaules et entre mes seins.

— *Ooow*, a-t-il dit à l'intérieur de ma bouche.

J'ai reculé. Il a regardé les griffures que mes ongles avaient laissées sur son épaule sans paraître autrement ému. Son baiser me brûlait toujours, mais cette fois-ci, au moins, ça a dû le toucher aussi : sa main encore un peu humide a descendu mon cou jusqu'à ma clavicule, s'arrêtant juste avant d'atteindre le col de mon corsage, et j'ai senti l'*avidité* dans la pression de ses doigts.

— Qu'est-ce qu'on fait ? ai-je demandé.

— On trouve un lit.

— Je ne couche pas avec toi !

Mon euphorie commençait à retomber, comme si je venais juste de le rencontrer à nouveau. Mais pourquoi est-ce que je me laissais affecter par ce type ? Qu'est-ce qui clochait chez moi ? Je me suis levée, j'ai saisi mon anorak et je l'ai remis. Soudain, j'ai eu affreusement peur que Sam ne flaire ce qui s'était passé.

— Et, une fois de plus, me voilà condamné à croire que je suis nul pour embrasser ! s'est plaint Cole.

— Il faut que j'y aille ! J'ai cours demain, autrement dit aujourd'hui, et je dois être rentrée avant que mon père parte au travail.

— Nul de chez nul.

— Estime-toi plutôt heureux d'avoir encore tous tes doigts. (J'ai posé la main sur la poignée de la porte.) Restons-en là.

Au lieu de me regarder comme si j'étais folle, il me regardait, tout simplement ; à croire qu'il ne comprenait pas que je le repoussais.

— Je suis heureux d'avoir encore tous mes doigts, a-t-il déclaré.

J'ai fermé la porte de la salle de bains derrière moi et j'ai quitté la maison sans revoir Sam. J'avais déjà fait la moitié du trajet quand je me suis souvenue que Cole avait dit qu'il espérait bien se perdre lui-même, et je me suis sentie mieux de le savoir fracassé.

chapitre 17

Cole

Je me suis réveillé humain, mais dans des draps entortillés et qui sentaient le loup.

Après le départ d'Isabel, la veille au soir, Sam m'avait amené, en contournant une pile de linge qui venait manifestement d'être arraché à un lit, à la chambre du rez-de-chaussée qu'il m'avait attribuée. Elle était tout entière d'un jaune à croire que le soleil avait gerbé sur les murs avant de s'essuyer la bouche sur les rideaux et la commode, mais un lit aux draps propres m'attendait au milieu, et c'était la seule chose qui m'importait.

— Bonne nuit, m'avait dit Sam avec froideur, quoique sans hostilité.

Je ne lui avais pas répondu, déjà mort au monde, plongé sous les couvertures dans un sommeil sans rêves.

Il faisait grand jour à présent. Clignant des yeux, j'ai laissé mon lit en bataille pour m'aventurer à pas feutrés jusqu'au salon, qui semblait tout autre à la lumière du matin. Les rayons de soleil entrant à flots par les grandes baies vitrées derrière moi faisaient chatoyer le rouge et l'écossais des plaids. La pièce avait l'air confortable. Rien à voir avec la sinistre perfection rigide de la maison d'Isabel.

Dans la cuisine, des photos couvraient en désordre les portes des placards, dans une confusion de ruban adhésif, de punaises et de visages souriants. J'ai aussitôt repéré Beck sur des douzaines de clichés, et également Sam, qui grandissait d'image en image, tel un personnage de flip book. Pas de trace d'Isabel.

Les visages étaient pour la plupart souriants, heureux et détendus, comme s'ils tiraient le meilleur parti de leur étrange mode d'existence. Les garous grillaient de la viande, se baladaient en canoë et jouaient de la guitare, mais il sautait aux yeux que cela se passait toujours dans la maison ou les environs immédiats de Mercy Falls. Ces photos semblaient me dire à la fois *Nous formons une famille* et *Tu es prisonnier*.

Tu l'as choisi, me suis-je répété. En réalité, je n'avais pas beaucoup réfléchi à ce que serait ma vie entre mes phases lupines. Je n'avais pas vraiment envisagé quoi que ce soit.

— Comment vont tes doigts ?

J'ai senti mes muscles se contracter, puis j'ai reconnu la voix de Sam et je me suis retourné. Il se tenait à contre-jour dans l'encadrement de la porte, une tasse de thé à la main. La lumière auréolait ses épaules, et un mélange d'insomnie et d'incertitude à mon sujet cernait ses yeux d'ombres.

Voir quelqu'un ne pas me porter *a priori* dans son cœur avait quelque chose d'étrangement libérateur.

J'ai levé en réponse mes mains à la hauteur de mes oreilles en agitant les doigts d'un geste involontairement effronté.

Les yeux d'un jaune déconcertant de Sam – je ne parvenais toujours pas à m'y faire – me fixaient sans relâche. Un combat s'y livrait.

— Il y a des céréales, des œufs et du lait, m'a-t-il dit enfin d'un ton neutre.

J'ai haussé un sourcil. Il s'apprêtait déjà à s'éclipser dans le couloir, mais mon expression l'a arrêté. Il a fermé une seconde les paupières, les a rouvertes.

— Bon, si tu y tiens ! (Il a posé sa tasse sur la table entre nous et croisé les bras.) Je te le demande : pourquoi es-tu venu ?

Son ton agressif commençait à me plaire. Il tranchait sur les stupides mèches pendantes de ses cheveux et ses yeux d'une tristesse affectée. C'était bien de savoir qu'il avait du punch.

— Pour être loup, j'ai répondu, désinvolte. Ce qui, à en croire la rumeur, n'est pas la raison pour laquelle toi, tu es ici.

Les yeux de Sam ont fait un bref saut jusqu'aux photos dans mon dos, sur lesquelles il figurait si souvent, avant de revenir sur moi.

— Peu importe pourquoi moi, je suis ici ! C'est chez moi.

— Ça me paraît clair.

J'aurais pu essayer de lui faciliter les choses, mais à quoi bon ?

Il a réfléchi un moment, et je l'ai vu évaluer dans son for intérieur la quantité d'énergie qu'il accepterait de mettre dans la conversation.

— Écoute, je ne suis pas complètement abruti, d'ordinaire, mais j'ai vraiment du mal à saisir pour quelle raison une personne opterait délibérément pour une telle existence. Si tu pouvais m'éclairer, on serait bien plus près de s'entendre.

J'ai tendu les mains en avant comme pour une offrande. Pendant mes concerts, ce geste rendait le public fou, car il signifiait que j'allais chanter une toute nouvelle chanson. Victor aurait compris, lui, et il aurait ri, mais Sam n'était pas dans le coup. Il s'est contenté de les regarder.

— Pour repartir à zéro, Ringo ! La même raison que ton Beck !

Ses traits se sont figés.

— Mais toi, tu l'as choisi !

Beck ne lui avait manifestement pas raconté sa genèse de la même façon qu'à moi, et je me suis demandé laquelle des deux versions était la vraie, mais je ne tenais pas à me lancer dans une longue discussion avec Sam, qui me regardait comme s'il s'attendait à ce que je déboulonne maintenant le Père Noël.

— Ouais, c'est vrai, j'ai dit. À toi de te débrouiller avec ça ! Je peux déjeuner, maintenant ?

Il a secoué la tête – pas comme s'il était en colère, mais comme s'il chassait des moucherons de ses pensées – et il a regardé sa montre.

— Oui, bon, peu importe. Je dois aller travailler.

Il s'est détourné en évitant mon regard, avant de se raviser soudain. Il est retourné dans la cuisine et il a griffonné quelque chose sur un Post-it, qu'il a collé sur la porte du réfrigérateur.

— Les numéros de mon portable et de mon travail. En cas de besoin, appelle.

Visiblement, ça le heurtait beaucoup de se montrer sympa avec moi, mais il s'y astreignait quand même. Par courtoisie innée ? Par sens du devoir ? Je ne raffolais pas des gens aimables, en général.

Il est reparti vers la porte, pour s'immobiliser de nouveau sur le seuil, ses clefs de voiture à la main.

— Tu vas sans doute te retransformer bientôt, quand le soleil se couchera ou si tu restes dehors trop longtemps. Alors, tâche de ne pas trop t'éloigner d'ici, d'accord ? Pour éviter d'être surpris en pleine métamorphose.

J'ai ébauché un sourire.

— Entendu !

Sam m'a regardé comme pour ajouter quelque chose, mais il s'est contenté d'appuyer deux doigts contre sa tempe en fronçant les sourcils, dans une grimace qui exprimait tout ce qu'il avait tu : à savoir qu'il avait son compte de soucis, et que je ne représentais pour lui qu'un tracas supplémentaire.

La perte de ma célébrité m'amusait plus que je ne l'avais prévu.

Isabel

Lundi, Grace n'est pas apparue en cours, alors à la pause déjeuner j'ai filé en douce dans les toilettes des filles pour l'appeler. Je suis tombée sur sa mère ou, du moins, j'étais presque certaine que c'était elle.

— Allô ? (Ce n'était de toute évidence pas la voix de Grace.)

— Heu, allô ? ai-je dit en essayant de ne pas paraître trop arrogante, au cas où j'aurais raison. En fait, j'appelais Grace. (Je n'y parvenais pas beaucoup, je vous l'accorde, mais bon !)

— Qui êtes-vous ? a-t-elle demandé, affable.

— Pardon ?

J'ai enfin entendu Grace :

— Passe-moi ce téléphone, Maman !

Un crissement de semelles, puis :

— Désolée pour tout ça ! Je suis privée de sortie, et, apparemment, ça leur donne aussi le droit de filtrer mes appels sans ma permission.

Là, elle m'épatait ! Sainte Grace, punie ?

— Qu'est-ce que tu as fait ?

Une porte s'est refermée au bout de la ligne. Pas en claquant, mais avec plus de violence que je n'en aurais attendu de la part de Grace.

— Ils ont trouvé Sam dans mon lit.

Avec ses sourcils levés haut et ses yeux soulignés d'un trait noir qui les agrandissaient et les arrondissaient, le visage dans le miroir devant moi exprimait la surprise.

— Bingo ! Vous baisiez ?

— Non, non, on dormait, c'est tout. Mais mes parents en font tout un fromage.

— Ah oui, bien sûr, j'ai ironisé, pourtant ces gens-là sont ravis, d'ordinaire, quand leur fille reçoit son petit ami dans son lit. Je sais que les miens adoreraient ! Et, du coup, ils t'ont interdit d'aller en cours ? Ça ne semble pas un peu…

— Non, ça, c'est parce que je sors de l'hôpital, a dit Grace. J'avais de la fièvre, et, une fois de plus, ils ont dramatisé et ils m'ont emmenée là, au lieu de me donner du paracétamol. Je crois qu'ils cherchaient juste un prétexte pour m'éloigner le plus possible de Sam. Quoi qu'il en soit, ça a pris une éternité, comme toujours dans les hôpitaux, et je ne suis rentrée à la maison que très tard. En fait, je viens à peine de me réveiller.

J'ai repensé à Grace demandant à M. Grant la permission de s'absenter parce qu'elle avait mal à la tête.

— Alors, qu'est-ce qui cloche chez toi ? Que t'ont dit les médecins ?

— Un virus ou quelque chose comme ça, juste une poussée de fièvre, a-t-elle répondu sans presque me donner le temps de finir de poser la question. Elle ne semblait pas très convaincue.

Derrière moi, la porte des toilettes s'est entrouverte.

— Isabel, je sais que tu es là ! (C'était la voix de Mme McKay, mon professeur d'anglais.) Si tu persistes à manquer le déjeuner, je vais devoir en aviser tes parents, je voulais te prévenir. Et le cours commence dans dix minutes !

La porte s'est refermée.

— Tu as encore cessé de manger ? m'a demandé Grace.

— Tu ne penses pas que tu as assez de tes propres problèmes, pour l'instant ?

Cole

Après le départ de Sam pour son « travail », quoi qu'il entende par là, je me suis versé un verre de lait et je suis retourné dans la salle de séjour explorer quelques tiroirs. Dans mon expérience des choses, ce sont, avec les sacs à dos, d'excellents moyens pour apprendre à connaître quelqu'un, mais les petites tables du fond de la pièce n'offraient qu'un assortiment de télécommandes et de manettes de consoles de jeux, et je me suis dirigé vers le bureau devant lequel j'étais passé en empruntant le couloir.

Là, j'ai vraiment raflé le gros lot : plein de papiers partout, et aucun mot de passe pour protéger l'ordinateur. Située à l'angle de la maison et munie, sur deux murs adjacents, de fenêtres donnant sur la rue, qui m'éviteraient d'être surpris par Sam s'il revenait à l'improviste, la pièce semblait conçue pour ma visite. J'ai posé mon verre près de la souris (quelqu'un avait couvert le tapis de dessins griffonnés au marqueur, j'ai vu l'esquisse d'une fille à très gros nichons en tenue d'écolière) et je me suis installé dans le fauteuil. À l'instar de tout le reste de la maison, l'endroit était confortable, l'atmosphère masculine et accueillante.

Quelques factures traînaient sur le bureau, toutes au nom de Beck et par prélèvement automatique. Sans intérêt. L'agenda de cuir brun posé près du clavier ne m'attirait pas non plus. J'ai ouvert un tiroir : une pile de logiciels, pour la plupart des didacticiels et des trucs pratiques, et quelques jeux. Aucun intérêt, là non plus. J'ai essayé le tiroir d'en bas, et j'ai été récompensé par un tourbillon de cette poussière dont les gens recouvrent leurs meilleurs secrets, sous lequel j'ai découvert une enveloppe marron marquée *SAM*. Je commençais à brûler. J'ai sorti une première feuille de papier. Des documents d'adoption.

J'ai vidé l'enveloppe sur la table et j'ai enfoncé les doigts dedans pour extraire les plus petits papiers restés coincés à l'intérieur. Un extrait d'acte de naissance au nom de Samuel Kerr Roth, qui m'apprenait qu'il était mon cadet d'un an. Une photo d'un petit Sam maigrichon, une expression complexe sur le visage, avec cette tignasse noire et ces yeux aux paupières lourdes que j'avais remarqués la veille au soir. Le curieux jaune lupin de son regard avait alors attiré mon attention, et, en examinant de plus près le cliché, j'ai vu sur le jeune Sam les mêmes prunelles. Il ne portait donc pas de lentilles teintées, et je me suis senti un peu mieux disposé à son égard. J'ai reposé la photo. Puis venait une liasse de coupures de journaux jaunies. J'ai parcouru les articles :

Lundi dernier, Gregory et Annette Roth, un couple de Duluth, ont été inculpés de tentative de meurtre sur leur fils âgé de sept ans. Les autorités ont placé l'enfant (dont le nom n'a pas été révélé afin de protéger son identité) sous la tutelle de l'État. Son sort sera fixé après le procès de ses parents. Les Roth sont soupçonnés d'avoir maintenu leur fils dans une baignoire et de lui avoir tranché les veines des poignets avec un rasoir. Annette Roth aurait peu après avoué les faits à une voisine, arguant que l'enfant tardait trop à mourir. Les époux ont tous deux déclaré à la police que celui-ci était possédé par le diable.

J'ai senti une épaisse boule de dégoût au fond de ma gorge, qui n'est pas partie quand j'ai dégluti. J'avais du mal à ne pas penser au petit frère de Victor, qui avait huit ans. Je suis revenu à la photo de Sam tenant Beck par la main et j'ai à nouveau scruté le garçon : les yeux mi-clos, au regard vacant, fixaient un point de l'espace derrière la caméra, et le frêle poignet tourné vers l'objectif laissait clairement apparaître les fraîches entailles brunes qui le zébraient.

Et toi qui te lamentais sur ton sort ! a dit une petite voix dans ma tête.

J'ai vite remis les coupures de journaux et la photo dans l'enveloppe, je ne voulais plus les voir, et je suis passé à la liasse suivante : un testament – désignant Sam comme héritier de tout, y compris la maison –, un compte courant et un compte d'épargne, tous deux aux noms de Beck et de Sam.

Impressionnant. Je me suis demandé si Sam savait qu'il deviendrait propriétaire des lieux. Sous ces documents se trouvait un carnet noir. Je l'ai feuilleté : un journal, daté, rédigé d'une écriture nette et penchée en arrière de gaucher. Je suis revenu à la première page : « *Si tu lis ces lignes, soit je suis devenu définitivement loup, soit tu es Ulrik, et dans ce cas, tu as intérêt à arrêter de fouiller dans mes affaires* fissa ! »

Le téléphone m'a fait sursauter.

Je l'ai regardé sonner deux fois, puis j'ai décroché.

— Da.

— Cole ?

Je me suis senti inexplicablement mieux.

— Ça dépend. C'est ma mère au bout du fil ?

— J'ignorais que tu en avais une, a répliqué Isabel d'une voix tranchante. Est-ce que Sam sait que tu es en train de répondre au téléphone ?

— Tu voulais lui parler ?

Une pause.

— C'est ton numéro, celui qui s'affiche là ? j'ai repris.

— Oui, a dit Isabel, mais ne l'appelle pas. Qu'est-ce que tu fais ? Tu es toujours toi ?

— Pour l'instant, oui. Je passe en revue les affaires de Beck.

J'ai fourré l'enveloppe au nom de Sam dans le tiroir.

— Tu te fiches de moi ? m'a-t-elle demandé, avant de répondre elle-même : Non, tu ne plaisantes pas. (Une autre pause.) Et qu'est-ce que tu trouves ?

— Viens voir par toi-même.

— Je suis au lycée.

— Au téléphone ?

— Dans les toilettes, j'essaie de me motiver pour mon prochain cours. Raconte-moi ce que tu as découvert. Un scoop bien mal acquis, ça me remonterait le moral !

— Les papiers d'adoption de Sam. Et des articles de journaux sur comment ses parents ont essayé de le tuer. Il y a aussi un très mauvais dessin d'une femme en uniforme d'écolière. Ça vaut vraiment le déplacement !

— Pourquoi tu parles avec moi ?

Je croyais comprendre ce qu'elle entendait par là, mais je lui ai quand même rétorqué :

— Parce que tu m'as téléphoné.

— Juste pour coucher avec moi ? Je ne suis pas d'accord. N'y vois rien de personnel, c'est juste que je ne le ferai pas. Je me réserve pour plus tard, et tout ça. Donc, si c'est pour ça que tu me parles, tu peux raccrocher maintenant.

Je n'ai pas coupé la communication. Je n'étais pas sûr que cela répondait à sa question.

— Tu es toujours là ? m'a-t-elle demandé.

— Oui, je suis là.

— Alors, tu comptes me répondre ?

Je faisais avancer et reculer mon verre vide en le poussant.

— Je voulais simplement parler à quelqu'un. J'aime bien te parler. Je n'ai pas mieux à te donner.

— Parler, ce n'est pas exactement ce que l'on faisait, quand on s'est vus.

— On a parlé, j'ai insisté. Je t'ai parlé de ma Mustang, c'était une conversation très profonde et très personnelle, sur un sujet qui me tient particulièrement à cœur.

— Ta voiture ?

Elle semblait peu convaincue. Elle s'est tue un moment.

— Tu veux parler, alors parfait, parle ! Raconte-moi quelque chose que tu n'as encore jamais dit à personne.

J'ai réfléchi.

— Parmi tous les animaux de la planète, les tortues sont les deuxièmes pour la taille du cerveau.

Isabel a réagi au quart de tour :

— C'est faux !

— Je sais, c'est bien pour ça que je ne l'ai encore jamais dit à personne.

J'ai entendu un drôle de bruit à l'autre bout, comme si elle essayait d'étouffer un fou rire ou une crise d'asthme.

— Raconte-moi une chose sur toi que tu n'as jamais dite à personne !

— Si je le fais, tu le feras, toi aussi ?

— Oui.

Elle n'avait pas l'air d'y croire.

Je suivais du doigt, songeur, les contours de la fille au marqueur sur le tapis de la souris. Parler au téléphone était comme parler les yeux fermés : cela rendait plus courageux et plus honnête, parce que cela revenait un peu à se parler à soi-même, et cela expliquait aussi pourquoi je chantais toujours mes nouvelles chansons les yeux fermés : je ne voulais pas voir les réactions du public avant d'avoir fini.

— J'ai essayé toute ma vie de ne pas être mon père, j'ai dit enfin. Pas qu'il soit si affreux que ça, mais parce qu'il est tellement impressionnant. Quoi que je fasse – *quoi que ce soit* –, jamais je ne serai à la hauteur.

Isabel n'a rien dit. Peut-être attendait-elle de voir si j'allais poursuivre.

— Et qu'est-ce qu'il fait, dans la vie, ton père ?

— Dis-moi d'abord ce que tu n'as jamais dit à personne !

— Non, c'est encore ton tour. C'est toi qui voulais qu'on parle, ce qui implique que, toi, tu dises quelque chose, que, moi, je réagisse, et ensuite que tu répondes autre chose. C'est l'un des talents les plus remarquables que la race humaine ait développé, ça s'appelle une *conversation*.

Je me prenais à regretter celle-ci en particulier.

— C'est un savant.

— Quel genre de savant ? Dans l'aérospatiale ?

— Un savant fou, un très grand scientifique. Mais je t'assure que je préférerais remettre la suite à une date ultérieure, après mon enterrement, par exemple. Tu me racontes ton histoire, maintenant ?

Isabel a inspiré, assez fort pour que je l'entende.

— Mon frère est mort.

Les mots semblaient étrangement familiers, comme si je les avais déjà entendus dans sa bouche, bien qu'il me soit impossible d'imaginer quand. J'y ai réfléchi, avant d'objecter :

— Tu l'as déjà dit à quelqu'un.

— Personne ne sait que c'est ma faute, parce que tout le monde le croyait déjà mort depuis un moment.

— Mais cela n'a pas de sens !

— Rien n'en a plus. Par exemple, pourquoi je te parle ? Pourquoi je te raconte tout ça, alors que tu t'en fiches éperdument ?

Cette question-là, au moins, j'en connaissais la réponse :

— C'est justement pour ça que tu me le dis.

Je savais que j'étais dans le vrai. Si nous avions pu nous confier à quelqu'un qui ne serait pas indifférent, pour rien au monde nous n'aurions desserré les dents. Il est toujours plus facile d'échanger des aveux quand cela ne tire pas à conséquence.

Elle se taisait. J'ai entendu en bruit de fond des voix de filles, des lambeaux de conversations perçantes, indistinctes, puis un bruit d'eau qui coule, et de nouveau le silence.

— D'accord, a dit Isabel.

— D'accord pour quoi ? j'ai demandé.

— D'accord, tu peux m'appeler, peut-être. Un jour. Maintenant que tu as mon numéro.

Et elle m'a raccroché au nez.

chapitre 18

Sam

Je ne savais pas où était mon amie, la batterie de mon portable était morte, je vivais dans une maison aux côtés d'un nouveau loup, peut-être fou, que je soupçonnais capable de tuer ou de se suicider, et, à des années-lumière de là, je comptais des livres. Dehors, quelque part, mon univers sombrait et s'abîmait peu à peu, tandis que, debout dans une splendide tache de soleil parfaitement ordinaire, j'inscrivais : *La vie secrète des abeilles (3/PB)* sur un bloc-notes jaune étiqueté *INVENTAIRE*.

— Nous devrions recevoir une livraison aujourd'hui, m'annonça Karyn, la propriétaire de la librairie, en sortant de l'arrière-boutique. Apportée par l'employé de United Parcel Service. Tenez !

Elle me tendait un gobelet en polystyrène.

— En quel honneur ?

— Pour bonne conduite. C'est du thé vert, ça ira ?

Je hochai la tête avec une mimique de satisfaction. Karyn m'avait plu d'emblée, du jour où je l'avais rencontrée. Elle avait une cinquantaine d'années et des cheveux courts en bataille tout blancs, mais son visage – et ses yeux, surtout – restaient jeunes sous des sourcils encore sombres. Elle dissimulait derrière un sourire avenant et efficace une volonté d'airain, mais le meilleur de son âme se reflétait dans ses traits. Je me plaisais à imaginer que c'était peut-être vrai chez moi aussi, et qu'elle m'avait embauché pour cette raison.

— Merci, dis-je et je bus une gorgée. Le liquide chaud descendit tout le long de ma gorge jusqu'à mon estomac et me rappela que je n'avais encore rien mangé ce jour-là. Je m'étais trop attaché aux céréales du matin avec Grace.

J'inclinai le bloc-notes vers Karyn pour qu'elle puisse voir où j'en étais arrivé.

— Très bien. Vous avez trouvé des choses intéressantes ?

J'indiquai du doigt, par terre derrière moi, toute une pile de livres déplacés.

— Magnifique ! (Elle ôta le couvercle de son gobelet, fit une grimace et souffla à la surface du liquide.) Vous attendez sans doute dimanche avec impatience ?

Je n'avais pas la moindre idée de ce dont elle parlait et j'étais sûr que ma perplexité se reflétait sur mon visage. J'attendis de mon cerveau une explication qui ne vint pas.

— Dimanche ?

— Le studio d'enregistrement, dit-elle, avec Grace.

— Vous êtes au courant ?

Elle ramassa maladroitement, sans reposer son gobelet, la moitié de la pile de livres mal rangés.

— Grace m'a appelée pour vérifier que ce n'était pas un jour où vous travailliez.

Bien sûr qu'elle l'avait fait ! Mon amie n'aurait jamais fixé un rendez-vous pour moi sans avoir au préalable tout prévu et tout organisé. Je sentis une morsure, la torsion brutale d'un manque au creux de mon estomac.

— Je ne sais pas si ça tient toujours.

Elle haussa les sourcils et attendit la suite. J'hésitai un moment, puis me décidai à lui raconter ce que j'avais tu la veille au soir, parce que je savais que, contrairement à Isabel, Karyn y serait sensible :

— Ses parents m'ont surpris dans sa chambre la nuit, dis-je en sentant mes joues s'empourprer. Grace était malade, ils l'ont entendue crier, ils sont arrivés et ils m'ont mis à la porte. Je ne sais pas comment elle va. Je ne sais même pas s'ils me laisseront la revoir un jour !

Karyn ne répondit pas immédiatement, ce qui était l'une des choses que j'aimais chez elle : elle ne s'empressait pas de déclarer automatiquement que tout allait s'arranger sans être sûre que c'était la bonne réponse.

— Mais, Sam, pourquoi ne m'avez-vous pas dit que vous ne pouviez pas venir travailler aujourd'hui ? Je vous aurais donné congé !

— Parce que c'est jour d'inventaire, répondis-je, désarmé.

— L'inventaire pouvait attendre ! Nous le faisons maintenant simplement parce que nous sommes en mai, qu'il fait un froid de loup et qu'il n'y a pas de clients. (Elle réfléchit quelques minutes en sirotant son café, le nez froncé.) Bon, premièrement, ses parents ne vont pas vous empêcher de la revoir. Vous serez bientôt adultes, tous les deux, et ils doivent bien comprendre que Grace n'aurait pas pu mieux tomber qu'avec vous. Deuxièmement, elle a sans doute attrapé une grippe. De quoi souffrait-elle exactement ?

— Elle avait de la température, dis-je dans un murmure qui me surprit.

Karyn examina attentivement mon visage.

— Je sais que vous êtes inquiet, mais la fièvre est une chose courante, Sam.

— J'ai eu la méningite, une méningite bactérienne, expliquai-je dans un souffle.

C'était la première fois que je l'énonçais à voix haute, et maintenant je me sentais presque soulagé, comme si le simple fait d'admettre que je craignais que la fièvre de Grace ne soit quelque chose de plus dangereux qu'un refroidissement rendait la situation plus aisée à gérer.

— Il y a combien de temps ?

J'arrondis aux vacances les plus proches :

— Vers Noël, environ.

— Oh, mais vous n'êtes plus contagieux, alors, s'exclama-t-elle. Je ne crois pas que la méningite soit une de ces maladies transmissibles à plusieurs mois de distance. Comment se sent-elle aujourd'hui ?

— Depuis ce matin, c'est son répondeur qui décroche, lui répondis-je en essayant de ne pas prendre un ton plaintif. Ses parents étaient vraiment furieux, hier soir, ils ont sans doute confisqué son portable.

Karyn fit la grimace.

— Ils s'en remettront. Essayez de considérer les choses de leur point de vue !

Elle ne cessait de changer les livres de position pour les empêcher de tomber. Je posai mon gobelet de thé vert et les lui pris des bras.

— Je comprends leur point de vue, c'est bien là le problème. (Je fis quelques pas jusqu'au rayon des biographies et rangeai une vie de la princesse Diana.) À leur place, moi aussi, je serais très en colère. Ils me perçoivent comme un jeune dévoyé qui a réussi à s'introduire dans le lit de leur fille, et qui ne sera pas dans les parages pour longtemps.

Elle rit.

— Pardonnez-moi ! Je sais que vous ne trouvez pas cela drôle.

— Je ne manquerai pas de trouver cela hilarant un jour, dis-je d'un ton plus sinistre que prévu. Lorsque nous serons mariés et que nous ne serons plus obligés de les voir qu'à Noël !

— La plupart des garçons n'envisagent pas les choses comme vous, fit-elle remarquer, et elle prit l'inventaire, passa derrière le comptoir et posa son café près de la caisse. Savez-vous comment j'ai contraint Drew à me demander en mariage ? À l'aide d'un pistolet paralysant, d'alcool et d'une chaîne de téléachat. (Elle me regarda jusqu'à ce que je lui sourie.) Que pense Geoffrey de tout cela ?

Il me fallut un bon moment pour comprendre qu'elle parlait de Beck — je ne me rappelais plus quand j'avais entendu pour la dernière fois quelqu'un l'appeler par son prénom —, et je me rendis compte aussitôt que j'allais devoir mentir.

— Il ne le sait pas encore. Il n'est pas en ville.

Les mots sortaient trop vite, dans ma hâte de m'en débarrasser. Je me tournai vers un rayonnage pour dissimuler mon visage.

— Ah oui, j'avais oublié ses clients en Floride ! s'écria Karyn. (Je cillai, surpris de l'habileté de Beck.) Sam, moi aussi, je vais ouvrir une librairie là-bas, en hiver. Je crois qu'il a vu juste : le Minnesota en mars, ce n'est vraiment pas une bonne solution !

Je n'avais aucune idée de l'histoire que Beck avait concoctée pour convaincre Karyn qu'il était parti dans le Sud, mais je me sentais épaté, car jamais ma patronne ne m'avait paru crédule. Il était pourtant évident qu'il avait dû lui raconter quelque chose : Beck avait été un habitué de la librairie, tout d'abord comme client, puis, quand j'avais commencé à y travailler avant d'obtenir mon permis de conduire, lorsqu'il m'y amenait et revenait me chercher. Karyn n'aurait pas manqué de remarquer son absence pendant l'hiver. M'impressionnait plus encore la familiarité avec laquelle elle articulait son prénom : elle avait été assez proche de lui pour que *Geoffrey* sorte de sa bouche avec naturel, mais pas au point de savoir que tous ceux qui l'aimaient l'appelaient par son nom de famille.

Je réalisai soudain que je n'avais rien dit depuis un moment, et que Karyn m'observait toujours.

— Il venait souvent ici, sans moi ?

Derrière le comptoir, elle hocha la tête.

— Il passait assez fréquemment. Il achetait beaucoup de biographies.

Elle se tut, pensive. Elle m'avait un jour affirmé qu'on pouvait analyser entièrement quelqu'un d'après ses lectures, et je me demandai ce que l'amour de Beck pour les biographies – qui emplissaient d'innombrables rayonnages de la bibliothèque, à la maison – lui inspirait.

— Je me souviens de son dernier achat, poursuivit-elle, justement parce que ce n'en était pas une, ce qui m'a surpris. C'était un agenda.

Je fronçai les sourcils. Je ne me rappelai pas avoir vu l'objet.

— Un de ceux avec un espace pour chaque jour, pour prendre des notes ou rédiger un journal. (Elle se tut un instant.) Il m'a dit qu'il comptait y inscrire ses pensées avant qu'il n'oublie de les penser !

Les larmes qui me brûlèrent soudain les yeux m'obligèrent à me tourner de nouveau vers les rayonnages. Je tentai de reprendre le contrôle de mes émotions en me focalisant sur les titres devant moi et je posai un doigt sur le dos d'un livre, tandis que les mots se brouillaient et réapparaissaient tour à tour sous mes yeux.

— Sam, y aurait-il un problème avec Beck ?

Je contemplais le sol, la façon dont les vieilles lattes du plancher s'incurvaient au pied des étagères, là où elles se rejoignaient. Je me sentais périlleusement hors de contrôle, comme si les mots débordaient en moi, menaçaient de se répandre, mais je gardai le silence. Je ne songeais ni aux pièces vides et trop sonores de la maison, ni au fait qu'il m'incombait à moi, à présent, d'acheter le lait et les conserves pour réapprovisionner la cabane. Je ne pensais pas à Beck, piégé dans son corps de loup, qui m'observait de l'orée de la forêt, sans souvenirs ni pensées humaines. Je me refusais à envisager l'été vide à venir, sans rien ni personne à attendre.

Je fixais un minuscule nœud noir dans le bois juste à mes pieds, petite forme sombre et solitaire perdue au milieu du parquet blond.

Je voulais Grace.

— Pardonnez-moi, dit Karyn. Je n'avais l'intention de... je ne voulais pas être indiscrète.

Je me sentis coupable de l'avoir mise mal à l'aise.

— Je le sais bien, et ce n'est pas le cas ! C'est juste que... (je pressai mes doigts sur mon front, sur le foyer de mon fantôme de mal de tête) il est malade, et c'est... incurable.

Les mots — ce douloureux mélange de mensonge et de vérité — sortaient laborieusement de ma bouche.

— Oh, Sam, je suis tellement désolée ! Est-il à la maison ?

Je secouai la tête sans me retourner.

— C'est donc pour cela que la fièvre de Grace vous inquiète tant, supputa-t-elle.

Je fermai les paupières. Dans l'obscurité, je fus saisi d'un vertige, comme si je ne savais plus où était le sol. Je me sentais déchiré entre le besoin de parler et celui de maîtriser mes angoisses, de les tenir sous contrôle en les gardant pour moi, mais les mots jaillirent avant que je ne les aie pensés jusqu'au bout :

— Je ne peux pas les perdre tous les deux. Je... je me connais, je ne suis pas assez... fort pour supporter ça.

Karyn soupira.

— Regardez par ici, Sam !

J'obéis à contrecœur et la vis brandir le bloc-notes de l'inventaire. Elle pointa son stylo sur les lettres *SR* qu'elle avait tracées au bas de mes colonnes de chiffres.

— Vous voyez vos initiales, là ? Elles signifient que je vous ordonne de rentrer chez vous, ou au moins de sortir vous changer les idées.

— Merci, murmurai-je.

Lorsque je vins prendre ma guitare et mon livre posé sur le comptoir, elle m'ébouriffa les cheveux au passage.

— Sam, me dit-elle alors que je passais devant elle, je vous crois plus solide que vous ne l'imaginez.

Je grimaçai un sourire qui s'estompa avant que je n'atteigne la porte de l'arrière-boutique.

En ouvrant, je me heurtai à Rachel, et seuls un coup de chance inouï, sinon ma propre dextérité, m'évitèrent de renverser mon thé en plein sur son écharpe rayée. Elle la tira brusquement de côté, bien après que le danger fut écarté, et me lança un regard courroucé.

— Le Garçon devrait surveiller où il met ses pieds !

— Rachel devrait signaler sa présence quand elle surgit à cette porte, répliquai-je.

— Mais c'est Grace qui m'a dit d'entrer par ici ! protesta-t-elle.

Et, devant mon air perplexe, elle expliqua :

— Comme l'art du créneau ne figure pas au nombre de mes talents naturels, Grace m'a conseillé de me garer derrière la boutique, où je peux juste m'arrêter comme ça. Elle m'a affirmé que cela ne poserait de problème à personne si j'entrais par-derrière. Ce en quoi elle avait de toute évidence tort, puisque tu as tenté de me repousser à grand renfort de bassines d'huile bouillante et…

— Rachel ! l'interrompis-je. Quand as-tu parlé à Grace ?

— Pour la dernière fois, tu veux dire ? Il y a deux minutes !

Elle recula pour me laisser sortir et refermer la porte derrière moi.

Le soulagement qui m'envahit brusquement fut tel que je faillis éclater de rire, et je perçus soudain à nouveau l'air froid et ses relents de gaz d'échappement, le vert passé des bennes à ordures et le doigt inquisiteur du vent glacial qui s'immisçait subrepticement sous le col de ma chemise.

J'avais craint ne jamais revoir mon amie.

Ma réaction m'apparaissait mélodramatique, maintenant que je savais Grace assez bien portante pour parler à Rachel, et je ne comprenais plus pourquoi j'avais tiré cette conclusion hâtive.

— On gèle ici, ça ne te dérange pas qu'on s'installe dans la voiture ? dis-je en désignant la Volkswagen.

— Bonne idée !

Elle attendit que je déverrouille les portières.

Je mis le moteur en marche, montai le chauffage et pressai mes mains contre la bouche d'aération jusqu'à ce que le froid, qui ne pouvait pourtant plus me nuire, ait cessé de m'angoisser. Le parfum douceâtre et très synthétique, sans doute censé être à la fraise, de Rachel emplissait l'habitacle. Elle portait des collants, et elle replia ses jambes sur le siège pour caser son sac plein à craquer à ses pieds.

— Bon, dis-moi, maintenant ! Grace ? Elle va bien ?

— Elle va bien, oui. Elle était à l'hôpital hier soir, mais elle en est sortie. Ils ne l'ont même pas gardée pour la nuit. Comme elle avait de la fièvre, ils l'ont bourrée de paracétamol, et ça l'a défiévrée. Elle m'a dit qu'elle se sentait très bien. (Rachel haussa les épaules.) Je suis censée lui apporter ses devoirs. Alors voilà... (elle donna un coup de pied à son sac à dos rempli) et je suis aussi chargée de te remettre ceci. (Elle me tendit un portable rose avec un autocollant de smiley cyclope collé derrière.)

— Il est à toi ?

— Oui. Grace m'a dit que tes appels vont directement sur sa messagerie.

Cette fois-ci, je ris pour de bon, d'un rire silencieux, euphorique.

— Et le téléphone de Grace ?

— Son père le lui a confisqué. Je n'arrive pas à croire que vous vous soyez fait prendre, tous les deux ! Qu'est-ce qu'il vous est passé par la tête ? Vous auriez pu périr d'humiliation !

Je lui lançai un regard plaintif. Maintenant que je savais Grace vivante et en bonne santé, je pouvais bien m'apitoyer un peu sur mon sort.

— Pauvre Garçon ! (Rachel me tapota l'épaule.) Ne t'inquiète pas, ils ne resteront pas éternellement furieux contre toi. Donne-leur quelques jours et ils recommenceront à oublier qu'ils ont une fille. Tiens, voilà le téléphone ! Elle a à nouveau le droit de répondre aux appels.

J'acceptai l'objet avec reconnaissance.

— Son numéro, c'est le deux, en abrégé, me dit Rachel, et, un instant plus tard, j'entendais :

— Allô, Rach ?

— C'est moi, Sam, dis-je.

Grace

Je ne sais pas ce que j'ai ressenti quand j'ai entendu la voix de Sam à la place de celle de Rachel, je sais seulement que mon émotion a été si forte que deux de mes inspirations successives se sont amalgamées en un long souffle frissonnant, puis j'ai occulté d'un coup ce bouleversement inconnu.

— Sam !

Je l'ai entendu soupirer, ce qui m'a donné désespérément envie de voir son visage.

— Rachel t'a dit ? Je vais bien, ce n'était qu'un peu de fièvre. Je suis rentrée à la maison, maintenant.

— Je peux passer ?

Il parlait d'une voix étrange.

J'ai remonté ma couette sur mes jambes – je l'ai tirée d'un coup sec quand elle a refusé de s'aplanir comme je le désirais – en essayant de refouler une fois de plus une vague de la colère que j'avais ressentie en parlant à mon père.

— Je suis privée de sortie, et ils m'ont interdit d'aller au studio, dimanche.

Il y a eu un silence de mort à l'autre bout de la ligne. Je m'imaginais l'expression du visage de Sam, et j'avais mal, sourdement, et le cœur gros depuis si longtemps que je n'en pouvais plus.

— Tu es toujours là ?

— Je peux m'arranger pour remettre ça à un autre jour, a déclaré Sam d'une voix courageuse, qui m'a été encore plus douloureuse que son silence.

— Pas question ! (La colère a soudain pris le dessus et m'a presque empêchée de poursuivre.) J'irai au studio dimanche, même si je dois les supplier ou sortir en cachette, je m'en fiche ! Sam, je suis tellement furieuse que je ne sais plus quoi faire ! Je veux partir tout de suite, je ne veux plus rester dans cette maison avec eux. Essaie de me dissuader, je t'en prie, dis-moi que je ne peux pas venir vivre avec toi, que tu ne veux pas que je le fasse !

— Tu sais bien que je ne te dirais jamais ça, a protesté Sam avec douceur, tu sais que je ne chercherai pas à t'en empêcher !

J'ai fusillé des yeux la porte fermée de ma chambre. Ma mère – ma geôlière – se trouvait quelque part de l'autre côté. Je sentais dans mon ventre mon estomac encore nauséeux de fièvre. Je ne voulais pas être ici.

— Qu'est-ce qui me retient, alors ? ai-je demandé d'un ton belliqueux.

Sam est resté longtemps silencieux.

— Le fait que tu ne veuilles pas qu'on en arrive là, a-t-il enfin murmuré. J'adorerais que tu viennes vivre avec moi, tu le sais bien, et cela arrivera un jour, mais ce n'est pas ainsi que les choses doivent se passer.

Les larmes me sont montées aux yeux, inexplicablement. Je les ai essuyées du poing. Je ne savais pas quoi dire. D'ordinaire, c'était moi qui avait l'esprit pratique, et Sam qui était en proie aux émotions. Je me sentais seule dans ma rage.

— Je me faisais du souci pour toi, a dit Sam.

Moi aussi, je me faisais du souci pour moi, j'ai pensé, mais je lui ai répondu seulement :

— Je vais bien, mais je meurs d'envie de quitter cette ville avec toi. Vivement dimanche !

Sam

Comme il était étrange de parler à Grace ainsi, assis là, dans ma voiture, aux côtés de sa meilleure amie, alors qu'elle se trouvait chez elle et que, pour une fois, c'était elle qui avait besoin de moi ! Étrange, également, de devoir lui refuser quelque chose, sans pour autant pouvoir lui dire non, ce dont je me sentais physiquement incapable. À l'entendre, elle paraissait... si différente de celle que j'avais connue jusqu'à présent. Je sentis bruisser à mes oreilles tout un avenir secret, périlleux et séduisant.

— Moi aussi, j'ai hâte qu'on soit dimanche !

— Je ne veux pas être seule, cette nuit.

Mon cœur tressaillit. Je fermai les yeux un instant, puis les rouvris. Je songeai à aller la voir en cachette et à lui proposer de faire le mur. Je me vis dans ma chambre, étendu sur mon lit sous mes grues en papier plié, son corps chaud lové contre le mien, libre de ne pas me cacher, une fois le matin venu, de rester simplement allongé auprès d'elle, comme nous aimions à l'être, et ce désir brûla douloureusement en moi.

— Tu me manques aussi.

— J'ai le chargeur de ton téléphone ici, chuchota Grace. Appelle-moi de chez Beck ce soir, d'accord ?
— D'accord !
Elle raccrocha, et je rendis le portable à Rachel. Je ne savais pas très bien ce qui clochait chez moi. J'allais retrouver mon amie dans quarante-huit heures. Ce n'était pas long. Une goutte dans l'océan du temps que serait notre vie commune.
— Sam, me dit Rachel, sais-tu que tu as un visage infiniment triste ?

chapitre 19

Sam

Après avoir quitté Rachel, je retournai chez Beck. Le soleil était sorti, il ne faisait pas chaud, mais l'air contenait comme une promesse de douceur – un été en devenir. J'avais vécu tant d'années cette amorce de printemps prisonnier de ma forme lupine que ma mémoire n'en gardait plus trace, et il m'était difficile de me convaincre que je n'avais plus besoin de me raccrocher à l'abri et à la chaleur de la voiture.

Non, je ne m'alarmerai pas ! *Crois en ta guérison.*

Je sortis et refermai la portière, mais n'entrai pas dans la maison : peut-être Cole s'y trouvait-il encore, et je ne me sentais pas prêt à l'affronter. Contournant le bâtiment, je traversai l'étendue d'herbes mortes et glissantes, vestiges de l'année précédente, et m'enfonçai dans les bois. Je m'étais dit qu'il me fallait aller vérifier s'il n'y avait pas de loups dans la cabane. Dissimulée dans l'épaisseur du sous-bois, à quelques centaines de mètres derrière la maison de Beck, celle-ci servait de refuge aux nouveaux qui se métamorphosaient sans cesse. Ils y trouvaient des vêtements, des conserves, des torches électriques, et même un petit poste de télévision avec magnétoscope et un chauffage d'appoint branché sur le moteur du bateau : tout ce dont un nouveau garou encore instable avait besoin pour attendre confortablement de voir s'il allait conserver sa forme humaine.

Il arrivait en effet que l'un d'eux redevienne subitement loup à l'intérieur, trop vite pour pouvoir ouvrir la porte, et l'animal restait alors piégé, déchaîné, esclave de son instinct, entre des murs qui empestaient l'humain, la mue et l'incertitude.

Je me souvenais d'un printemps, quand j'avais neuf ans et que j'étais encore un peu gauche dans ma forme lupine. La douceur de l'air m'avait dépouillé de ma fourrure et abandonné, recroquevillé, nu et confus, sur le sol de la forêt, telle une jeune pousse pâle. Après avoir vérifié que j'étais bien seul, j'étais allé à la cabane, comme Beck me l'avait conseillé. Mon estomac à l'époque me faisait toujours mal entre les métamorphoses, un spasme m'avait soudain plié en deux, et j'étais resté accroupi, mes côtes pointues pressées contre mes cuisses, mordant mon doigt, jusqu'à ce que la douleur s'estompe et que je puisse me relever et ouvrir la porte.

En la refermant derrière moi, j'avais sursauté au son d'une voix comme un poulain nerveux, mais après une minute, les battements de mon cœur s'étaient suffisamment calmés pour que je remarque qu'elle chantait : le dernier venu avait laissé le poste allumé, et j'avais fouillé dans la poubelle de plastique marquée *SAM* au son d'Elvis qui me demandait si je me sentais seul ce soir. J'avais enfilé mon jean sans me soucier de trouver une chemise, je m'étais rué sur la réserve de nourriture et j'avais éventré un paquet de chips. Mon ventre n'avait grondé qu'une fois sûr d'être rempli. Assis sur le bac, mes genoux maigres remontés jusqu'au menton, j'avais écouté le fredonnement d'Elvis en me disant que les chansons sont juste une autre forme de poésie. L'été précédent, Ulrik m'avait fait apprendre par cœur des poèmes célèbres, je me souvenais encore de la première moitié de « Stopping by Woods on a

Snowy Evening » et j'avais tenté de me remémorer la suite tout en dévorant les chips jusqu'à la dernière, dans l'espoir de me débarrasser de mon mal de ventre.

Le temps que je remarque que la main qui tenait le paquet tremblait, la douleur dans mes entrailles avait muté en torsion de la métamorphose. Je n'avais pas réussi à atteindre la porte avant que mes doigts ne s'étiolent, impuissants. Mes griffes grattaient vainement le bois. Dans ma dernière pensée humaine, je m'étais rappelé mes parents claquant à toute volée la porte de ma chambre et le bruit du verrou qui tombait, alors que le loup montait et bouillonnait en moi.

Mes souvenirs lupins m'étaient souvent inaccessibles, mais je n'avais pas oublié les heures entières qui s'étaient écoulées avant que je ne renonce à chercher à sortir, ce jour-là.

C'était Ulrik, pour une fois, et non Beck, qui m'avait trouvé.

— Ah, *Junge* ! s'était-il exclamé d'une voix triste en passant la main sur son crâne rasé et en regardant autour de lui. (Je l'avais dévisagé en cillant d'un air déconcerté, un peu surpris qu'il ne soit ni mon père ni ma mère.) Depuis combien de temps es-tu enfermé ici ?

Recroquevillé dans un coin, je fixais mes doigts ensanglantés, tandis que mon cerveau dérivait lentement de ses brumes lupines vers des lambeaux de pensées humaines. Le transistor gisait, le câble arraché à la prise, au milieu des bacs et des couvercles épars dans la pièce. Le sol était maculé de traînées de sang séché parcourues d'empreintes de pieds et de pattes, couvert de fragments de bois arrachés à la porte, éparpillés comme des confettis, d'emballages déchirés, de chips et de bretzels écrasés.

Ulrik avait traversé la pièce, ses bottes crissant sur les débris, mais il s'était arrêté à mi-chemin en me voyant reculer. Ma vision dansait, me montrait tour à tour la cabane dévastée et mon ancienne chambre, avec ses draps en pagaille et ses livres lacérés.

— Allez, lève-toi ! Je te ramène à la maison, m'avait-il dit en me tendant une main.

Mais je n'avais pas bougé. Perdu dans le microcosme de l'extrémité de mes doigts, dans les faibles reliefs des arabesques délicatement soulignées de rouge, je contemplais mes ongles cassés sous lesquels s'étaient fichées des échardes rougies et l'unique poil lupin, strié de blanc et de noir, resté collé par le sang. Mon regard avait glissé sur mes poignets et les reliefs de mes cicatrices encore fraîches, ponctuées de pourpre.

— Sam !

Je n'avais pas levé les yeux. J'avais épuisé tous mes mots et toute mon énergie à tenter de sortir, il ne me restait même plus la force de vouloir me relever.

— Je ne suis pas Beck, m'avait déclaré Ulrik d'une voix impuissante. Je ne sais pas comment il s'y prend pour te sortir de là et te ramener parmi nous. Je ne parle pas ton langage, *Junge,* tu comprends ? Qu'est-ce qu'il se passe dans ta tête ? Regarde-moi !

Il avait raison. Beck avait un moyen pour me faire réintégrer la réalité, mais il n'était pas là. Finalement, Ulrik avait pris dans ses bras mon corps inerte comme un cadavre et m'avait porté tout le long du chemin jusqu'à la maison. J'avais refusé de parler, de manger et de bouger jusqu'à ce que Beck ne se transforme et revienne – j'ignore encore, même à présent, s'il avait fallu l'attendre seulement quelques heures, ou quelques jours.

Il n'était pas venu directement me voir. Il était d'abord allé dans la cuisine, et j'avais entendu un bruit de casseroles. Quand il était entré dans le salon, où je me terrais dans un coin du sofa, il portait une assiette d'œufs.

— Je t'ai préparé à manger ! avait-il annoncé.

Les œufs étaient exactement comme je les aimais. Je fixais le plat et, sans lever les yeux sur le visage de Beck, j'avais chuchoté :
— Je suis désolé.
— Tu n'as aucune raison de t'excuser, tu ne pouvais pas savoir. Et comme Ulrik est le seul à aimer ces fichus Doritos, tu nous as rendu service à tous !

Il avait posé l'assiette sur le canapé près de moi et il était retourné dans son bureau. J'avais attendu une minute, puis j'avais pris les œufs et je m'étais glissé dans le couloir à sa suite. Je m'étais assis devant sa porte et j'avais mangé en écoutant le crépitement intermittent du clavier sous ses doigts.

L'incident datait de l'époque où j'étais encore ravagé, et où je croyais que Beck serait toujours à mes côtés.

— Salut, Ringo !

La voix de Cole me ramena brusquement à la réalité. Je n'étais plus un gamin de huit ans sous la protection de gardiens bienveillants, les années avaient passé, je me tenais devant la porte de la cabane, et il avait surgi tout près de moi.

— Je vois que tu es toujours humain, dis-je sans laisser percer toute l'étendue de ma surprise. Qu'est-ce que tu fais dehors ?

— J'essaie de redevenir loup.

Je me sentis parcouru d'un méchant frisson. Ses mots avaient ravivé en moi le souvenir de mes luttes, du bouleversement de mes entrailles avant la métamorphose et de la nausée qui m'envahissait, juste au moment où je me perdais. J'ouvris la porte sans répondre et tâtonnai pour trouver l'interrupteur. L'air sentait le moisi et l'abandon, débordait de souvenirs et de poussières en suspension, et seul un cardinal qui, derrière moi, lançait inlassablement son cri de tennis qui couine, trouait le silence.

— Dans ce cas, tu ferais aussi bien de te familiariser avec l'endroit dès maintenant.

Quand j'entrai, mes pas chuintèrent dans les moutons qui recouvraient le vieux plancher usé. Pour autant que je puisse en juger, chaque chose semblait à sa place : les couvertures soigneusement pliées près de la télévision muette, le distributeur d'eau fraîche rempli à ras bord devant les carafes alignées : tout était prêt pour accueillir les garous redevenus humains.

Cole entra derrière moi et jeta un coup d'œil vaguement curieux sur la rangée de poubelles et les stocks de conserves. Son attitude trahissait un mélange de dédain et d'énergie fiévreuse, et j'aurais voulu lui demander : *Mais qu'est-ce que Beck a bien pu voir en toi ? Pourquoi t'a-t-il choisi ?* mais m'en abstins.

— C'est à cela que tu t'attendais ? l'interrogeai-je plutôt.

Il avait entrouvert le couvercle d'un des bacs de quelques centimètres et regardait à l'intérieur.

— Quoi ? dit-il sans tourner la tête.

— La vie de loup.

— Je pensais que ce serait pire. (Il me regarda, un sourire rusé aux lèvres, comme s'il savait tout ce que j'avais souffert pour ne pas en être un.) Beck m'avait soutenu que ça faisait atrocement mal !

Je ramassai une feuille morte entrée avec nous.

— C'est vrai, mais la douleur n'est pas le plus difficile.

— Ah ouais ? (Il parlait d'un ton entendu, comme s'il voulait que je le déteste.) Alors c'est quoi, le plus difficile ?

Je lui tournai le dos. Je n'avais aucune envie de lui répondre, parce que je pensais qu'il s'en moquerait.

Non, je ne le haïrai pas ! Si Beck l'avait choisi, il devait avoir ses raisons. Il avait forcément vu en lui quelque chose.

— Une année, dis-je enfin, l'un de nous – c'était Ulrik – a décidé que ce serait une excellente idée de faire pousser des herbes aromatiques dans des pots. Il faisait toujours des trucs cinglés comme ça.

Je me souvenais l'avoir regardé enfoncer le doigt pour faire des trous dans le riche terreau noir, avant d'y laisser tomber les graines minuscules, qui m'avaient l'air mortes.

— Ça a intérêt à marcher, bordel ! s'était-il exclamé d'un ton affable.

Je l'observais, debout, collé à lui au point de le gêner sans cesse, ne reculant que lorsque son coude heurtait accidentellement ma poitrine.

— Tu crois que tu peux t'approcher encore un peu plus, Sam ? m'avait-il demandé.

— Beck pensait qu'Ulrik était fou, poursuivis-je à l'intention de Cole. Il lui a dit qu'on pouvait acheter un bouquet de basilic pour deux dollars à l'épicerie.

Cole haussa un sourcil, et son expression indiqua clairement qu'il prenait son mal en patience.

Je l'ignorai.

— Tous les jours, pendant des semaines, j'ai surveillé les pots d'Ulrik. Je guettais l'apparition de petites taches vertes dans la terre, de n'importe quel indice de vie. C'est cela le plus difficile : être ici, dans la cabane, à attendre de voir si mes graines vont se mettre à pousser, sans savoir s'il est trop tôt pour espérer un signe de vie, ou si l'hiver s'est cette fois emparé de ma famille pour de bon.

Cole me dévisagea. Tout mépris avait disparu de ses traits, mais il ne pipa mot. Je lisais sur son visage comme un vide, auquel je ne savais comment réagir, et je ne dis rien, moi non plus.

Je n'avais aucune raison de m'attarder. Il resta là, pendant que je contrôlais une dernière fois que des insectes ne s'étaient pas introduits dans les bacs de nourriture. Je gardai un instant les doigts sur le bord d'un conteneur en plastique et écoutai. Je n'aurais su dire ce que j'espérais entendre, mais seul régnait le silence, le silence et toujours le silence. Dehors, de l'autre côté de la porte ouverte, même le cardinal s'était tu.

Feignant d'ignorer Cole, je tendis l'oreille à la façon des loups et tentai de localiser les multiples créatures des bois avoisinants. Je ne perçus rien.

Les loups étaient bien quelque part dans cette forêt, mais me restaient invisibles.

chapitre 20

Cole

Je perdais prise sur mon corps, et j'en étais heureux.

Sam me mettait mal à l'aise. J'avais dans mon répertoire deux ou trois personnages à jouer et qui faisaient pour ainsi dire l'affaire pour tous mes interlocuteurs jusqu'ici, mais, face à Sam, aucun ne semblait approprié. Sa sincérité douloureuse, son sérieux m'exaspéraient et me désarmaient.

C'est donc avec soulagement que je l'ai entendu annoncer qu'il allait faire un tour en voiture.

— Je te demanderais bien si tu as envie de m'accompagner, m'a-t-il dit, mais tu ne vas pas tarder à te transformer.

Il n'a pas révélé comment il en était arrivé à cette conclusion, mais j'ai vu ses narines frémir comme s'il me flairait. Quelques instants plus tard, j'ai entendu le moteur diesel de sa Volkswagen démarrer dans un rugissement et je suis resté seul dans cette maison dont l'atmosphère variait au gré des heures. L'après-midi était devenu nuageux et froid, et soudain, l'endroit n'avait plus rien d'une cachette confortable. Il s'était mué en un sinistre labyrinthe de pièces grises, sorti tout droit d'un délire fiévreux. Je fluctuais moi aussi, ni fermement humain ni loup, oscillant dans une étrange zone intermédiaire – corps humain, cerveau lupin aux souvenirs d'homme vus par des yeux de loup. J'ai arpenté les couloirs aux murs oppressants sans trop croire à ce que m'avait dit Sam. Lorsque j'ai enfin senti, à l'agacement de mes nerfs, poindre l'amorce de la métamorphose, je me suis posté sur le seuil de la porte de derrière et j'ai attendu que le froid s'empare de moi, mais il était encore trop tôt, et j'ai refermé la porte et je suis rentré m'étendre sur mon lit d'emprunt. La nausée me mordillait le ventre, ma peau fourmillait.

Malgré mon inconfort, je me sentais immensément soulagé.

J'avais commencé à craindre de ne plus jamais devenir loup.

Ce misérable interlude ! Je me suis relevé, je suis retourné à la porte de derrière et je me suis exposé au vent glacial. Au bout d'une dizaine de minutes, j'ai abandonné, je suis rentré à l'intérieur et je me suis recroquevillé sur le canapé, pelotonné en boule autour de la tourmente qui faisait rage dans mon estomac. Mon corps restait figé, immobile, mais mon esprit, lui, parcourait à toute allure les couloirs gris, traversait le hall, des successions de pièces inconnues, noires et blanches. Je sentais sous ma main la clavicule d'Isabel, je voyais ma peau se décolorer tandis que je redevenais loup, je serrais le micro dans mon poing, j'entendais la voix de Père, j'étais assis en face de lui, à la table de la salle à manger.

Non, pas à la maison ! Je permettais à mes souvenirs de m'emporter partout, sauf là.

Je me trouvais donc dans le studio photo, avec les autres de Narkotika. Nous faisions – ou plutôt, je faisais – pour la première fois les gros titres. C'était un magazine spécialisé dans les histoires de célébrité des jeunes de moins de dix-huit ans, et j'étais le gosse à la une, les autres membres du groupe jouant les seconds rôles.

Nous ne nous trouvions pas dans le studio proprement dit. Le photographe et son assistant nous avaient emmenés dans la cage d'escalier du bâtiment vétuste, où ils s'efforçaient de capturer l'ambiance de la musique de Narkotika en nous drapant par-dessus la rampe et en nous disposant sur différentes marches. L'endroit avait des relents de déjeuners peu ragoûtants — un ersatz de bacon, avec une sauce salade que vous n'auriez jamais commandée et une épice douteuse, qui rappelait la vieille chaussette.

Je me trouvais en pleine descente, pas ma première, mais presque. La nouvelle défonce me propulsait dans des volées d'euphorie bourdonnante, dont je sortais un peu mal à l'aise, comme en faute. Je venais de composer l'une des meilleures de mes meilleures chansons — « Casse-moi la gueule (Et revends les morceaux) », qui allait devenir mon single le plus vendu — et je me sentais d'une humeur excellente, mais elle l'aurait été encore plus si j'avais pu être ailleurs, respirer l'air du dehors, ses fumées d'échappement, ses odeurs de restaurants, tous ces remugles citadins qui me confirmaient que j'étais quelqu'un.

— Cole, Cole ! Hé, Grand Mage, tu veux bien arrêter de bouger ? Mets-toi près de Jeremy, une seconde, et regarde en bas, par ici ! Toi, Jeremy, tu te tournes vers lui ! nous a dit le photographe, un type bedonnant entre deux âges avec une barbichette mal taillée qui allait me tourmenter toute la journée.

Il était flanqué de son assistante, une rousse d'une vingtaine d'années, qui s'était empressée de me déclarer sa flamme et avait donc perdu tout intérêt. À dix-sept ans, je n'avais pas encore découvert qu'un sourire sarcastique pouvait conduire une fille à ôter son chemisier.

— C'est ce que je fais, lui a répondu Jeremy d'une voix à demi ensommeillée.

On l'aurait toujours cru à moitié endormi, à l'entendre. De l'autre côté de lui, Victor regardait le sol en souriant exactement comme le photographe lui avait indiqué.

Je ne le sentais pas, tout ça ! Comment une photo de nous, alignés en brochette sur une rampe d'escalier, comme pour la pochette d'un fichu album des Beatles, pourrait-elle donner une idée de la musique de Narkotika ? J'ai secoué la tête, craché par-dessus la balustrade, et le flash s'est déclenché. Le photographe et son assistante ont regardé sur l'écran et ils ont eu l'air dégoûté. Un autre flash, suivi d'un autre coup d'œil réprobateur, puis le photographe est monté vers le palier, il s'est arrêté six marches plus bas, et il a pris un ton enjôleur :

— Bon, Cole, si tu nous mettais un peu de vie dans tout ça ! Avec, genre, un sourire, par exemple. Fais-moi celui que tu aurais pour ta mère. Ou pense à ton meilleur souvenir !

J'ai relevé un sourcil et je me suis demandé si ce ringard était bien réel.

Sans doute saisi d'une brusque inspiration, il a haussé le ton :

— Imagine-toi sur scène…

— C'est du vrai que vous voulez, du live ? je lui ai demandé. Parce que ça, croyez-moi, c'en est pas ! La vie, c'est l'imprévu, le risque, et c'est ça, Narkotika ! Pas un fichu portrait de famille scoute ! C'est…

Et là, je lui ai sauté dessus : les bras étendus comme des ailes, j'ai littéralement décollé des marches. Une onde de panique a traversé son visage, et, juste à ce moment-là, l'assistant a relevé d'un coup sec son appareil, et le flash m'a aveuglé.

Je me suis effondré par terre sur un pied et j'ai roulé contre le mur de briques de la cage d'escalier, mort de rire. Personne ne m'a demandé si je m'étais fait mal. Jeremy bâillait, Victor me faisait un doigt d'honneur, et le photographe et son assistante, penchés sur l'écran, s'exclamaient de conserve.

— Soyez créatifs ! je leur ai dit en me relevant. Je vous en prie, inutile de me remercier !

Je ne ressentais aucune douleur.

Après ça, ils m'ont laissé prendre l'initiative. Fredonnant ma nouvelle chanson, je les ai obligés à me suivre, à monter l'escalier, où j'ai pressé mes doigts contre les murs comme pour les renverser, puis à redescendre jusqu'au hall, où je me suis mis debout dans un pot à côté d'une plante grasse. Finalement je les ai conduits dans l'allée derrière le studio et j'ai sauté sur la bagnole qui nous avait amenés de l'hôtel en cabossant le toit, pour qu'elle se souvienne de moi.

Quand le photographe a décidé qu'on en avait terminé pour ce jour-là, son assistante est venue me voir et m'a demandé ma main. Je la lui ai tendue, elle l'a retournée, paume face au ciel, et, sous les yeux de Victor qui nous observait, debout derrière elle, elle a écrit sur ma peau son nom et son numéro de téléphone.

Dès qu'elle est rentrée dans le bâtiment, il m'a attrapé par l'épaule.

— Et Angie ?

Il a eu un demi-sourire, comme s'il s'attendait à ce que ma réponse lui plaise.

— Quoi, Angie ?

Son sourire s'est évanoui, et il agrippé ma main avec le numéro.

— Elle risque de ne pas apprécier !

— Vik, mon pote, c'est moi que ça concerne.

— Angie est ma sœur, alors ça me concerne aussi !

La conversation était en passe de gâcher ma belle humeur.

— Bon, si c'est ce que tu veux, voilà : Angie et moi, c'est fini ! Depuis si longtemps qu'on l'enseigne en cours d'histoire, d'ailleurs. Et ce ne sont toujours pas tes oignons !

— Salaud ! dit Vik. Tu la quittes, comme ça ? Tu détruis sa vie et tu t'en vas, juste comme ça ?

Oui, ma bonne humeur était bel et bien fichue. Je commençais à avoir envie d'un fix, d'une bière, ou d'une lame de rasoir.

— Hé, je lui ai posé la question, et elle m'a répondu qu'elle préférait se la jouer solo.

— Et tu l'as crue ? Toi et ton satané *génie*, tu t'imagines que t'es si supérieur aux autres ! Tu te figures peut-être que tu vas pouvoir vivre comme ça éternellement, mais quand t'auras vingt ans, plus personne ne te reconnaîtra ! Personne !

Je l'entendais s'essouffler, il en avait presque fini. Si, maintenant, je lui disais *Désolé, mec !* ou même rien du tout, il me tournerait sans doute le dos et rentrerait à l'hôtel.

J'ai attendu le temps d'une mesure, puis :

— Moi, au moins, les filles m'appellent par mon nom ! (J'ai surveillé son expression avec un sourire moqueur.) Je ne suis pas juste « le batteur de Narkotika » !

Il m'a envoyé un coup de poing, assez violent, mais sans y mettre toutes ses forces. Je ne suis pas tombé et, même s'il m'avait sans doute fendu la lèvre, je pouvais encore sentir mon visage et je me souvenais de ce dont on parlait. Je l'ai toisé.

Jeremy a surgi près de Victor. Il avait probablement compris en entendant le poing du frère d'Angie s'écraser sur ma bouche qu'il ne s'agissait pas de l'une de nos querelles ordinaires.

— Ne reste pas planté là comme ça ! a hurlé Victor et il m'a frappé de nouveau, en plein dans la mâchoire. (J'ai vacillé et j'ai dû faire un effort pour ne pas m'effondrer.) Réponds, enflure de salaud ! Réagis, attaque-moi !

— Les mecs ! a dit Jeremy, sans bouger.

Victor m'a expédié son épaule dans la poitrine, quatre-vingts kilos de fureur concentrée, je me suis écroulé par terre, et un relief de l'asphalte m'est rentré dans le dos.

— T'es un nul intégral ! La vie, pour toi, c'est rien qu'un terrain de jeu pour ton ego, espèce de sale gosse de riche prétentieux !

Il me bourrait de coups de pied. Jeremy nous regardait, bras croisés.

— Ça suffit maintenant ! est-il intervenu.

— Je-vais-effacer-ce-sourire-de-ta-gueule, martelait Victor entre deux coups, et hors d'haleine, il a fini par perdre l'équilibre et chuter lourdement près de moi.

J'ai contemplé le rectangle de ciel gris blanc encadré de bâtiments sombres au-dessus de nous et j'ai senti du sang goutter de mon nez. J'ai pensé à Angie, restée à la maison, à son expression lorsqu'elle m'avait déclaré qu'elle préférait se la jouer solo, et j'ai regretté qu'elle ne puisse voir Victor me flanquer une raclée.

Au-dessus de moi, Jeremy a tendu l'appareil photo de son portable et il a pris un cliché de nous deux, étalés sur le bitume d'une ville dont je ne me rappelais même pas le nom.

Trois semaines plus tard, la photo de moi décollant des escaliers sous les regards de Jeremy et de Victor avait envahi les présentoirs des marchands de journaux et figurait en couverture du magazine. Mon visage devenait omniprésent. Personne ne m'oublierait de sitôt. J'étais partout.

Plus tard dans l'après-midi, étendu par terre dans la maison de Beck, j'ai senti monter en moi une métamorphose d'une approche si violente que j'ai compris que mes précédentes nausées n'étaient rien face à ce bouleversement qui me rongeait et me lacérait les entrailles. Je suis retourné à la porte de derrière, je l'ai ouverte et j'ai regardé l'herbe dehors. Il faisait étonnamment doux, le ciel s'était dégagé, mais la brise qui se levait de temps à autre me rappelait que nous n'étions qu'en mars. Un coup de vent froid a soufflé et a transpercé mon corps humain jusqu'au loup, la chair de poule a hérissé ma peau. J'ai avancé d'un pas sur le seuil de béton et j'ai hésité. Je me demandais si je devais aller à la cabane et y laisser mes vêtements, pour les récupérer plus facilement par la suite, mais la rafale suivante m'a plié en deux, tremblant convulsivement : je n'avais plus le temps d'arriver jusque-là.

Mon estomac grognait, parcouru de tiraillements. Je me suis accroupi et j'ai attendu.

La métamorphose n'est pas venue tout de suite, contrairement à la fois précédente. J'étais resté humain presque une journée entière, mon corps s'était accoutumé à sa forme et ne semblait pas disposé à l'abandonner si aisément.

Allez, vas-y, transforme-toi ! ai-je pensé, tandis que le vent m'arrachait un nouvel accès de spasmes. Mon estomac a grondé, et j'ai dû me répéter que ce n'était qu'une réaction au processus de la transformation, que je n'avais pas réellement besoin de vomir. Il me suffisait de résister à cette impulsion, et tout se passerait bien.

Les doigts arc-boutés contre le béton froid, j'ai supplié mentalement le vent de me faire loup. Le numéro de téléphone d'Angie m'est soudain revenu en mémoire, et j'ai ressenti un désir irrationnel de rentrer dans la maison et de l'appeler, juste pour l'entendre dire « Allô », puis de raccrocher. Je me suis demandé ce que Victor pouvait penser maintenant, après tout ce qui s'était passé.

Ma poitrine me faisait mal.

Sortez-moi de ce corps. Sortez-moi de Cole !

Mais c'était encore une de ces choses que je ne contrôlais pas.

chapitre 21

Grace

Mon lit n'avait pas changé en l'absence de Sam : rien d'étranger dans la forme du matelas, les draps n'étaient pas plus larges sans mon ami, ni moi plus fatiguée de ne pas entendre son souffle régulier. L'obscurité me dissimulait le manque de son épaule musclée près de moi, et l'oreiller avait gardé son odeur, comme s'il venait de se lever pour aller chercher son livre et avait oublié de revenir.

Mais il n'était plus là, et cela faisait toute la différence.

J'avais mal au ventre, comme un rappel de la douleur de la veille. J'ai enfoui le visage dans son oreiller et j'ai essayé de ne pas me souvenir de ces nuits où je le croyais parti pour toujours. Je l'ai imaginé de retour chez Beck et je me suis retournée en roulant sur moi-même pour atteindre mon portable, mais je n'ai pas composé son numéro, car je ne pouvais songer, stupidement, qu'à ce moment où, étendus côte à côte, il m'avait dit en claquant des dents : « Peut-être faudrait-il envisager de changer de mode de vie », puis je l'ai réentendu me conseiller de demeurer ici, de ne pas aller le rejoindre pour passer la nuit avec lui.

Peut-être était-il content d'être là-bas, d'avoir une raison de rester seul ? Ou peut-être pas. Je n'en savais rien. Je me sentais mal, si mal, d'une façon nouvelle et affreuse que je n'aurais pu décrire. J'avais envie de pleurer, ce qui me donnait l'impression d'être idiote.

J'ai reposé le téléphone sur la table de chevet, je me suis collé de nouveau à son oreiller et finalement, j'ai réussi à trouver le sommeil.

Sam

J'étais une plaie béante.

J'arpentais nerveusement la maison, brûlant de rappeler Grace, mais craignant de lui causer des ennuis, craignant une chose énorme et inconnue. Je déambulai ainsi jusqu'à ce que je sois trop las pour tenir debout, puis gravis l'escalier et regagnai ma chambre. Je m'étendis sur mon lit sans allumer, un bras en travers du matelas, et ma main souffrait de l'absence de mon amie.

Mes pensées se corrompaient en moi. Je ne pouvais dormir. Mon esprit fuyait le vide du lit à mes côtés, incurvait mes réflexions en paroles de chansons, et mes doigts pressaient des frettes imaginaires en cherchant l'air.

Je suis une équation qu'elle seule peut résoudre / Ces X et ces Y qui à d'autres noms répondent / Mon mode de division fatalement faussé / Alors que se multiplient les jours sans mon amie.

Tandis que la nuit s'éternisait, que d'innombrables minutes s'écoulaient une à une, vainement, les loups se mirent à hurler, et dans ma tête se leva cette douleur sourde et oppressante, héritage de la méningite. Immobile dans la maison déserte, je tendis l'oreille et écoutai les lents hululements de la meute monter et redescendre avec la pression dans mon crâne.

J'avais tout risqué, et il ne me restait rien, rien sinon ma main nue, paume vide, tournée vers le ciel.

chapitre 22

Grace

— Je vais me promener, ai-je dit à Maman.

Jamais un samedi n'avait passé aussi lentement. Plus jeune, j'aurais été ravie de disposer d'une journée entière à la maison avec elle, mais ce jour-là, j'étais nerveuse comme en présence d'une invitée et je ne tenais pas en place. Ma mère ne m'empêchait pas vraiment de faire quoi que ce soit, mais je n'avais pas très envie d'entreprendre quelque chose, alors qu'elle rôdait dans les parages.

Délicatement drapée à l'extrémité du sofa, elle lisait un des livres de Sam. Sa tête a pivoté brusquement dans ma direction, et son corps s'est figé.

— Tu vas *quoi* ?

— Je vais me promener, ai-je répété, et j'ai eu envie de lui arracher le livre des mains. Je m'ennuie à périr et je veux parler à Sam, mais vous me l'interdisez, alors il faut bien que je fasse quelque chose, sinon je vais me mettre à jeter des objets partout dans ma chambre comme un chimpanzé en colère !

À vrai dire, sans le lycée et sans Sam, j'avais besoin de plein air. C'est ainsi que j'avais vécu tous mes étés, avant de le connaître – un livre à la main, je fuyais me réfugier sur la balançoire du jardin, derrière la maison : le bruit des bois comblait ce vide agité en moi.

— Si tu deviens un chimpanzé, ne compte pas sur moi pour faire le ménage dans ta chambre, m'a-t-elle prévenue. Et non, tu ne peux pas sortir ! Il y a deux nuits, tu étais encore à l'hôpital.

— Pour une fièvre qui a maintenant disparu, ai-je fait remarquer.

Je voyais derrière elle le ciel, chaud et d'un bleu profond, et les branches des arbres au-dessous semblaient comme gonflées, tendues vers l'espace. Par contraste, la salle de séjour apparaissait terne et grise, et le désir me démangeait d'aller humer le printemps approchant.

— La vitamine D est excellente pour les convalescents, et je ne resterai pas dehors longtemps.

Quand elle ne m'a pas répondu, je suis allée chercher mes souliers là où je les avais laissés dans l'entrée et je les ai enfilés. Le silence pesant dans l'air entre nous en disait plus long sur ce qui s'était passé cette nuit que les rares mots que nous avions pu échanger.

Maman avait l'air très mal à l'aise.

— Je crois que nous devrions parler un peu, Grace. De… (elle se tut, puis reprit) de Sam, et de toi.

— Oh non, je t'en prie ! ai-je protesté d'une voix qui traduisait exactement le peu d'enthousiasme que l'idée m'inspirait.

— Je n'y tiens pas, moi non plus.

Elle a posé le livre et perdu sa page, et cela m'a à nouveau rappelé Sam, qui ne relevait jamais la tête pour me parler sans avoir au préalable mémorisé d'un bref coup d'œil le numéro de la page ou glissé le doigt entre les feuillets.

— Mais il le faut, a poursuivi Maman, et si tu acceptes, je le dirai à ton père, ce qui t'évitera d'avoir à parler avec *lui*.

Je ne voyais pas pourquoi je devais leur parler tout court.

Jusqu'à présent, ils ne s'étaient jamais souciés de ce que je faisais de ma vie, ni d'où je passais les nuits quand ils s'absentaient, et, dans un an, je serais partie à l'université, ou du moins, je ne vivrais plus sous leur toit. J'ai songé à lui fausser compagnie, mais en fin de compte, j'ai croisé les bras, je me suis tournée vers elle, et j'ai attendu la suite.

Elle n'y a pas été par quatre chemins :

— Vous utilisez des préservatifs ?

Je me suis empourprée.

— M'man !

Peine perdue.

— Vous vous protégez, oui ou non ?

— Oui, mais ce n'est pas ce que tu crois.

Elle a levé un sourcil.

— Ah, oui ? Et c'est quoi, alors ?

— Je veux dire, ce n'est pas seulement ça. C'est… (Je tâtonnais en cherchant des mots pour lui expliquer, lui faire comprendre en quoi ses questions et le ton de sa voix me hérissaient d'emblée.) Sam n'est pas juste un garçon comme les autres, M'man. Nous…

Mais comment poursuivre alors qu'elle me dévisageait, le front plissé d'incrédulité ? Comment aurais-je pu lui parler de choses comme l'amour et l'éternité ? Et, soudain, j'ai compris que je n'en avais pas envie. Cette sorte de vérité se méritait.

— Tu essaies de m'expliquer que tu es amoureuse ? m'a-t-elle interrogée d'un ton qui rabaissait la chose. Tu as dix-sept ans, Grace ! Et lui, quel âge a-t-il ? Dix-huit ans ? Tu le connais depuis combien de temps ? Quelques mois, tout au plus. Écoute, tu n'as jamais encore eu de petit ami, et ce que tu ressens, c'est du désir. Le sexe, c'est une question de libido, pas d'amour.

— Tu couches bien avec Papa. Vous n'êtes pas amoureux, tous les deux ?

Maman a levé les yeux au plafond.

— Nous sommes *mariés* !

Pourquoi est-ce que je me cassais la tête ?

— Toute cette conversation semblera plutôt idiote, quand Sam et moi viendrons vous rendre visite dans votre maison de retraite, lui ai-je fait observer froidement.

— Je l'espère sincèrement ! (Elle a eu un petit sourire, comme si notre échange n'était que bavardages anodins, comme si nous venions de régler les derniers détails d'un bal intergénérationnel.) Mais je doute qu'on s'en souvienne. Sam ne sera probablement plus qu'un visage sur une photo de fin d'année. Je me rappelle mes dix-sept ans, crois-moi, ce n'était pas l'amour qui nous occupait, mais je ne manquais pas de bon sens, heureusement pour moi. Sinon, tu aurais peut-être eu plus de frères et sœurs. Figure-toi qu'à ton âge…

— M'man, j'ai coupé, le visage en feu. Je ne suis pas toi, et *je ne te ressemble en rien !* Tu n'as pas *la moindre idée* de ce qui se passe dans ma tête, ni de comment mon esprit fonctionne, ni de nos sentiments l'un pour l'autre, alors n'essaie même pas de me tenir des discours comme ça ! N'essaie même pas de… Beurk ! Tu sais quoi ? C'est fini, j'en ai ma claque !

J'ai arraché mon portable confisqué de la table de la cuisine, saisi mon manteau et effectué une sortie fracassante. Refermant la porte coulissante derrière moi, j'ai quitté la véranda sans me retourner. J'aurais dû avoir honte de m'être emportée jusqu'à crier contre ma mère, mais, en réalité, je ne me sentais pas du tout coupable.

Sam me manquait tant que ça me faisait mal.

chapitre 23

Sam

Lorsque je quittai la librairie après le travail, l'air s'était curieusement radouci, et il faisait même plus chaud que la veille. Arrivé chez Beck, j'ouvris la portière de la voiture et sentis les rayons du soleil me caresser le visage. Je sortis et m'étirai à fond, les yeux fermés, jusqu'à ce que la tête me tourne. Entre deux souffles de vent, la température ambiante était celle de mon corps, ce qui me donnait l'impression de flotter, dépourvu de peau, comme un pur esprit.

Dans les buissons alentour, les oiseaux, convaincus que ce bel après-midi marquait enfin le véritable retour du printemps, échangeaient en piaillant de tendres gazouillis. Une chanson monta en moi, dont j'essayai les paroles en les articulant en silence :

Je parcours les saisons et toujours les oiseaux
Pépient et s'égosillent et appellent l'amour

Quand tu es près de moi, me semble si absurde
D'envier le geai et la colombe.

Je me remémorais la douceur du printemps qui, jadis, me dépouillait de ma forme de loup, et mon plaisir d'alors à recouvrer mes doigts.

Comme ma solitude m'apparaissait choquante, à cet instant précis !

Je décidai de retourner jeter un coup d'œil à la cabane. Je n'avais pas encore vu Cole ce jour-là, mais par ce temps, il ne pouvait qu'être humain, et il faisait bien assez chaud pour que l'un des autres nouveaux loups au moins ait également mué. Cela m'occuperait, ce qui vaudrait mieux que me morfondre et errer languissamment dans la maison, à attendre le lendemain et me demander si j'irais ou non au studio d'enregistrement, et si Grace m'y accompagnerait.

En outre, elle aurait voulu que je garde un œil sur Olivia.

Je compris dès les abords de la cabane qu'il y avait quelqu'un à l'intérieur : par l'entrebâillement de la porte, j'entendais bouger et, malgré mon odorat bien inférieur à celui de mon être lupin, mes narines m'apprenaient que l'individu était des nôtres. Les effluves de transpiration humaine ne masquaient que partiellement la fragrance musquée de la meute. Loup, j'aurais su exactement de qui il s'agissait, mais j'étais à présent un humain sans flair.

Je me dirigeai vers la porte et frappai trois fois légèrement du poing.

— Cole ? Tu es vêtu, je peux entrer ?
— Sam ?

La voix de Cole trahissait un certain… soulagement, ce qui ne lui ressemblait guère. J'entendis un cliquetis de griffes, suivi d'un gémissement, et je sentis se dresser les petits poils sur ma nuque.

— Tout va bien ? demandai-je en repoussant prudemment le battant.

L'intérieur de la cabane empestait le loup, à croire que l'odeur suintait des murs. Cole, tout habillé, se tenait debout près des poubelles, un doigt plié pressé contre la bouche dans un geste incertain. Je suivis son regard : recroquevillé dans un coin de la pièce, un garçon gisait, à demi recouvert d'une couverture de laine polaire bleu électrique.

— Et *lui*, qui est-ce ? murmurai-je.

Cole retira son doigt de ses lèvres et détourna les yeux.

— Victor, répondit-il abruptement.

En entendant son nom, le garçon tourna la tête pour nous regarder. Il devait être mon aîné de quelques années, des boucles châtain clair encadraient ses pommettes, et je me remémorai aussitôt la première fois que je l'avais vu : assis dans le coffre de la Tahoe de Beck, les poignets liés, il me fixait du regard, et ses lèvres m'imploraient en silence de l'aider.

— Vous vous connaissez ? demandai-je.

Les épaules de Victor tremblaient. Il ferma les paupières.

— Je... attendez une...

Je clignai des yeux, mais il avait déjà perdu sa forme humaine : un loup gris clair au museau marqué de noir me dévisageait. Jamais encore je n'avais vu une métamorphose aussi rapide, et, si elle ne s'était pas effectuée avec une aisance parfaite, elle n'en avait pas moins le naturel d'un serpent qui mue ou d'une cigale s'extrayant de la carcasse fragile de son existence passée. Nulle nausée, aucune de ces souffrances atroces qui accompagnaient toutes les transformations dont j'avais été témoin ou que j'avais vécues.

Le loup s'ébroua, faisant bouffer sa fourrure, et les yeux bruns de Victor me décochèrent un regard torve. J'entrepris de m'éloigner de la porte pour lui laisser le champ libre et lui permettre de gagner plus facilement la sortie, quand Cole déclara d'une drôle de voix :

— Pas la peine !

Comme en réponse à un signal, les oreilles frémissantes, le loup s'assit brusquement sur son arrière-train. Il gémit doucement tout en bâillant, puis son corps tout entier fut pris de convulsions.

Cole et moi détournâmes ensemble la tête, et Victor, haletant bruyamment, redevint humain. Comme ça, d'un coup ! Mon esprit avait du mal à suivre. Du coin de l'œil, je vis le garçon agripper la couverture et la tirer à lui, sans doute plus pour se réchauffer que par pudeur.

— Bon Dieu ! s'exclama-t-il doucement.

Je regardai Cole. Il affichait cet air totalement vacant avec lequel il abordait, comme je commençais à le comprendre, tout événement important.

— Victor ? Je suis Sam ! Tu te souviens de moi ?

Il se tenait à présent accroupi par terre et se balançait d'avant en arrière et d'arrière en avant sur ses talons, comme s'il hésitait entre s'asseoir et s'agenouiller, et je voyais à la crispation de sa bouche qu'il avait mal.

— Je ne sais pas. Non, je ne crois pas, me répondit-il. Peut-être.

Il lança un coup d'œil à Cole, qui cilla un peu.

— Eh bien, je suis le fils de Beck (c'était assez proche de la vérité, et bien plus simple à formuler), et je t'aiderai, si je le peux.

Cole

Sam se débrouillait bien mieux avec Victor que moi qui m'étais contenté de rester debout près de la porte à l'observer, prêt à le laisser partir s'il parvenait à demeurer loup.

— Impressionnant, je dois dire ! Comment fais-tu pour changer si vite ? lui a-t-il demandé.

Victor a grimacé et nous a regardés tour à tour, d'abord Sam, puis moi, puis de nouveau Sam, et j'ai perçu son immense effort pour parler d'une voix égale :

— Le pire, c'est de loup à moi. De moi à loup, c'est trop facile, je n'arrête pas de repartir, même quand il fait chaud ; parce que c'est bien la température qui déclenche tout, pas vrai ?

— Aujourd'hui est le jour le plus chaud que nous ayons eu jusqu'à présent, lui a répondu Sam. Il fera sans doute plus froid le reste de la semaine.

— La vache ! a dit Victor. Je n'imaginais pas ça comme ça !

Sam m'a lancé un coup d'œil – comme si j'y étais pour quelque chose ! – et il m'a contourné pour aller chercher une chaise pliante et s'installer face à Victor. Il me rappelait Beck, soudain. De la courbe de ses épaules au froncement de ses sourcils sur ses paupières un peu lourdes, tout en lui montrait son attention, sa sollicitude et sa franchise. Je n'arrivais plus à me souvenir de son expression, lorsqu'il qu'il m'avait vu pour la première fois, ni de ce que je lui avais dit alors.

— C'est la première fois que tu reviens et que tu te maintiens un peu ? lui a demandé Sam.

Victor a hoché la tête.

— Pour autant que je me souvienne, en tout cas.

Il m'a regardé fixement, et je me suis senti soudain terriblement conscient de mon corps humain, de la façon dont je me tenais là, debout devant lui, sans souffrir ni être loup.

Sam a poursuivi comme si de rien n'était, comme si toute cette fichue situation était aussi ordinaire qu'une petite ballade au parc.

— Tu as faim ?

— Je... attends, je m'...

Et Victor est redevenu loup.

Je pouvais dire, à l'expression choquée de Sam et à son doigt pressé sur un sourcil, que ce n'était pas ordinaire, et je me suis senti un peu rassuré de trouver le plan particulièrement foireux. Le corps rigide dressé sur ses quatre pattes, les oreilles frémissantes, Victor surveillait la porte, Sam et moi.

Je me suis revu, assis dans cette chambre d'hôtel – après ma rencontre avec Beck – lui dire : « Prêt pour le prochain grand saut, Vik ? »

— Cole, m'a demandé Sam sans quitter Victor des yeux, combien de fois a-t-il changé ? Depuis combien de temps es-tu ici ?

J'ai haussé les épaules, faussement désinvolte.

— Une demi-heure, environ. Il n'a pas arrêté de se transformer. C'est normal ?

— Non, a répondu Sam nettement. (Il fixait toujours le loup, qui le regardait, tapi contre le sol à présent.) Non, ce n'est pas normal. Il fait assez chaud pour qu'il reste humain, il devrait se maintenir plus longtemps. Non, ceci…

Il s'est interrompu en voyant le loup se redresser sur ses pattes.

Sam a déplacé ses genoux sur le côté, au cas où Victor voudrait prendre la fuite, mais les oreilles de l'animal se sont couchées en arrière et il s'est remis à trembler. Sam et moi avons détourné les yeux jusqu'à ce qu'il soit redevenu humain et qu'il ait eu le temps de s'enrouler dans la couverture.

Victor a poussé un gémissement et appuyé son front dans ses mains.

Sam s'est retourné.

— Ça fait mal ?

— Hmm, pas trop. (Victor s'est tu, il a haussé les épaules jusqu'aux oreilles et les a gardées là.) La vache, j'ai passé la journée à ça ! Tout ce que je veux, c'est savoir quand ça va s'arrêter.

Il ne me regardait pas. Il ne s'adressait qu'à Sam.

— Si seulement je pouvais te répondre, Victor ! Quelque chose t'empêche de te stabiliser, mais je ne sais pas ce que c'est.

— Ça ne va pas s'arranger ? Je veux dire, je suis coincé, non ? Tout ça, parce que je t'ai écouté, Cole ! J'aurais dû comprendre depuis longtemps que c'est toujours la galère avec toi !

Il ne me regardait toujours pas.

J'ai repensé à ce jour-là, à l'hôtel. Victor redescendait brutalement d'un trip. Il plongeait à l'époque si bas que même moi, malgré mon indifférence affichée, je pouvais voir qu'un jour viendrait où il toucherait le fond et y resterait. Quand je l'avais persuadé de devenir loup avec moi, je cherchais aussi à l'aider ; ce n'était pas entièrement égoïste, pas uniquement parce que je ne voulais pas risquer le coup tout seul !

S'il n'y avait pas eu Sam, je le lui aurais dit.

Celui-ci a donné un petit coup de poing dans l'épaule de Victor.

— Ce n'est pas pareil quand on est nouveau, tu sais ! Dans les premiers temps, tout le monde est instable. Cela ne dure pas. Je t'accorde que, pour l'instant, c'est affreux pour toi, et même que tu pousses l'affreux à un degré assez inédit, mais, quand il se mettra à faire vraiment chaud, ce sera fini, et tu n'y penseras plus.

Victor a levé sur Sam des yeux de chien battu. C'était une expression que je lui connaissais bien, puisque j'en étais à l'origine. Finalement, il a quand même tourné la tête vers moi.

— C'est à toi que ça aurait dû arriver, espèce de crapule !

Et il s'est retransformé en loup.

Sam a levé les bras, paumes ouvertes, dans un geste de supplique.

— Que... mais comment diable est-ce qu'... ?! s'est-il exclamé d'un ton de frustration intense, et j'ai alors compris qu'il avait jusque-là soigneusement tenu sous contrôle sa voix et l'expression de son visage.

Le voir passer d'un calme absolu aux sueurs froides m'a donné à réfléchir presque autant que les métamorphoses de

Victor, car cela signifiait qu'il aurait très bien pu, dès le départ, feindre la bienveillance à mon égard, et qu'il avait *délibérément* choisi de n'en rien faire.

C'est peut-être ce qui m'a poussé à intervenir :

— Je crois qu'il y autre chose qui entre en jeu, j'ai déclaré, une chose plus forte, dont l'action supplante celle de la température. La chaleur le pousse vers l'humain, mais un autre élément intervient et ordonne à son corps de se transformer en loup.

Sam m'a regardé sans avoir l'air de me croire ni de mettre mes paroles en doute.

— Qu'est-ce qui pourrait agir comme ça ?

J'ai contemplé Victor avec mépris. Je lui en voulais de me compliquer l'existence. Il ne se montrait même pas fichu de me suivre jusqu'au loup et de revenir, comme il aurait dû ! J'ai regretté d'avoir mis les pieds dans cette maudite cabane.

— Quelque chose dans la chimie de son cerveau, peut-être ? Victor a un problème d'hypophyse, et il se peut que la façon dont cela affecte la sécrétion de ses hormones influe sur ses transformations.

Sam m'a lancé un drôle de regard, mais avant qu'il ait pu dire quoi que ce soit, les pattes pâles du loup ont commencé à trembler. J'ai détourné les yeux un instant, et quand je l'ai regardé à nouveau, Victor était redevenu humain.

Sam

J'avais l'impression de suivre la métamorphose simultanée de deux êtres : Victor en loup, et Cole en quelqu'un d'autre. J'étais le seul à ne pas changer.

Comme je ne pouvais me résoudre à abandonner Victor dans cet état, je restai avec lui. Cole fit de même, et les minutes devinrent des heures tandis que nous attendions qu'il se stabilise.

— Il n'y a pas moyen d'arrêter ça, je suppose ? interrogea Victor brutalement, alors que le jour commençait à décliner, mais ce n'était pas vraiment une question.

L'hiver avant que je ne rejoigne Grace me revint en un éclair à l'esprit, et je tâchai de ne me pas me raidir : je me revoyais, gisant sur le sol de la forêt, les doigts agrippant la terre, le crâne fendu de douleur ; debout, enfoncé jusqu'aux chevilles dans la neige, à vomir mes entrailles à ne plus tenir sur mes jambes ; convulsé de fièvre, les paupières serrées pour protéger mes yeux de l'atroce acuité de la lumière, appelant la mort de mes vœux.

— Non.

Je mentais. Je sentis peser sur moi le regard acéré de Cole. *Si c'est ton ami, pourquoi est-ce moi qui suis ici près de lui en ce moment ?* aurais-je voulu lui demander.

Nous restâmes assis là, à attendre la prochaine transformation de Victor. L'air qui entrait par la porte fraîchissait peu à peu, et la lumière baissait au fur et à mesure que le soleil déclinait sur l'horizon.

— Victor, je ne sais pas comment t'obliger à rester humain, pour l'instant, dis-je, mais il fait sans doute assez froid pour que tu restes loup, si je te fais sortir. Qu'en penses-tu ? Préfères-tu arrêter de te métamorphoser sans cesse, même sans être toi ?

— Oh oui ! répondit-il avec un tel empressement que cela me fut douloureux.

— Et, qui sait, ajoutai-je, peut-être qu'une fois que tu seras plus stable, tu...

Inutile de poursuivre : déjà redevenu loup, il reculait précipitamment pour fuir mon contact.

— Cole ! criai-je en sautant sur mes pieds.

Cole sursauta et ouvrit tout grand la porte. Une bouffée d'air froid m'arracha une grimace, et l'animal, queue basse, oreilles plaquées contre le crâne, jaillit comme une flèche de la cabane et se précipita dans les bois.

Je rejoignis Cole sur le seuil, et nous le vîmes s'enfuir entre les arbres, puis, arrivé à une distance prudente, s'arrêter pour nous fixer du regard. Les branches nues qui frémissaient au-dessus de sa tête dans la brise capricieuse effleuraient la pointe de ses oreilles, mais il ne détourna pas les yeux, et nous nous dévisageâmes ainsi de longues minutes.

Il resta loup. Je pris cette chose que j'éprouvais pour du soulagement, mais je ressentais comme un pincement au cœur. Je songeais déjà au prochain jour où il ferait chaud, et à ce qui se passerait alors.

Je me rendis soudain compte que Cole se tenait toujours près de moi, la tête penchée sur le côté, les yeux fixés sur Victor.

— Si c'est ainsi que tu prends soin de tes amis quand ils ont besoin de toi, lui dis-je sans réfléchir, mieux vaut ne pas savoir comment tu te comportes avec les autres !

Il ne sourit pas, pas exactement, mais les commissures de ses lèvres se crispèrent légèrement en une expression à mi-chemin entre mépris et indifférence. Il continuait à observer Victor, mais je ne lisais dans son regard pas la moindre compassion.

Je réprimai l'envie d'ajouter quelque chose, *n'importe quoi*, pour l'obliger à me répondre. J'aurais voulu le voir souffrir pour Victor.

— Il a raison, déclara-t-il brusquement. C'est à moi que ça aurait dû arriver !

J'avais du mal à en croire mes oreilles. Je l'avais sous-estimé.

Mais il poursuivit aussitôt :

— Après tout, c'est moi, celui qui veut prendre le large et se perdre une bonne fois pour toutes !

Cole ne cessait de me stupéfier.

— Quand je pense que j'ai failli croire un instant que tu te souciais un peu de Victor ! ai-je rétorqué avec froideur. Tout ce qui compte, pour toi, ce sont *tes* propres problèmes, et ton désir de loup. Tu n'attends que ça, d'être débarrassé de toi-même, pas vrai ?

— Je parie qu'à ma place, c'est ce que tu voudrais, toi aussi ! (Et il sourit cette fois, d'un sourire cruel et tordu, qui escaladait son visage plus haut d'un côté que de l'autre.) Du reste, je ne dois pas être le seul.

Ce en quoi il n'avait pas tort.

Shelby aussi avait fait ce choix. Shelby la fracassée, à peine humaine, même sous ses traits de jeune fille.

— Tu te trompes, affirmai-je pourtant.

Son sourire se mua en rire silencieux.

— Tu es si naïf, Ringo ! Tu crois que tu le connaissais bien, Beck ?

Je contemplai son visage arrogant. J'aurais voulu qu'il soit ailleurs. Beck n'aurait jamais dû l'amener ici, il aurait dû le laisser avec Victor au Canada, à l'endroit où il les avait trouvés, où que ce soit !

— Bien assez pour savoir qu'en tant qu'humain, il valait infiniment mieux que tu ne vaudras jamais, répondis-je.

Cole resta impassible. Les paroles désobligeantes ne semblaient pas l'atteindre, et je serrai et desserrai les dents, irrité contre moi-même à l'idée que je l'avais laissé me porter sur les nerfs.

— Vouloir être loup, ça ne transforme pas automatiquement quelqu'un en sale type, fit-il remarquer d'un ton bénin. Ni vouloir être humain, en type bien !

Soudain, j'eus de nouveau quinze ans. Assis dans ma chambre, les bras enroulés autour de mes jambes, je fuyais le loup en moi. L'hiver m'avait ravi Beck une semaine auparavant, et Ulrik ne tarderait pas à me quitter, lui aussi, puis viendrait mon tour, et mes livres et ma guitare resteraient délaissés jusqu'au printemps, comme l'était déjà la bibliothèque de Beck. Oubliés, perdus.

Je ne voulais pas poursuivre cette conversation avec Cole.
— Tu vas bientôt te transformer ? lui demandai-je.
— Aucune chance !
— Alors, rentre à la maison, s'il te plaît ! Je veux nettoyer ici. Et ce n'est pas vouloir être loup, mais ce que tu as fait à Victor, qui fait de toi un salaud !

Il me regarda de son air inexpressif et s'éloigna. Je lui tournai le dos et rentrai dans la cabane.

Tout comme Beck autrefois, je pliai la couverture abandonnée de Victor, balayai la poussière et les poils du plancher et vérifiai le bon fonctionnement du distributeur d'eau, avant de passer en revue le stock de nourriture pour voir ce qu'il convenait d'acheter. Le calepin était à sa place, près du moteur de bateau, avec sa liste de noms griffonnés, parfois accompagnés d'une date, parfois d'une description des arbres pour nous situer dans le temps, quand nous étions égarés : il permettait à Beck de suivre, jour après jour, qui était humain et quand.

Les noms figurant sur la page ouverte étaient encore ceux de l'année précédente, et le dernier celui de Beck. Cette liste était bien plus courte que la précédente, elle-même plus courte que celle d'avant. Je déglutis et tournai la page. J'écrivis en haut l'année et ajoutai le nom de Victor et la date. Cole aurait dû également inscrire le sien, mais je doutais que Beck lui ait expliqué le système.

Je contemplai longtemps la page blanche, avec juste le nom de Victor, puis j'y ajoutai le mien.

Je savais bien que ce n'était plus vraiment ma place, mais n'était-ce pas une liste des garous humains ?

Or n'étais-je pas le plus humain de tous ?

chapitre 24

Grace

Je me suis enfoncée dans les bois.

Les arbres sommeillaient, comme morts, sans feuilles, mais la chaleur de l'air réveillait toute une confusion de senteurs printanières humides jusqu'alors masquées par le froid. Les oiseaux échangeaient des gazouillis et quittaient soudain les buissons alentour pour des ramures plus hautes, laissant vibrer les branches dans leur sillage.

J'étais chez moi. Je le sentais dans mes os.

Je n'avais parcouru que quelques mètres quand j'ai entendu le sous-bois craquer derrière moi. Mon cœur a battu plus vite. Je me suis arrêtée, et le bruit de mes pieds sur la végétation du sol s'est tu. Les craquements ont repris, ni plus proches ni plus lointains. Je ne me suis pas retournée, mais je savais que c'était un loup. Je ne ressentais aucune crainte – juste de la fraternité.

Je percevais de temps à autre un froissement dans les feuillages, lorsque l'animal avançait de quelques pas pour me suivre. Il ne se rapprochait pas mais se contentait de m'observer à une distance prudente. J'aurais voulu voir qui c'était, mais j'étais trop ravie de sa présence pour risquer de l'effaroucher et de le faire fuir. Nous avons donc continué ainsi : moi progressant d'un pas régulier, lui me rattrapant par bonds successifs.

Le soleil qui perçait à travers les branches nues au-dessus de moi me chauffait les épaules. J'ai levé les bras et je les ai étirés en marchant, pour absorber un maximum de lumière, et essayer de gommer les dernières traces de la fièvre de la veille. J'avais l'impression que, plus je prenais mes distances avec ma colère, plus je sentais que quelque chose en moi clochait.

J'ai repensé, tout en marchant, à ce jour où Sam m'avait emmenée dans la clairière de la forêt d'or, et j'ai regretté que mon ami ne soit pas là pour écouter les battements désordonnés de mon cœur. Nous n'étions pourtant pas toujours fourrés ensemble, et j'étais parfaitement capable de m'occuper sans lui – il travaillait à la librairie, tandis que j'avais le lycée et mes cours – mais, à l'instant, je me sentais mal à l'aise. Je n'avais plus de fièvre, c'est vrai, mais pas non plus l'impression qu'elle m'avait quittée pour de bon : je la sentais bourdonner inlassablement dans mon sang, comme guettant le prochain appel des loups pour ressurgir.

J'ai continué à avancer. L'odeur du lac s'intensifiait, les jeunes pousses avaient disparu entre les arbres devenus plus grands et plus clairsemés. J'ai trouvé une empreinte de patte de loup dans l'humus meuble de la forêt. Les feuillages vert sombre des pins interceptaient les rayons du soleil, et j'ai serré mes bras croisés contre moi pour me réchauffer.

J'ai surpris un mouvement sur ma gauche et j'ai entraperçu un éclair de fourrure brun-gris se fondre dans les troncs des pins alentour. C'est alors que le loup qui m'accompagnait s'est enfin arrêté assez longtemps pour que je puisse l'examiner, et il n'a pas bronché lorsque j'ai scruté ses yeux vert vif, si humains, et ses oreilles curieusement inclinées. J'ai aperçu derrière lui le lac scintiller entre les branches.

Es-tu l'un des nouveaux ? lui ai-je demandé dans ma tête, sans faire de bruit, de peur que ma voix ne l'effraie. Il a levé le museau, pointé sa truffe dans ma direction, et son nez a frémi. Je croyais comprendre ce qu'il voulait : avançant précautionneusement une main, je lui ai tendu ma paume. L'animal a eu un sursaut de recul, pas devant mon geste, mais devant mon odeur : ses narines palpitaient toujours.

Inutile de flairer ma main pour savoir ce qu'il percevait : je sentais moi-même l'odeur douceâtre d'amandes pourries s'attarder entre mes doigts et sous mes ongles, et elle me paraissait plus menaçante encore que ma température de la veille. *Ce n'est pas une simple fièvre*, semblait-elle murmurer.

Je n'avais toujours pas peur de ce loup gris-brun, pourtant mon cœur cognait dans ma poitrine, et tous mes membres s'étaient mis à trembler. Je me suis accroupie et j'ai entouré mes genoux de mes bras.

Un vacarme soudain nous a fait sursauter tous les deux, puis une nuée d'oiseaux a jailli des fourrés : un loup gris, plus grand que le premier, mais moins audacieux, approchait furtivement. Ses yeux nous fixaient avec curiosité, mais la posture de ses oreilles et de sa queue trahissait sa méfiance, et ses narines frémissaient, elles aussi.

Je suis restée immobile. Un loup noir – j'ai reconnu Paul – a alors surgi derrière le gris, suivi d'un autre que je n'ai pas identifié. Ils se coulaient comme des poissons entre les arbres et ne cessaient de se frôler et de se heurter légèrement dans une communication muette. Bientôt, six loups étaient là, qui m'observaient et me humaient, tout en gardant leurs distances.

En moi bruissait cette *chose* sans nom qui m'avait donné la fièvre et collé à la peau cette étrange odeur. Si pour l'instant, elle ne me faisait pas mal, je n'allais pas *bien* non plus, et je comprenais à présent pourquoi je désirais tant la présence de Sam.

J'avais peur.

Les loups, rendus méfiants par ma forme humaine, mais intrigués par mon odeur, formaient un cercle autour de moi. Peut-être attendaient-ils que je me transforme ?

J'en étais pourtant incapable : ce corps était le mien, et quelle que soit la force avec laquelle cette *chose* en moi geignait, brûlait et suppliait qu'on la délivre, je n'y pouvais rien.

La dernière fois qu'ils m'avaient ainsi entourée dans ces bois, j'étais leur proie et, sans défense, clouée au sol par le fardeau de mon propre sang, je m'étais perdue dans la contemplation du ciel d'hiver. C'était à l'époque des animaux, et moi un être humain, mais la frontière à présent s'estompait. Les loups ne me menaçaient plus, ils paraissaient seulement curieux et inquiets.

J'ai déplacé un peu, tout doucement, mes bras engourdis, et un loup a lancé un gémissement aigu et plein d'anxiété, comme une chienne à son petit.

J'ai senti la fièvre se réveiller en moi.

Isabel m'avait un jour raconté que, d'après sa mère (qui est médecin), les malades en phase terminale semblent souvent étrangement conscients de leur état, même avant le diagnostic, et j'en avais fait des gorges chaudes, mais je comprenais à présent ce dont elle parlait. Je le *sentais*.

Quelque chose allait vraiment mal chez moi, une chose que je ne pensais pas que les docteurs puissent guérir, et ces loups le savaient.

Je me suis recroquevillée sous les arbres, j'ai entouré de nouveau mes jambes de mes bras, et j'ai regardé les loups me regarder. Longtemps après et sans jamais me quitter des yeux, le grand gris s'est assis sur son arrière-train, avec lenteur, comme s'il risquait de changer d'avis à tout moment. Son geste n'avait rien de naturel ni de lupin.

J'ai retenu mon souffle.

Alors le loup noir a fixé le gris, s'est tourné de nouveau vers moi, s'est allongé sur le sol et a posé sa tête sur ses pattes. Il m'a scrutée, roulant les yeux, les oreilles toujours dressées et attentives. Puis, l'un après l'autre, tous les loups se sont couchés en formant un grand cercle autour de moi et, dans la forêt silencieuse, protecteurs et patients, ils ont attendu avec moi cette chose que nous ne pouvions nommer.

Au loin, un plongeon a lancé son lent cri lugubre, plaintif comme un appel sans espoir de réponse.

Le loup noir a tendu vers moi son museau aux narines palpitantes et poussé comme en écho un gémissement léger, un soupir anxieux et incertain.

Juste sous ma peau, quelque chose s'est tendu. Mon corps me semblait le champ de bataille d'une guerre invisible.

Assise par terre, entourée de loups, je suis restée là, tandis que le soleil baissait sur l'horizon et que les ombres des pins grandissaient, à me demander de combien de temps je disposais encore.

chapitre 25

Grace

Les loups sont finalement partis, me laissant seule.

Assise par terre, je m'appliquais à sentir chacune des cellules de mon corps en essayant de comprendre ce qu'il s'y tramait, quand mon portable a sonné. Isabel.

J'ai décroché. Il me fallait réintégrer le monde réel, même s'il l'était moins que je l'aurais voulu.

— Rachel était ravie de souligner que tu lui as demandé à elle, et pas à moi, de te passer ses notes et de prendre ses devoirs, m'a déclaré Isabel après m'avoir dit bonjour.

— C'est juste qu'on a plus de cours ens...

— Tu peux économiser ta salive, je m'en fiche. Je n'avais pas plus envie que ça de m'y coller, simplement je trouve marrant qu'elle en fasse une question de prestige. (Elle semblait en effet amusée, et je me suis sentie un peu coupable vis-à-vis de Rachel.) Mais je t'appelais pour savoir si tu es encore très contagieuse.

Comment décrire ce que je ressentais ? À Isabel, qui plus est ?

J'en étais incapable.

— Je ne crois pas, lui ai-je répondu sans mentir ni trop m'avancer. Pourquoi ?

— Parce que je voudrais aller faire un tour avec toi, mais j'aimerais mieux éviter d'attraper la peste bubonique en chemin.

— Viens me rejoindre dans le jardin, je suis dans les bois.

— Les… *bois*…, a articulé Isabel d'un ton mi-incrédule, mi-dégoûté. Bien sûr, j'aurais dû m'en douter, c'est très couru chez les malades ! Personnellement, je préférerais me détendre en faisant un peu de shopping thérapeutique, mais j'imagine qu'on peut aussi considérer ça comme une alternative à la fois enrichissante et socialement acceptable. De fait, c'est devenu un must, la forêt, maintenant. Dois-je apporter mes skis ? Une tente ?

— Non, rien.

— Et on peut savoir ce que tu fais, dans ces bois ?

— Je me promène, lui ai-je répondu, ce qui était la vérité, du moins partiellement.

Je ne savais pas comment lui raconter le reste.

Isabel a dû me héler à plusieurs reprises et attendre quelques minutes, avant que je sorte de la forêt envahie par les ombres, mais j'étais encore trop émue par ce que je venais d'entrevoir alors que les loups m'entouraient pour me sentir coupable.

— Tu n'es pas censée être à l'article de la mort ou un truc comme ça ? m'a-t-elle demandé dès qu'elle m'a vue revenir vers la maison.

Vis-à-vis de ma mère, j'avais mis les points sur les i, je pouvais rentrer maintenant, et elle ne tenterait sans doute pas d'amorcer une conversation sérieuse en présence d'un tiers. Isabel se tenait debout près de la mangeoire à oiseaux, les mains au fond des poches, sa capuche bordée de fourrure sur ses épaules remontée jusqu'aux oreilles. En approchant, j'ai vu son regard osciller entre moi et une petite tache de fiente blanc terne sur le bord de la mangeoire, qui la perturbait visiblement. Elle était vêtue dans le plus pur style Isabel, le visage sauvagement encadré de mèches acérées et les yeux tragiques cernés de noir, et j'ai compris en la voyant qu'elle avait vraiment eu l'intention de sortir quelque part avec moi, et là, je me suis sentie un peu coupable, comme si je l'avais repoussée pour des raisons futiles. Elle m'a apostrophée d'une voix de quelques degrés plus fraîche que l'air ambiant :

— Tu peux m'expliquer quelle part de ton traitement stipule qu'il te faut arpenter les bois par seulement deux degrés au-dessus de zéro ?

Il commençait effectivement à faire *vraiment* froid ; le bout de mes doigts était rose vif.

— C'est tout ? Il faisait plus chaud que ça, quand je suis sortie.

— Eh bien, plus maintenant ! J'ai rencontré ta mère en venant, j'ai tenté de la convaincre de me laisser t'emmener manger un panini à Duluth ce soir, mais elle a refusé. J'essaie de ne pas prendre ça personnellement.

Isabel a froncé le nez quand je me suis approchée. Nous nous sommes dirigées ensemble vers la maison.

— Et moi, j'essaie d'oublier combien je suis furieuse contre elle !

Elle a attendu que j'ouvre la porte coulissante sans le moindre commentaire, ce qui ne m'a pas surprise. Elle-même était constamment en colère contre ses parents, au point que je doutais qu'elle ait intégré cette information comme inhabituelle.

— Je peux préparer des sortes de paninis ici, mais on n'a pas de très bon pain pour ça, lui ai-je proposé – je n'en avais pas très envie.

— J'aimerais mieux attendre les vrais ! Pourquoi ne pas commander plutôt une pizza ?

Commander une pizza à Mercy Falls signifiait appeler Mario et payer six dollars de livraison, ce qui était au-dessus de mes moyens, après le studio de Sam.

— Je suis fauchée, ai-je admis à regret.

— Pas moi, a répondu Isabel juste au moment où nous sommes entrées. M'man, toujours assise sur le canapé avec le livre de Sam, a levé la tête et nous a jeté un regard soupçonneux. Parfait, j'espérais bien qu'elle se demandait si on parlait d'elle.

J'ai regardé Isabel.

— On va dans ma chambre. Est-ce qu'on... ?

Elle m'a fait signe de me taire. Elle avait déjà appelé Mario et lui commandait une grande pizza au fromage et aux champignons. Elle a fait glisser du pied ses bottes qu'elle a abandonnées sur le paillasson de l'entrée et m'a suivie jusqu'à ma chambre sans cesser de plaisanter et de flirter avec son interlocuteur.

Dans la maison, il m'a paru faire affreusement chaud, et j'ai retiré mon pull-over, tandis qu'Isabel refermait d'un clic son portable et se laissait tomber sur le lit.

— Tu paries qu'on aura des suppléments de garniture gratuits ?

— Inutile de parier ! Votre conversation, c'était quasiment du téléphone rose, et plutôt croustillant !

— C'est comme ça que je parle, voilà tout ! Écoute, je n'ai pas apporté mes devoirs, je les ai faits au lycée, entre deux cours.

— Si tu sabordes tes études maintenant, tu n'entreras pas dans une bonne université, et tu resteras coincée à Mercy Falls toute ta vie !

L'idée ne me faisait pas horreur, mais je savais que ni Rachel ni Isabel ne pouvaient envisager pire sort.

— Merci, M'man, a-t-elle grimacé. Je ne l'oublierai pas, c'est promis !

Haussant les épaules, j'ai sorti le livre que Rachel m'avait apporté plus tôt dans la journée.

— Eh bien, moi, j'en ai des devoirs, et je veux aller à l'université, alors il faut que je lise au moins le cours d'histoire, ce soir. Ça ne te dérange pas ?

Elle a posé la joue sur la couverture et a fermé les yeux.

— Tu n'as pas besoin de me distraire. Rien que sortir de chez moi me suffit !

Je me suis assise à la tête du lit, ce qui a fait rebondir légèrement Isabel, mais elle n'a pas bougé. Si Sam avait été là, il lui aurait demandé si elle n'allait pas trop mal et comment elle s'en sortait. Avant de le rencontrer, je n'y aurais pas songé, mais je l'avais entendu assez souvent maintenant pour pouvoir l'imiter.

— Alors, comment ça va, ces jours-ci ?

Les mots m'ont paru étranges, comme s'ils ne sonnaient pas aussi sincères que lorsque mon ami les prononçait.

Isabel a émis un grand bruit ennuyé et elle a ouvert les yeux.

— C'est la question que pose l'analyste de ma mère ! a-t-elle rétorqué en s'étirant lascivement. Je vais chercher quelque chose à boire. Vous avez des sodas ?

J'éprouvais une sorte de soulagement de m'en être tirée à si bon compte et je me suis demandé si je devais insister. Sam l'aurait sans doute fait, mais je ne pouvais pas suivre le fil de sa pensée aussi loin.

— Oui, dans la porte du frigo, et aussi dans le tiroir de droite, me suis-je donc contentée de répondre.

— Je t'en apporte un ?

Isabel s'est laissée glisser du lit et s'est relevée. Un de mes marque-pages, tombé par terre, s'était collé à son pied nu, et elle a plié la jambe en triangle pour le retirer.

J'ai écouté mon estomac grommeler.

— Un ginger ale, s'il en reste.

Elle est sortie à grands pas et elle est revenue peu après avec un Coca et une canette de ginger ale qu'elle m'a tendue. Elle a appuyé sur le bouton du radio-réveil sur la table de chevet. L'appareil était réglé, en sourdine, sur la station underground préférée de Sam, un peu brouillée parce qu'elle émettait de quelque part au sud de Duluth. J'ai poussé un soupir : ce n'était pas ma musique préférée, mais, plus encore que son livre posé sur la table de chevet ou son sac à dos oublié par terre près des étagères, elle me ramenait à mon ami dont l'absence semblait s'accentuer avec le crépuscule.

— On dirait du karaoké, a fait remarquer Isabel en passant à une autre station, toujours de Duluth, mais qui diffusait de la pop plus speed.

Elle s'est étendue sur le ventre près de moi, à la place habituelle de Sam, et elle a ouvert sa canette.

— Qu'est-ce que tu regardes comme ça ? Continue à lire, je décompresse !

Elle paraissait sincère. Plus rien ne m'empêchait d'ouvrir mon manuel d'histoire, mais je n'en avais pas envie. Je ne désirais plus que me rouler en boule sur mon lit et me languir de Sam.

Isabel

Au début, j'ai trouvé agréable de rester allongée sur le lit de Grace à ne rien faire, sans l'intrusion de parents ou de souvenirs. La radio jouait en sourdine, Grace plissait le front derrière son livre, tournait les pages et revenait parfois en arrière pour relire un passage en fronçant les sourcils. On entendait sa mère vaquer bruyamment à ses occupations, et une odeur de toast brûlé me parvenait de derrière la porte, comme autant de signes d'une vie réconfortante de ne pas être mienne. J'appréciais aussi la compagnie silencieuse de Grace et j'en arrivais presque à oublier qu'elle était souffrante.

Au bout d'un moment, j'ai tendu le bras pour prendre le vieux bouquin posé sur la table de chevet près du transistor. Je ne comprenais pas comment on pouvait lire un livre au point de le mettre dans cet état : on aurait cru qu'il était passé sous les roues d'un car de ramassage scolaire après avoir pris un bain avec quelqu'un ! La couverture m'a appris qu'il s'agissait d'une édition bilingue des poèmes de Rainer Maria Rilke, ce qui ne paraissait pas particulièrement captivant, je reléguais d'ordinaire la poésie dans les cercles inférieurs de l'enfer, mais je l'ai quand même feuilleté, par désœuvrement.

Le livre s'est ouvert tout seul sur une page aux coins cornés. Il y avait des annotations à l'encre bleue dans les marges, et quelques lignes étaient soulignées :

Hélas, à qui demander le secours dont nous avons besoin ?
Pas aux anges, ni aux hommes, et déjà les ingénieux animaux s'aperçoivent
Que nous ne sommes pas chez nous, dans notre monde interprété.

À côté était griffonné, d'une écriture échevelée que je n'ai pas reconnue « *findigen* : rusé, ingénieux, *gedeuteten* : interprété ? », ainsi que quelques commentaires en allemand. J'ai approché la page de mes yeux pour déchiffrer une note minuscule dans un coin : le livre sentait comme chez Beck, j'ai compris qu'il appartenait à Sam, et l'odeur a fait remonter en moi toute une série de souvenirs : Jack alité, Jack se transformant en loup devant moi, mon frère moribond.

Mes yeux sont revenus à la page :

Oh, et la nuit : la nuit,
Quand le vent plein des espaces infinis
Nous mordille le visage.

Pour autant, je n'avais pas l'impression d'en aimer plus la poésie et j'ai remis l'ouvrage en place, puis j'ai posé la joue sur le dessus-de-lit qui recouvrait l'oreiller. L'odeur de Sam imprégnait aussi le tissu. C'était sans doute de ce côté qu'il dormait, quand il passait la nuit en cachette ici, et je me suis dit qu'il ne manquait pas de culot pour s'introduire ainsi dans la chambre de Grace, nuit après nuit. Je l'ai imaginé allongé là, près d'elle. Je les avais vus s'embrasser, les mains de Sam presser le dos de Grace quand il croyait qu'on ne les regardait pas et comment le visage de celle-ci s'adoucissait alors, il n'était pas difficile de se les représenter ensemble sur ce lit, dans les bras l'un de l'autre, échangeant leurs souffles, leurs lèvres avides sur leurs cous, leurs épaules, l'extrémité de leurs doigts. Et j'ai eu faim d'une chose que je ne possédais pas et ne savais nommer. J'ai pensé à la main de Cole sur ma clavicule, à la chaleur intense de son haleine dans ma bouche, et j'ai su soudain que j'allais l'appeler le lendemain, ou le voir, si la chose était possible.

Me redressant sur les coudes, j'ai essayé de chasser des brumes de mon esprit l'image de mains sur des hanches et l'odeur de l'oreiller.

— Je me demande ce que fait Sam, à l'instant ?

Grace tenait une page entre deux doigts. Le froncement de ses sourcils a disparu, remplacé par une expression plus incertaine, et je me suis maudite d'avoir parlé sans réfléchir.

Elle a relâché doucement le feuillet qu'elle a aplani, puis elle a posé d'un geste identique ses doigts contre une joue enfiévrée et a lissé sa peau jusqu'au menton.

— Il m'a dit qu'il essayerait de m'appeler ce soir.

Elle me fixait toujours de ces mêmes yeux vides, et j'ai ajouté :

— Crois-tu qu'un autre loup soit redevenu humain ? J'en ai croisé un, moi.

Ce qui était assez proche de la vérité pour que même un évêque puisse le dire sans honte.

— Je sais, Sam m'en a parlé, a fait Grace, dont le visage s'est éclairci. Tu l'as vraiment rencontré ?

Après tout, tant pis ! Je pouvais bien lui raconter.

— Je l'ai conduit chez Beck, la nuit où tu es allée à l'hôpital.

Ses yeux se sont élargis, mais avant qu'elle ait eu le temps de m'interroger plus avant, la sonnette a retenti – un carillon bruyant, désagréable, et qui répétait inlassablement les mêmes notes.

— Les pizzas ! nous a crié la mère de Grace d'une voix faussement enjouée.

Grace

Les pizzas sont arrivées, Isabel en a donné un morceau à ma mère (je ne l'aurais pas fait), et celle-ci est retournée dans son atelier, nous abandonnant le salon. Le ciel avait viré au noir derrière la porte vitrée de la terrasse, à le voir on n'aurait su dire s'il était sept heures du soir ou minuit. Je me suis installée à un bout du sofa, mon assiette contenant une part de pizza sur les genoux, et Isabel a pris place à l'autre, avec dans la sienne deux morceaux qu'elle a entrepris d'éponger à l'aide d'une serviette en papier tout en prenant soin de ne pas déranger les champignons. *Pretty Woman* passait à la télévision, et Julia Roberts faisait du shopping dans des boutiques où Isabel aurait eu l'air à sa place. La pizza, recouverte d'une montagne de garniture, trônait dans sa boîte sur la table basse entre nous et le poste.

— Mange, Grace ! m'a dit Isabel en me tendant le rouleau d'essuie-tout.

J'ai regardé la pizza en essayant de me convaincre que c'était une chose comestible. Incroyable comme une assiette avec une bête tranche de tarte à la tomate dégoulinante de fils de mozzarella graisseux pouvait accomplir ce qu'une promenade dans les bois n'avait pu faire, à savoir me soulever le cœur. Mon estomac se révulsait devant cette nourriture, mais plus que la nausée, la fièvre me consumait, cette fièvre qui n'en était pas une, ni une migraine ni un mal de ventre ordinaires, cette fièvre qui était moi.

Isabel me regardait, et je sentais venir une question, mais je n'avais pas envie de parler. Cette chose vague ressentie dans les bois me mordillait maintenant les entrailles, et j'avais peur de ce que je dirais, si j'ouvrais la bouche.

La pizza demeurait, mais je ne pouvais m'imaginer avaler cette substance.

Je me sentais tellement plus vulnérable que dans la forêt, entourée de loups. Je ne voulais plus de la compagnie d'Isabel, ni de la présence de ma mère. Je voulais Sam.

Isabel

Grace avait le teint gris. Elle regardait sa tranche de pizza comme si celle-ci allait la mordre.

— Je reviens tout de suite, a-t-elle dit finalement, une main posée sur l'estomac.

Elle s'est levée d'un air un peu endormi et elle a disparu dans la cuisine, d'où elle est ressortie avec un autre ginger ale et une poignée de comprimés.

— Tu te sens encore malade ?

J'ai baissé un peu le son de la télévision, bien que ce soit la partie du film que je préférais.

Grace a versé les cachets dans sa bouche et les a avalés avec une gorgée de ginger ale.

— Oui, un peu. C'est pire le soir, quand on a de la fièvre, n'est-ce pas ? J'ai lu ça quelque part.

Je l'ai regardée et je me suis dit qu'elle savait sans doute, qu'elle pensait sans doute ce que je pensais moi-même, mais que je me refusais à formuler.

— Qu'est-ce qu'ils t'ont dit, à l'hôpital ?

— Que c'était juste une poussée de fièvre. Une simple grippe.

À sa façon de parler, j'ai compris qu'elle se rappelait m'avoir raconté comment elle avait été mordue, autrefois, et comment elle avait cru avoir attrapé la grippe. Mais nous savions toutes les deux qu'il ne s'agissait pas seulement de ça.

J'ai fini par lui dire ce qui me tracassait depuis mon arrivée :

— Tu sens, Grace, tu dégages la même odeur que ce loup qu'on a trouvé. Tu ne peux pas nier que tout ça, c'est lié aux loups !

Elle frottait d'un doigt une volute décorative sur le bord de son assiette, comme pour chercher à l'effacer.

— Oui, je sais.

C'est alors que le téléphone a sonné, et nous savions toutes deux qui appelait. Les doigts de Grace se sont immobilisés. Elle a levé les yeux vers moi.

— N'en parle pas à Sam, surtout !

chapitre 26

Sam

Cette nuit-là, comme je ne pouvais pas dormir, je fis du pain.

Mon insomnie était pour la plus grande part due à Grace. L'idée d'aller m'étendre sur mon lit et d'y rester des heures, immobile, à guetter le sommeil, m'apparaissait intolérable. Cole, en outre, était toujours là et il débordait d'une énergie nerveuse – il ne cessait d'arpenter la maison, essayait la stéréo, s'installait sur le canapé et allumait la télévision, avant de se relever soudain – qui devenait contagieuse. Je me sentais comme en présence d'une étoile en constante explosion.

Du pain, donc. Ulrik, un affreux snob en la matière, m'avait appris à le préparer. Comme, à l'âge de dix ans, je refusais obstinément de manger quoi que ce soit d'autre, et que lui dédaignait la plupart de ceux que l'on propose dans le commerce, nous en confectionnâmes souvent, cette année-là. Beck trouvait nos lubies insupportables et refusait de s'en mêler. Ulrik et moi passions la matinée ensemble : assis par terre, adossé aux placards de la cuisine, je tenais sur mes genoux la guitare que Paul m'avait offerte, tandis qu'il pétrissait la pâte avec énergie, jurant aimablement quand il me trouvait sur son chemin.

Un jour, peu après le nouvel An, Ulrik me fit lever et préparer moi-même la pâte. Ce fut également ce jour-là que Beck découvrit qu'il avait consulté un médecin, un souvenir qui me donnait à réfléchir depuis que j'avais vu Victor tentant en vain de se stabiliser.

Beck avait déboulé, visiblement furieux, dans la cuisine. Paul, apparu derrière lui, était resté sur le seuil, l'air moins inquiet que curieux d'assister à une explosion intéressante.

— Dis-moi que Paul a menti ! s'exclama Beck, alors qu'Ulrik me tendait une boîte de levure. Dis-moi que tu n'es pas allé chez un docteur !

Paul eut l'air prêt à pouffer, et Ulrik aussi.

Beck leva les mains comme pour l'étrangler.

— Alors tu l'as fait ! Tu y es vraiment allé, espèce de salaud de cinglé ! Je t'avais pourtant dit que ça n'aiderait pas !

Paul éclata de rire. Ulrik sourit.

— Raconte-lui ce qu'il t'a donné, dit Paul, dis-lui, pour l'ordonnance !

Mais Ulrik parut se douter que Beck ne goûterait guère le gag. Il me montra du doigt le réfrigérateur :

— Le lait, Sam !

— De l'Haldol ! poursuivit Paul. Il consulte pour lycanthropie, et on lui prescrit des neuroleptiques !

— Et vous trouvez ça drôle ? demanda Beck.

Ulrik le regarda enfin, et il eut un geste de la main, comme pour dire *bof* :

— Allez, Beck, il m'a cru fou ! Je lui ai tout expliqué : je lui ai dit que l'hiver je me transformais en loup, je lui ai parlé de – comment on peut appeler ça ? – du mal au cœur, des nausées, et je lui ai donné la date à laquelle je suis redevenu humain, cette année. Tous les symptômes ! Je lui ai dit la vérité, la vraie de vraie, et il m'a écouté et il a rédigé une ordonnance pour une saloperie de drogue.

— Où es-tu allé ? demanda Beck. Dans quel hôpital ?

— À Saint-Paul. (Paul et lui éclatèrent de rire de conserve devant l'expression de Beck.) Tu te figurais peut-être que j'allais me pointer à l'hôpital principal de Mercy Falls pour leur annoncer que je suis un garou ?

Beck n'eut pas l'air amusé.

— Et, c'est tout ? Il ne t'a pas cru, il ne t'a pas fait de prise de sang, aucun examen ?

Ulrik poussa un reniflement de dédain et, oubliant que c'était moi qui étais censé préparer la pâte, entreprit d'ajouter la farine.

— Il mourait d'envie de se débarrasser de moi au plus vite. Il semblait croire que la folie, c'est contagieux.

— J'aurais bien aimé être là, commenta Paul.

— Vous êtes des idiots, tous les deux ! déclara Beck en secouant la tête mais, en bousculant Paul pour quitter la cuisine, il ajouta d'une voix pleine d'affection :

— Combien de fois dois-je vous répéter que, pour qu'un médecin nous croie, il faut commencer par le mordre !

Paul et Ulrik échangèrent un regard.

— Il parle sérieusement ? demanda Paul à Ulrik.

— J'en doute.

Ulrik acheva de pétrir la pâte et la mit à reposer, et la conversation dériva sur d'autres sujets, mais jamais je n'oubliai la leçon : impossible de compter sur l'aide des médecins dans cette lutte que nous menions.

Je repensai à Victor. Je ne pouvais me détacher de l'image du garçon glissant sans peine ni répit du loup à l'humain et de l'humain au loup.

Cole non plus, apparemment. Il entra dans la pièce, se percha sur l'îlot central avec une expression contrariée, fronça le nez devant l'odeur entêtante de la levure et déclara :

— Je devrais être étonné que tu fasses la cuisine, mais non ! Donc, me voilà de nouveau confronté à l'injustice : Victor n'arrive pas à rester humain, ni moi loup, alors que ce devrait être le contraire.

— Oui, je vois. (Je tâchai de dissimuler mon irritation.) Tu voudrais être un loup et non Cole. Tu t'es exprimé on ne peut plus clairement, mais désolé, je n'ai pas de formule magique à te proposer qui te permette de rester loup ! (Je remarquai une bouteille de whisky posée près de lui sur le plan de travail.) D'où ça vient, ça ?

— Du placard, répondit-il, affable. Pourquoi, ça te perturbe ?

— Je n'ai pas très envie que tu sois ivre.

— Ni moi d'être sobre ! Et tu ne m'as jamais vraiment dit pourquoi ça te turlupine tant, que je veuille être loup.

Je lui tournai le dos pour me laver les mains à l'évier. Au contact de l'eau, la farine devint gluante et se mit à coller entre mes doigts. Je les frottai lentement, l'un après l'autre, tout en réfléchissant à ce que j'allais lui raconter :

— J'en ai vraiment bavé pour rester humain, et je connais quelqu'un qui est mort en essayant. Là, maintenant, je donnerais tout pour que le reste de ma famille soit ici, avec moi, mais eux n'ont pas le choix, ils sont obligés de passer l'hiver dans les bois, et ils ont oublié jusqu'à leur propre identité. Être humain, c'est un… (J'allais dire *un privilège exceptionnel*, mais cela me parut trop théâtral et je n'achevai pas.) Une vie de loup n'a pas de sens, vivre sans souvenirs, c'est comme n'avoir jamais existé. On ne peut rien laisser derrière soi. Que te dire, comment défendre l'*humanité* ? Pourquoi vouloir s'en débarrasser, quand c'est la seule chose qui compte ?

Je ne lui parlai pas de Shelby, l'unique autre personne de ma connaissance qui aspirait à être loup. Je savais pourquoi elle avait abandonné sa vie humaine et, sans l'approuver, j'espérais qu'elle avait été exaucée, qu'elle s'était définitivement métamorphosée.

Cole prit une gorgée de whisky et l'avala en grimaçant.

— Tu viens toi-même de répondre. Tu parlais d'oubli, à l'instant. L'esquive est une merveilleuse thérapie !

Je me retournai vers lui. Il paraissait irréel dans cette cuisine. Chez la plupart des gens, la beauté est en quelque sorte acquise, elle croît d'autant plus qu'on connaît quelqu'un depuis longtemps et qu'on l'aime. Mais Cole avait – fort injustement – sauté les étapes intermédiaires : il était beau spontanément, sans cet amour, d'une beauté abrupte, comme accidentée.

— Non, je ne pense pas. Je ne trouve pas que ce soit une bonne raison.

— Ah, oui ? demanda Cole, avec curiosité. (J'étais surpris de ne lire sur ses traits aucune méchanceté, seulement un vague intérêt.) Alors pourquoi tu utilises toujours les toilettes d'en haut ?

Je le dévisageai.

— Tu pensais que je n'avais pas remarqué ? Ouais, tu vas toujours pisser à l'étage. Je veux dire – ça pourrait très bien être parce que la salle de bains du rez-de-chaussée est dégueulasse, mais, pour ma part, je la trouve parfaitement O.K. (Cole descendit d'un bond de son perchoir et vacilla un peu sur ses jambes en atterrissant.) Moi, je crois que tu cherches à éviter cette baignoire, je me trompe ?

Cela me paraissait impossible, mais il semblait au courant de mon passé. Peut-être Beck lui en avait-il parlé ? L'idée me faisait un drôle d'effet.

— C'est secondaire, affirmai-je. Éviter les baignoires parce que des parents ont essayé de vous tuer dans l'une d'elles, ça n'a rien à voir avec escamoter son existence tout entière en devenant loup.

Cole m'adressa un large sourire. L'alcool le rendait extrêmement jovial.

— Je te propose un marché, Ringo ! Toi, tu arrêtes de fuir cette baignoire, et moi, j'arrête de fuir ma vie.

— Cause toujours !

La seule fois où, depuis l'épisode avec mes parents, je m'étais retrouvé dans une baignoire, c'était l'hiver dernier, quand Grace m'avait immergé pour me réchauffer. À ce moment-là, devenu mi-loup, je savais à peine qui j'étais, et il s'agissait de Grace, à qui je faisais confiance. Pas de Cole.

— Non, sérieusement ! Je crois qu'il faut se donner des objectifs, dans la vie, déclara-t-il. Le bonheur, c'est d'atteindre les buts qu'on s'est fixés, pas vrai ? C'est sacrément bon, ce truc-là, poursuivit-il en reposant la bouteille sur le plan de travail, je me sens trop top, tout chaud et flou ! Alors, qu'est-ce que t'en penses ? Tu sautes dans le grand bain, et, moi, je m'occupe de nous garder humains, Victor et moi ! Pourquoi tu hésites, si c'est aussi secondaire que tu l'affirmes ?

J'eus un sourire penaud. Il avait su, depuis le début, qu'il était hors de question pour moi d'entrer dans cette salle de bains.

— Touché ! m'exclamai-je, et le mot fit soudain affleurer à ma mémoire la dernière occasion où je l'avais entendu : dans la librairie, sur les lèvres d'Isabel, qui buvait mon thé vert. L'incident me parut aussi lointain que s'il avait eu lieu des années auparavant.

Cole

Je lui ai envoyé un grand sourire. J'étais imbibé de cette chaleur lente et agréable qui ne vient qu'avec l'absorption d'alcool fort.

— Tu vois, Ringo, on est tous les deux complètement esquintés ! Farcis de problèmes et d'embrouilles !

Sam m'a regardé sans répondre. En réalité, il ne ressemblait pas vraiment à Ringo Starr, plus à un John Lennon aux yeux jaunes et endormis, mais *John* lui allait moins bien, comme surnom. Soudain, il m'a fait pitié : le pauvre gosse ne pouvait même plus pisser au rez-de-chaussée parce que ses parents avaient voulu le tuer ! Ça ne craignait pas qu'un peu !

— Tu veux qu'on en parle ? j'ai demandé. Je crois que ce soir, ce serait le bon moment pour qu'on en discute un coup.

— Je te remercie, je me débrouillerai seul.

— Allez ! (Je lui ai tendu la bouteille, mais il a secoué la tête.) Tu verras comme tu te sentiras mieux ! Juste quelques petits échanges thérapeutiques, et tu traverseras le Pacifique à la rame, dans cette baignoire !

— Pas ce soir, a-t-il refusé d'un ton légèrement moins amical.

— Hé, mec, j'essaie de nouer des liens avec mon entourage, là ! De t'aider, et de m'aider moi aussi, par la même occasion !

Je lui ai pris le bras gentiment, et il a eu un mouvement pour se libérer. Je l'ai entraîné vers la porte de la cuisine.

— Tu es complètement ivre, Cole ! Lâche-moi !

— Je me tue à te répéter que ça simplifierait beaucoup toute l'opération si tu l'étais aussi ! Tu es sûr que tu ne veux pas un peu de whisky ?

Nous avions atteint le couloir, et Sam a tenté à nouveau de se dégager.

— Pas question ! Allez, Cole, lâche-moi ! Tu n'es pas sérieux ?

Il a secoué mon bras. Plus que quelques mètres jusqu'à la porte de la salle de bains. Sam s'est débattu, et j'ai dû m'y prendre à deux mains pour le contraindre à avancer encore. Il avait une force étonnante, et je ne pensais pas qu'un type comme lui, aussi épais qu'un échalas, puisse me résister autant.

— Moi, je t'aide, et toi, tu m'aides, j'ai dit. Pense à combien tu te sentiras mieux quand tu auras exorcisé tes démons !

Je n'en étais pas totalement convaincu, mais je trouvais que les mots sonnaient plutôt bien, et je dois admettre également qu'une part de moi était rongée de curiosité à l'idée de voir la réaction de Sam face à l'effroyable baignoire.

Je l'ai bousculé jusqu'à ce que nous soyons tous les deux sur le seuil et j'ai allumé la lumière de mon coude.

— Cole, a soudain murmuré Sam.

C'était une baignoire des plus ordinaires, avec du carrelage ivoire tout autour et un rideau de douche blanc tiré sur un côté. Une araignée morte gisait près du trou d'écoulement. À sa vue, Sam s'est brusquement remis à se débattre, et j'ai dû user de toutes mes forces pour le maintenir. Je sentais ses muscles se tendre et se nouer sous mes doigts dans ses efforts pour me résister.

— Non, s'il te plaît !

— Ce n'est qu'une baignoire, j'ai dit en le ceinturant.

Il s'est s'affaissé, inerte, dans mes bras.

Sam

Le temps d'un éclair, je vis la pièce pour ce qu'elle était, telle que je l'avais sans doute perçue durant les sept premières années de mon existence : une salle de bains ordinaire, fonctionnelle et défraîchie. Puis mes yeux tombèrent sur la baignoire et je m'effondrai. J'étais…

à la table de la salle à manger, près de mon père ; ma mère ne s'assoit plus à côté de moi depuis des semaines.

Je crois que je ne peux plus l'aimer. Ce n'est pas Sam, ça, c'est juste une chose qui y ressemble parfois ! dit-elle.

dans mon assiette, il y a des petits pois ; je n'en mange pas, ma mère le sait ; je suis surpris de les voir là et je n'arrive pas à en détacher mon regard.

Je sais, répond mon père.

Cole me secouait :
— Tu n'es pas en train de mourir, mec, ce n'est qu'une impression !

puis mes parents me tiennent par mes bras maigrichons, ils me montrent une baignoire, bien qu'on ne soit pas le soir et que je sois tout habillé ; ils me disent d'y entrer, je ne veux pas, et je crois qu'ils sont contents, dans la mesure où, plus qu'une soumission confiante, mon refus leur facilite les choses ; mon père me soulève et me dépose dans l'eau.

— Sam, dit Cole.

je suis assis tout habillé dans la baignoire ; mon jean sombre noircit au contact de l'eau ; elle imbibe peu à peu mon tee-shirt bleu préféré, celui avec une bande blanche, le tissu colle à mes côtes et, pendant une minute, un instant miséricordieux, je crois qu'il s'agit d'un jeu.

— *Sam !* répéta Cole.

tout d'abord, je ne comprends pas ; puis soudain, je comprends.

ce n'est pas lorsque je vois ma mère, les yeux fixés sur le rebord de la baignoire pour éviter de me regarder, déglutir encore et encore ; ni quand mon père attrape quelque chose derrière son dos et l'appelle par son nom pour attirer son attention ; ni même lorsqu'elle saisit avec délicatesse, comme un fragile cracker sur une assiette de friandises, l'une des lames de rasoir qu'il lui tend.

c'est lorsqu'elle me regarde enfin.

lorsqu'elle regarde mes yeux, mes yeux de loup.

je lis la résolution sur ses traits, l'abandon.

alors ils doivent me maintenir de force.

Cole

Sam était ailleurs. Il n'y a pas d'autre façon de l'exprimer. Ses yeux étaient juste… vides. Je l'ai traîné hors de la pièce jusqu'au salon et je l'ai secoué :

— Reviens, Sam ! Regarde autour de toi, on est sortis, on n'est plus dans la salle de bains !

Quand je l'ai lâché, il s'est écroulé par terre, dos au mur, et il a enfoui sa tête dans ses bras. Il était soudain tout coudes, genoux et articulations, replié sur lui-même, sans visage.

Je ne savais pas ce que j'éprouvais à le voir comme ça, à savoir que c'était moi qui lui avais fait *ça*, quoi que ce puisse être. Et je le détestais pour cela.

— Sam ?

J'ai attendu longtemps avant qu'il réponde. Quand il s'est décidé à parler, ça a été pour me dire, d'une petite voix étrange et sourde, et toujours sans relever la tête :

— Va-t'en ! Fiche-moi la paix ! Mais qu'est-ce que j'ai bien pu te faire ?

Il respirait par saccades, j'entendais son souffle accrocher dans sa gorge. Ce n'étaient pas des sanglots, il semblait suffoquer.

Je l'ai regardé, effondré à mes pieds, et j'ai soudain senti la colère m'envahir. Il ne s'agissait que d'une baignoire, vraiment pas de quoi fouetter un chat ! Tout ce cirque me faisait passer pour cruel, mais je n'étais pas cette brute qu'il imaginait.

— Beck avait choisi, lui aussi ! (Je savais qu'il n'allait plus me contredire, à présent.) Il m'en a parlé, il m'a raconté qu'après ses études de droit, il avait tout ce qu'il voulait dans la vie, mais que ça ne l'empêchait pas d'être malheureux, et qu'il allait se tuer quand un type nommé Paul l'a convaincu qu'il existait une autre solution.

De Sam ne provenait aucun bruit, sinon celui de sa respiration hachée.

— Beck m'a proposé la même chose, j'ai poursuivi. Sauf que moi, je ne reste pas loup. Ne me dis pas que cela n'a rien à voir ! Tu n'es pas en meilleur état que moi, alors regarde-toi un peu, avant de venir me dire que j'ai des problèmes !

Il n'a pas bougé. Je suis allé à la porte de derrière et je l'ai ouverte en grand. La nuit était devenue froide et sauvage pendant que je buvais, et j'ai été récompensé par une déchirante torsion dans mes boyaux.

Je me suis éclipsé.

chapitre 27

Sam

Je pétris machinalement la pâte, la façonnai en miche et l'enfournai. Ma tête bourdonnait de mots trop chaotiques et décousus pour les assembler en paroles de chanson. Dans la cuisine familière, chez Beck, j'étais mi-absent, mi-présent, par cette nuit qui aurait pu aussi bien être il y a dix ans que maintenant.

Les visages des photos sur les placards me souriaient en d'innombrables combinaisons de Beck et moi, Beck et Ulrik, Paul et Derek, Ulrik et moi, comme attendant d'être habités à nouveau. À la lumière terne de la cuisine, les clichés paraissaient vieux et passés, mais je me souvenais d'eux quand ils étaient tout neufs, de Beck les scotchant sur les portes, telles des preuves concrètes des liens qui nous unissaient.

Je songeai à combien mes parents avaient facilement renoncé à m'aimer, juste parce que je ne pouvais pas retenir ma forme humaine, et à combien je m'étais empressé de rejeter Beck, quand j'avais cru qu'il avait infecté les trois nouveaux malgré eux. Comme si circulait dans mes veines l'amour imparfait de mes parents, si prompts à juger et à condamner.

Quand je remarquai enfin que Cole était parti, je sortis dans le jardin ramasser ses vêtements. Je restai là debout, la pile d'habits froids dans les bras, et laissai le tranchant de l'air nocturne me pénétrer, traverser les couches de tout ce qui en moi était Sam et humain, jusqu'à atteindre le loup que j'imaginais toujours rôdant dans les profondeurs, latent. Je repassai dans ma tête ma conversation avec Cole.

M'avait-il vraiment demandé de l'aide ?

La sonnerie du téléphone me fit sursauter. L'appareil ne reposait pas sur son socle dans la cuisine. Je retournai dans le salon m'asseoir sur un accoudoir du canapé et pris la communication là. *Grace*, espérai-je farouchement. *Grace !*

Et je me rendis compte aussitôt que si elle m'appelait si tard, c'est que quelque chose n'allait pas.

— Allô ?

La personne qui répondit avait bien une voix de femme, mais ce n'était pas mon amie.

— Qui est à l'appareil ? me demanda-t-on.

— Pardon ?

— Quelqu'un a appelé mon portable de ce numéro. Deux fois.

— Qui êtes-vous ?

— Angie Baranova.

— Et quand ont été passés ces appels ?

— Hier, assez tôt dans la journée. On ne m'a pas laissé de message.

Cole. Ce ne pouvait être que lui. *Salaud d'irresponsable !*

— C'était sans doute un faux numéro.

— Sans doute, reprit-elle en écho. Vous savez, il y a seulement *quatre* personnes, à tout casser, qui ont mon numéro !

Mon opinion sur Cole évolua. *Stupide salaud !*

— Une erreur, donc, très probablement.

— Ou Cole, dit Angie.

— Pardon ?

Elle partit d'un petit rire laid et sans humour :

— Qui que vous soyez, même s'il se trouvait juste à côté de vous maintenant, je sais que vous ne l'admettriez pas ! Parce qu'il est doué, très doué, pour manipuler les gens, pas vrai ? Alors, s'il est effectivement là, et si c'est bien lui qui m'a appelée, dites-lui de ma part que j'ai un nouveau portable et que le numéro, c'est : *Va te faire foutre !* Merci.

Et elle raccrocha.

Je pressai la touche pour couper la communication et me penchai pour reposer l'appareil à sa place. Je regardai la pile des livres de Beck sur le guéridon et, à côté, la photo encadrée qu'Ulrik avait prise de Beck juste après que Paul l'eut aspergé de moutarde, un jour où nous faisions cuire des hamburgers au barbecue. Beck me fixait en plissant les yeux, et des éclaboussures d'un jaune irréel maculaient ses sourcils et gouttaient de ses cils.

— Pour le coup, tu sembles vraiment avoir tiré le gros lot ! déclarai-je à la photo.

Grace

J'ai passé la nuit allongée sur mon lit, à essayer d'oublier la façon dont les loups m'avaient regardée et à faire semblant que Sam était près de moi. Clignant des yeux dans l'obscurité, j'ai attiré plus près son oreiller, mais j'avais utilisé tout son parfum, ce n'était plus qu'un coussin inodore. Je l'ai repoussé de l'autre côté du lit et j'ai porté ma main à mes narines, pour voir si je sentais encore comme les loups de la forêt. Je me suis rappelé le visage d'Isabel quand elle m'a dit : « Tu ne peux pas nier que tout ça, c'est lié aux loups ! », et j'ai essayé de comprendre son expression. Était-ce du dégoût ? Comme si j'étais contagieuse. Ou de la pitié ?

Si Sam avait été là, je lui aurais chuchoté : *Tu crois que ceux qui sont en train de mourir savent qu'ils sont en train de mourir ?*

Je me suis adressé une grimace dans le noir. Je savais que j'étais en train de verser dans le mélo.

Ou du moins, je voulais le croire.

J'ai posé une main à plat sur mon ventre et j'ai pensé à cette douleur mordante qui vivait là, à quelques centimètres de profondeur. Elle semblait à présent sourde et comme engourdie.

J'ai enfoncé mes doigts dans ma peau.

Je sais que tu es là.

Rester sans dormir, seule sur mon lit, à songer à ma mort, alors que Sam se trouvait à seulement quelques minutes de voiture d'ici, me paraissait lamentable. J'ai lancé un coup d'œil impuissant en direction de la chambre de mes parents, irritée à l'idée qu'ils m'avaient privée de la compagnie de mon ami au moment où j'en avais le plus besoin.

Si je mourais maintenant, jamais je n'irais à l'université. Jamais je n'aurais mon chez-moi, ni ne pourrais m'acheter ma cafetière (j'en voulais une rouge). Jamais je n'épouserais Sam, et jamais il ne me serait donné de devenir ce que je devais être.

J'avais toujours vécu si prudemment.

J'ai imaginé mon enterrement. Inutile de rêver, M'man se montrerait parfaitement incapable de l'organiser. Papa s'en chargerait, entre deux coups de fils à ses investisseurs et aux membres du conseil syndical de copropriété. Ou Grand-mère, qui interviendrait peut-être, quand elle saurait combien son fils était incapable de s'occuper de sa petite-fille. Rachel serait là, et sans doute quelques-uns de mes professeurs. Mme Erskine, qui voulait que je devienne architecte, viendrait sûrement. Et Isabel aussi, Isabel qui ne pleurerait pas. J'ai repensé aux funérailles de son frère – toute la ville s'était déplacée, parce qu'il était si jeune. Alors, même si je n'étais pas particulièrement connue à Mercy Falls, peut-être que pour moi aussi, les gens feraient un effort simplement parce que je serais morte trop tôt pour avoir eu le temps de vivre vraiment. Offrait-on des cadeaux aux obsèques, comme à l'occasion des mariages et des naissances ?

J'ai entendu un craquement derrière la porte de ma chambre, suivi d'un léger choc et d'un bruit de pas sur le parquet. Le battant s'est ouvert tout doucement.

Un bref, très bref instant, j'ai cru que Sam était miraculeusement parvenu jusqu'à ma chambre. Puis, de mon nid de couvertures, j'ai reconnu les épaules et la tête de mon père qui se penchait dans la pièce. Je l'observais entre mes paupières mi-closes en feignant de mon mieux le sommeil. Il a avancé de quelques pas hésitants, et j'ai pensé avec surprise : *Il est venu vérifier que je vais bien !*

Alors il a relevé juste un peu le menton, pour examiner le lit près de moi, et j'ai compris qu'il ne s'inquiétait pas de mon sort. Non, il n'avait surgi que pour s'assurer que Sam n'était pas là.

chapitre 28

Cole

Accroupi sur le sol froid de la forêt, des aiguilles de pin enfoncées dans les paumes et du sang sur mes genoux nus, je ne me rappelais pas depuis combien de temps j'étais humain.

Dans le matin pâle et bleuté, les bancs de brume qui se déplaçaient lentement baignaient le paysage tout entier d'une lumière diaphane. L'air empestait le sang, l'excrément et l'eau saumâtre. Un coup d'œil à mes mains a suffi à me faire comprendre d'où provenaient ces odeurs. Le lac était tout proche, et entre l'eau et moi gisait, étendue sur le flanc, une biche morte. Un lambeau de peau replié au-dessus des côtes découvrait ses entrailles, tel un horrible présent. Le sang qui me maculait les genoux et les mains était le sien. Dans les branches au-dessus de ma tête, des corbeaux, invisibles dans le brouillard, échangeaient des croassements, impatients de me voir abandonner ma proie.

J'ai jeté un regard autour de moi, cherchant les autres loups qui avaient dû m'aider à attraper la biche, mais ils étaient partis, me laissant seul. Ou c'était moi, plutôt, qui les avais quittés en me métamorphosant à contrecœur en humain.

Un léger mouvement a attiré mon attention, et j'ai tourné la tête dans cette direction, mais il m'a fallu un moment pour comprendre ce qui avait bougé – la biche. Son œil a cillé, elle me fixait, non pas morte, mais mourante. Curieux comme ces deux états semblaient si proches et si distants. Quelque chose dans l'expression de ses yeux d'un noir de jais m'a fait mal dans la poitrine, on aurait dit comme de… l'indulgence, ou de la patience. Elle s'était résignée à être dévorée vive.

— Seigneur ! ai-je murmuré en me relevant tout doucement pour ne pas l'effrayer plus.

La biche a seulement cligné des yeux de nouveau, sans même sursauter. J'aurais voulu reculer, lui donner la place de s'enfuir, mais ses os mis à nu et ses entrailles béantes montraient bien qu'elle n'en était plus capable. Je l'avais complètement bousillée.

J'ai senti un sourire amer me tordre les lèvres : c'était donc ça, mon plan génial pour cesser d'être moi et disparaître dans l'oubli ? Eh bien, bravo ! Voilà que tout nu, zébré de teintes macabres, la faim au ventre, je contemplais le repas de la créature que je n'étais plus.

Les paupières de la biche ont encore tressailli. Son expression était extraordinairement douce. Mon estomac a grondé.

Impossible de l'abandonner ainsi, je m'en savais incapable. J'ai vérifié d'un bref regard alentour que je me trouvais bien là où je le pensais – à vingt minutes de marche environ de la cabane, et dix de plus jusqu'à la maison, s'il n'y avait rien pour l'achever dans l'abri. Pour elle, de quarante minutes à une heure d'attente, les entrailles à l'air.

Je pouvais aussi m'en aller. Elle allait mourir. Inévitablement.

Ça compte pour quoi, la souffrance d'une biche ?
Son œil a bougé, silencieux, tolérant.
Pour beaucoup.

J'ai cherché du regard autour de moi ce que je pourrais utiliser. Aucune des pierres sur la rive n'était assez grosse, et je ne me voyais pas la lapider. J'ai passé mentalement en revue toutes mes connaissances en anatomie, tout ce que je savais sur les accidents de voiture et les diverses catastrophes qui entraînent une mort immédiate. Puis j'ai à nouveau regardé son poitrail béant.

J'ai dégluti.

J'ai très vite mis la main sur une branche à l'extrémité suffisamment acérée.

Les yeux noirs ont roulé vers moi, profonds comme des gouffres, l'une des pattes antérieures a tressauté dans un souvenir de course. Il y avait quelque chose d'affreux dans cette terreur muette, dans ces émotions sourdes qu'elle ne pouvait exprimer.

— Pardonne-moi, ai-je dit. Je ne veux pas être cruel.

J'ai enfoncé le bâton entre ses côtes.

Une fois.

Puis une autre.

Elle a poussé un hurlement suraigu, ni humain ni animal, mais atrocement entre les deux, un de ces cris qui restent gravés dans la mémoire à jamais, quel que soit le nombre de belles choses que l'on puisse entendre par la suite. Puis ses poumons perforés se sont vidés et elle s'est tue.

Elle était morte, et j'aurais voulu l'être. Je ne pouvais plus continuer comme ça. J'allais découvrir un moyen de rester loup.

chapitre 29

Grace

Je ne croyais pas avoir dormi, mais le bruit de quelqu'un frappant à la porte m'a réveillée, j'avais donc dû m'assoupir. J'ai ouvert les yeux, il faisait encore noir dans ma chambre. Le réveil indiquait que c'était le matin, mais tout juste ; les chiffres luisaient dans la pénombre : 5 : 30.

— Grace, a dit ma mère bien trop fort pour 5 h 30. Il faut que nous te parlions avant d'y aller.

— D'aller où ? ai-je demandé d'une voix rauque, encore à demi somnolente.

— À Saint-Paul ! (Son ton était chargé d'impatience, comme si j'aurais dû le savoir.) Tu es habillée ?

— À cinq heures du matin ? ai-je grommelé, mais comme je m'étais couchée en caraco et pantalon de pyjama, je lui ai fait signe que oui. Elle a allumé la lumière, et j'ai cligné des yeux, éblouie. J'ai eu à peine le temps de remarquer qu'elle portait sa chemise flottante de vernissage, puis Papa est apparu derrière elle, et ils sont entrés dans ma chambre en faisant du bruit avec leurs pieds. Maman avait les lèvres crispées en un sourire succinct, pragmatique et commercial. Le visage de Papa semblait sculpté dans de la cire. Je ne me souvenais pas de les avoir déjà vus aussi mal à l'aise, tous les deux.

Ils ont échangé un regard. Je pouvais quasiment lire les bulles au-dessus de leurs têtes : *Toi d'abord ! Non, c'est toi qui commences !*

J'ai donc pris l'initiative :

— Comment te sens-tu, aujourd'hui, Grace ?

M'man a balayé la phrase d'un revers de main, comme s'il était évident que je ne pouvais aller que bien, surtout si j'étais assez en forme pour me payer leur tête.

— C'est aujourd'hui le Salon des œuvres d'art à tirage limité.

Elle a fait une pause pour voir s'il lui fallait se montrer plus explicite, mais ce n'était pas nécessaire. Elle s'y rendait tous les ans – elle partait avant l'aube dans une voiture chargée de toiles et ne revenait pas avant minuit, épuisée, au volant d'un véhicule considérablement allégé. Papa l'accompagnait chaque fois que son travail le lui permettait. Une année, j'y étais même allée avec eux : c'était un immense hall plein de personnes comme Maman, et d'autres qui achetaient des peintures comme les siennes. Je n'y suis jamais retournée.

— Et alors ?

Elle a regardé Papa.

— Alors, tu n'as toujours pas le droit de sortir ! m'a dit ce dernier. Même en notre absence.

Je me suis redressée dans mon lit, et ma tête a protesté douloureusement.

— Nous pouvons te faire confiance, n'est-ce pas ? a ajouté Maman. Tu ne vas pas faire de bêtises ?

Dans mon effort pour ne pas crier, ma réponse est sortie très lentement et très distinctement :

— Vous deux, vous cherchez juste à… à vous venger de moi, pas vrai ? J'ai… (J'allais dire *économisé pendant une éternité pour offrir ça à Sam*, mais pour une raison ou une autre, les mots se sont coincés dans ma gorge.)

J'ai fermé les yeux. Je les ai rouverts.

— Non, a répondu Papa, mais tu es punie. Nous t'avons interdit de sortir jusqu'à lundi. Il est regrettable que le rendez-vous de Sam tombe précisément ce week-end, ce sera peut-être envisageable un autre jour.

Il n'avait pas vraiment l'air de trouver cela regrettable.

— Mais, Papa, il faut réserver des *mois* à l'avance !

Je n'avais encore jamais vu ses lèvres se tordre si laidement.

— Dans ce cas, a-t-il répliqué, tu aurais sans doute mieux fait d'envisager un peu plus sérieusement les conséquences de tes actes !

Un léger mal de tête pulsait juste entre mes sourcils. J'ai pressé un poing contre mon front, puis j'ai relevé les yeux.

— C'est aujourd'hui son anniversaire, Papa, et il ne recevra aucun autre cadeau, de qui que ce soit. C'est extrêmement important ! (Ma voix s'est étranglée, j'ai dû avaler ma salive avant de continuer.) Laissez-moi y aller, je vous en prie ! Interdisez-moi de sortir lundi, plutôt, donnez-moi des corvées à faire, des travaux d'intérêt général, ordonnez-moi de nettoyer vos toilettes avec ma brosse à dents, s'il le faut, mais laissez-moi y aller !

Maman et Papa se sont regardés, et pendant un instant, un instant idiot, j'ai cru qu'ils hésitaient.

Puis :

— Nous ne voulons pas que tu restes seule avec lui aussi longtemps, a déclaré Maman. Nous n'avons plus confiance en lui.

En moi non plus, avouez-le !

Ce dont ils se sont abstenus.

— La réponse est non, Grace ! a tranché mon père. Tu le verras demain, et tu peux t'estimer heureuse que nous te le permettions.

— Que vous me le *permettiez* ?

Mes poings serrés ramenaient en les malaxant les couvertures de chaque côté de moi. Je sentais ma colère monter, et mes joues me brûlaient comme en plein été.

— Vous avez gouverné cette partie du monde par l'absentéisme et la démission pendant presque toute mon adolescence, ai-je soudain éclaté, et voilà que vous débarquez pour me dire : *Non, désolés, Grace, mais ce petit morceau d'existence que tu as réussi à te créer, cet être que tu as choisi, tu peux t'estimer heureuse qu'on ne t'en prive pas aussi !*

Maman a levé les bras au ciel.

— Oh, Grace, je t'en prie, arrête d'exagérer ! Inutile de nous prouver une fois de plus que tu n'as pas la maturité nécessaire pour fréquenter ce garçon ! Tu as dix-sept ans, et toute ta vie devant toi. Ceci n'est *pas* la fin du monde ! Dans cinq ans…

— Non !

À ma grande surprise, elle s'est tue.

— Non, ne me dis pas que je ne me souviendrai même plus de son nom dans cinq ans, ou quoi que ce soit du genre ! Cessez donc de vous montrer si condescendants avec moi ! (Je me suis levée brusquement, et mes couvertures sont retombées au pied du lit.) Vous avez déserté depuis trop longtemps, tous les deux, pour prétendre savoir ce qui se passe dans ma tête ! Pourquoi ne pas disparaître à un dîner, à un vernissage, une expo nocturne ou un salon de peinture et vous contenter d'espérer que j'irai bien quand vous rentrerez ? Ah oui, j'oubliais, c'est déjà fait ! Colocataires ou parents, il faut choisir, vous ne pouvez pas passer de l'un à l'autre sans crier gare !

Il y a eu un long silence. Maman fixait un coin de la pièce comme si elle entendait une magnifique chanson dans sa tête. Papa me considérait en fronçant les sourcils. Finalement, il a secoué la tête :

— Nous allons devoir parler sérieusement à notre retour, Grace. En outre, je ne trouve pas très honnête de ta part d'amorcer une discussion juste quand nous sommes sur le point de partir.

J'ai croisé les bras sur la poitrine, les poings serrés. Non, il ne me ferait pas regretter mes paroles, il n'y parviendrait pas. J'attendais ce moment depuis trop longtemps.

Maman a consulté sa montre, et l'atmosphère a changé d'un coup.

— Nous poursuivrons cette conversation plus tard, a dit Papa en sortant de la pièce.

— Et nous comptons sur toi pour respecter notre autorité ! a ajouté Maman comme pour le singer.

Mais ils ne devaient pas y compter tant que ça, puisque j'ai découvert, en allant à la cuisine après leur départ, qu'ils avaient confisqué mes clefs de voiture.

Je m'en fichais. J'en avais un autre jeu dans mon sac à dos, ce qu'ils ignoraient. Une chose sombre et dangereuse rôdait en moi. C'en était fini de ma sagesse proverbiale.

Je suis arrivée chez Beck juste après le lever du jour.
— Sam ? ai-je appelé, en vain.

Il n'y avait visiblement personne au rez-de-chaussée, j'ai donc grimpé l'escalier et j'ai trouvé immédiatement sa chambre. Le soleil n'avait pas encore dépassé la ligne des arbres, mais la lumière grise et anémique filtrant par la fenêtre suffisait à me montrer les draps enchevêtrés, rejetés sur le côté, le jean froissé par terre près d'une paire de chaussettes sombres à l'envers et le tee-shirt abandonné.

Je suis restée longtemps là, debout près du lit, à le contempler, puis je me suis couchée. L'oreiller avait gardé l'odeur des cheveux de Sam, et après toutes ces mauvaises nuits passées sans mon ami, je me croyais au paradis. Je ne savais pas où il était, mais je savais qu'il reviendrait, je le sentais déjà presque près de moi. Mes paupières, soudain lourdes et douloureuses, se sont fermées.

Dans l'obscurité, j'ai été assaillie par un mélange complexe d'impressions, d'émotions et de sensations diverses : la douleur qui taraudait sans relâche mon ventre, l'envie qui me transperçait quand je pensais à Olivia, ma colère aiguë contre mes parents, la cruauté paralysante de l'absence de Sam et le souvenir du contact de lèvres sur mon front.

J'ai dû m'endormir, ou plutôt reprendre conscience d'un coup. Je n'avais pas senti le temps passer, mais en ouvrant les yeux, j'étais face au mur, la couverture remontée sur les épaules.

D'habitude, lorsque je me réveille ailleurs que dans mon propre lit – chez ma grand-mère, par exemple, ou quand, à l'occasion, j'ai dormi à l'hôtel –, je passe par une phase de confusion, pendant laquelle mon corps tâche de saisir pourquoi la lumière est si différente et l'oreiller si étrange. Mais dans la chambre de Sam, ce matin-là, c'était juste… ouvrir les yeux, comme si, même pendant mon sommeil, je n'avais pu oublier où j'étais.

C'est pourquoi, lorsque j'ai roulé sur le dos pour examiner le reste de la pièce, je n'ai pas ressenti de surprise, juste de l'émerveillement : des douzaines d'oiseaux multicolores en papier plié, de toutes formes et de toutes tailles, oscillaient comme au ralenti dans l'air chaud soufflé par la climatisation. La vive lumière qui entrait maintenant par la haute fenêtre projetait leurs ombres mouvantes tout autour de la chambre, sur le plafond, le haut des étagères et des piles de livres, sur la couverture et mon visage. Le spectacle était splendide.

Combien de temps avais-je dormi ? Et où était Sam ? J'ai étiré mes bras au-dessus de ma tête, puis j'ai entendu un bruit de douche provenant de la porte ouverte, et la voix de mon ami s'est élevée, qui chantait :

Tous ces jours parfaits, tous ces jours de cristal,
Projettent de l'étagère où je les ai posés,
Sur les jours imparfaits que je vis ici-bas.
Des ombres parfaites qui s'étirent et qui croissent.

Il a repris deux fois la fin, en remplaçant « qui s'étirent et qui croissent », d'abord par « qui muent et qui rayonnent », puis par « qui muent et qui croissent ». Sa voix était humide et pleine d'échos.

J'ai souri à part moi. Ma dispute avec mes parents me semblait soudain très lointaine. J'ai repoussé du pied les couvertures, je me suis levée, et ma tête a fait valser l'un des oiseaux sur une orbite folle. Levant la main pour l'immobiliser, j'ai traversé la forêt de pliages en regardant de quoi ils étaient faits : celui que j'avais heurté était en papier journal, ici, on avait utilisé la couverture glacée d'un magazine, là, un magnifique vélin imprimé d'un motif complexe de fleurs et de feuilles ; l'un semblait un formulaire d'imposition, un autre, minuscule et tout déformé, deux billets d'un dollar scotchés ensemble, un troisième le bulletin de notes d'une école par correspondance du Maryland. Tant d'histoires, tant de souvenirs pliés et conservés. C'était bien de Sam de les suspendre ainsi au-dessus de son lit !

J'ai saisi entre mes doigts celui qui pendait à la verticale de son oreiller, une feuille de bloc-notes froissée et couverte de l'écriture de Sam, comme en écho à sa voix, et j'ai lu : *« petite fille étendue dans la neige »*.

J'ai poussé un soupir. Je me sentais bizarre, toute vide à l'intérieur, mais ce n'était pas désagréable. Cela ressemblait à une perte de sensation, comme lorsqu'on se rend compte, après avoir longtemps eu mal, que la douleur est passée. J'avais tout risqué pour retrouver Sam et je réalisais qu'il était exactement ce que je voulais, comme si je ne m'étais crue entière que pour soudain me découvrir la pièce d'un puzzle qu'une autre complétait.

J'ai souri à nouveau. Les fragiles oiseaux ont dansé autour de moi.

— Bonjour ! m'a dit Sam depuis la porte.

Sa voix était réservée, il ne semblait plus très sûr d'où nous en étions, après cette longue séparation. La douche avait laissé ses cheveux tout hérissés, et il avait enfilé une chemise avec un col, ce qui, bien qu'elle pende toute froissée sur son blue-jean, lui donnait un air curieusement formel. *Sam, enfin toi, Sam !* hurlait mon esprit.

— Bonjour ! ai-je répondu sans pouvoir réprimer un sourire béat.

Je me suis mordu la lèvre, mais mon sourire persistait et il s'est élargi quand je l'ai vu se refléter sur le visage de mon ami.

Debout au milieu des oiseaux, près de l'empreinte de mon corps dans les draps, à la clarté brillante de ce jour qui nous baignait tous deux, mes soucis de la nuit passée m'ont paru insignifiants. Je me suis sentie émerveillée par tout ce que ce garçon devant moi avait d'extraordinaire, par combien il était stupéfiant que nous nous soyons rencontrés.

— À l'instant, m'a-t-il dit, et j'ai vu dans sa main, pliée en un oiseau éclaboussé de soleil, la facture du studio d'enregistrement, à l'instant, je trouve difficile d'imaginer qu'il puisse pleuvoir quelque part sur la planète !

chapitre 30

Cole

Je ne parvenais pas à me débarrasser de l'odeur de son sang dans mes narines.

Quand je suis rentré, Sam était déjà parti. Pas de voiture dans l'allée, et la maison m'a paru vide et pleine d'échos. J'ai foncé dans la salle de bains du rez-de-chaussée – le tapis restait tout chiffonné là où Sam s'était débattu quand j'avais tenté de le maîtriser, la veille au soir –, j'ai fait couler de l'eau aussi chaude que possible dans la baignoire, je me suis mis dedans et j'ai regardé le sang glisser dans le conduit d'évacuation. Il paraissait noir à la lumière tamisée par le rideau de douche. J'ai frotté mes paumes l'une contre l'autre et je me suis gratté les bras en essayant de faire disparaître toute trace de la biche, mais j'avais beau me triturer la peau, je percevais toujours son odeur. Chaque fois qu'une bouffée parvenait à mes narines, l'animal levait à nouveau sur moi, qui fixais ses entrailles, son œil sombre et résigné.

Puis je me suis rappelé Victor : allongé par terre dans la cabane, il me regardait, amer, à la fois loup et humain. Par ma faute.

J'ai alors réalisé que j'étais en réalité tout le contraire de mon père. Autrement dit, extrêmement doué pour détruire.

Je me suis penché et j'ai ouvert à fond le robinet d'eau froide. Un court instant, l'eau est restée juste assez chaude pour être exactement à la température de mon corps, et je me suis senti disparaître, puis elle est devenue glacée. J'ai lancé un juron et j'ai dû me battre contre moi-même pour ne pas quitter la baignoire d'un bond.

La chair de poule a envahi ma peau si vite que ça m'a fait mal. J'ai laissé ma tête retomber en arrière, et une vague gelée s'est ruée sur mon cou.

Change ! Maintenant, change !

Mais le froid qui me tordait les boyaux et me soulevait le cœur ne parvenait toujours pas à contraindre mon corps à se transformer. J'ai refermé le robinet avec mon pied.

Pourquoi diable est-ce que je m'obstinais à rester humain ?

Ce n'était pas cohérent : si les garous relevaient de la science, et non de la magie, il s'ensuivait que la métamorphose devait obéir à des règles, se conformer à une certaine logique. Alors, que les nouveaux muent à des températures et des moments différents… cela ne semblait pas rationnel. Je revoyais Victor se transformer sans cesse, la louve blanche me fixer silencieusement des yeux, pleine de confiance en son corps lupin, je me revoyais déambuler dans les couloirs de la maison en attendant de devenir loup. J'ai pris la serviette du lavabo et, tout en me séchant, j'ai fourragé dans les placards du rez-de-chaussée à la recherche de vêtements. J'ai trouvé un sweat-shirt bleu foncé marqué *NAVY* et un jean un peu trop large, mais qui tenait sur mes hanches. Pendant tout ce temps, ma tête n'a pas arrêté de bourdonner, de retourner le problème dans tous les sens et de chercher de nouvelles approches pour l'aborder avec logique.

Peut-être Beck s'était-il trompé en supposant que le chaud et le froid étaient responsables des métamorphoses ? Peut-être n'étaient-ce pas des causes, mais seulement des catalyseurs ?

Il pourrait dans ce cas exister d'autres façons de déclencher la transformation.

J'avais besoin de papier. Je ne pouvais pas réfléchir sans écrire.

Je suis allé en chercher dans le bureau de Beck, où j'ai aussi pris son agenda, et je me suis assis, un stylo à la main, à la table de la salle de séjour. Le courant d'air chaud pulsé par la climatisation me plongeait dans une douce torpeur, et mon cerveau m'a aussitôt ramené derrière la même table, chez mes parents, où je m'installais tous les matins avec mon carnet à idées – une invention de mon père – pour faire mes devoirs, écrire des textes de chansons ou noter une chose vue aux informations. À l'époque, j'étais convaincu que j'allais changer le monde.

J'ai repensé aux yeux fermés de Victor barré dans une défonce ; au visage de ma mère lorsque je lui avais annoncé que Père et elle pouvaient aller au diable ; aux innombrables filles qui s'étaient réveillées pour découvrir qu'elles avaient passé la nuit avec un fantôme, que j'étais déjà parti, que ce soit pour de bon ou dans un trip en spirale sorti tout droit d'un flacon ou d'une seringue ; à la main qu'Angie avait pressée à plat contre son sternum, quand je lui avais appris que je l'avais trompée.

Pas de doute, je l'avais changé, le monde !

J'ai ouvert l'agenda et je l'ai feuilleté sans vraiment lire, juste en survolant le texte à la recherche d'indices. Certaines annotations, ici ou là, pourraient éventuellement s'avérer utiles, mais ne signifiaient rien par elles-mêmes : *Trouvé une louve morte aujourd'hui. J'ai regardé ses yeux, je ne la connaissais pas. Paul affirme que ça fait quatorze ans qu'elle ne se transformait plus. Il y avait du sang sur sa gueule et une puanteur épouvantable.* Plus loin : *Dereck s'est changé en loup pendant deux heures, en plein cœur de l'été ! Ulrik et moi avons réfléchi tout l'après-midi sans parvenir à comprendre pourquoi.* Et encore : *Pourquoi est-il donné à Sam tant d'années de moins qu'à nous autres ? Il est le meilleur de tous, pourquoi la vie est-elle si injuste ?*

J'ai baissé les yeux sur ma main et j'ai vu un peu de rouge sous l'ongle de mon pouce. Je ne pensais pas que du sang puisse rester sur la peau pendant la métamorphose – il aurait été sur ma fourrure – il devait donc être apparu là après ma transformation en humain, durant ces minutes insondables où j'avais réintégré mon corps, mais n'étais pas redevenu Cole.

J'ai reposé ma tête sur la table. Le bois m'a paru glacial contre ma peau. Tirer au clair les règles de cette logique me semblait exiger un effort démesuré. Même en supposant que je parvienne à découvrir l'origine de la transformation et le lieu où nos esprits disparaissaient quand ils quittaient nos corps, à quoi bon ? Rester un loup pour toujours ? Tout ce travail, dans le seul but de prolonger une existence absurde, et dont je ne me souviendrais même pas ?

Je savais par expérience qu'il y avait des moyens plus simples d'en finir avec la pensée consciente, et j'en connaissais un que je m'étais montré jusqu'ici trop lâche pour employer, mais qui s'avérait définitif.

J'en avais parlé à Angie, un jour, avant qu'elle commence à me détester. À l'époque le monde entier était à mes pieds, fourmillant de possibilités, comme si j'en étais et le monarque et le conquérant. Je venais de rentrer de ma première tournée et je m'étais mis au clavier. Angie ignorait encore que je l'avais trompée pendant mon voyage, ou peut-être le savait-elle. J'ai arrêté de jouer et, les doigts planant au-dessus des touches, je lui ai dit :

— Je pense au suicide, ces derniers temps.

Elle était étendue dans le vieux fauteuil de relaxation du garage. Elle n'a pas relevé la tête.

— Oui, je m'en doutais un peu. Et tu en penses quoi, au juste ?

— Que ça présente des avantages certains. Je n'y vois qu'un inconvénient.

Elle est restée longtemps silencieuse, puis :

— Pourquoi tu mets ça sur le tapis, d'abord ? Tu espères que je vais tenter de t'en dissuader ? Tu es le seul à pouvoir le faire. C'est toi, le génie, et tu le sais, ce qui prouve bien que tu n'en parles que pour te faire mousser !

— N'importe quoi ! En fait, je te demandais vraiment ton avis, mais comme tu voudras !

— Et tu t'attends à quoi ? À ce que je te déclare : *T'es mon petit ami, alors vas-y, supprime-toi, c'est une excellente solution* ? Parce que, pas de doute, c'est bien ça que je dirais !

Dans ma tête, j'étais dans un hôtel où, juste parce que l'occasion s'en présentait, je laissais une fille nommée Rochelle et que je ne reverrais jamais par la suite tirer sur mon pantalon pour me l'ôter. J'ai fermé les yeux et j'ai prêté l'oreille au doux chant des sirènes du dégoût que je m'inspirais.

— Je n'en sais rien, Angie, je n'y ai pas plus réfléchi que ça. Je pensais juste tout haut, d'accord ?

Elle a fixé un moment le sol en se mordillant le doigt.

— Bon, d'accord. Alors voilà, d'après moi, l'avantage numéro un, c'est que ça libère, en quelque sorte : tu te tues, et tout est fini, point barre. C'est comme ça qu'on se souviendra de toi. Après, il y a l'enfer. Tu y crois toujours ?

J'avais perdu ma croix quelque part. La chaînette avait cassé, elle gisait sans doute dans les toilettes d'une station-service, ou entre les draps froissés d'une chambre d'hôtel, ou peut-être quelqu'un à qui je n'avais pas eu l'intention de la donner l'avait-il empochée comme un trophée.

— Ouais, j'ai dit, parce que oui, l'enfer, j'y croyais toujours. C'était le paradis dont je m'étais mis à douter.

Jamais plus je ne lui en ai reparlé. Elle avait raison : la seule personne capable de m'influencer, c'était moi-même.

chapitre 31

Grace

Chaque minute nous emportait un peu plus loin de Mercy Falls et de tout ce qui s'y trouvait.

Nous avons pris la voiture de Sam – son moteur diesel consommait moins – et il m'a laissée conduire parce qu'il savait que j'aimais ça. Un de mes CD de Mozart était resté dans le lecteur, mais j'ai allumé la radio que j'ai réglée sur la petite station de rock indépendant de Duluth qu'il préférait. Il a cillé de surprise, et j'ai essayé de dissimuler mon plaisir à l'idée que je commençais à parler son langage. Moins vite, sans doute, qu'il n'apprenait le mien, mais tout de même, je m'impressionnais !

Le temps était splendide, le ciel bleu, et la route au pied des côtes, couverte d'une fine brume pâle qui a commencé à se dissiper dès que le soleil a percé au-dessus des arbres. Le guitariste à la voix expressive et au jeu mélodieux qui chantait dans les haut-parleurs me rappelait Sam, et mon ami a posé un bras sur le dossier de mon siège et m'a pincé doucement la nuque en fredonnant tout bas, d'un ton plein d'affection et de tendresse. Les vestiges de douleur qui s'attardaient encore dans les muscles de mes bras et de mes jambes ne m'empêchaient pas de trouver le monde absolument parfait.

— Tu as déjà choisi ce que tu vas jouer ?

Il a appuyé sa joue contre son bras tendu et il a tracé lentement du doigt des cercles sur ma nuque.

— Je ne sais pas, tout ceci est si imprévu ! Sans compter que ces derniers jours, c'est plutôt mon exil qui me préoccupait. J'imagine que je vais… juste chanter. Ça risque d'être nul.

— Je ne crois pas, non. Et sous la douche, c'était quoi ?

— Une nouvelle chanson. Du moins, il me semble que ça le deviendra peut-être.

Il parlait sans se troubler, ce que j'ai trouvé à la fois mignon et inhabituel, chez lui. Je commençais à comprendre que seule la musique le mettait véritablement à l'aise.

J'ai pris l'autoroute, déserte à cette heure de la journée. Nous avions toutes les voies pour nous.

— Bébé chanson deviendra grand ?

— Pour ce qui est de grandir, oui, mais je dirais plutôt un embryon qu'un bébé. Ses pattes n'ont pas encore poussé. À moins que je confonde les bébés et les têtards ?

Je me suis creusé en vain la cervelle pour me souvenir de ce qui se développait en premier sur l'embryon humain. Finalement, je lui ai demandé :

— Une nouvelle chanson qui parle de moi ?

— Elles parlent toutes de toi.

— Ce n'est pas une contrainte, j'espère !

— Pas en ce qui te concerne. Toi, tu peux te contenter de flotter à travers l'existence et d'être Grace, tout simplement, mais moi, il faut que je me démène pour accompagner avec créativité et lyrisme chacune de tes variations. Tu n'es pas un but fixe, tu sais !

J'ai froncé les sourcils. J'avais plutôt l'impression d'être immuable, et cela me pesait.

— Je sais bien ce que tu penses, mais tu es heureuse ici, avec moi, n'est-ce pas ? (Il montrait de sa main libre le siège pelucheux.) Tu t'es battue pour me rejoindre, tu as refusé de te laisser priver de sortie pendant une semaine ! Des albums entiers ont été composés sur des choses comme ça.

Il ne se doutait de rien. J'ai été envahie par un drôle de mélange de culpabilité, d'apitoiement sur moi-même, de doute et d'anxiété. Je ne savais pas ce qui était le pire : lui avoir caché que j'étais toujours punie, la perspective de le lui avouer, ou le mal insidieux que je sentais toujours en moi. Mais j'ai réfléchi qu'il deviendrait impossible de revenir en arrière, après lui avoir parlé, et je ne voulais pas lui gâcher la journée et son anniversaire. Non, j'attendrais le soir, ou le lendemain, peut-être.

Je m'avérais donc moins ordinaire que je ne l'avais cru ! Je ne voyais toujours pas comment cela pouvait inspirer des chansons, mais j'aimais à penser que j'avais fait quelque chose qui impressionnait Sam, lui qui me connaissait mieux que moi-même.

— Et comment vas-tu appeler ton album ?

— Je ne vais pas faire un album aujourd'hui, mais une démo.

J'ai écarté d'un geste sa mise au point.

— Alors, quand tu en feras un, tu l'appelleras comment ?

— Comme moi, a dit Sam.

— J'ai horreur de ça !

— *Jouets disloqués.*

J'ai secoué la tête :

— Ça sonne comme un nom de groupe.

Il m'a pincé légèrement la peau, juste assez fort pour que je couine et que je dise « Aïe ! »

— *À la poursuite de Grace.*

— Pas mon nom, interdit !

— Tu me rends la tâche impossible ! *Souvenirs de papier* ?

J'y ai réfléchi.

— Pourquoi ? Ah oui, les oiseaux ! Ça me fait tout drôle de penser que je ne savais pas qu'il y en avait dans ta chambre !

— Je n'en ai pas fabriqué depuis que nous nous sommes rencontrés, m'a dit Sam. Le plus récent date d'il y a deux ans, en été. Toutes mes nouvelles grues en origami se trouvent à la librairie ou dans ta chambre. La mienne a tourné au musée.

— Plus maintenant !

Je lui ai lancé un coup d'œil, et il m'a paru pâle à la lumière du matin. J'ai changé de voie histoire de changer de voie.

— C'est vrai, a-t-il acquiescé.

Il s'est carré dans son siège, il a retiré sa main de derrière ma nuque et fait courir ses doigts sur la cloison de plastique de la bouche d'aération devant lui.

— Tu crois que tes parents voudraient que tu épouses quel genre de type ? m'a-t-il demandé, sans me regarder. Quelqu'un de mieux que moi ?

— On s'en contrefiche, de ce qu'ils pensent, ai-je répondu avec dédain, juste avant de réaliser ce qu'il venait de dire. Trop tard, désemparée, je ne savais plus comment réagir ni s'il parlait sérieusement ou non. Après tout, il ne m'avait pas vraiment demandée en mariage !

Sam a dégluti. Il a ouvert puis refermé la bouche d'aération, ensuite il a recommencé :

— Je me demande ce qui se serait passé si tu ne m'avais pas rencontré. J'imagine que tu aurais fini le lycée, décroché une bourse d'études, et que tu serais devenue une grande mathématicienne. Tu aurais fait ce que font ces gens-là, quoi que ce soit, et tu aurais rencontré un autre génie plein de succès, de charme et d'humour.

Parmi toutes les choses qui me déconcertaient chez Sam, ce qui me déroutait le plus était la façon dont il pouvait soudain se déprécier. J'avais parfois entendu Papa réconforter Maman, quand elle avait un coup de cafard, et je reconnaissais là un écho familier. C'était donc cela, être créatif ?

— Ne sois pas idiot, je ne passe pas mon temps à me demander ce qui serait arrivé si tu avais tiré une autre fille de la neige, moi !

— Ah oui ? Cela me rassure, quelque part. (Il a monté le chauffage et appuyé ses poignets contre la bouche d'aération. Le soleil derrière le pare-brise nous rôtissait, mais Sam, tel un chat, n'avait jamais assez chaud.) J'ai encore du mal à m'habituer à l'idée que je suis devenu définitivement humain et que je vais pouvoir continuer à vivre sous cette forme. Je me demande si je ne devrais pas chercher un autre travail.

— Un autre travail ? Tu veux dire, autre que la librairie ?

— Oui. Je ne sais pas exactement où en sont les finances de la maison, ni comment tout cela fonctionne. Ce qui est sûr, c'est qu'il y a de l'argent placé à la banque, qui rapporte, que les intérêts de certains investissements arrivent de temps à autre sur le compte, et qu'il est débité pour payer les factures. Mais j'ignore les détails et, comme je ne veux pas toucher à cet argent…

— Pourquoi ne pas aller demander conseil à la banque ? Je suis sûre que quelqu'un pourrait examiner les papiers avec toi et tirer les choses au clair !

— Je préfère éviter de parler à qui que ce soit avant d'être parfaitement certain que B…

Il s'est soudain interrompu. Ce n'était pas juste une pause, il s'est tu pour de bon. Il regardait par la vitre.

Il m'a fallu un moment pour comprendre ce qu'il avait été sur le point de dire. *Beck*. Sam n'en parlerait pas avant d'être sûr qu'il ne reviendrait plus. Le bout de ses doigts pressés contre la bouche d'évacuation était tout blanc et sa tête profondément enfoncée dans ses épaules.

— Sam ? (Je l'ai regardé autant que je le pouvais sans quitter la route des yeux.) Sam, ça va ?

Il a ramené ses mains sur ses genoux, les poings serrés posés l'un sur l'autre.

— Mais qu'est-ce qu'il lui a pris de créer ces nouveaux, Grace ? Cela complique tout, et on se débrouillait bien sans eux !

— Il ne pouvait pas prévoir ce qui t'arriverait. (Je lui ai lancé un regard en coin. Il passait lentement son doigt le long de l'arête de son nez, de la racine vers le bas et retour, et j'ai cherché des yeux une sortie, un endroit où je pourrais m'arrêter.) Il croyait que…

Mais c'était mon tour maintenant de ne pas réussir à achever : … *que cette année serait ta dernière.*

— Je ne sais pas comment me comporter avec Cole, m'a avoué Sam. J'ai sans cesse l'impression qu'il y a chez lui une chose que je devrais saisir, mais qui persiste à m'échapper. Et ses yeux ! Si tu les voyais, Grace, tu comprendrais qu'il y a là quelque chose de brisé, qui ne tourne plus rond. Puis il y a les deux autres nouveaux, et Olivia aussi, et je veux que tu ailles à l'université, et il faut que je… c'est-à-dire, que quelqu'un… Je ne sais pas ce qu'on attend de moi, au juste, mais cela me paraît si énorme ! Qu'est-ce que Beck aurait voulu que je fasse, et qu'est-ce que, moi, j'espère de moi-même ? Je suis seulement…

Il a baissé la voix et s'est tu. Je ne savais pas comment lui remonter le moral.

Nous avons roulé en silence pendant de longues minutes. Les lignes blanches défilaient à côté de la voiture, la guitare enchaînait des accords rapides et brillants. Sam pressait les doigts sur sa lèvre supérieure, comme surpris lui-même d'avoir exprimé ses propres doutes.

— *Toujours en phase d'éveil*, ai-je proposé.

Il m'a regardée.

— Ton album. Tu pourrais l'appeler : *Toujours en phase d'éveil*.

Il m'a dévisagée avec intensité, sans doute étonné par ma perspicacité.

— C'est exactement ce que je ressens, exactement ça ! Un de ces beaux matins, je vais soudain m'habituer à l'idée que je serai encore humain le soir, et le lendemain, et toujours, mais jusqu'à ce moment-là, je continuerai à tâtonner dans le noir.

J'ai tourné brièvement la tête et croisé son regard.

— Mais c'est pareil pour tout le monde, tu sais ! Il arrive toujours un moment où on prend conscience qu'on ne restera pas un gosse toute sa vie, qu'on finira par devenir adulte. Pour toi, ça se produit juste un peu plus tard que pour la plupart des autres, mais tu t'en sortiras !

Sam a eu un petit sourire triste, mais un sourire tout de même.

— Vous êtes bien de la même farine, Beck et toi !

— C'est sans doute pour ça que tu nous aimes tous les deux.

Il a pincé un accord imaginaire sur sa ceinture de sécurité et il s'est contenté de hocher la tête. Un peu plus tard, il a repris, pensif :

— *Toujours en phase d'éveil*. Un jour, Grace, je composerai une chanson pour toi et je l'appellerai comme ça. Par la suite, je ferai un album éponyme.

— L'éveil, parce que je suis sage !

— Oui, a approuvé Sam.

Quand il a tourné la tête pour regarder par la vitre, j'ai pu fouiller dans ma poche et en tirer un mouchoir en papier sans qu'il me voie. Mon nez s'était mis à saigner.

chapitre 32

Isabel

Je courais. Tous les trois pas, mon souffle fusait de mes poumons. À la première foulée, j'inspirais une goulée d'air glacé, à la suivante je l'expirais, à la troisième, je retenais ma respiration.

Cela faisait un moment que j'avais perdu la forme, et plus longtemps encore que je n'avais pas franchi une telle distance. La course m'avait toujours plu, parce qu'elle m'offrait un espace de réflexion, loin de la maison et de mes parents, mais, après la mort de Jack, je n'avais plus voulu penser.

Mais cela commençait à changer, maintenant.

Je courais donc à nouveau, malgré mon manque d'entraînement et le froid trop vif pour rendre l'exercice agréable. J'avais mal aux pieds dans mes chaussures de sport à coussin d'air flambant neuves, et mes tibias me tuaient.

Je courais rejoindre Cole.

Comme Beck habitait trop loin pour que, même au mieux de ma forme, je cavale ainsi toute la distance, j'avais pris ma voiture et je m'étais garée à cinq kilomètres de ma destination, puis je m'étais échauffée dans la brume diaphane et j'étais partie.

Ces cinq kilomètres me laissaient largement le temps de changer d'avis, mais je courais toujours quand la maison a surgi devant moi. Je devais avoir l'air affreuse, mais je m'en fichais. Puisque j'étais venue juste pour parler, mon apparence importait peu, non ?

L'allée était déserte, Sam déjà parti. Je n'aurais su dire si j'étais soulagée ou déçue. J'ai pensé qu'il y avait de fortes chances pour que Cole soit redevenu loup et que je trouve l'endroit complètement vide.

De nouveau, je balançais entre soulagement et déception.

En arrivant à quelques dizaines de mètres de la maison, j'ai ralenti jusqu'à marcher, les mains agrippant mes côtes à l'endroit de mon point de côté. J'avais presque repris haleine quand j'ai atteint la porte de derrière. Je l'ai essayée, juste pour voir : la poignée a tourné et elle s'est ouverte.

Je suis entrée et je me suis arrêtée, indécise. J'allais pour crier *Bonjour !* mais j'ai hésité, et finalement, je suis restée là, dans le coin sombre près de la porte, à considérer le rectangle de lumière de la cuisine devant moi en me remémorant les moments que j'avais passés ici, au chevet de Jack, à le regarder mourir.

Facile, pour Grace, d'affirmer que ce n'était pas ma faute ! De telles phrases ne voulaient rien dire du tout.

Un soudain fracas m'a fait sursauter. Il a été suivi d'un long silence, puis tout un raffut est monté des profondeurs de la maison. On aurait dit une dispute sans paroles, et, pendant un bon moment, je me suis demandé si je ne ferais pas mieux de m'éclipser en douce et de regagner en courant ma voiture.

Une fois, déjà, dans cette maison, tu es restée les bras croisés, sans rien faire, me suis-je admonestée sévèrement.

J'ai avancé, j'ai traversé la cuisine. Dans le couloir, j'ai hésité sans comprendre devant la salle de séjour : je voyais... *de l'eau*. Des flaques, des ruisselets scintillaient, constellant le plancher de motifs irréguliers, d'une perfection de glace.

J'ai relevé les yeux. La pièce était totalement dévastée. Une lampe était renversée sur le canapé, l'abat-jour de guingois, des tableaux encadrés traînaient çà et là sur le sol, le tapis de la cuisine, à moitié trempé, avait été projeté au pied d'un guéridon, et une chaise, tel un passant trop commotionné pour tenir debout, gisait sur le dos. Je suis entrée lentement, l'oreille tendue, mais la maison avait replongé dans le silence.

Les dégâts s'avéraient trop étranges pour ne pas avoir été délibérés : livres ouverts face au sol, les pages arrachées, dans des flaques d'eau, boîtes de conserve cabossées qui avaient roulé contre le mur, une bouteille de vin vide enfoncée à l'envers dans le pot d'une plante, peinture des murs tout éraflée.

Nouveau vacarme violent, et avant que je puisse réagir, un loup est apparu dans le couloir à ma gauche. Il s'est dirigé vers moi en titubant et se cognant aux murs. Je commençais à entrevoir ce qui était arrivé à la salle de séjour.

— Seigneur… !

J'ai reculé dans la cuisine, mais l'animal ne semblait pas vouloir m'attaquer. De l'eau gouttait de ses flancs tandis qu'il poursuivait sa trajectoire erratique. Dans ce décor, avec sa fourrure gris-brun trempée et collée contre ses flancs, il semblait étonnamment petit et guère plus effrayant qu'un chien. Il s'est arrêté à quelques mètres de là et a levé sur moi des yeux verts et insolents.

— Cole, ai-je murmuré dans un souffle, et mon cœur a sursauté violemment dans ma poitrine. Cole, espèce de cinglé !

Il a tressailli en entendant ma voix, ce qui m'a surprise. Je me suis souvenue qu'il n'était, somme toute, qu'un loup. Son instinct devait hurler en me voyant bloquer la sortie.

J'ai battu en retraite, mais avant que je puisse lui ouvrir la porte, il s'est mis à frissonner. À un ou deux mètres de moi, il se tordait, secoué de convulsions et de nausées. J'ai reculé de quelques pas pour éviter qu'il ne vomisse sur mes belles chaussures et j'ai croisé les bras, prête à le voir se métamorphoser.

Une brusque secousse l'a projeté sur le côté, et il a griffé le mur en laissant de longues éraflures dans la peinture – pas de doute, Sam allait *adorer* ça ! –, puis son corps a accompli sa magie, sa peau s'est soulevée en gros bouillons, s'est étirée, et, de douleur, il a ouvert tout grand sa longue gueule de loup, avant de rouler sur le dos, pantelant.

Fraîchement humain à présent, Cole gisait sur le sol, comme une baleine échouée. Ses bras portaient des taches rose pâle, telles des traces de blessures. Il m'a regardée.

Mon estomac a fait un bond. S'il avait recouvré ses traits, ses yeux, toujours perdus dans des pensées lupines, restaient ceux d'une bête sauvage. Finalement, il a cillé, et ses sourcils ont bougé et se sont réarrangés en une expression qui prouvait qu'il me reconnaissait.

— La classe, ce tour, non ? a-t-il articulé d'une voix encore un peu épaisse.

— J'ai vu mieux, ai-je rétorqué froidement. Qu'est-ce que tu fabriques ?

Il n'a pas bougé, sauf pour desserrer les poings et étirer les doigts.

— Des expériences scientifiques. Sur moi-même. Je suis un éminent spécialiste en la matière.

— Tu es ivre ?

— Probable, a-t-il admis avec un sourire nonchalant. Je n'ai pas encore déterminé si la métamorphose métabolise une partie de l'alcool dans mon sang, mais je ne me sens pas trop mal. Et toi, pourquoi es-tu ici ?

J'ai serré les lèvres.

— Je ne le suis pas. J'allais partir, je veux dire.

Il a étendu les bras vers moi.

— Non, ne t'en va pas !

— On dirait que je tombe à pic, pourtant !

— Aide-moi ! a-t-il imploré. Donne-moi un coup de main pour comprendre comment faire pour rester loup !

Dans ma tête, je me suis retrouvée au chevet de mon frère, de ce garçon qui avait tout risqué pour demeurer humain. Je le revoyais perdre la sensibilité de ses doigts et de ses orteils, je l'entendais gémir, tandis que son cerveau explosait. Cole m'inspirait un dégoût tel que je n'aurais su le décrire.

— Débrouille-toi sans moi !

Toujours allongé sur le dos, il me regardait d'en bas, à l'envers.

— Mais je n'y arrive pas ! Je change, mais je ne parviens pas à garder ma forme. Le froid est sans doute un élément déclencheur, et il me semble que l'adrénaline aussi. J'ai essayé de prendre un bain avec tout plein de glaçons dedans, mais ça n'a marché que quand je me suis coupé, à cause de l'adrénaline. Mais je n'arrête pas de me retransformer !

— Snif snif ! ai-je raillé. Sam sera en pétard, quand il verra ce que tu as fait à sa maison !

J'ai pivoté pour partir.

— S'il te plaît, Isabel !

Si son corps en était incapable, sa voix me poursuivait :

— Je me tue, si je ne peux pas devenir loup !

Je me suis arrêtée. Sans me retourner.

— Je te jure que je n'essaie pas de te manipuler ! C'est la vérité, c'est tout. (Il a hésité.) Je n'ai pas le choix, il faut que je m'en sorte, d'une façon ou d'une autre. Je ne peux pas... Il faut que je tire ça au clair, Isabel, et tu en sais beaucoup plus que moi sur les loups. Je t'en prie, aide-moi, juste pour ça !

J'ai fait volte-face. Il était toujours par terre, une main posée sur la poitrine, l'autre tendue dans ma direction.

— Tu sais ce que c'est, de devenir un loup pour toujours ?

Ce que tu me demandes, c'est de t'aider à te suicider, tout simplement, alors arrête de prétendre qu'il s'agit d'autre chose !

Il a fermé les yeux.

— Aide-moi quand même !

J'ai ri d'un rire qui, même à mes propres oreilles, a résonné cruellement, mais cela ne m'a pas arrêtée :

— Laisse-moi te raconter quelque chose, Cole ! J'étais ici, dans cette maison (il a ouvert les yeux, et j'ai montré le sol du doigt), dans la chambre, *là-bas*, quand j'ai vu mon frère mourir, et je n'ai rien fait pour le sauver. Veux-tu que je te dise de quoi il est mort ? Il avait été mordu et il luttait pour ne pas devenir un garou ! Alors je me suis débrouillée pour qu'il attrape une méningite bactérienne, ce qui lui a donné une fièvre de cheval et lui a pour ainsi dire grillé le cerveau avant de détruire tous ses doigts et, finalement, de le tuer. Je ne l'ai pas emmené à l'hôpital, parce que je savais qu'il préférerait la mort à une vie de loup. Pour ça, il a été exaucé !

Cole m'a fixée de son regard morne habituel. Je m'étais attendue à une quelconque réaction de sa part, mais ses prunelles restaient vides et inexpressives.

— Si je te raconte ça, c'est seulement pour que tu saches que, depuis, j'ai pensé au moins dix mille fois à fuir, moi aussi. J'ai envisagé de me mettre à boire – après tout, ça marche bien pour ma mère ! – ou à me droguer – même remarque –, j'ai songé à prendre un des innombrables fusils de mon père, à le pointer sur mon crâne et à me faire exploser la cervelle. Et le plus triste, c'est que ce n'est même pas parce que Jack me manque ! Je veux dire, c'est vrai qu'il me manque, mais ce n'est pas la raison. C'est parce que je me sens si salement coupable de l'avoir tué, parce que c'est *moi* qui l'ai tué ! Et il y a des jours où je ne peux tout simplement pas le supporter, mais je le fais quand même. C'est ça, la vie, Cole, ça fait mal, mais il n'y a pas d'autre solution que d'encaisser un max.

— Mais moi, je ne veux pas ! m'a-t-il répondu avec candeur.

On aurait dit qu'il choisissait toujours le moment où je m'y attendais le moins pour se montrer sincère, et il me devenait alors plus sympathique, malgré moi, et je n'y pouvais rien, tout comme je n'avais pu m'empêcher de l'embrasser. J'ai croisé de nouveau les bras. J'avais l'impression qu'il essayait de m'arracher un aveu, mais je doutais qu'il m'en reste.

Cole

J'étais étendu là, par terre, complètement bousillé, moi qui avais été si sûr que ce jour serait celui où j'aurais enfin le courage d'en finir.

Et puis, finalement, non : tandis que je regardais son visage quand elle me parlait de son frère, l'urgence avait disparu. Je me sentais comme si j'avais été un ballon qui gonflait et gonflait, prêt à éclater, et qu'elle avait surgi pour me devancer, ce qui, d'une certaine façon, nous avait permis à tous les deux de relâcher la pression.

On aurait dit que tout le monde dans cette maison avait une bonne raison pour vouloir trouver une issue, mais que j'étais le seul à la chercher. J'étais rompu de fatigue.

— Je n'avais pas réalisé que tu étais une créature humaine, avec des émotions et tout le tremblement, je lui ai dit.

— Malheureusement, si.

J'ai fixé le plafond, pas très sûr de la suite.

— Tu sais ce que *moi*, je ne veux plus ? m'a-t-elle demandé. Je ne veux plus te voir allongé par terre tout nu !

J'ai levé les yeux au ciel.

— Tu ne portes jamais de vêtements, quand je te rencontre, à croire que tu te balades toujours à poil ! Tu n'arrives vraiment plus à devenir loup ?

J'ai opiné du chef, et le frottement de mon crâne contre le plancher a résonné fort dans ma tête.

— Parfait ! Tu ne risques donc pas de te comporter de façon embarrassante pendant qu'on sera sortis. Va t'habiller, on va prendre un café quelque part.

Je lui ai lancé un regard qui disait clairement : *Ah ouais, du café, sûr que ça va nous aider !*

Elle a esquissé un de ses petits sourires cruels.

— Tu auras tout le temps de te tuer après la caféine, si ça te chante toujours !

— Grrr...

Je me suis levé et je suis resté interdit en découvrant soudain, d'une perspective de bipède, la salle de séjour dévastée. Je m'étais préparé à ne plus jamais voir les choses sous cet angle. Ma colonne vertébrale me faisait un mal de chien, à force de se transformer si vite et si souvent.

— Tu as intérêt à ce que ça vaille le déplacement !

— L'endroit n'a rien de génial (je trouvais l'expression d'Isabel étrange, depuis que je m'étais remis debout ; elle avait l'air presque... soulagée ?), mais c'est mieux que ce qu'on attendrait d'un trou perdu comme Mercy Falls. Prends des fringues confortables : je suis garée à cinq kilomètres d'ici.

chapitre 33

Sam

Vu de l'extérieur, le studio d'enregistrement ne payait pas de mine. Le bâtiment, trapu et vétuste, se composait d'un sous-sol et d'un unique étage. Une vieille camionnette bleue stationnait devant, et un labrador allongé, immobile, bloquait le reste de l'allée. Grace se gara donc dans la rue, puis, jaugeant d'un coup d'œil l'inclinaison prononcée de la pente, tira fermement sur la poignée du frein à main.

— Tu crois que ce chien est mort ? Et, à ton avis, on est au bon endroit ?

Je montrai du doigt la camionnette et ses autocollants de groupes de musique indépendants de Duluth : Trouvez le Singe, Les Zigotos, Entités Extraterrestres. Je ne les avais jamais entendus jouer, car ils n'étaient pas assez importants pour passer à la radio, mais leurs noms apparaissaient suffisamment souvent sur les affiches de concerts locaux pour que je les reconnaisse.

— Il me semble, oui.

— Je te tiendrai pour responsable, si on se fait kidnapper par des hippies zarbis !

Quand elle ouvrit sa portière, une bouffée d'air glacial chargée d'odeurs citadines s'engouffra dans l'habitacle, mélange de gaz d'échappement, d'asphalte et des effluves indistincts de nombre de gens vivant dans nombre d'immeubles.

— C'est toi qui as choisi l'endroit !

Elle me tira la langue et sortit de la voiture. Un instant, elle parut un peu mal assurée sur ses jambes, mais se reprit aussitôt. Elle ne voulait pas que je le remarque.

— Ça va ?

— On ne peut mieux ! dit-elle en ouvrant le coffre.

En me penchant pour prendre mon étui à guitare, je sentis brusquement l'appréhension me tordre les entrailles. Moins surpris de ma réaction que de sa lenteur, je saisis la poignée de l'étui en croisant les doigts pour ne pas oublier tous mes accords.

Le chien ne releva même pas la tête quand nous nous dirigeâmes vers l'entrée.

— Je crois qu'il est vraiment mort, répéta Grace.

— Je crois que c'est un de ces bibelots sous lesquels on cache les clefs !

Grace accrocha ses doigts à la poche de mon jean, et j'allais frapper lorsque j'avisai une petite plaque de bois, sur laquelle était inscrit au marqueur : *ENTRÉE DES STUDIOS À L'ARRIÈRE*.

Nous contournâmes donc le bâtiment, où des degrés de béton lézardés et trop larges pour être descendus confortablement nous menèrent à un sous-sol ouvert de plain-pied. Au-dessus d'un pot de pensées anémiques, sorties d'évidence trop tôt et victimes du gel, un panneau rédigé à la main indiquait : *ANARCHY RECORDING, INC. ENTRÉE*.

Je me tournai vers Grace :

— Anarchy Incorporated, ça ne manque pas de sel, non ?

Mon amie me lança un regard sévère et frappa de plusieurs coups secs. J'essuyai mes paumes soudain moites sur mon jean.

La porte s'ouvrit sur un autre labrador, bien vivant celui-ci, et une jeune fille d'une vingtaine d'années au front ceint d'un bandana rouge. Elle avait l'air si intéressante et si peu jolie qu'elle en devenait presque belle, avec son immense nez aquilin, ses yeux brun sombre aux lourdes paupières et ses pommettes saillantes. Ses cheveux noirs relevés en une demi-douzaine de nattes interconnectées et enroulées au sommet de son crâne lui donnaient l'allure d'une princesse Leia méditerranéenne.

— Sam et Grace, je suppose ? Entrez, entrez !

Elle avait une voix magnifique, complexe, une voix de fumeuse, pourtant, de l'intérieur provenait une forte odeur de café et non de tabac. Attirée par l'arôme comme un rat par la flûte du joueur de Hamelin, Grace franchit le seuil d'un pas soudain plus vif.

L'endroit tenait moins du sous-sol délabré que d'un module high-tech sorti tout droit d'un univers parallèle : la pièce était plongée dans la pénombre, les sons étouffés par un revêtement isolant, et le mur en face de nous disparaissait sous les tables de mixage et les écrans de contrôle. Des spots encastrés illuminaient des claviers et un élégant sofa noir. Un autre mur remplacé par une cloison de verre ouvrait sur une pièce obscure et insonorisée, meublée d'un piano droit et de tout un jeu de microphones.

— Je m'appelle Dmitra, se présenta la fille aux nattes en nous tendant la main.

Remontant l'arête de son nez, je croisai son regard. Elle ne tiqua pas, et ainsi se conclut notre accord tacite : elle ne fixerait pas mes yeux jaunes, ni moi son nez.

— Es-tu Sam ou Grace ? me demanda-t-elle avec un sérieux qui m'arracha un sourire.

— Sam Roth, enchanté ! dis-je en lui serrant la main.

Puis Dmitra échangea une poignée de main avec Grace qui faisait ami-ami avec le labrador et me demanda :

— Alors, on s'occupe de quoi aujourd'hui, au juste ?

Grace me regarda.

— Une démo, je pense.

— Tu penses ? Et tu joues de… ?

En guise de réponse, je soulevai légèrement mon étui à guitare posé au sol.

— Parfait ! Tu as déjà enregistré ?

— Non.

— Ah, un puceau ! Crois-moi, c'est souvent le mieux, déclara Dmitra.

Elle me rappelait un peu Beck. Tout en souriant et plaisantant, elle nous observait, nous jaugeait et prenait ses dispositions en conséquence. Lui aussi procédait ainsi : alors qu'on le croyait en train de sympathiser avec les gens, il évaluait si ceux-ci valaient bien le temps qu'il leur consacrait.

— Bon, installe-toi là, poursuivit-elle. Vous voulez du café avant qu'on commence ?

Grace mit le cap sur la cuisine que Dmitra indiquait.

— Quel genre de musique écoutes-tu ?

Je déposai mon étui sur le sofa, l'ouvris et sortis ma guitare.

— Beaucoup de rock indépendant. Les Shins, Elliott Smith, José González. Damien Rice. Les Gutter Twins, des trucs comme ça, répondis-je en essayant de ne pas paraître prétentieux.

— Elliott Smith, répéta Dmitra comme si je n'avais cité personne d'autre. Oui, je vois.

Grace réapparut avec un mug hideux orné d'un cerf peint. Dmitra effectua sur l'ordinateur une manœuvre qui était peut-être aussi utile que son attitude le suggérait… ou peut-être pas. Puis elle m'invita à me rendre dans la seconde pièce. Elle disposa un micro pour ma voix, un autre pour ma guitare, et me tendit un casque.

— Pour pouvoir te parler, expliqua-t-elle avant de me laisser.

Grace s'attardait à la porte, une main posée sur la tête du labrador.

Mes doigts me semblaient sales et mal adaptés à la tâche qui les attendait. Les écouteurs gardaient l'odeur de trop nombreuses chevelures. Du siège où j'étais perché, je regardai d'un air chagrin mon amie, à qui l'étrange éclairage indirect donnait le teint pâle et superbe d'un mannequin en photo sur un magazine. Je me rendis compte que je ne lui avais pas demandé comment elle allait ce matin et si elle se sentait encore malade. Je la revis, vacillant au sortir de la voiture, tâchant de passer inaperçue. Ma gorge se contracta, et je déglutis.

— Tu crois qu'on pourrait avoir un chien ? lui demandai-je toutefois d'un air dégagé.

— Oui, me répondit-elle, magnanime. Mais ne compte pas sur moi pour le promener le matin, parce que je dors, à ce moment-là.

— Je m'en charge, moi qui ne ferme jamais l'œil.

La voix de Dmitra dans le casque me fit soudain sursauter.

— Tu peux chanter et jouer un peu, pour que je fasse la balance ?

Grace se pencha, m'embrassa sur le sommet du crâne en prenant soin de ne pas renverser son café et murmura :

— Bonne chance !

J'avais presque envie qu'elle reste avec moi, pour me rappeler la raison de ma présence, mais pressentant qu'il me serait étrange de la regarder en chantant son absence, je la laissai aller.

Grace

Je me suis installée sur le sofa en affectant de ne pas être intimidée par Dmitra. Elle n'a pas fait la conversation pendant qu'elle réglait les commandes de la table de mixage, et, craignant de la déranger en lui adressant la parole, je suis restée assise à la regarder travailler.

À vrai dire, je me sentais plutôt soulagée de cette pause et de cette occasion de me taire. La lente pulsation avait repris dans mon crâne, lancinante, et une étrange chaleur envahissait une fois de plus mon corps. Des pointes de douleur brûlante se concentraient dans ma gorge et mes narines, et parler me faisait mal aux dents. J'ai tamponné mon nez avec un mouchoir en papier, mais il est resté sec.

Tu vas tenir bon jusqu'à ce soir ! me suis-je admonestée. *Ce n'est pas toi qui comptes, aujourd'hui.*

Non, je ne gâcherais pas l'anniversaire de Sam. Je suis donc restée là, et, essayant tant bien que mal d'ignorer mon corps, j'ai écouté.

Sam avait pivoté sur son siège pour accorder sa guitare. Je le voyais de dos, courbé sur l'instrument.

— Chante voir, lui a demandé Dmitra.

Il a tourné la tête en entendant la voix dans le casque, puis il s'est lancé dans une série d'accords rapides et il a commencé à chanter un morceau que je ne connaissais pas. Il tremblait un peu sur la toute première note, mais sa nervosité a aussitôt disparu, et sa voix s'est élevée, sérieuse et légèrement voilée :

> *Mille façons de dire adieu*
> *Mille façons de pleurer*
> *Je dis adieu adieu adieu adieu*
> *Je le clame de toutes mes forces*
> *Puisqu'en retrouvant ma voix*
> *Peut-être aurai-je oublié*

Que la musique jaillisse des haut-parleurs et non directement de Sam lui donnait une tout autre dimension, comme si j'entendais mon ami chanter pour la première fois. Mon visage s'était figé dans un sourire. Il semblait injuste de me sentir si fière d'une chose qui n'avait absolument rien à voir avec moi, mais je ne pouvais m'en empêcher. Devant la table de mixage, Dmitra s'était immobilisée, les doigts sur les curseurs. Elle a écouté, la tête penchée, puis, sans se retourner vers moi, elle a déclaré :

— Il se pourrait bien qu'on obtienne un truc valable, aujourd'hui.

Et j'ai continué à sourire, moi qui l'avais toujours su.

chapitre 34

Isabel

À trois heures de l'après-midi, nous étions les seuls clients chez Kenny, mais l'air empestait encore de relents de petits déjeuners trop gras : bacon bas de gamme, galettes de pommes de terre détrempées et une vague odeur de tabac, malgré l'absence de zone fumeurs.

Cole était vautré en face de moi dans le box, et je ne cessais de heurter par mégarde ses longues jambes de mes pieds. Il me semblait tout aussi déplacé que moi dans ce café de ploucs. Ses traits abrupts et décidés, au tranchant acéré et presque dangereux, auraient pu être assemblés par un styliste m'as-tu-vu connaissant bien son métier. Ils contrastaient presque comiquement avec le box minable, terne et usé, comme si quelqu'un l'avait parachuté là pour une séance de prises de vue au deuxième degré. Ses mains musclées et agiles, toutes en angles brutaux, parcourues de veines saillantes, me fascinaient, et je les suivais des yeux alors qu'elles faisaient des choses banales, comme mettre du sucre dans le café.

— Tu joues de la musique ?

Il m'a regardée par en dessous. Quelque chose dans ma question lui posait un problème, mais il était trop malin pour en trahir davantage.

— Ouais.

— Quel genre ?

Il a pris la tête que font les vrais musiciens quand on leur pose la question.

— Un peu de tout, surtout des claviers, je suppose, m'a-t-il répondu avec dédain.

— Il y a un piano, chez moi.

Il a fixé ses mains.

— À vrai dire, j'ai un peu laissé tomber.

Il s'est tu à nouveau, et son silence lourd, envahissant et délétère, a pesé sur la table entre nous.

J'ai fait une grimace qu'il n'a pas vue parce qu'il ne s'est pas donné la peine de relever les paupières. Je n'étais pas très douée pour la conversation. J'ai songé à appeler Grace pour lui demander ce qu'il convenait de dire à un garou suicidaire et récalcitrant, mais j'avais oublié mon portable quelque part. Dans la voiture, peut-être.

— Qu'est-ce que tu mates ? ai-je fini par lui demander, sans vraiment m'attendre à une réponse.

À ma grande surprise, il a allongé une main sur la table, doigts étendus, et l'a contemplée avec un mélange d'émerveillement et de répulsion que j'ai retrouvé dans sa voix :

— Quand je suis redevenu moi, ce matin, il y avait une biche morte devant moi, sauf qu'elle n'était pas morte, pas vraiment. Elle me regardait, mais elle ne pouvait pas bouger, parce qu'avant de me transformer (il a relevé les yeux pour jauger ma réaction), je l'avais éventrée. Je suppose que… je la dévorais vive, et j'ai dû continuer un certain temps, car mes mains… mes mains étaient toutes pleines de tripes.

Il a baissé les yeux sur son pouce. L'extrémité du doigt était parcourue d'un frémissement léger, presque imperceptible, et j'ai remarqué un petit croissant brun sous son ongle.

— Je n'arrive pas à le faire partir.

J'ai posé la main sur la table, paume vers le haut, et, voyant qu'il ne comprenait pas, j'ai tendu le bras un peu plus loin et j'ai pris ses doigts entre les miens. J'ai tiré de l'autre main mon coupe-ongles de mon sac, puis j'ai sorti la lame, je l'ai glissée sous son ongle et j'ai gratté la tache.

Et balayant la table d'un souffle, j'ai rangé l'instrument et relâché sa main.

Il l'a laissée là, entre nous, la paume vers le bas et les doigts écartés pressés contre la surface de la table, tel un animal prêt à fuir.

— À mon avis, ce n'est pas ta faute, ce qui est arrivé à ton frère, m'a-t-il déclaré.

J'ai levé les yeux au plafond.

— Merci bien, Grace !

— Hé ?!

— Grace, la petite amie de Sam, elle aussi me dit ça, mais elle n'y était pas ! Et comme le garçon qu'elle voulait sauver a survécu, elle peut se permettre d'être généreuse. Pourquoi on en parle ?

— Parce que tu m'as fait marcher cinq kilomètres pour une saloperie de tasse de café. Explique-moi pourquoi tu as choisi la méningite !

— Parce qu'elle fait monter la température. (À son regard vide, j'ai compris que je commençais par le mauvais bout.) Grace a été mordue quand elle était petite, mais elle ne s'est jamais transformée parce que son crétin de père l'a quasiment fricassée en l'enfermant dans la voiture un jour de canicule, alors on a pensé qu'il était peut-être possible d'obtenir le même résultat avec une forte fièvre, et je n'ai rien trouvé de mieux que la méningite.

— Avec son taux de survie de trente-cinq pour cent.

— Tu veux dire entre dix et trente-cinq, plutôt, ai-je rectifié.

Et, comme je viens de te le dire, ça a guéri Sam. Et tué mon frère.

— Ton frère, c'est Jack ?

— C'était, oui.

— Et c'est toi qui lui as fait l'injection ?

— Non, c'est Grace. Mais c'est moi qui ai déniché le sang contaminé qu'on leur a donné.

Cole a eu un air impatienté.

— Dans ce cas, je ne vois même pas pourquoi je me fatiguerais à t'expliquer que ton sentiment de culpabilité n'est que de l'autocomplaisance !

J'ai haussé aussitôt le sourcil.

— Je ne te…

— *Chhhut !* (Il a retiré sa main, l'a posée près de son mug de café et a fixé la salière et le poivrier.) Je réfléchis. Alors, Sam ne se métamorphose jamais ?

— Non, la fièvre semble avoir carbonisé le loup en lui.

Cole a secoué la tête sans relever les yeux.

— Ça n'a pas de sens, ça n'aurait pas dû marcher, votre histoire ! C'est comme de proposer de te mettre dans un four à pizza pour que tu ne trembles plus jamais, puisqu'on frissonne de froid et qu'on transpire quand on a chaud.

— Je ne sais pas quoi te dire d'autre, sauf que cette année aurait été la dernière pour Sam, et qu'il devrait être loup, à l'heure qu'il est. La fièvre a bien fonctionné.

Cole m'a regardée en fronçant les sourcils.

— Je ne dirais pas ça, mais plutôt que quelque chose dans la méningite a interrompu ses mutations, comme quelque chose dans le fait d'être enfermée dans la voiture a mis fin à celles de Grace. Ça, oui, c'est peut-être possible. Mais que la fièvre soit responsable ? Tu ne peux pas le prouver.

— Écoutez-moi ce grand sage !

— Mon père…

— Le savant fou, ai-je coupé.

— Comme tu dis. Eh bien, mon père racontait souvent à ses étudiants une histoire, une histoire de grenouille, ou peut-être de sauterelle, je ne sais plus. Mettons une grenouille : un savant a une grenouille et il lui dit : « Saute, grenouille ! » La grenouille fait un bond de trois mètres, et le savant note : *Une grenouille saute trois mètres*. Puis il coupe une des pattes de la grenouille et lui dit : « Saute, grenouille ! », la grenouille fait un bond d'un mètre cinquante, et le savant note : *Quand on lui coupe une patte, la grenouille saute un mètre cinquante*. Puis il lui coupe une autre patte et lui dit : « Saute ! », la grenouille fait un bond de soixante-quinze centimètres, et le savant note : *Quand on lui coupe deux pattes, la grenouille saute soixante-quinze centimètres*. Puis il lui coupe toutes les pattes, il dit : « Saute ! », et la grenouille ne saute pas. Alors le savant rédige sa conclusion : *Si l'on coupe toutes les pattes d'une grenouille, elle devient sourde*. Tu saisis ?

— Je ne suis pas complètement idiote ! ai-je répliqué, indignée. Tu penses qu'on a tiré de fausses conclusions. Mais qu'est-ce que ça peut bien faire, puisque ça a fonctionné ?

— Rien, j'imagine, si ça a marché pour Sam, mais, à mon avis, Beck se trompait quand il m'a affirmé que le froid nous transformait en loups et la chaleur en humains. Si c'était vrai, les nouveaux comme moi ne seraient pas instables. On n'a pas le droit d'établir des règles, puis de soutenir qu'elles ne comptent pas, juste parce que le corps ne les connaît pas encore. Ce n'est pas scientifique.

J'ai considéré la question.

— Tu crois que notre logique est aussi bancale que ta grenouille ?

— Je ne sais pas. C'est à ça que je réfléchissais quand tu es arrivée. J'essayais de voir si je pouvais utiliser autre chose que le froid pour déclencher une métamorphose.

— Adrénaline et idiotie ?

— Bon ! Voilà où j'en suis arrivé, mais je peux me tromper : je pense que ce n'est pas vraiment le froid, mais plutôt la façon dont le cerveau y réagit, qui donne au corps l'ordre de se transformer. Ce sont là deux choses totalement différentes : la température ambiante pour la première, la température que le cerveau prend en compte pour la seconde. (Il a ébauché un geste vers sa serviette.) Je crois que je réfléchirais mieux en écrivant.

J'ai sorti de mon sac un stylo.

— Je n'ai pas de papier, mais tiens, prends ça !

Sa physionomie a changé du tout au tout. Il s'est penché sur sa serviette en papier et il a tracé un petit diagramme.

— Regarde : le froid fait baisser la température du corps, ce qui oblige l'hypothalamus à le réchauffer. C'est pour ça qu'on frissonne. L'hypothalamus fait aussi des tas d'autres choses marrantes, comme par exemple informer le corps s'il est plus efficace le matin ou le soir, lui dire de fabriquer de l'adrénaline, lui indiquer son poids idéal et...

— Tu charries ! Tu inventes tout ça !

— Pas du tout ! a protesté Cole avec sérieux. C'était le genre de trucs qui faisaient les frais de la conversation au dîner, là où j'ai grandi. (Il a ajouté une case à son schéma.) Alors, supposons qu'il y ait ici d'autres choses que le froid fait faire à l'hypothalamus. (Il a écrit *devenir loup* dans la nouvelle case, et la serviette s'est un peu déchirée.)

Je l'ai retournée pour que son écriture – des lettres en dents de scie empilées à la diable les unes sur les autres – soit dans le bon sens pour moi.

— Et où est-ce que tu mets la méningite, dans tout ça ?

Il a secoué la tête.

— Je ne sais pas. Mais ça pourrait expliquer pourquoi je suis humain, en ce moment.

Et, sans retourner la serviette, il a inscrit, en grand et en script, en travers de la case de l'hypothalamus :

METH.

Je l'ai regardé.

Il n'a pas détourné ses yeux, d'un vert intense à la lumière de l'après-midi.

— Tu as entendu raconter que les drogues déglinguent le cerveau ? À mon avis, c'est vrai.

Je continuais à le regarder. Il devait s'attendre à un commentaire sur son passé de drogué.

Mais je lui ai dit :

— Parle-moi de ton père.

Cole

Je ne sais pas pourquoi je lui ai parlé de Père. Elle n'était pas ce qu'on aurait appelé une oreille particulièrement bienveillante, mais c'était peut-être justement pour ça.

Je ne lui ai pas raconté le début, à savoir ceci : Autrefois, avant d'être un nouveau loup ligoté à l'arrière d'une Chevrolet, avant le Club Joséphine et avant Narkotika, il y avait un garçon nommé Cole St. Clair à qui tout était possible. Et ces possibilités pesaient si lourd qu'il s'est fichu en l'air avant qu'elles ne l'écrabouillent.

Au lieu de cela, j'ai dit :

— Avant, j'étais le fils d'un savant fou, d'une légende ambulante. Mon père avait été un enfant prodige, puis un adolescent surdoué, puis il était devenu un demi-dieu de la science. C'était un généticien, il s'occupait de rendre les bébés que les gens fabriquent plus beaux.

Isabel n'a pas dit *Ce n'est pas si mal, ça !* Elle a juste froncé les sourcils.

— Tout allait pour le mieux. (C'était vrai : je me souvenais de photos de moi assis sur ses épaules alors que les vagues de l'océan déferlaient sur ses chevilles, d'innombrables parties de jeux de lettres et de mots dans la voiture, de pièces d'échec renversées près du plateau.) Il s'absentait souvent, mais c'était tellement génial quand il était là que je m'en moquais. On a eu une enfance heureuse, mon frère et moi. Oui, tout marchait à merveille, jusqu'à ce qu'on commence à grandir.

Je ne me souvenais plus exactement de la première fois où j'avais entendu Maman le dire, mais je soupçonne fort que c'est à partir de ce moment-là que les choses ont commencé à déraper.

— Ne me fais pas languir ! a raillé Isabel. Qu'est-ce qu'il a fait, ton père ?

— Pas lui, moi ! Qu'est-ce que j'ai fait, *moi*.

Qu'avais-je fait, au juste ? Sans doute un commentaire intelligent sur un article lu dans le journal, ou peut-être avais-je obtenu des résultats assez brillants pour sauter dans la classe supérieure à l'école, ou résolu un casse-tête qu'ils croyaient trop difficile pour moi. Quoi qu'il en soit, un jour, Maman, une ombre de sourire sur son long visage quelconque toujours si las (était-ce d'avoir été si longtemps mariée à un génie ?) avait dit pour la première fois : « Devine de qui il tient ! »

Le début de la fin.

J'ai haussé les épaules :

— J'ai dépassé mon frère à l'école. Alors mon père m'a amené dans son labo, il m'a fait assister à des cours à son université. Il voulait que je devienne lui. (Je me suis tu un instant, repensant à toutes les fois où je l'avais déçu, et à son silence, toujours bien pire que des cris.) Sauf que j'étais différent. Lui, c'était un génie. Pas moi.

— Tu parles d'un drame !

— En ce qui me concerne, non, mais pour lui, oui. Il aurait voulu savoir pourquoi je n'essayais même pas, pourquoi je partais en courant dans la direction opposée.

— Dans quelle direction opposée ? m'a demandé Isabel.

Je l'ai fixée en silence.

— Ne me regarde pas comme ça ! Je ne suis pas en train d'essayer de te tirer les vers du nez, je m'en fiche. Tout ce que je veux, c'est savoir pourquoi tu es comme tu es.

Juste à ce moment-là, j'ai senti le bout de la table vibrer. J'ai relevé la tête : trois visages boutonneux de préadolescentes me dévisageaient de leurs trois paires d'yeux en demi-lune recourbés vers le haut en trois expressions identiquement excitées. Je ne les connaissais pas, mais leur attitude m'était familière, et j'ai aussitôt deviné, la mort dans l'âme, ce qui allait suivre.

Isabel les a toisées :

— Hum, salut. Si vous venez nous vendre des cookies pour les scouts, vous pouvez dégager et, réflexion faite, si vous venez pour autre chose, vous pouvez aussi dégager !

La chef de file des préados, qui portait en guise de boucles d'oreilles de grands anneaux (de ceux que Victor appelait des cache-chevilles) m'a flanqué sous le nez un calepin rose.

— *Incroyable !* Je savais bien que vous n'étiez pas mort ! Je le savais ! Je peux vous demander un autographe ? S'il vous plaît !

— *Ooohmondieuuu !* ont murmuré les deux autres en chœur.

J'aurais sans doute dû être saisi d'horreur à l'idée d'être reconnu mais, en les regardant, j'arrivais seulement à penser que je m'étais torturé la cervelle dans une chambre d'hôtel pour composer des chansons à la fois brutales et tout en nuances, et que ces trois gamines gloussantes en tee-shirts *High School Musical* représentaient mes fans de base. Narkotika pour maternelle.

Je les ai dévisagées.

— Pardon ?

Leurs visages se sont un peu allongés, mais la fille aux anneaux d'oreilles n'a pas retiré son carnet.

— S'il vous plaît, a-t-elle répété, vous voulez bien signer ? Je vous jure qu'après, on ne vous embêtera plus ! La première fois que j'ai entendu « Casse-moi la gueule », ça m'a tuée ! J'adore trop, au point que je l'ai choisi comme sonnerie pour mon portable ! C'est, genre, la meilleure des meilleures chansons, depuis toujours. J'ai pleuré quand j'ai appris que vous aviez disparu et je n'ai pas pu manger pendant des jours et des jours, et j'ai signé la pétition de ceux qui disaient que vous n'étiez pas mort. Ooohmondieuuu, je n'arrive pas à croire que vous soyez *vivant* !

Une des gosses derrière elle s'était même mise à sangloter, sans doute en réaction au violent bonheur de me découvrir le palpitant encore d'attaque.

— Oh ! j'ai dit, puis j'ai entrepris de noyer le poisson en douceur. Vous pensez que je suis… Oui, je dois dire que ça m'arrive souvent, depuis un bon moment, déjà. Mais non, en fait, désolé, ce n'est pas moi.

J'ai senti peser sur moi le regard d'Isabel.

— Pas vous ? s'est exclamée Boucles d'Oreilles d'un air déçu. Pourtant, vous lui ressemblez comme deux gouttes d'eau, je vous assure. Trop mignon !

Et son visage a soudain viré à un rouge si prononcé que cela ne pouvait que lui faire mal.

— Merci !

Mais fichez le camp, maintenant, je vous en prie ! j'ai ajouté *in petto*.

— Vous êtes vraiment sûr de ne pas être lui ? m'a redemandé Boucles d'Oreilles.

— Certain ! Vous ne pouvez pas imaginer le nombre de fois qu'on m'a posé la question, depuis qu'on a appris qu'il...

J'ai haussé une épaule en un geste d'excuse.

— Est-ce que je peux au moins prendre une photo de vous avec mon portable ? Juste pour montrer à mes amies ?

— Je ne pense pas que ce soit une très bonne idée, j'ai objecté, soudain mal à l'aise.

— En clair, les filles, *cassez-vous !* est intervenue Isabel. *Illico !*

Elles lui ont lancé de sales regards, se sont détournées et ont entamé un conciliabule animé. Leurs voix nous parvenaient distinctement.

— C'est fou ce qu'il lui ressemble ! a déclaré l'une d'elles rêveusement.

— Moi, je crois que c'est lui, a affirmé Boucles d'Oreilles. Il ne veut pas qu'on l'ennuie, c'est tout. C'est pour ça qu'il a disparu, pour se débarrasser des journalistes !

La question au fond des yeux d'Isabel me brûlait.

— Une simple méprise, j'ai dit.

Les filles étaient retournées à leur table, et Boucles d'Oreilles a surgi par-dessus la cloison de leur box pour me crier : « Je t'adore quand même, Cole ! », avant de se rasseoir, disparaissant d'un coup.

Les deux autres ont couiné de conserve.

— *Cole ?* a interrogé Isabel.

Cole, en effet. J'étais revenu à la case départ : Cole St. Clair.

Et quand nous sommes partis, les gamines m'ont quand même pris en photo avec leur mobile.

Le. Début. De. La. Fin.

chapitre 35

Sam

Jamais encore je n'avais travaillé ma musique comme je le fis pendant les deux premières heures que je passai dans le studio d'enregistrement : quand Dmitra eut compris que je ne me prenais pas pour Elliott Smith, elle enclencha la vitesse supérieure. Nous reprîmes les paroles de mes chansons une fois, puis deux, puis trois, tantôt en testant l'arrangement, tantôt en ajoutant des samples à la guitare, tantôt en modifiant les percussions. Sur certaines pistes, nous enregistrâmes des harmonies sur ma voix, parfois à plusieurs reprises, jusqu'à ce que je forme à moi seul toute une meute de Sam chantant de concert dans une splendeur polyphonique.

C'était merveilleux, magique et épuisant. Je commençais à sentir combien j'avais peu dormi la nuit précédente.

— Tu devrais prendre cinq minutes de pause, me proposa alors Dmitra. Va te dégourdir un peu les jambes, pisser et boire un café, pendant que je commence à mixer ce que nous avons enregistré jusqu'ici. Ta voix me semble un peu fatiguée, et ta petite amie a l'air de s'ennuyer sans toi.

J'entendis dans les écouteurs Grace protester avec véhémence :

— Pas du tout, quelle idée !

Je souris, fis glisser le casque de mes oreilles, et l'abandonnant là avec ma guitare, retournai dans la pièce principale. Assise sur le canapé, le chien à ses pieds, Grace avait l'air aussi exténuée que je me sentais. Je restai debout auprès d'elle tandis que Dmitra me montrait le tracé de ma voix sur l'écran d'un ordinateur. Mon amie m'enlaça les hanches et posa sa joue contre ma jambe.

— C'est vraiment extraordinaire, d'ici !

Dmitra appuya sur un bouton, et ma chanson, transfigurée et embellie, jaillit des haut-parleurs. Cela sonnait… comme si ce n'était pas moi ; ou alors moi, mais à la radio, perçu de l'extérieur. Je fourrai mes mains sous mes aisselles et écoutai. S'il était aussi simple de transformer la voix de quelqu'un en celle d'un chanteur professionnel, on se serait attendu à ce que le studio ne désemplisse pas.

— Je ne sais pas ce que tu as fait, lui dis-je, mais c'est splendide, magique !

Elle continua sans se retourner à faire cliqueter des touches et glisser des curseurs.

— Tout ce que tu entends, c'est toi ! Je ne suis pas encore vraiment intervenue.

Je n'en croyais rien.

— Ben voyons ! C'est par où, les toilettes ?

Grace désigna l'entrée du menton.

— Après la cuisine, à gauche.

Passant la main sur sa tête, je lui tortillai doucement l'oreille jusqu'à ce qu'elle me rende ma liberté, puis m'enfonçai dans le labyrinthe de couloirs. Une odeur de tabac flottait dans le vestibule aux murs couverts de pochettes de disques signées et encadrées, et je m'attardai en revenant pour les examiner. Karyn pouvait bien soutenir qu'il était possible de connaître parfaitement quelqu'un d'après ses lectures, mais je savais, moi, que la musique qu'une personne écoute révèle bien plus encore. À en juger par ces albums, les goûts de Dmitra allaient à l'électro et à la dance et, même si la musique de ces groupes n'était pas vraiment ma tasse de thé, j'admirais son impressionnante collection et me promis, de retour au studio, de la taquiner sur le grand nombre d'albums suédois qui y figuraient.

Il arrive parfois à nos yeux de percevoir des choses à l'insu de notre cerveau : vous prenez un journal, par exemple, et dans votre esprit s'affiche une phrase que vous n'avez pas encore lue consciemment ; ou vous entrez dans une pièce et savez, avant même d'avoir bien regardé, qu'un objet a été déplacé.

C'est ce qu'il se passa pour moi : j'avais cru entrevoir le visage de Cole, ou quelque chose qui m'y faisait penser. Retournant au mur, je le passai à nouveau en revue, plus attentivement cette fois. J'examinai les pochettes des disques, les illustrations, les titres et le nom des artistes, en essayant de déterminer ce qui avait bien pu me donner cette impression.

Et finis par trouver : sur la couverture glacée d'un magazine, plus grande qu'une pochette de disque, un garçon sautait sur le photographe, tandis que les autres musiciens de son groupe, accroupis derrière lui, le suivaient du regard. C'était un cliché célèbre. Je me souvenais l'avoir déjà vu, et avoir été frappé par l'attitude du musicien bondissant vers l'objectif, bras et jambes écartés, comme si l'envol était pour lui la seule chose qui comptait, comme s'il ne se souciait pas le moins du monde de ce qu'il lui arriverait en retombant. Je me rappelais aussi la une du magazine, dans la même police de caractères que celle de l'album du groupe : *EN EXCLUSIVITÉ : LE CHANTEUR DE NARKOTIKA S'EXPRIME SUR LE SUCCÈS CHEZ LES MOINS DE DIX-HUIT ANS.*

Mais je ne me souvenais pas que le type en question avait la tête de Cole.

Je fermai les yeux, juste une seconde. L'image restait gravée sur ma rétine. Je vous en prie, pensai-je, s'il vous plaît, faites qu'il ne s'agisse que d'un sosie ! Faites que Beck n'ait pas infecté une personne célèbre !

Je rouvris les yeux. Cole n'avait pas bougé et, derrière lui, un peu flou car le photographe ne se souciait que de Cole, je reconnus Victor.

Je regagnai lentement le studio. Dmitra et Grace écoutaient une autre de mes chansons, plus belle encore que la première, mais qui me parut soudain déconnectée de ma véritable existence, de cette vie où je restais subordonné aux caprices de la température, bien que fermement humain.

— Dmitra, s'il te plaît ? (Elle se retourna, et Grace, qui avait senti ma voix achopper légèrement, releva la tête et fronça les sourcils.) Comment s'appelle le chanteur de Narkotika ?

Je n'avais nul besoin de preuves supplémentaires, mais il me semblait que je ne parviendrais pas à y croire vraiment avant de l'avoir entendu énoncé à voix haute.

Le visage de Dmitra esquissa son sourire le plus doux depuis notre arrivée au studio.

— Oh, lui ? Un concert fabuleux, il est complètement givré, mais ce groupe… (Elle secoua la tête et parut soudain se souvenir de ma question.) Il s'appelle Cole St. Clair. Il a disparu il y a quelques mois.

Cole.

Cole était Cole St. Clair.

Et dire que je trouvais mes prunelles jaunes trop voyantes !

Ce qui signifiait que des milliers de personnes le cherchaient, que des milliers de regards s'attendaient à le reconnaître.

Et lorsqu'ils l'auraient trouvé, ils nous découvriraient tous.

chapitre 36

Isabel

— Où veux-tu que je te dépose ? Tu retournes chez Beck ?

Nous étions assis dans ma Chevrolet, que j'avais garée tout au fond du parking de Kenny, pour éviter que les ploucs n'abîment la carrosserie en ouvrant leurs portières. J'essayais de ne pas regarder Cole. Bien plus que son corps, sa présence emplissait l'habitacle, et il me paraissait soudain immense.

— Ne fais pas ça ! m'a-t-il dit.

Je lui ai glissé un coup d'œil.

— Ne fais pas quoi ?

— Ne fais pas semblant qu'il ne s'est rien passé. Interroge-moi !

La lumière de l'après-midi déclinait rapidement. À l'est, un long nuage sombre balafrait le ciel. Il ne nous apportait pas de pluie, le mauvais temps était en route pour ailleurs.

J'ai poussé un soupir. Je n'étais pas sûre de vouloir savoir, il me semblait que ce serait sans doute plus fastidieux que de m'abstenir, mais maintenant qu'il en était sorti, nous n'étions plus vraiment en mesure de boucler de nouveau le génie dans sa lampe.

— Ça a de l'importance ?

— Je veux que tu sois au courant.

J'ai contemplé son visage périlleusement beau, et il me soufflait d'un ton brûlant : *Embrasse-moi, Isabel, viens, Isabel !* Puis j'ai perçu sa tristesse.

— Tu en es sûr ?

— Il faut que je sache si je ne suis connu que des gamines de dix ans, a dit Cole. Parce que pour le coup, je n'aurais vraiment plus qu'à me suicider.

Je lui ai lancé un regard cinglant.

— Il faut que je trouve, c'est ça ? (J'ai revu ses doigts agiles, son beau visage, et je n'ai pas attendu sa réponse.) Tu joues du clavier dans un boys band.

— Je suis le chanteur de Narkotika, a déclaré Cole.

J'ai attendu une minute, une très longue minute, qu'il poursuive : *Non, je charrie !*

Mais il ne l'a pas fait.

Cole

Son expression n'a pas varié. Mes fans étaient peut-être en majorité des préados, après tout ! C'était une sacrée douche froide.

— Ne me mate pas comme ça ! m'a dit Isabel. Que je ne t'ai pas reconnu ne veut pas dire que je ne connais pas ta musique. Tout le monde l'a entendue, y compris le Messie !

Je suis resté muet. Qu'aurais-je pu dire ? Toute cette conversation avait un goût de déjà-vu, comme si j'avais toujours su qu'elle se déroulerait ainsi, avec Isabel, dans sa voiture, alors que, dehors, l'air fraîchissait sous les nuages.

— Quoi ? s'est-elle exclamée et elle s'est penchée pour me fixer dans le blanc des yeux. Tu penses bien que je m'en fiche éperdument, que tu sois une star du rock.

— Ce n'est pas une question de musique.

Elle a appuyé son doigt sur les traces de piqûres au creux de mon bras.

— Laisse-moi deviner : la drogue, les filles et plein de grossièretés. Que ne m'as-tu pas encore dit ? Ce matin, tu étais allongé par terre tout nu et tu me racontais que tu voulais te suicider. Et maintenant, tu te figures que m'apprendre que tu es le chanteur de – *Ouh là là !* – Narkotika ça va changer quoi que ce soit ?

— Ouais. Je veux dire, non.

Je ne savais plus où j'en étais. Soulagé ? Déçu ? Avais-je envie que cela change quelque chose ?

— Alors, tu attends quoi de moi, au juste ? Que je me mette à hurler : *Sors de ma voiture avant de me corrompre !* ? Trop tard, corrompue, je le suis déjà, et bien au-delà de ta zone d'influence !

Sa remarque m'a fait rire, puis je me suis senti coupable, parce que je savais que je venais de l'offenser, malgré moi.

— Oh, non, tu n'y es pas, je t'assure ! Il y a une flopée de petits corridors sordides que j'ai descendus et dont tu ignores tout. J'y ai conduit des gens qui n'en sont jamais ressortis. (Ça y est, je l'avais vexée, elle pensait sans doute que je la trouvais naïve.) Je ne dis pas ça pour t'embêter, j'essaie juste de te mettre loyalement en garde. Je suis bien plus célèbre pour ma dépravation que pour ma musique. (Son visage était devenu glacial, j'en ai déduit que je me faisais bien comprendre.) Je suis positivement incapable de prendre une décision autre que totalement intéressée.

Elle a éclaté d'un rire aigu, cruel et si plein d'assurance qu'il m'a troublé.

— J'attends toujours que tu m'apprennes quelque chose que je ne sais pas encore ! a-t-elle fait remarquer en enclenchant la marche arrière.

Isabel

J'ai ramené Cole à la maison, bien que je sache – ou peut-être justement parce que je savais – que ce n'était pas une bonne idée. Le soleil déclinait quand nous sommes arrivés, et le ciel avait viré à un rose éclatant, d'une splendeur presque kitsch, que je n'ai jamais vu ailleurs que dans le nord du Minnesota.

Nous nous retrouvions donc là où nous nous étions rencontrés pour la première fois, sauf que, maintenant, nous savions l'un et l'autre à qui nous avions affaire. Une voiture était garée dans l'allée : la BMW bleu fumé de mon père.

— Ne t'en fais pas pour ça. (J'ai ralenti pour ranger la Chevrolet de l'autre côté de l'aire centrale.) C'est celle de mon père. Il passe ses week-ends au sous-sol en compagnie d'une bouteille de spiritueux, il ne remarquera même pas qu'on est là.

Cole s'est abstenu de tout commentaire. Il s'est juste glissé dehors, dans la fraîcheur nuageuse du soir, puis il s'est frotté les bras et m'a regardée de ses yeux vides creusés d'ombre.

— Vite !

J'ai senti la morsure du froid et j'ai compris. Comme je ne voulais pas qu'il devienne loup, je l'ai pris par le bras et entraîné vers la porte sur le côté de la maison, celle qui donne directement au pied de l'escalier de service.

— Par ici !

Il frissonnait déjà quand j'ai repoussé le battant derrière lui, nous enfermant tous deux dans un espace de la taille d'une armoire. Il lui a fallu d'abord rester accroupi une dizaine de secondes, un bras appuyé contre le mur, pendant que debout derrière lui, la main sur la poignée de la porte, j'attendais de voir si je devais la rouvrir pour laisser sortir un loup.

Finalement, il s'est redressé. Il avait pris leur odeur, mais il restait humain.

— C'est bien la première fois que j'essaie de *ne pas* me transformer, m'a-t-il dit en commençant à monter sans attendre que je lui indique le chemin.

Je lui ai emboîté le pas. Dans la pénombre de l'étroit escalier, je ne distinguais que l'éclat de ses mains sur la rampe branlante. À cet instant précis, je nous sentais, lui et moi, comme au cœur d'un accident de circulation où, au lieu du frein, j'aurais appuyé à fond sur l'accélérateur.

Arrivé en haut des marches, il a hésité. Je lui ai pris la main, je suis passée devant lui et je l'ai conduit par un autre escalier à ma chambre sous les combles. Quand il a baissé la tête pour ne pas se cogner contre les murs très en pente, je me suis retournée et je lui ai saisi la nuque avant qu'il ne puisse se redresser.

Il empestait le loup, une odeur qui rappelait un curieux mélange de Sam, Jack, Grace et la maison de Beck, mais sa bouche m'enivrait tant que je m'en fichais. Envoûtée par sa lèvre inférieure entre les miennes et ses mains qui me pressaient contre lui, frémissante, je ne songeais qu'à l'avidité avec laquelle il me rendait mon baiser.

Un grand fracas, suivi d'un *CRASH*, s'est soudain élevé des profondeurs de l'escalier. Quelque part sur une autre planète, mon père était à l'œuvre. Si les seules lèvres de Cole avaient le pouvoir de me transporter aussi loin de ma propre vie, jusqu'où m'entraînerait le reste ? Posant une main sur son jean, j'ai défait le bouton à tâtons. Il a fermé les yeux et inspiré bruyamment.

Je me suis écartée de lui et j'ai reculé vers le lit sans le quitter du regard. Mon cœur battait à cent mille à l'heure en l'imaginant me presser de tout son poids sur le matelas.

Il ne m'a pas suivie.

— Isabel ! a-t-il dit, les bras ballants.

— *Quoi ?* (J'avais à nouveau le souffle court, quand lui ne semblait même pas avoir besoin de respirer. J'ai repensé à ma longue course du matin, depuis laquelle je n'avais pu ni me remaquiller ni me recoiffer, et je me suis redressée sur les coudes. Je tremblais de tout mon corps tandis qu'une onde inconnue se propageait en moi.) Quoi, Cole ? Accouche !

Il restait planté là, à me fixer, le jean ouvert et les poings à demi serrés contre ses hanches.

— Je ne peux pas faire ça.

Je l'ai balayé du regard.

— Ça n'en a pas l'air ! ai-je raillé.

— Plus maintenant, je veux dire.

Il a refermé son jean sans détourner les yeux.

Son regard me gênait, et j'ai tourné la tête pour ne pas voir son expression. Qu'il le veuille ou non, il avait un air condescendant, et rien de ce qu'il pourrait ajouter n'y changerait quoi que ce soit.

— Ne le prends pas mal, Isabel, j'en ai envie, je te le *jure* !

Je n'ai pas répondu, les yeux rivés sur une petite plume échappée d'un oreiller qui s'accrochait à mon couvre-lit bleu lavande.

— Je t'en prie, Isabel, ne me rends pas les choses encore plus difficiles ! J'essaie de me rappeler comment se comporte un type correct, d'accord ? De me souvenir de ce que j'étais, avant de commencer à ne plus pouvoir m'encadrer !

— Parce que tu ne baisais pas, à l'époque, peut-être ? ai-je persiflé, et une grosse larme a coulé du coin de mon œil.

Je l'ai entendu bouger. Quand j'ai relevé la tête, il était tourné vers la lucarne et regardait dehors, les bras croisés sur la poitrine.

— Je te croyais vierge.

— Et alors ?

— Alors tu ne vas pas coucher avec moi, tu ne vas pas offrir ta virginité à une épave de musicien ! Tu te haïrais pour tout le restant de ta vie ! Ça a des effets comme ça, le sexe, de ce point de vue-là, c'est plutôt abominable. (Il parlait d'un ton amer, maintenant.) Tu cherches à te perdre, et ça marchera très bien pendant environ une heure, mais après, ce sera pire, tu peux me croire.

— Après tout, c'est toi l'expert ! ai-je répliqué, et une seconde larme a dévalé mon visage.

C'était la première fois que je pleurais depuis la semaine où Jack était mort. J'aurais voulu que Cole parte, que Cole St. Clair, l'idole des foules, disparaisse et ne me voie pas ainsi.

Il a appuyé un bras de chaque côté de la fenêtre. Les derniers rayons de lumière filtrant entre les nuages éclairaient à peine son visage.

— J'ai trompé ma première petite amie, m'a-t-il annoncé sans me regarder. Plein de fois, pendant une tournée. Quand je suis revenu, nous nous sommes disputés à propos d'autre chose et, là, je lui ai dit que je l'avais trompée avec tellement de filles que je ne me souvenais même plus de leur nom, et que ça m'avait permis de conclure qu'elle n'avait rien de spécial. On a rompu ou, plutôt, je l'ai quittée. Comme c'était la sœur de mon meilleur ami, ça les a obligés à choisir entre eux deux et moi. (Il a ri, d'un rire affreux qui n'avait rien de drôle.) Et lui, Victor, se retrouve maintenant quelque part dans les bois, coincé en garou qui ne cesse de redevenir loup. Alors, comme ami, je me pose là, non ?

Je n'ai rien répondu. Je m'en fichais, de ses cas de conscience.

— Elle aussi était vierge, Isabel, m'a dit Cole, et là, il m'a regardée. Et elle me déteste et se déteste elle-même. Je ne veux pas te faire ça !

Je l'ai fixé.

— De quoi tu te mêles ? Tu crois que je t'ai amené ici pour une séance de *thérapie* ? Je n'ai pas *besoin* que tu me sauves de moi-même, ni de toi ! Tu me prends pour une mauviette ?

Un instant j'ai cru que j'allais me taire, puis je l'ai dit :

— J'aurais mieux fait de te laisser te tuer !

Ce masque, toujours ce masque ! Quand il aurait dû au moins avoir l'air un peu blessé, il ne manifestait… rien.

Mes joues ruisselaient, les larmes me chatouillaient en se rejoignant sous mon menton, et je ne savais même pas pourquoi je pleurais.

— Tu n'es pas une de celles-là, m'a dit Cole d'une voix lasse. Crois-moi, j'en ai connu assez pour le savoir ! Et ne pleure pas, je t'en prie, tu n'es pas non plus une *Madeleine* !

— Ah oui ? Alors je suis quoi, d'après toi ?

— Je te le dirai quand je le saurai. Simplement, ne pleure pas, c'est tout !

Il me parlait trop de mes larmes pour que je supporte plus longtemps qu'il en soit le témoin. J'ai fermé les yeux.

— Ouste, dehors ! Fiche le camp de ma chambre !

Et lorsque je les ai rouverts, il était parti.

Cole

En descendant les escaliers, j'ai eu envie de sortir, pour voir si la torsion que j'avais sentie dans mes entrailles à mon arrivée signifiait bien ce que je soupçonnais, mais en fin de compte, je suis resté au chaud dans la maison. Il me semblait que je venais d'apprendre sur moi-même une chose nouvelle, une chose encore si fragile que je risquais, en me retransformant maintenant en loup, de la perdre et de ne plus m'en souvenir, quand je serai redevenu Cole.

Je me suis aventuré dans l'escalier principal, conscient de la présence d'Isabel, seule dans sa tour, et de celle de son père, quelque part dans les profondeurs de la maison.

À quoi ça pouvait ressembler, de grandir dans un décor pareil ? Je craignais en respirant trop fort de voir mon souffle renverser une céramique ornementale ou effeuiller quelques pétales d'un bouquet sec délicatement disposé. Ma famille aussi vivait dans l'aisance – les brillants savants fous ne sont pas d'ordinaire pauvres – mais pas ainsi. Notre maison avait l'air… habitée.

Je me suis fourvoyé en essayant de rejoindre la cuisine et je me suis retrouvé dans une espèce de musée d'histoire naturelle du Minnesota : une salle immense, haute de plafond, peuplée d'un si grand nombre d'animaux empaillés que, sans l'odeur de grange et de moisissure qui emplissait la pièce, je n'en aurais pas cru mes yeux. N'y avait-il pas de lois sur la protection des espèces en voie de disparition, par ici ? Certaines de ces bestioles semblaient pourtant en avoir sacrément besoin et, du reste, je ne les avais jamais vues dans le nord de l'État de New York. J'ai examiné une espèce de chat sauvage en fourrure à motifs exotiques, qui m'a rendu mon regard, et des bribes d'une conversation avec Isabel pendant notre première rencontre – quelque chose sur son père qui aurait eu la gâchette facile – me sont revenues à l'esprit.

Un loup figé, furtif longeait sans fin l'un des murs, ses yeux de verre luisant dans la pénombre. Je devais être sous l'influence de Sam : cette mort loin de son corps, comme un astronaute perdu dans l'espace, m'a soudain paru particulièrement horrible.

J'ai passé d'un coup d'œil les animaux en revue – la frontière entre eux et moi me semblait bien ténue – puis j'ai ouvert une porte tout au fond du hall, dans l'espoir qu'elle me ramènerait vers la cuisine.

Une fois de plus, j'avais tout faux : derrière les fenêtres accaparant la moitié des murs, le coucher du soleil illuminait élégamment une pièce luxueuse et circulaire. Au centre se dressait un superbe piano demi-queue – et rien d'autre. Un piano, des murs courbes bordeaux, c'était tout. Une pièce exclusivement dédiée à la musique.

Je me suis rendu compte que je ne me rappelais plus quand j'avais chanté pour la dernière fois.

Ni quand cela m'avait manqué pour la dernière fois.

J'ai touché le bord de l'instrument et j'ai senti sous mes doigts la fraîcheur lisse du vernis. Le froid du soir pressait contre les vitres et j'attendais ma prochaine métamorphose, mais j'étais à cet instant plus humain que jamais.

Isabel

Après avoir remâché quelque temps ma rancœur sur mon lit, je me suis levée et je suis allée me débarbouiller dans ma minuscule salle de bains. Je me suis remaquillée et je me suis approchée de la fenêtre de Cole. À combien de kilomètres de la maison était-il à présent ? Dans la pénombre bleutée du crépuscule, j'ai vu avec surprise la lueur d'une torche qui zigzaguait dans les bois en se dirigeant vers la clairière à la mosaïque. Cole ? Mais impossible qu'il reste humain par ce froid, quand déjà tout à l'heure il frissonnait, à deux doigts de se transformer ! Alors, mon père ?

J'ai froncé les sourcils, présageant des ennuis.

Puis j'ai entendu le piano. Je savais d'emblée que ce ne pouvait être mon père, qui n'écoutait même pas de musique ; ma mère n'avait pas approché l'instrument depuis des mois, et je ne reconnaissais pas son jeu délicat et précis. C'était une mélodie troublante et lancinante, qui tournait sans fin dans les aigus, le pianotage intermittent de qui s'attendrait à ce que d'autres viennent combler les vides.

Cela ressemblait si peu à l'image que je me faisais de Cole qu'il me *fallait* le voir jouer. Je suis descendue discrètement au salon de musique et je me suis arrêtée à la porte, en me penchant juste assez pour l'observer tout en restant hors de vue.

C'était bien lui. Il jouait, appuyé d'un genou sur le tabouret, comme s'il n'avait pas prévu de s'attarder autant. Je ne voyais pas les doigts de musicien que j'avais remarqués plus tôt, mais son visage m'en disait assez long : ignorant qu'il avait un public, perdu dans ses riffs, il paraissait dans la lumière déclinante dépouillé de sa cuirasse. Le lascar insolent à la beauté agressive que j'avais rencontré quelques jours auparavant avait disparu au profit d'un garçon tout simple qui cherchait un air au piano. Il semblait plus jeune, indécis et charmant, et je me suis sentie trahie de le surprendre si en accord avec lui-même, moi qui en étais incapable.

Là encore, il partageait un secret, quand je n'avais rien à lui donner en retour, et pour une fois, ses yeux n'étaient pas vides : j'y lisais *quelque chose*, une émotion qui lui faisait mal.

Je n'étais pas prête à souffrir.

chapitre 37

Sam

Le trajet de retour de Duluth — mosaïque de phares arrière rouges, panneaux d'autoroute aussitôt surgis de l'obscurité que disparus, ma voix accompagnant ma voix sortie des haut-parleurs, et le visage de Grace, sporadiquement illuminé par les feux qui se ruaient à notre rencontre.

Les yeux de mon amie étaient lourds de sommeil, mais je me sentais éveillé comme si je n'allais plus jamais dormir. J'avais l'impression que ce jour était le dernier au monde, et qu'il me fallait coûte que coûte garder l'esprit vif pour le vivre pleinement. J'avais expliqué à Grace qui était Cole, sans épuiser pour autant le sujet. Mon bavardage importunait sans doute mon amie, mais elle avait la gentillesse de n'en rien dire.

— Il me semblait bien que sa tête me rappelait quelque chose, répétai-je une fois de plus, mais ce que je ne comprends pas, c'est pourquoi Beck a fait ça !

Grace tira sur ses manches pour couvrir ses mains et les scella de ses doigts. Sa peau avait pris une teinte bleutée à la lueur de l'écran de la radio.

— Peut-être qu'il n'était pas au courant ! Après tout, moi, je connaissais à peine Narkotika, et je n'ai entendu qu'une seule de leurs chansons, celle sur les gueules défoncées ou quelque chose comme ça.

— Mais il devait *forcément* s'en douter, puisque c'est au Canada, pendant une tournée, qu'il a trouvé Cole. *Une tournée !* Combien de temps nous reste-t-il avant que quelqu'un à Mercy Falls ne le reconnaisse ? Et si cette personne l'invite chez elle, et que là, il se transforme en loup ? Une fois qu'il sera humain pour l'été, est-ce qu'il va se contenter de rester caché à la maison et d'espérer que personne ne le verra ?

— Possible, répondit Grace et elle tapota son nez avec un mouchoir en papier qu'elle roula en boule avant de le fourrer dans la poche de son manteau. Peut-être qu'il cherche à passer inaperçu et que cela ne posera pas de problème. Je crois que tu devrais lui en parler et lui poser la question. Je peux m'en charger, si tu préfères, puisqu'il ne te plaît pas beaucoup.

— C'est juste que je ne lui fais pas confiance.

Je pianotais sur le volant. Je vis du coin de l'œil Grace appuyer la tête contre la portière en soupirant. Elle n'avait pas l'air bien.

Je me sentis soudain rongé de remords. Elle s'était donné tant de mal pour que cette journée soit si parfaite, et je lui gâchais tout.

— Pardonne-moi, Grace, je me conduis en ingrat. Je vais arrêter de me tracasser pour ça, j'y penserai demain.

— Menteur !

— Ne sois pas fâchée !

— Je ne suis pas fâchée, j'ai juste sommeil et je veux que tu sois heureux.

J'ôtai une main du volant pour en couvrir la sienne posée dans son giron. Sa peau était brûlante.

— C'est le cas, je t'assure !

En réalité, tiraillé entre l'envie de porter sa main à mes narines pour la flairer et voir si elle sentait le loup, et celle de la laisser en place en feignant qu'il n'en était rien, mon malaise s'accroissait.

— Ma préférée, murmura-t-elle.

Je ne compris ce qu'elle voulait dire que lorsque la chanson s'acheva et qu'elle la remit aussitôt au début. Sur le CD, l'autre Sam, celui qui, éternellement jeune, ne changerait désormais plus jamais, chantait : *Je m'épris d'elle l'été, ma charmante fille d'été*, tandis qu'une autre de mes voix immuables l'accompagnait en contrepoint.

La lumière des phares des véhicules venus d'en face rayait régulièrement l'habitable, qui replongeait ensuite dans le noir. Mon cœur cognait dans ma poitrine, et je ne pouvais éviter de songer à la dernière fois que j'avais chanté cette chanson, avant aujourd'hui, au studio : dans une voiture et une obscurité comme celles-ci, la main enfouie dans les cheveux de Grace qui conduisait, juste avant que le pare-brise ne vole en éclats, et la nuit en adieux.

Cette chanson était censée être gaie, et même si tout s'était finalement bien terminé, la savoir à jamais empoisonnée par ce souvenir me choquait.

Grace posa la tête à côté de moi sur le siège. Elle semblait lasse et lointaine.

— Tu risques de t'endormir, si je ne parle plus ? me demanda-t-elle avec un sourire un peu flou.

— Non, ça va.

Elle me sourit de nouveau et s'enroula dans sa veste comme dans une couverture, puis elle m'envoya un baiser des doigts et ferma les yeux. Ma voix chantait en fond sonore :

Dans le creux de sa main, tourne le chaud souffle d'été
L'été dont je me réjouis, même si c'est notre dernier.

chapitre 38

Sam

La maison était saccagée. En entrant dans la salle, je découvris tout d'abord Cole, un balai et une pelle à poussière à la main – ce qui m'apparut pour lui plus invraisemblable qu'une métamorphose –, puis les meubles renversés et les éclats de verre jonchant le sol.

— Oh ! s'exclama Grace dans mon dos, d'un ton presque chagrin.

En l'entendant, Cole se retourna, et il eut la décence de paraître gêné, si ce n'est contrit.

Je ne savais que lui dire. Chaque fois que je me sentais sur le point de le trouver sympathique, il recommençait à faire des siennes ! Allions-nous trouver le reste de la maison à l'avenant, ou les dégâts se limitaient-ils à l'intégralité de la salle de séjour ?

Les mains enfouies dans ses poches, Grace considéra Cole un instant.

— Un problème ? lui demanda-t-elle avec légèreté.

À ma grande stupéfaction, il lui adressa un charmant sourire piteux. Il avait *enfin* l'air penaud.

— Juste une bande de chats sauvages. Je m'en occupe, ajouta-t-il visiblement à mon intention.

Grace me lança un regard qui m'enjoignait de me montrer plus gentil avec lui, et je tentai de me rappeler si cela m'était déjà arrivé ; j'étais sûr que oui, au début.

Je contemplai mon amie. À la lumière plus vive de la cuisine, elle avait une petite mine pâle et fatiguée, et des ombres perçaient sous sa peau fine comme un pétale de fleur. Elle aurait sans doute été mieux chez elle, dans son lit. À quelle heure ses parents devaient-ils rentrer, et que pouvaient-ils bien penser, à l'instant même ?

— Je vais chercher l'aspirateur ? lui dis-je, ce qui était une façon de lui demander : *Ça va si je te laisse seule avec lui ?*

Elle opina fermement :

— Bonne idée !

Grace

C'était donc lui, le fameux Cole St. Clair ! Moi qui n'avais encore jamais rencontré de star, je dois dire que je n'étais pas déçue : même un balai et une pelle à poussière à la main, il gardait le physique de l'emploi. Il avait un air irréel, nerveux et *risqué*, et, contrairement à Sam, je ne trouvais pas ses yeux inexpressifs du tout, mais je n'étais pas très douée pour déchiffrer les visages.

Je l'ai regardé bien en face.

— Alors c'est toi, Cole !

— Et toi, tu es Grace.

Comment le savait-il ?

— Oui.

J'ai traversé la pièce jusqu'à un fauteuil dans lequel je me suis laissée tomber avec soulagement. Je commençais à me sentir comme si mon corps avait été lapidé de l'intérieur. J'ai regardé à nouveau Cole, ce type dont Beck avait espéré qu'il succéderait à Sam. En choisissant mon ami, Beck avait indéniablement prouvé son bon goût, et j'étais donc disposée à accorder à Cole le bénéfice du doute. J'ai jeté un coup d'œil vers l'escalier pour vérifier que Sam n'était pas encore de retour.

— Alors, dis-moi, c'est à ça que tu t'attendais ?

Cole

L'amie de Sam m'a plu avant même qu'elle ouvre la bouche, et plus encore après. Jolie sans ostentation, elle ne ressemblait pas à l'image que je m'en étais faite et elle avait une belle voix bien à elle, extrêmement calme et terre à terre.

Je n'ai tout d'abord pas trop compris le sens de sa question, et, devant mon silence, elle a précisé :

— Tu t'attendais à ce que ce soit comme ça, la vie de loup ?

J'ai adoré comment elle a abordé le sujet de front.

— C'est mieux que je n'espérais, j'ai admis avant de pouvoir me retenir.

Contrairement à Isabel, elle n'a pas eu l'air dégoûtée, alors je l'ai regardée dans le blanc des yeux et je lui ai avoué le reste :

— Je suis devenu loup pour me débarrasser de moi-même, et ça marche : à ces moments-là, tout ce qui compte pour moi, c'est d'être avec les autres. Je ne pense plus au futur, ni au passé, ni à qui j'étais. Rien de tout ça n'a plus d'importance. Ce qui en a, c'est l'instant présent, la meute, et l'intensité des perceptions sensorielles. Plus de calendrier à suivre, plus d'engagements à respecter ! C'est du tonnerre, la meilleure défonce de tous les temps !

Elle m'a souri comme si je venais de lui faire un cadeau, d'un sourire entendu, si gentil et si authentique que j'ai pensé à cet instant que je serais prêt à tout pour devenir son ami et le mériter à nouveau. Je me suis souvenu qu'Isabel m'avait raconté que Grace, bien qu'elle ait été mordue, ne se métamorphosait jamais, et je me suis demandé si elle s'en réjouissait ou si elle se sentait flouée.

Alors je lui ai posé la question :

— Et toi, tu ne trouves pas ça injuste de ne pas te transformer ?

Elle a regardé sa main, délicatement posée au creux de son estomac, puis elle a relevé la tête et a jeté un coup d'œil vers la porte.

— J'essaie sans cesse d'imaginer comment c'est, une vie de loup, et j'ai toujours eu l'impression de me trouver en porte-à-faux, pas vraiment à ma place. Je voudrais… je ne sais pas. (Elle s'est tue.) Tu l'as emmené en ballade, l'aspirateur, Sam ?

Il était de retour, tirant derrière lui un appareil de dimensions industrielles. Malgré la brièveté de son absence, quand Grace et lui se sont retrouvés, la pièce a paru soudain plus brillante, comme s'ils étaient deux substances qui, mises en présence l'une de l'autre, émettraient de la lumière. Devant les efforts maladroits de son ami pour déplacer l'engin, Grace a eu un de ces sourires qu'elle lui réservait, et il lui a renvoyé un regard mordant, tout plein de ces sous-entendus qui ne peuvent naître que de longs échanges murmurés dans le noir.

J'ai songé à Isabel, dans sa maison. Il n'y avait pas entre elle et moi leur degré d'intimité, nous n'en approchions même pas, et je ne pensais pas que nous y parviendrions un jour, fût-ce après des siècles.

Tout à coup, je me suis dit que j'étais content de l'avoir laissée seule chez elle. Ça me faisait mal de penser que j'empoisonnais tous ceux que je touchais, mais ma lucidité me procurait cette fois une certaine satisfaction. Si je ne pouvais pas m'empêcher de voler en éclats, je pouvais au moins apprendre à en limiter les retombées.

Grace

Je me sentais coupable de rester assise là, à ne rien faire, pendant que Sam et Cole nettoyaient. En temps normal, j'aurais sauté sur mes pieds pour les aider, d'autant que remettre en ordre une pièce dans un état aussi épouvantable que celle-ci se révèle satisfaisant dans la mesure où, quand on a fini, on a vraiment l'impression d'avoir accompli quelque chose.

Mais ce soir, j'en étais incapable, j'arrivais à peine à garder les yeux ouverts. J'avais l'impression d'avoir passé toute la journée à repousser un monstre invisible, et que celui-ci commençait à prendre le dessus. Je croyais sentir sous ma main le sang clapoter dans mon estomac brûlant et gonflé, et ma peau était *bouillante*.

À l'autre bout de la pièce, Sam et Cole s'activaient : Cole, accroupi, tenait la pelle à poussière, dans laquelle Sam balayait les débris trop gros pour être aspirés. Sans trop savoir pourquoi, j'étais heureuse de les voir travailler ensemble et je me suis répété que Beck avait bien dû voir quelque chose en Cole. Il n'aurait pas ramené un autre musicien par hasard, ni fait une chose aussi risquée que de contaminer un chanteur de rock célèbre sans bonne raison. Peut-être pensait-il que, si Sam parvenait à rester humain, Cole et lui sympathiseraient.

Oui, ce serait bien pour Sam d'avoir un ami, si je...

Dans ma tête, j'ai revu Cole me demander : Et toi, tu ne trouves pas ça injuste de ne pas te transformer ?

Petite, je m'imaginais devenir loup et m'enfuir avec Sam dans une forêt d'or, très loin de mes parents indifférents et des tracas de la vie et, par la suite, quand j'avais cru que les bois allaient me ravir mon ami à jamais, j'avais à nouveau rêvé de l'y accompagner, ce qui l'avait horrifié. Mais Cole venait enfin de me parler de l'autre aspect des choses : *Ce qui a de l'importance, c'est l'instant présent, la meute, et l'intensité des perceptions sensorielles.*

Ce ne serait pas si affreux, après tout, et cela comporterait des avantages : sentir sous les pattes l'humus de la forêt, percevoir le monde avec des sens tout neufs, faire partie de la meute et de la nature sauvage. Non, perdre cette bataille ne serait pas si horrible, ni vivre dans les bois que j'aimais tant un tel sacrifice !

J'ai pensé à la pile des romans policiers que je n'avais pas finis, sur l'étagère de ma chambre. Je me suis vue étendue sur mon lit près de Sam qui lisait tandis que je faisais mes devoirs, mes jambes dans mon jean mêlées aux siennes ; puis nous roulions dans sa voiture, les vitres baissées, et je lui tenais la main sur un campus d'université, et dans notre appartement, plein de nos affaires en désordre, et une bague reposait au creux de sa paume. J'ai songé à la vie après le lycée, à l'existence sous la forme de Grace.

J'ai fermé les yeux.

J'avais si mal ! Tout mon corps me brûlait, et je n'y pouvais rien. Les promesses des bois semblaient tout autres, lorsqu'il n'y avait plus le choix.

Sam

Je la crus fatiguée. Je songeai que la journée avait été longue et je ne dis mot, jusqu'à ce que Cole intervienne :

— Elle s'est endormie malgré le bruit de l'aspirateur ? s'étonna-t-il, comme si Grace avait été un tout jeune enfant ou un chiot et qu'il s'agissait là de l'un de ses traits les plus attendrissants.

Je sentis poindre en moi une anxiété irrationnelle en voyant les paupières closes de mon amie, son souffle profond et l'incarnat de son teint. Puis Grace releva la tête, et mon cœur se remit à battre.

Je consultai la pendule. Ses parents n'allaient sans doute plus tarder à présent, il fallait qu'elle rentre chez elle.

— Grace !

— Mmmm ?

Elle s'était roulée en boule dans le fauteuil, le visage posé sur un bras.

— Tes parents t'ont dit de rentrer à quelle heure, au plus tard ?

Elle me décocha aussitôt un regard parfaitement réveillé et, à son expression, je compris qu'elle n'avait pas été entièrement honnête avec moi. Je sentis ma poitrine se serrer.

— Ils savent que tu es partie ?

Le rouge lui monta aux joues, elle détourna la tête. Jamais encore je ne l'avais vue ainsi. Sa confusion accentuait son air maladif.

— Il faudrait que je sois de retour pour minuit, avant qu'ils ne reviennent de leur salon.

— Autrement dit maintenant, fit remarquer Cole.

Une brève seconde, unique, muette et impuissante, je sentis que Grace souhaitait elle aussi que cette journée n'en finisse pas, que nous ne soyons pas obligés de nous quitter pour gagner deux lits froids et distants. Mais rien n'aurait servi de le dire tout haut.

— Tu sembles épuisée, tu devrais vraiment aller dormir ! conseillai-je donc à contrecœur, alors que j'aurais voulu la prendre par la main, lui faire gravir l'escalier jusqu'à ma chambre et lui murmurer : *Reste, je t'en prie !*

Mais ne serais-je pas alors celui que son père m'accusait d'être ?

Elle soupira :

— Je ne veux pas !

Je m'agenouillai pour me mettre à sa hauteur. La joue toujours pressée contre le fauteuil, elle paraissait terriblement jeune et vulnérable, et je découvrais en la voyant disparue combien son expression sérieuse m'avait été familière.

— Moi non plus, je ne veux pas que tu partes, mais je préfère t'éviter des ennuis. Tu te sens capable de conduire ?

— Bien obligée, répondit-elle, je vais avoir besoin de ma voiture, demain. Ah non, j'oubliais : il n'y a pas cours, réunion pédagogique, mais il me la faudra pour le jour suivant.

Elle se redressa, se leva lentement, avec hésitation, prit ses clefs et resta un moment indécise, comme ne sachant qu'en faire. Cole et moi la suivions des yeux.

Je ne voulais pas qu'elle parte, et encore moins qu'elle conduise.

— Je vais ramener sa voiture, proposa soudain Cole.

Je cillai.

Il eut un geste des épaules.

— Tu la reconduis dans la tienne, et puis tu me ramènes… si nécessaire.

Il haussa de nouveau les épaules.

Grace me regardait comme si elle avait très envie que je dise oui. J'acceptai.

— Merci, lui dit-elle.

— Pas de quoi.

J'avais du mal à voir soudain en Cole un chic type, mais à partir du moment où il n'abîmait pas la voiture de Grace, je ne pouvais que lui être reconnaissant de cette occasion de passer encore quelques instants près de mon amie, et rassuré de la savoir bien rentrée, saine et sauve, à la maison.

Nous partîmes donc ainsi : la silhouette solitaire de Cole au volant de la voiture derrière nous, la main de Grace sur mes genoux, serrée fort dans la mienne. En arrivant chez elle, pendant que Cole se garait adroitement en marche arrière dans l'allée, elle se pencha et m'embrassa, d'abord avec retenue, puis mes lèvres s'entrouvrirent, ses doigts agrippèrent ma chemise, et je fus pris d'un furieux désir de rester et...

Cole toquait à la vitre. Je l'ouvris d'un air penaud. Le vent froid faisait s'entrechoquer ses dents.

— Tu ne voudras peut-être pas mettre ta langue dans sa bouche, quand je t'aurai dit que son père vous mate de la fenêtre ! Tu ferais mieux de te dépêcher, ajouta-t-il à l'adresse de Grace, parce que dans deux minutes, je vais avoir besoin de *toi* (il me regarda) pour récupérer mes vêtements, et je ne crois pas que vous voudriez d'un public de parents pour *ça*.

Les yeux de Grace s'élargirent.

— Ils sont déjà de retour ?

Cole désigna du menton l'autre voiture garée dans l'allée, et la façon dont Grace la fixa me confirma dans mes soupçons : notre escapade n'avait pas reçu leur approbation.

— Ils m'avaient pourtant dit qu'ils rentreraient tard, et ils ne reviennent jamais de ce salon avant minuit !

— Je t'accompagne, dis-je bien que j'en eusse aussi envie que de me pendre. Cole me dévisageait comme s'il lisait dans mes pensées.

Elle secoua la tête.

— Non. Ce sera plus simple sans toi, et je ne veux pas qu'ils te crient dessus.

— Grace !

— Non, dit-elle, je ne vais pas changer d'avis ! Je peux très bien me débrouiller seule, et il va bien falloir qu'on finisse par s'expliquer un jour.

Ma vie, en raccourci : embrasser Grace, adieux hâtifs, lui souhaiter bonne chance, la laisser aller, puis ouvrir la portière pour dissimuler aux regards indiscrets du voisinage une éventuelle métamorphose de Cole.

Celui-ci frissonnait, accroupi sur l'asphalte. Il leva la tête vers moi.

— Pourquoi est-elle privée de sortie ?

Je lui jetai un coup d'œil, puis me remis à surveiller la maison pour vérifier que personne ne nous observait.

— Parce que ses démissionnaires de parents ont décidé qu'ils me détestaient, sans doute parce que je dormais dans son lit.

Cole haussa les sourcils en circonflexe mais s'abstint de tout commentaire. Il enfonça la tête entre ses épaules tressautantes et parut réfléchir.

— C'est vrai qu'ils l'ont laissée cuire dans une bagnole ?

— Moui. Un accident qui semble résumer toute leur relation.

— Sympa, dit Cole. (Il se tut un moment.) Je ne comprends pas pourquoi ça prend si longtemps.

Il sentait déjà le loup. J'ai secoué la tête.

— Parce que tu es en train de me parler en même temps. Arrête de résister !

Il avait posé les mains sur l'asphalte, les doigts écartés, et se tenait un genou replié, comme prêt à détaler à tout moment.

— Tu sais, hier soir, je n'ai pas réfléchi…

Je l'interrompis et lui parlai enfin comme j'aurais dû le faire plus tôt :

— Cole, lorsque Beck m'a ramené chez lui, je n'étais plus rien, j'étais brisé, détruit au point de ne plus fonctionner. À ce qu'on m'a raconté, je mangeais à peine et je poussais des hurlements dès que j'entendais de l'eau couler. Je n'en garde aucun souvenir, ma mémoire est pleine de trous énormes. Je suis encore en morceaux, aujourd'hui, mais moins. Je serais bien mal placé pour remettre en question les choix de Beck !

Il me lança un étrange regard, puis vomit soudain sur la route. Secoué de spasmes convulsifs, il s'extirpait à reculons de sa forme humaine, son corps se débattait, déchirant son tee-shirt et heurtant la carrosserie de la voiture. Une fois loup, il demeura longtemps sur place, tout frissonnant, avant que je ne parvienne à le convaincre de disparaître dans les bois derrière la maison.

Je m'attardai ensuite près de la portière ouverte, à contempler la maison de mon amie, à attendre que la lumière s'allume dans sa chambre et à m'imaginer là, auprès elle. Le doux bruissement des feuilles quand elle faisait ses devoirs tandis que j'écoutais de la musique sur son lit me manquait, tout comme le contact froid de ses pieds contre mes jambes lorsque je me couchais, la forme de son ombre projetée sur la page du livre que je lisais, le bruit de son souffle et le parfum de ses cheveux, mon exemplaire de Rilke sur sa table de chevet et sa serviette humide, étendue sur le dossier de la chaise du bureau. J'aurais dû m'estimer heureux après une journée entière passée avec elle, mais son absence ne m'en paraissait que plus vive.

chapitre 39

Grace

Savoir que je me jetais dans la gueule du loup avait un effet étrangement libérateur, et j'ai compris que je m'étais demandé pendant toute la journée si j'allais me faire prendre en rentrant, ce qu'il risquait de m'arriver alors, ou s'ils découvriraient mon absence par la suite. Mais la question ne se posait plus.

Je savais.

Je suis entrée et j'ai refermé la porte derrière moi. À l'autre bout du vestibule, j'ai vu mon père, bras croisés sur la poitrine, et quelques mètres plus loin ma mère, dans une pose identique, partiellement dissimulée par la porte de la cuisine. Ils n'ont rien dit. Moi non plus.

J'aurais voulu des cris, une scène. Je m'y sentais prête. Mon corps entier semblait vibrer de l'intérieur.

— Alors ? a dit mon père quand j'ai atteint le seuil de la cuisine.

C'était tout. Pas d'éclat de voix, juste « alors ? », comme s'il s'attendait à ce que j'avoue un nombre indéterminé de crimes.

— C'était bien, votre salon ?

Mon père m'a lancé un regard. Maman a explosé :

— Ne fais pas semblant qu'il ne s'est rien passé, Grace !

— Je ne fais pas semblant, ai-je rétorqué, et, si c'est ça que tu veux entendre, voilà : vous me l'aviez interdit, et je suis quand même sortie !

Maman serrait les poings si fort que ses jointures blanchissaient.

— Tu parles comme si tu n'avais rien fait de mal !

Je me sentais mortellement calme. J'avais eu raison de dire à Sam de ne pas entrer avec moi, je n'aurais pas été capable de tant de détermination en sa présence.

— Non, je n'ai rien fait de mal ! J'ai accompagné mon petit ami à Duluth, au studio d'enregistrement, nous avons dîné ensemble, et je suis rentrée à la maison avant minuit.

— Nous te l'avions défendu, a dit Papa, c'est en cela que tu as tort ! Tu es sortie malgré notre interdiction. Je n'arrive pas à croire que tu aies pu trahir notre confiance à ce point.

— Vous faites toute une montagne d'une taupinière ! ai-je protesté avec virulence.

Je m'attendais à ce que ma voix retentisse plus fort, mais le regain d'énergie que m'avait procuré le trajet de retour avec Sam s'était évanoui. Je me suis forcée à ignorer le pouls chaud et malsain que je sentais battre dans mon ventre et ma gorge, pour poursuivre posément :

— Je ne me drogue pas, je ne sèche pas les cours et je ne porte pas de piercings secrets.

— Et, pour ce qui est du... ?

Il n'avait même pas le courage de le formuler.

— ... du sexe !? a complété Maman à sa place. Sous notre toit, qui plus est ! Un manque de respect inouï ! Nous t'avons accordé une liberté immense, et toi, tu...

Ma voix a soudain retrouvé toute sa puissance :

— « Une liberté immense » ? Dites plutôt que vous m'avez accordé toute la planète ! Nuit après nuit, pendant une éternité, je suis restée seule à la maison à vous attendre tous les deux, j'ai décroché des millions de fois le téléphone pour m'entendre dire : « Nous rentrerons plus tard que prévu, ce soir, ma chérie », et j'ai dû me débrouiller des milliers d'autres pour revenir de l'école par mes propres moyens. *Une liberté immense !* Et maintenant que j'ai trouvé quelqu'un, que j'ai *choisi*, vous me dites que ça ne vous plaît pas ! Vous…

— Tu n'es qu'une adolescente, a déclaré Papa dédaigneusement. (On aurait cru, à l'entendre, que je n'avais pas crié, et je ne l'aurais sans doute pas fait si mon sang n'avait pas pulsé aussi douloureusement dans mes oreilles.) Tu n'as pas la moindre idée de ce qu'est une relation responsable ! C'est ton premier petit ami. Si tu veux nous faire admettre que tu te conduis avec maturité, prouve-le ! Ce qui n'implique absolument pas avoir des rapports sexuels avant d'être majeure ou désobéir à ses parents. Ce que tu as fait.

— Oui, et je ne le regrette pas !

Le visage de Papa a viré au cramoisi. J'ai vu la couleur monter progressivement de son cou à la racine de ses cheveux. À la lumière de la cuisine, il avait l'air vraiment très bronzé.

— Ah oui ? Dans ce cas, que dis-tu de ça, Grace : je te défends de le revoir ! Tu ne regrettes toujours rien ?

— Oh, minute !

Toute la scène commençait à me paraître lointaine, comme futile. J'avais besoin de m'asseoir, de m'allonger, dormir, quelque chose.

— Non, *toi*, attends une minute ! a-t-il martelé, et ses mots m'ont percé le crâne comme des clous. Je ne plaisante pas ! Je n'aime pas que tu fréquentes ce garçon, il a une mauvaise influence sur toi, et il est clair qu'il ne nous respecte pas comme il le devrait. Je ne vais pas te laisser gâcher ta vie à cause de lui.

J'ai croisé mes bras sur ma poitrine pour cacher le tremblement de mes mains. Dans la cuisine, tout en leur parlant, je sentais mes pommettes brûlantes me pincer, me tirailler, et je me demandais : *Mais qu'est-ce qui cloche chez moi ?*

— Vous ne pouvez pas faire ça ! Vous ne pouvez pas m'empêcher de le voir ! ai-je enfin protesté.

— Oh que si, détrompe-toi ! a dit Papa. Tu as dix-sept ans et tu vis sous mon toit, et tant que ces deux conditions sont remplies, je le peux sans l'ombre d'un doute. Quand tu auras terminé le lycée, à dix-huit ans, tu ne seras plus obligée de m'obéir, mais pour l'instant, toutes les lois de l'État du Minnesota sont de mon côté.

Une drôle de petite torsion nerveuse a contracté mon estomac, et mon front m'a picotée. J'ai porté mon doigt à mon nez, puis je l'ai regardé : il y avait une trace rouge dessus. Je ne voulais pas que mes parents la remarquent, je préférais éviter d'attirer encore plus leur attention sur moi. J'ai pris un mouchoir en papier dans la boîte sur la table et je l'ai pressé contre mes narines.

— Sam n'est pas un garçon comme les autres.

— Tu m'en diras tant ! a riposté Maman et elle nous a tourné le dos en agitant une main en l'air, comme si toute cette histoire l'excédait.

Je la haïssais.

— Quoi qu'il en soit, a repris Papa, il ne sera plus personne pour toi pendant les quatre mois à venir. Tu ne le reverras pas tant que j'aurai mon mot à dire sur le sujet. Il est hors de question que tu passes tes nuits ainsi, un point c'est tout !

Je n'aurais pas pu supporter une seconde de plus de rester dans la même pièce qu'eux, et je trouvais odieuse la façon dont Maman me regardait par-dessus son épaule, un sourcil levé, comme si elle attendait de voir ce que j'allais faire ou dire maintenant. La douleur devenait intolérable.

Je me suis précipitée dans ma chambre et j'ai claqué la porte si fort que j'ai senti tout mon corps tressaillir.

chapitre 40

Grace

La mort est une nuit sauvage et une nouvelle voie.

Les mots tournaient et retournaient dans ma tête comme les paroles d'une chanson. Je n'arrivais pas à me rappeler qui les avait écrits, mais je revoyais Sam relever les yeux de son livre et les articuler doucement, pour mieux juger de leur effet. Je me souvenais même de quand cela s'était produit : dans cette maison, dans l'ancien bureau de mon père, je parcourais mes notes, préparant un exposé, tandis que Sam, les épaules voûtées, était plongé dans sa lecture. Dans la pièce douillette, alors qu'une pluie glacée ruisselait sur les carreaux, la citation m'avait parue anodine. Je l'avais trouvée astucieuse, tout au plus.

À présent, dans le silence sombre et vide de ma chambre, la phrase qui tournoyait sans fin dans mon esprit me terrifiait.

Mon mal ne m'avait jamais paru aussi réel. J'ai longtemps attendu que mon nez cesse de saigner. Mon stock de mouchoirs en papier s'est épuisé, et j'ai dû utiliser du papier toilette. On aurait dit que ça n'en finirait jamais. Mes entrailles étaient nouées, ma peau brûlante.

Tout ce que je voulais, c'était comprendre ce qui n'allait pas, combien de temps ça durerait et quelles conséquences cela entraînerait pour moi, au bout du compte. Si j'avais su cela, j'aurais pu me raccrocher à une chose concrète autre que la douleur, me faire une raison.

Mais je n'avais pas de réponses.

Impossible donc de dormir. Ni de bouger.

Je gardais les yeux fermés. La place vide de Sam près de moi prenait des proportions énormes. Autrefois, quand il était là et que je me réveillais, je roulais sur moi-même, j'enfouissais mon visage au creux de son dos et je me rendormais, bercée par son souffle, mais par cette nuit sans lui, un feu couvait en moi, et l'idée même de sommeil semblait lointaine et déplacée.

J'ai réentendu dans ma tête la voix de Papa m'interdisant de revoir mon ami, et ma gorge s'est nouée un instant. Il changerait d'avis, il ne pouvait pas parler sérieusement ! Je me suis forcée à penser à autre chose. Ma cafetière rouge ; j'ignorais si un tel objet existait, mais, si oui, j'allais en acheter une, sans délai ! Il me semblait capital de me fixer cet objectif : gagner de l'argent, acheter une cafetière rouge et quitter la maison ; trouver un nouveau toit sous lequel la mettre en marche.

Je me suis retournée sur le dos et j'ai posé mes mains sur mon ventre pour voir si mes doigts percevaient la houle que je sentais déferler dans mes boyaux. J'avais chaud à nouveau, si chaud, et ma tête flottait bizarrement, comme déconnectée du reste de mon corps.

Un goût de cuivre s'attardait au fond de la bouche. J'avalais ma salive sans parvenir à m'en débarrasser.

Je me sentais *anormalement* mal.

Mais qu'est-ce qu'il m'arrive ?

Puisque je n'avais personne à qui poser la question, j'ai passé en revue tous les éléments dont je disposais : le mal de ventre ; la fièvre ; les saignements de nez ; la fatigue ; l'odeur de loup ; la façon dont ils m'avaient regardée ; celle dont Isabel m'avait regardée ; les doigts de Sam, sur mon bras, quand j'allais partir et qu'il m'avait retenue pour m'enlacer une dernière fois. Comme autant d'adieux.

J'ai senti mon déni s'effriter.

Mais il s'agissait peut-être simplement d'un virus, d'une maladie, même grave, mais qu'on pouvait soigner. Aucun moyen de le savoir...

Je savais.

Cette douleur que je ressentais – cette douleur était mon avenir, un changement qui échappait à mon contrôle. Je pouvais bien rêver tout mon soûl de cafetières rouges, il n'en restait pas moins que mon corps aurait le dernier mot.

Refoulant le loup en moi, je me suis redressée, je me suis assise dans l'obscurité et j'ai tiré les couvertures pour les rassembler sur mes genoux. L'air froid mordait mes joues et mes épaules nues. Je voulais être avec Sam, me retrouver dans la maison de Beck, de retour dans le lit de mon ami, sous les oiseaux accrochés au plafond. J'ai ravalé la douleur, je l'ai repoussée jusqu'aux tréfonds de mon être. Sam, dans sa chambre, m'aurait serrée dans ses bras en m'assurant que tout allait s'arranger, et cela aurait été *vrai*, du moins pour cette nuit.

Je me suis vue prenant le volant pour le rejoindre et j'ai imaginé l'expression de son visage.

J'ai frotté les plantes de mes pieds nus l'une contre l'autre. L'idée était bien sûr parfaitement insensée, et il y avait un bon millier de raisons pour n'en rien faire, pourtant...

J'ai repoussé le brouillard de parasites aigus dans ma tête et j'ai rassemblé mes esprits. J'ai dressé mentalement la liste de ce dont j'aurais besoin : prendre un jean dans le tiroir du milieu de la commode, enfiler un pull et des chaussettes. Le plancher craquait peu, mes parents ne risquaient pas de m'entendre, la chose était possible. Je n'avais plus entendu de bruit à l'étage depuis un moment, et si je n'allumais pas les phares, ils ne remarqueraient sans doute même pas mon départ.

Mon cœur battait à tout rompre à l'idée de m'enfuir.

Je savais pourtant qu'il aurait mieux valu éviter de me mettre mes parents, déjà bien assez furieux comme ça, encore plus à dos, et aussi que cela n'allait pas être une partie de plaisir de conduire dans cet état, le sang grondant aux oreilles et la fièvre agrippée à la peau.

D'autre part, je ne risquais pas vraiment de m'attirer des ennuis supplémentaires : ils m'avaient déjà interdit de voir Sam, qu'est-ce qu'ils pourraient bien inventer de plus, après ça ?

Et je ne savais pas combien de nuits il me restait.

J'ai repensé au ton moqueur de Maman, qui réduisait l'amour au sexe, et je me suis revue un peu après marcher dans les bois en essayant de me sentir coupable d'avoir crié contre elle. J'ai songé à mon père ouvrant la porte de ma chambre, cherchant Sam. Depuis combien de temps ne m'avaient-ils pas demandé comment j'avais passé la journée, si je me sentais bien ou si j'avais besoin de quelque chose ?

J'avais vu mes parents ensemble : ils formaient un couple, ils se souciaient encore maintenant des petits détails de leurs existences respectives. J'avais vu Beck, aussi, et la façon dont il *comprenait* Sam, dont il l'aimait, et celle dont il hantait la mémoire de mon ami, qui gravitait dans son orbite comme un satellite perdu. C'était cela, une famille. Mes parents et moi, nous… vivions sous le même toit, à l'occasion.

Pouvait-on en grandissant distancer ses propres parents ?

Je me suis souvenue de la façon dont les loups m'avaient regardée. Je me suis revue me demander combien de temps il me restait, combien de nuits à passer avec Sam et combien de nuits perdues à rester seule, ici.

Je sentais toujours le goût de cuivre sur ma langue. Le mal en moi faisait rage sans accalmie, mais je le dominais encore. Certaines choses restaient sous mon contrôle.

Je suis sortie de mon lit.

Une forme de calme mortel m'a envahie quand j'ai traversé la pièce à pas feutrés pour prendre mon jean, deux paires de chaussettes, des sous-vêtements et des chemises de rechange. L'œil du cyclone. J'ai fourré les vêtements dans mon sac à dos avec mes devoirs et j'ai pris sur la table de chevet le livre de Rilke que Sam chérissait. J'ai posé un doigt sur le bord de ma commode, j'ai serré mon oreiller contre moi, j'ai regardé par la fenêtre derrière laquelle, un jour, j'avais fixé une louve dans les yeux jusqu'à ce qu'elle fuie. Mon cœur bourdonnait dans ma poitrine, je m'attendais à voir d'une seconde à l'autre la porte s'ouvrir et mon père et ma mère surgir pour me surprendre sur le départ. Il devait pourtant bien y avoir *quelqu'un* pour sentir la gravité de ce que je m'apprêtais à faire !

Mais rien ne s'est produit. J'ai pris en passant ma brosse à dents et ma brosse à cheveux dans la salle de bains, et la maison est restée silencieuse. Sur le seuil, j'ai hésité, mes chaussures à la main, l'oreille tendue.

Rien.

Étais-je vraiment en train de faire ceci ?

— Adieu, ai-je chuchoté.

Mes mains tremblaient.

Quand je l'ai tirée pour la refermer, la porte a fait *chhhuuut* en frottant le paillasson.

Je ne savais pas quand je reviendrais.

chapitre 41

Sam

Privé de Grace, je devenais un animal nocturne. À la faible lumière des spots encastrés de la cuisine, armé d'un verre et d'une feuille de papier, je guettai les fourmis pour les rapporter dehors ; je descendis la guitare poussiéreuse de Paul du haut de l'étagère près de la cheminée où elle était perchée et l'accordai, d'abord en classique, puis en drop D, puis en DADGAD, avant de revenir en classique ; je passai en revue au sous-sol les bibliothèques de Beck, jusqu'à ce que je déniche un livre sur les impôts, un autre sur comment se faire des amis et influencer les gens et un troisième sur la méditation, puis les posai sur le tas de ceux que je comptais bien ne jamais lire ; à l'étage, assis sur le sol de ma salle de bains, j'expérimentai plusieurs techniques pour me couper les ongles des orteils : la main en coupe sous mon pied, j'attrapais les rognures en moyenne une fois sur deux, et en les laissant voler n'importe où, sur le carrelage blanc, j'en retrouvais environ une sur deux, ce dont je conclus que je jouais une partie perdue d'avance : quoi que je fasse, il resterait toujours cinquante pour cent de chances d'échec.

J'en étais là, quand j'entendis soudain s'élever par les fenêtres de la chambre de Beck le hurlement puissant des loups. D'une nuit à l'autre, je percevais leurs chants différemment suivant mon humeur : tantôt ils m'apparaissaient comme un splendide chœur sonore et céleste sous de lourds pelages fleurant la forêt, tantôt comme une étrange symphonie désolée dont les notes cascadaient dans la nuit, tantôt comme un concert de voix allègres hélant la lune.

Ce soir me parvenait une cacophonie discordante de clameurs entrecoupées d'aboiements qui rivalisaient pour attirer l'attention. Le chant d'une meute surexcitée, dissonante, en déroute. Ils s'égosillaient d'ordinaire ainsi lorsque Paul ou Beck était humain, mais cette nuit, aucun de leurs meneurs ne manquait parmi eux. J'étais le seul absent.

Je me levai et marchai jusqu'à la fenêtre. Le plancher parut froid à mes pieds humains nus. J'hésitai un instant, puis fis jouer la poignée de la crémone et ouvris, mais l'air glacial qui se rua dans la pièce ne m'affecta pas : j'étais humain, moi et seulement moi.

Et cerné de hurlements qui affluaient alentour.

Je vous manque ?

Les cris désordonnés persistaient, plus plaintes que chants.

Vous aussi, vous me manquez, vous tous.

Je réalisai soudain, avec une surprise étouffée, qu'il n'y avait en effet pas à chercher plus loin : mes compagnons me manquaient, mais je ne regrettais pas pour autant *cela*. Lui — ce garçon appuyé à la fenêtre, plein de souvenirs humains, de craintes et d'espoirs, ce garçon qui vieillirait — c'était moi, et je n'entendais pas le perdre. Je ne brûlais pas de me joindre au chant des loups : aussi poignant soit-il, il n'égalait ni le toucher des cordes de ma guitare sous mes doigts, ni la gloire du nom de Grace dans ma voix.

— Il y a des gens ici qui aimeraient bien dormir ! hurlai-je dans la nuit, qui avala le mensonge.

Tout se tut. L'obscurité se figea en silence. Aucun pépiement, aucun bruissement de feuilles ne troublait plus la quiétude nocturne. Seul un crissement de pneus, sur une route, au loin.

— Rooooooooooo… ! lançai-je par la fenêtre à l'adresse de ma meute, non sans me sentir légèrement ridicule.

Une pause ; bien assez longue pour que je réalise combien j'espérais leur manquer.

Puis ils se remirent à hurler comme avant, mais leurs voix se chevauchaient à présent avec une détermination nouvelle.

Je souris largement.

— Moi qui croyais que tu avais des sens extraordinairement aiguisés et que tu entendais une épingle tomber à des kilomètres !

Je sursautai en entendant la voix familière dans mon dos et faillis passer le bras à travers le store.

Grace ! Ce ne pouvait être qu'elle.

Je me retournai : debout sur le seuil, un sac à dos sur l'épaule, elle me souriait avec… timidité.

— Voilà que je te tombe dessus à l'improviste et que je surprends à… Tu faisais quoi, au juste ?

Je refermai la fenêtre, abasourdi : Grace, ici, dans la chambre de Beck, alors qu'elle était censée être chez elle, dans son lit ! Grace qui hantait mes pensées quand je ne pouvais rêver ! Puis je m'étonnai moi-même de ma surprise : n'avais-je pas toujours su qu'elle apparaîtrait, n'attendais-je pas depuis toujours de la voir surgir ainsi ?

Retrouvant enfin le contrôle de mes muscles, je traversai la pièce pour la rejoindre, mais, au lieu de l'embrasser, je tendis la main, attrapai l'une des courroies qui pendaient de son sac à dos et passai le pouce sur les reliefs de sa surface : ce sac répondait à une de mes interrogations muettes, et les effluves lupins qui s'attardaient dans le souffle de mon amie à une autre. Quant à la kyrielle de questions que j'aurais encore voulu lui poser – *Est-ce que tu sais ce qui va se passer quand ils s'en apercevront ? Tu te rends compte que ceci va tout changer ? Ça ne te peinera pas, l'opinion qu'ils auront de toi ? Et de moi ?* –, elles tombaient d'elles-mêmes devant la présence de Grace : mon amie n'aurait pas fait un pas hors de sa chambre sans avoir mûrement réfléchi et tout prévu.

Il ne me restait donc qu'une seule chose à lui demander :

— Sûre et certaine ?

Elle hocha la tête.

Et tout changea, d'un coup.

— Oh, Grace ! soupirai-je en tiraillant doucement la courroie.

— Tu es furieux ?

Je lui pris les poignets et les balançai en rythme, dans une danse figée sur place, et ma tête était un cocktail de Rilke : *Toi qui jamais ne parvins dans mes bras, aimée, toi perdue dès l'abord*, de la voix du père de Grace : *Tu sais, Samuel, j'essaie de toutes mes forces de ne pas te dire des choses que je regretterai plus tard*, et d'un désir qui prenait corps, enfin présent, au creux de mes mains.

— J'ai peur, répondis-je en me sentant sourire.

Devant mon expression, le nuage d'anxiété que je venais de remarquer sur son visage s'évanouit, le ciel s'éclaircit, puis le soleil perça.

— Bonsoir ! lui dis-je en l'enlaçant.

Et la serrer dans mes bras exacerbait mon manque.

Grace

Je me sentais l'esprit confus, je bougeais lentement, comme dans un rêve.

Cette vie, dans laquelle une jeune fille s'enfuyait du domicile parental pour aller retrouver son petit ami chez lui, cette vie était celle d'une autre, pas celle de cette Grace sur qui on pouvait compter, qui ne rendait jamais un devoir en retard, ne sortait pas faire la fête le soir ni ne débordait en coloriant. Et cette rebelle, pourtant, c'était moi, tandis que j'alignais soigneusement ma brosse à dents à côté de celle, rouge et toute neuve, de Sam, comme si j'avais ma place ici, comme si je m'installais pour un temps dans la maison. La fatigue me brûlait les yeux, mais mon cerveau, bien éveillé, tournait toujours à plein régime.

La douleur s'était calmée à présent. Je savais qu'elle se cachait, tapie dans un coin, chassée par la présence de Sam, mais ce répit était bienvenu.

Un morceau d'ongle en forme de croissant traînait sur le carrelage de la salle de bains, près de la cuvette des toilettes. Devant ce détail si prosaïque, j'ai enfin réalisé que je me trouvais bel et bien chez Beck, dans la salle de bains de Sam, et que je m'apprêtais à passer la nuit avec lui dans sa chambre.

Mes parents allaient me tuer ! Que feraient-ils d'abord, une fois le matin venu ? M'appeler sur mon portable, pour l'entendre sonner là où ils l'avaient dissimulé ? Ils pouvaient aussi téléphoner à la police, s'ils voulaient : comme l'avait souligné mon père, je n'avais pas encore dix-huit ans. J'ai fermé les yeux et j'ai imaginé l'officier Koening surgissant sur le seuil, et mes parents, debout derrière lui, prêts à me traîner *manu militari* jusqu'à la maison. Mon estomac a fait la culbute.

Sam a frappé doucement à la porte restée ouverte de la salle de bains.

— Tout va bien ?

Je l'ai regardé. Il s'était changé, il avait enfilé un pantalon de survêtement et un tee-shirt imprimé d'une image de poulpe. Peut-être était-ce tout de même une bonne idée, d'être venue.

— Ça va.

— Tu es mignonne en pyjama, m'a-t-il déclaré d'une voix hésitante, comme s'il l'admettait bien malgré lui.

J'ai posé une main sur sa poitrine et je l'ai sentie sous l'étoffe monter et descendre au rythme de sa respiration.

— Toi aussi, tu es beau !

Il a eu une petite moue triste et il a détaché ma main de son torse, puis il a éteint la lumière sans me lâcher et m'a entraînée hors de la pièce. Ses pieds nus bruissaient sur les lattes du plancher.

Seules l'ampoule du couloir et la clarté diffuse de la lampe du porche filtrant par la fenêtre éclairaient la chambre, et je distinguais à peine, sur le lit, la forme blanche de la couverture soigneusement rabattue. Sam a lâché ma main.

— Je vais attendre que tu sois couchée avant d'éteindre dans le couloir, pour que tu ne te cognes pas.

Il a détourné le visage d'un air timide, et j'ai deviné ce qu'il ressentait : on aurait dit que nous venions tout juste de nous rencontrer, que nous ne nous étions jamais encore embrassés ni n'avions passé la nuit ensemble. Tout semblait flambant neuf, brillant et terrifiant.

Je me suis glissée dans le lit. Les draps étaient frais contre mes paumes quand je les ai repoussés pour me faufiler jusqu'au mur. Le couloir est devenu noir, et j'ai entendu Sam pousser un grand soupir tremblant, puis les lattes du plancher craquer sous ses pieds. La pièce restait juste assez claire pour que je distingue la courbe de ses épaules quand il est venu me rejoindre.

Nous sommes restés un moment étendus côte à côte sans nous toucher, comme deux étrangers, puis Sam a roulé vers moi et a posé la tête sur mon oreiller.

Quand il m'a embrassée, délicatement et avec mille précautions, j'ai retrouvé d'un coup sur ses lèvres le frisson de notre premier baiser et l'intimité aisée du souvenir des suivants. Je sentais à travers son tee-shirt son cœur battre à coups sourds et rapides, qui se sont précipités lorsque j'ai mêlé mes jambes aux siennes.

— Je ne connais pas la suite, a-t-il murmuré, le visage enfoui dans mon cou et la bouche pressée contre ma peau.

L'anxiété et cette *chose* en moi me convulsaient l'estomac.

— Moi non plus, tu sais.

Les loups dehors hurlaient encore par intermittence, mais leurs chants qui montaient et retombaient s'étaient éloignés. Sam, près de moi, gardait une immobilité parfaite.

— Ça te manque ?

— Non ! a-t-il répondu si vite qu'il ne pouvait pas y avoir vraiment réfléchi, puis, après un silence, il a poursuivi d'une voix hésitante :

— C'est *ceci* que je souhaite. Je veux être moi, conscient de ce que je fais. Je veux me souvenir et je veux compter.

Là, il se fourvoyait : même loup, même lorsqu'il vivait dans les bois derrière la maison, à mes yeux, il avait toujours eu de l'importance.

Je me suis dépêchée de tourner la tête pour essuyer mon nez sur un mouchoir en papier que j'avais pris dans la salle de bains, et j'ai su sans le regarder qu'il était rouge.

Sam a inspiré à fond et m'a enlacée. Fourrant son visage dans mon épaule, il a serré en boule dans ses doigts l'étoffe de ma veste de pyjama.

— Reste avec moi, Grace, m'a-t-il chuchoté, et j'ai posé mes poings tremblants contre son torse. Ne pars pas, je t'en prie !

Ma peau exhalait toujours cette odeur douceâtre et écœurante d'amande, et j'ai compris qu'il ne parlait pas seulement de cette nuit.

Sam
Repliée dans mes bras, papillon inversé
Héritant de mon sort, tu renonces à tes ailes
Et tu te détaches
De moi
Et m'échappes.

chapitre 42

Sam

Le jour le plus long de toute mon existence s'ouvrit et s'acheva sur Grace fermant les yeux.

Lorsque je me réveillai le lendemain matin, je la trouvai moins dans mes bras qu'indiscrètement étalée en travers de mon oreiller et de ma poitrine, me clouant contre le lit. La matinée était déjà bien avancée. Les rayons du soleil qui entraient à flots par la fenêtre nimbaient nos deux corps, et il me sembla que je n'avais pas dormi aussi profondément, en plein jour, depuis une éternité. Je me soulevai sur un coude et, regardant mon amie, me sentis en proie à un étrange vertige, comme devant le poids de milliers de jours encore à vivre. Grace marmonna, tourna vers moi un visage à demi ensommeillé et passa son bras sur son visage. J'entrevis un éclair rouge.

— Bouac ! s'exclama-t-elle en ouvrant les yeux et en regardant son poignet.

— Tu as besoin d'un mouchoir en papier ?

Elle poussa un gémissement :

— J'y vais.

— Ne bouge pas, je suis levé.

— Menteur !

— Si, je t'assure ! Regarde, je m'appuie sur un coude, ce qui est déjà dix mille fois plus que toi.

En temps normal, je me serais alors penché pour l'embrasser, la chatouiller, faire courir ma main le long de sa cuisse ou poser ma tête sur son ventre, mais je craignais de la briser.

Grace me regarda comme si elle jugeait ma retenue suspecte.

— Je pourrais aussi bien m'essuyer le nez sur ton tee-shirt, déclara-t-elle.

— Je te l'accorde ! dis-je en me glissant hors du lit pour aller chercher les mouchoirs.

Quand je revins, ses cheveux tout emmêlés pendaient devant son visage, dissimulant son expression. Elle essuya son bras en silence et froissa aussitôt le mouchoir en boule, mais pas tout à fait assez vite pour me cacher la tache de sang.

Je me sentais tendu comme une corde de violon.

— Je crois qu'on devrait t'emmener voir un médecin, dis-je en lui tendant une poignée de mouchoirs.

— Les médecins ne servent à rien ! décréta-t-elle.

Elle se tamponna le nez. Il ne saignait plus, et elle s'essuya de nouveau le bras.

— Je voudrais quand même qu'on y aille, insistai-je.

Il me fallait absolument agir, faire quelque chose pour juguler cette angoisse que je sentais monter en moi.

— J'ai horreur des docteurs !

— Je le sais bien.

Je l'avais déjà en effet entendue s'exprimer avec virulence sur le sujet, mais je soupçonnais à part moi que son aversion tenait moins à la crainte ou au mépris à l'égard des professionnels de la santé qu'au fait qu'elle détestait perdre son temps, et il me semblait que c'était en réalité les salles d'attente qu'elle ne pouvait souffrir.

— On ira au centre de soins. Ils sont rapides, là-bas !

Grace fit la grimace et haussa les épaules.

— Si tu y tiens.

— Merci, dis-je, soulagé, tandis qu'elle se laissait retomber sur son oreiller.

Elle referma les yeux.

— Je ne pense pas qu'ils trouveront quoi que ce soit.

Sans doute avait-elle raison, mais que pouvais-je tenter d'autre ?

Grace

Une part de moi espérait que les médecins m'aideraient, mais une autre, plus importante, rechignait à consulter, de crainte qu'ils ne le puissent. Et que me resterait-il à faire, si cette solution échouait ?

Notre présence dans ce centre de soins accentuait encore le côté surréaliste de la journée. Je venais ici pour la première fois, mais Sam, lui, semblait assez familier des lieux. Une fresque représentant quatre orques aux contours maladroits qui batifolaient dans les vagues vertes de l'océan ornait les murs glauques de la salle de consultations. Pendant que le docteur et l'infirmière m'interrogeaient, Sam n'a pas arrêté de fourrer ses mains dans ses poches, puis de les retirer. Quand je lui ai lancé un regard, il a cessé quelques minutes, avant de se mettre à faire craquer les articulations de ses pouces.

J'ai dit au docteur que la tête me tournait, et mon nez s'est remis à saigner avec complaisance, comme pour illustrer le phénomène pour l'infirmière. Je ne pouvais que décrire mon mal au ventre, et ils ont paru déconcertés tous les deux quand je leur ai demandé de flairer ma peau. (Mais le docteur s'est exécuté.)

Quatre-vingt-quinze minutes après notre arrivée, j'ai quitté les lieux, munie d'une ordonnance pour un médicament contre les allergies saisonnières, du conseil de prendre en outre des compléments alimentaires à base de fer et d'utiliser une solution nasale saline en spray, en vente libre, et du souvenir d'un sermon sur l'adolescence et le manque de sommeil. Et Sam avait été délesté de soixante dollars.

— Alors, rassuré ? lui ai-je demandé, tandis qu'il m'ouvrait la portière de la Volkswagen.

Il ressemblait à un grand oiseau voûté avec sa silhouette sombre et désolée qui se découpait sur le gris des nuages, et on n'aurait su dire, devant le ciel bas et couvert, si la journée s'achevait ou s'amorçait.

— Oui.

Il était toujours un aussi piètre menteur.

— Parfait.

Et moi toujours aussi douée.

La *chose* dans mes muscles a gémi et s'est distendue douloureusement.

Sam m'a emmenée prendre un café, que je n'ai pas bu. Nous étions attablés chez Kenny quand son portable a sonné. Penchant l'écran vers moi, il m'a montré le numéro de Rachel et m'a tendu le téléphone. Son bras passé derrière mon cou de façon inconfortable et charmante m'empêchait de bouger. Appuyant la joue contre son épaule, j'ai porté l'appareil à mon oreille.

— Allô ?

— Grace ! Tu es complètement folle, ou quoi ?

Mon estomac s'est noué.

— Toi, tu as parlé à mes parents !

— Ils ont appelé chez moi, comme sans doute partout ailleurs, y compris chez le Père Noël. Ils voulaient savoir si nous étions ensemble, vu que *apparemment tu n'as pas dormi dans ton lit la nuit dernière*, et comme tu ne décroches pas aujourd'hui, ils commençaient à manifester de l'inquiétude, ce qui, dans la mesure où Rachel se trouve mêlée à cette histoire, la perturbe grandement, elle aussi !

J'ai posé mon coude sur la table et j'ai appuyé ma main contre mon front. La voix de mon amie nous parvenait distinctement, mais Sam faisait poliment mine de ne pas écouter.

— Je suis désolée, Rachel ! Qu'est-ce que tu leur as répondu ?

— Tu sais bien que je ne suis pas une bonne menteuse, Grace. Je ne pouvais tout de même pas leur soutenir que tu étais avec moi !

— Je sais.

— Alors je leur ai raconté que tu étais chez Isabel.

J'ai cillé.

— Tu leur as dit *ça* ?

— Et qu'est-ce que j'étais censée faire ? Leur apprendre que tu étais partie rejoindre le Garçon, pour qu'ils viennent vous estourbir tous les deux ?

— Ils finiront bien par le savoir, d'une façon ou d'une autre, ai-je rétorqué d'un ton un peu plus agressif que je ne l'aurais voulu.

— Qu'est-ce que tu me chantes là ? Ne viens pas m'annoncer que tu ne vas pas rentrer chez toi, Grace Brisbane ! Dis-moi que tu t'es sauvée parce que, sur le coup, tu étais furieuse qu'ils t'interdisent de sortir, ou même parce que tu ne pouvais pas te passer du Garçon et de ses précieux bijoux une nuit de plus, si tu y tiens, mais ne viens pas m'affirmer que c'est pour toujours !

À la mention de ses précieux bijoux, Sam a fait une drôle de tête.

— Je ne sais pas, je n'y ai pas vraiment réfléchi, mais je n'ai pas très envie de rentrer dans l'immédiat. Ma mère m'a gentiment déclaré que ce qu'il y avait entre Sam et moi n'était qu'un flirt, et que je devais apprendre à distinguer l'amour du sexe, et hier soir, mon père m'a interdit de le revoir avant mes dix-huit ans.

Je n'en avais pas parlé à Sam, et il a eu l'air bouleversé.

— Ouaaahhh ! s'est exclamée Rachel. Les limitations de la compréhension parentale ne manquent jamais de me surprendre, surtout compte tenu du fait que le Garçon est… extraordinaire. Alors, c'est quoi, leur problème, au juste ? Et qu'est-ce que je dois faire, moi ? Est-ce que tu… hum, qu'est-ce qu'il va se passer, maintenant, à ton avis ?

— À la longue, quand j'en aurai assez de porter sans cesse les deux mêmes chemises, il faudra bien que je rentre et que je les affronte, je suppose, mais jusque-là… je ne leur parle pas.

Cela me faisait bizarre de me l'entendre dire. Oui, j'étais furieuse contre mes parents, mais, même moi, je savais que mes griefs ne justifiaient pas à eux seuls mon départ. Ils m'apparaissaient plus comme la partie émergente d'un iceberg, et je me sentais moins en train de les fuir que d'attester en quelque sorte le gouffre émotionnel qui s'était creusé entre nous. Après tout, ils ne m'avaient pas moins vue aujourd'hui que pendant la plupart des autres jours de ma vie d'adolescente.

— Ouaaahhh ! s'est réexclamée Rachel.

Quand elle ne trouve plus rien d'autre à dire, c'est qu'elle est vraiment soufflée.

— J'en ai assez ! (Ma voix tremblait un peu, ce qui m'a surprise, et je l'ai raffermie en espérant que cela avait échappé à Sam.) Je refuse de continuer à faire semblant que nous formons une famille heureuse. Désormais, c'est moi qui m'occupe de moi-même, pour changer !

Assise dans un des petits box défraîchis de chez Kenny, devant le porte-serviettes qui, sur la table, reflétait l'image de Sam appuyé contre moi, j'avais l'impression d'être un îlot à la dérive, toujours plus loin du rivage, et l'instant présent m'est soudain apparu lourd de sens. J'ai senti mon cerveau enregistrer toute la scène, la clarté terne des lampes, les bords ébréchés des soucoupes, la tasse de café encore pleine devant moi et les teintes neutres des tee-shirts superposés de Sam.

— Ouaaahhh ! (Rachel est restée un bon moment silencieuse.) Grace, si tu parles vraiment sérieusement... tu feras attention, d'accord ? À ne pas blesser le Garçon, je veux dire, parce que ça ressemble à une de ces guerres qui laissent derrière elles des piles de cadavres et des villages pillés, en ruines et pleins de méfiance.

— Crois-moi, si j'ai bien l'intention de sauver quelque chose dans tout ça, c'est lui !

Rachel a poussé un énorme soupir.

— Bon, d'accord. Tu sais que je ferai ce qu'il faudra, mais tu devrais aussi contacter la princesse-aux-bottines-pointues, histoire de la tenir au courant.

— Merci, Rachel ! (Sam a appuyé la tête sur mon épaule comme s'il se sentait soudain aussi épuisé que moi.) Je te vois demain, d'accord ?

Elle a raccroché, et j'ai glissé le portable à sa place, dans la poche cargo du pantalon de Sam, avant de reposer ma tête contre la sienne. J'ai fermé les yeux et, pendant une minute, j'ai simplement humé l'arôme de ses cheveux en nous imaginant de retour chez Beck. Je n'avais envie que de me rouler en boule contre Sam et sombrer dans le sommeil, sans plus m'inquiéter d'une confrontation avec mes parents, d'une rencontre avec Cole, ni de cette odeur d'amande et de loup qui montait de nouveau de ma peau.

— Réveille-toi ! m'a dit Sam.

— Je ne dors pas.

Il m'a regardée, puis il a tourné les yeux vers ma tasse de café.

— Tu n'as rien bu, Grace.

Et, sans attendre ma réponse, il a sorti quelques billets de son portefeuille et les a glissés sous sa propre tasse vide. Il avait l'air las, vieilli, des cernes lui ombraient les yeux, et je me suis soudain sentie terriblement coupable, moi qui lui rendais les choses si difficiles.

Ma peau me tiraillait bizarrement. Le goût de cuivre était revenu dans ma bouche.

— Rentrons à la maison !

Sam ne m'a pas demandé de quelle maison je parlais. Le mot ne désignait plus qu'un seul endroit, désormais.

chapitre 43

Sam

J'aurais dû me douter que les choses en arriveraient là et, du reste, peut-être était-ce le cas, car je ne fus pas surpris outre mesure de voir garée dans l'allée devant chez Beck une BMW bleue, un de ces monstres rutilants de la taille d'une petite échoppe, et dont la plaque indiquait *CULPEPR*. Planté devant le véhicule, Tom Culpeper gesticulait furieusement à l'adresse de Cole, qui ne semblait pas le moins du monde ému.

Je ne nourrissais aucun grief contre lui, mis à part le fait qu'il avait organisé une chasse aux loups et m'avait tiré une balle dans le cou, mais j'eus l'estomac noué en le voyant là.

— C'est Tom Culpeper, ça ? me demanda Grace d'une voix aussi pleine d'enthousiasme que ce que je ressentais. Tu crois qu'il est venu pour Isabel ?

Un pincement de malaise me parcourut l'échine tandis que je manœuvrais pour garer la voiture dans la rue.

— Non, je ne crois pas.

Cole

Tom Culpeper était un salaud d'enfoiré.

Je pouvais bien le penser, puisque j'en étais un, moi aussi. Il s'évertuait depuis environ cinq minutes à me faire cracher où était Beck, lorsque la petite Volkswagen grise de Sam est venue se ranger le long du trottoir. Sam conduisait. Il est sorti de la voiture et, à en juger par ses lèvres serrées, il était clair qu'il avait déjà eu maille à partir avec ce crétin.

Quand Sam a traversé la pelouse, Tom Culpeper a arrêté de gigoter des lèvres. L'herbe desséchée crissait sous ses pas, et par cet après-midi sans soleil, il ne projetait aucune ombre.

— Vous désirez ? lui a demandé Sam.

L'autre a accroché ses pouces dans les poches de son treillis et l'a dévisagé.

— Tu es bien le fils de Geoffrey Beck, son fils adoptif ? a-t-il demandé d'un ton soudain jovial et plein d'assurance.

Le sourire de Sam était crispé.

— Oui.

— Il est dans le coin ?

— Non, je regrette, a répondu Sam.

Grace est venue nous rejoindre. Elle fronçait les sourcils d'un air vague, comme si elle entendait une musique que personne d'autre ne percevait et qui ne lui plaisait pas. À sa vue, l'expression de Culpeper est devenue encore plus affable.

— Je ne manquerai pas de lui faire savoir que vous êtes passé, a ajouté Sam.

— Il ne rentrera pas aujourd'hui ?

— Je crains fort que non, a dit Sam avec une politesse insolente, peut-être involontaire.

— Dommage, vraiment dommage ! Je lui ai apporté quelque chose, une chose que je tenais à lui remettre en main propre. Mais, au fond, tu pourrais aussi bien t'en charger !

Il a désigné du menton l'arrière de la BMW.

Nous lui avons emboîté le pas. Le visage de Sam avait viré au gris du ciel au-dessus de nos têtes. Grace nous a suivis plus lentement.

— Crois-tu que ceci soit de nature à intéresser M. Beck ? a demandé Culpeper.

Et il a soulevé le hayon.

Certains moments marquent une personne et la transforment pour la vie. C'en était un pour moi.

Dans le coffre de la BMW, entre des sacs en plastique de supermarché et un jerrican d'essence, gisait un loup mort. On l'avait repoussé un peu vers le fond pour faire de la place. Il était étendu sur le flanc, les pattes croisées l'une sur l'autre, et du sang coagulé maculait la fourrure de son cou et de son ventre. Ses mâchoires étaient entrouvertes, sa langue reposait, inerte, sur ses canines.

Victor.

Sam a levé le dos de son poing à la hauteur de ses lèvres, très doucement, puis l'a baissé. Je contemplais le museau gris pâle aux marques sombres et les yeux marron qui fixaient sans la voir la moquette tapissant le coffre.

J'ai croisé les bras et j'ai serré les poings pour m'empêcher de trembler. Mon cœur battait à un rythme frénétique, désespéré. Je ne pouvais ni regarder ni détourner les yeux.

— Qu'est-ce ? a demandé Sam froidement.

Culpeper a saisi l'une des pattes arrière du loup et l'a tiré, d'un seul coup, par-dessus le pare-chocs. Victor a basculé et résonné avec un bruit sourd et écœurant contre le sol de l'allée. Grace a poussé un cri. Un cri plein de l'horreur que je sentais monter en moi.

J'avais l'impression que mes boyaux se dévidaient dans mon bide. J'ai dû me retourner.

— Tu diras à ton père, a grogné Culpeper, d'arrêter de nourrir ces animaux ! Si j'en vois encore un sur mes terres, je l'abats, et je ferai un carton sur tous les loups que j'attraperai dans mon viseur. Ici, c'est Mercy Falls, pas le *National Geographic*.

Il a alors regardé Grace, qui avait l'air aussi mal que je me sentais, et lui a dit :

— Vu qui est ton père, j'aurais cru que tu choisirais mieux tes fréquentations !

— Mieux que votre fille ? a répliqué Grace du tac au tac.

Il lui a adressé un sourire crispé.

Sam s'était figé dans un calme inquiétant, mais la voix de Grace a semblé le ranimer :

— Je ne doute pas que vous sachiez, monsieur Culpeper, quelle profession exerce mon père adoptif.

— Oui, c'est l'un de nos très rares points communs.

— La chasse est fermée en cette saison pour presque tous les animaux, et en tout cas pour les loups. Je suis en outre quasiment certain que le fait de jeter un cadavre de bête sauvage sur une propriété privée entraîne certaines conséquences légales, et si quelqu'un est bien placé pour les connaître, à mon avis, c'est mon père.

Culpeper a secoué la tête et il s'est dirigé vers la portière de son véhicule.

— Eh bien, tu peux lui souhaiter bonne chance de ma part ! Mais il faut passer plus de six mois par an à Mercy Falls pour savoir s'entendre avec le juge.

J'avais tellement envie de le frapper que ça me faisait mal. J'aurais voulu effacer à grands coups de poing le sourire vernissé et suffisant de sa bouche.

Je ne croyais pas pouvoir me retenir.

J'ai senti qu'on me touchait le bras. J'ai regardé et j'ai vu les doigts de Grace se refermer autour de mon poignet. Elle a levé vers moi son visage en se mordant les lèvres. Son regard et la posture de ses épaules indiquaient clairement qu'elle brûlait, elle aussi, de tabasser cette ordure, et c'est ce qui m'a arrêté.

— Vous feriez mieux de le déplacer, si vous ne voulez pas que je l'écrase en faisant marche arrière, nous a lancé Culpeper, et il a claqué sa portière.

Grace, Sam et moi nous sommes précipités pour tirer le corps de Victor hors du chemin avant que le moteur se mette à ronfler et que la BMW recule.

Cela faisait une éternité que je ne m'étais pas senti si salement jeune et si totalement impuissant face à un adulte.

— Bon débarras. Quel immonde salaud ! s'est exclamée Grace sitôt la BMW disparue.

Je me suis laissé tomber par terre près du loup et j'ai soulevé son museau. Les yeux de Victor m'ont regardé, ternes et vides. À chaque seconde qui s'écoulait de ce côté-ci de la mort, ils semblaient se dépouiller un peu plus de leur sens.

Et j'ai fini par dire à ma dernière victime ce que j'aurais dû lui dire il y a longtemps :

— Si tu savais comme je regrette, Victor, comme je suis désolé !

chapitre 44

Sam

Il me semblait avoir déjà creusé trop de tombes, cette année.

Cole et moi allâmes ensemble chercher la bêche dans le garage et nous nous relayâmes pour faire un trou dans la terre à demi gelée. Je ne savais que lui dire. J'avais l'impression que ma bouche débordait de mots adressés à Tom Culpeper, et que c'était en vain que j'en cherchais d'autres pour Cole.

J'aurais voulu que Grace nous attende à l'intérieur, mais elle insista pour nous accompagner. Debout un peu plus loin entre les arbres, les bras croisés serrés sur la poitrine et les yeux rougis, elle nous regarda nous acquitter de notre tâche.

J'avais choisi cet endroit en pente douce et à la végétation clairsemée pour sa beauté en été : quand il pleuvait, les feuilles, frémissant sous le vent qui les retournait, montraient leurs revers blancs étincelants. Jamais encore je n'étais venu ici humain en cette saison, mais le lieu n'en était pas moins splendide. Le soir transfigurait la forêt, lançait dans les sous-bois de chauds rubans de soleil et balafrait nos corps d'ombres bleutées. Tout était éclaboussé de jaune et d'indigo, comme sur une toile impressionniste : *Trois adolescents par un soir d'enterrement.*

Cole avait à nouveau changé, ce n'était plus le garçon que je connaissais encore récemment. Nos yeux se croisèrent lorsque je lui tendis la bêche, et pour la première fois depuis que je l'avais rencontré, les siens n'étaient pas vides : j'y vis de la douleur, de la culpabilité et... Cole.

Cole, enfin.

La dépouille de Victor était étendue à quelques mètres de nous, partiellement enroulée dans un drap. Les paroles d'une chanson se formèrent dans ma tête tandis que je creusais :

Voguant vers une île inconnue
Tu perds le chemin du retour
Et tu marches sous la mer
Si loin de nous toujours.

Grace intercepta mon regard comme si elle lisait en moi. Je chassai de mon esprit ces mots qui auraient pu s'appliquer à elle et, tandis que le soleil baissait sur l'horizon, je ne songeai plus qu'à creuser, tendre la bêche à Cole, attendre mon tour, et recommencer.

Quand la tombe fut suffisamment profonde, nous eûmes tous deux un temps d'hésitation. D'où je me tenais, je voyais le ventre de Victor et sa blessure fatale. Il était donc mort dans la peau d'un animal, en fin de compte.

Tom Culpeper aurait tout aussi bien pu tirer de son coffre le corps de Beck, celui de Paul, ou le mien, l'année dernière. Ce loup, c'était presque moi.

Grace

Cole n'allait pas pouvoir.

Quand la tombe enfin creusée, il s'est tenu près de Sam et a regardé le corps, j'ai vu qu'il en était incapable. Son souffle était haché au point de le faire trembler à chaque inspiration, et j'ai compris que son calme n'était qu'un mince vernis.

Moi aussi, j'étais passée par là.

— Cole, ai-je dit.

Ils ont tous les deux tourné brusquement la tête vers moi, et ils ont dû baisser les yeux, parce que cela faisait déjà un bon moment que, trop fatiguée pour rester debout, je m'étais assise par terre, sur les feuilles mortes et froides. J'ai montré Victor d'un geste :

— Tu ne veux pas prononcer quelques mots ? Pour lui, je veux dire.

Sam a cillé, surpris. Je crois qu'il avait oublié que j'avais déjà dû lui dire adieu, une fois. Je savais ce que Cole ressentait.

Lui ne nous a pas regardés. Il a pressé ses poings contre son front et il a avalé sa salive.

— Je ne peux p…

Sa voix l'a trahi et il s'est tu. Sa pomme d'Adam a bougé quand il a dégluti de nouveau.

Nous ne faisions que lui rendre les choses plus difficiles en l'obligeant à affronter à la fois son chagrin et ses larmes, et Sam l'a bien compris :

— On peut te laisser, si tu veux rester seul un instant avec lui.

— Non, non, ne partez pas, a marmonné Cole.

Ses yeux restaient secs, mais une larme froide contre ma joue brûlante a goutté de mon menton.

Sam a longtemps attendu que Cole prenne la parole, et quand celui-ci a persisté dans son silence, il a récité, d'une voix basse et solennelle :

La mort survient dans tout ce bruit,
Comme un soulier sans pied,
Un costume sans corps…

Cole s'est figé, tétanisé. Il ne respirait même plus, comme s'il était paralysé du tréfonds de son corps.

Sam a fait un pas dans sa direction et a posé une main prudente sur son épaule.

— Ce n'est pas Victor, là, c'est juste une tenue qu'il a portée pendant un certain temps. Il l'a quittée maintenant.

Ils fixaient tous deux le cadavre rigide, que la mort faisait paraître plus petit et abattu.

Cole s'est affaissé.

Cole

Il me fallait regarder ses yeux.

J'ai découvert le corps, pour que rien ne s'interpose entre moi et les prunelles marron de Victor. Elles étaient vides et lointaines, tels les fantômes de ses vrais yeux.

Le froid me secouait les épaules, douce menace à venir, mais je l'ai repoussé hors de ma tête et j'ai regardé les yeux en essayant de me convaincre que je n'y voyais rien de lupin.

Je me suis souvenu du jour où j'avais demandé à Victor s'il voulait créer un groupe avec moi. Nous étions dans sa chambre – un quart lit, trois quarts batterie – où il jouait un solo enflammé. Le son se réverbérait avec tant de force dans la petite pièce qu'on l'aurait cru venu de trois batteurs. Les cadres des affiches dansaient contre les murs, le réveil progressait doucement vers le bord de la table de chevet. Les yeux de Victor brillaient d'une ferveur fanatique, et il m'adressait une grimace de dément chaque fois qu'il envoyait un coup de grosse caisse.

On entendait à peine Angie s'époumoner de la pièce voisine :

— Vik, tu me fais saigner les oreilles ! Ferme donc cette maudite porte, Cole !

J'ai obtempéré.

— Ça chauffe !

Victor m'a lancé une de ses baguettes qui a décrit une parabole au-dessus de ma tête. Je l'ai attrapée de justesse, au vol, et j'ai donné un grand coup à une cymbale.

— *Victor !* a hurlé Angie.

— MAGIQUES, mes mains ! s'est exclamé Victor.

— Un jour, les gens *paieront* pour avoir le privilège de nous écouter ! j'ai crié à Angie.

Victor m'a souri jusqu'aux oreilles et il a joué un passage éclair sur les toms et la grosse caisse avec une seule baguette.

J'ai agressé la cymbale derechef, histoire de taper un peu plus sur les nerfs d'Angie, et je me suis tourné vers lui.

— Qu'est-ce qu'il y a ? m'a-t-il demandé.

Il est retourné aux toms, cognant à mi-chemin sa baguette contre la mienne.

— Alors, t'es partant ?

Il a abaissé le bras. Il ne me quittait plus des yeux.

— Partant pour quoi ?

— NARKOTIKA.

Le soleil se couchait. Dans le vent glacial, j'ai tendu la main pour toucher la fourrure sur l'épaule de Victor.

— Je suis venu ici pour m'échapper, j'ai articulé d'une voix sourde et mal assurée. J'espérais tout oublier. Je croyais... je pensais n'avoir rien à perdre.

Le loup gisait là, petit, gris et sombre dans la lumière déclinante. Mort. Il me fallait continuer à regarder ses yeux. Je ne m'autoriserais pas à perdre de vue que ce n'était pas un loup. C'était Victor.

— Et, tu sais, ça a réussi ! (J'ai secoué la tête.) Tu le sais, n'est-ce pas ? Tout disparaît, lorsqu'on devient loup, exactement comme je le voulais. C'est fantastique, un néant absolu !

Je pourrais être loup à l'instant et ne jamais m'en souvenir, ce serait comme si rien ne s'était passé, et ta mort ne me rendrait pas triste, puisque j'aurais oublié jusqu'à qui tu étais.

J'ai entrevu Sam se détourner. Il évitait soigneusement de nous regarder, Grace et moi, ce dont j'étais intensément conscient.

J'ai fermé les paupières.

— Toute… cette… douleur. Cette… (Ma voix, périlleusement instable, menaçait de me manquer de nouveau, mais je me suis interdit de m'interrompre et j'ai rouvert les yeux.) … cette culpabilité. Le mal que je t'ai fait. Depuis le début. Tout cela serait… parti.

Je me suis tu et j'ai frotté ma main contre mon visage avant de reprendre, d'un ton presque inaudible :

— Mais j'agis toujours comme ça, pas vrai, Vik ? Je bousille tout, puis je disparais !

J'ai posé les doigts sur une des pattes avant du loup. Son pelage était rêche et froid.

— Ah, Vik, j'ai dit, et ma voix s'est étranglée. Tu étais si bon, et tes mains si magiques !

Jamais plus il n'aurait de mains.

Le reste, je ne l'ai pas dit tout haut : *C'est fini, Victor, j'arrête de fuir. Je regrette qu'il ait fallu tout ça pour que je comprenne.*

Du coin de l'œil, j'ai surpris un mouvement dans l'obscurité.

Des loups.

Humain, jamais je n'en avais vu tant, ils emplissaient les espaces sombres entre les arbres. Une dizaine, une douzaine ? Juste à la bonne distance pour me faire douter de leur présence derrière ces formes indistinctes.

Mais Grace les regardait, elle aussi.

— Sam, a-t-elle chuchoté. Beck !

— Je sais.

Figés sur place, nous attendions de voir combien de temps ils allaient rester et s'ils s'approcheraient. Accroupi près de Victor, j'ai vu que leurs yeux étincelants avaient un sens différent pour chacun de nous : pour Sam le passé, moi le présent, et Grace l'avenir.

— Ils seraient venus pour lui ? a dit Sam.

Personne n'a répondu.

Soudain, je me suis rendu compte que j'étais le seul à avoir connu le vrai Victor, le seul à pouvoir le regretter.

Les loups, ces spectres de la nuit montante, restaient immobiles. Sam s'est finalement tourné vers moi.

— Tu es prêt ?

Je ne pouvais imaginer qu'on le fusse pour cela, mais j'ai recouvert du drap le museau de Victor, et Sam et moi l'avons soulevé ensemble – il semblait si léger dans nos bras – avant de le reposer doucement, sous les yeux de Grace et de la meute, dans la tombe.

Un silence parfait régnait dans les bois.

Puis Grace s'est relevée, chancelante, une main pressée contre son ventre.

Un loup s'est mis à hurler, d'une voix basse, triste et infiniment plus humaine que je ne l'aurais cru possible. Sam a sursauté.

Un par un, les autres se sont joints à lui. L'obscurité envahissait la forêt tandis que la mélodie enflait, emplissant chaque anfractuosité de rocher, chaque ravin. Elle a chatouillé un souvenir lupin profondément enfoui dans mon crâne : je me revoyais renverser la tête en arrière, pointer le museau vers le ciel et appeler le printemps.

Et c'est ce chant désolé qui m'a fait prendre pleinement conscience de la réalité du corps froid de Victor dans la terre. Quand j'ai mis mon visage dans mes mains, mes joues étaient humides.

J'ai relevé les yeux et j'ai vu Sam rejoindre Grace et soutenir son corps chancelant.

Il la serrait très fort dans ses bras, comme pour nier qu'au bout du compte, nous aurions tous à lâcher prise.

chapitre 45

Sam

Difficile de dire, lorsque nous rentrâmes, qui avait plus mauvaise mine : Cole, dévasté de chagrin, ou Grace, les yeux énormes dans son visage blême. Ils faisaient mal à voir, l'un comme l'autre.

Cole se laissa choir sur l'une des chaises de la table de la salle à manger. J'escortai Grace jusqu'au canapé et m'assis près d'elle. J'avais l'intention d'allumer la radio, de lui parler, de faire quelque chose, mais je me sentais épuisé, et nous restâmes en silence, perdus dans nos pensées.

Une heure plus tard, nous sursautâmes de conserve en entendant la porte de derrière s'ouvrir, puis la tension dans la pièce baissa d'un cran quand Isabel apparut, emmitouflée dans sa parka blanche doublée de fourrure et chaussée de ses bottines habituelles. Ses yeux glissèrent de Cole, la tête dans ses bras croisés posés sur la table, à moi, puis à Grace qui s'appuyait contre ma poitrine.

— Ton père est venu, lui dis-je stupidement, car je ne pus penser à rien d'autre.

— Je sais. Quand j'ai vu, c'était déjà trop tard. Il ne m'a pas dit qu'il allait l'apporter ici. (Elle serrait les bras de chaque côté de son corps.) Tu l'aurais entendu, en rentrant, il jubilait !

Je n'ai pas pu m'échapper avant la fin du dîner, puis je lui ai dit que j'allais à la bibliothèque, parce que s'il y a un truc que ce type ignore, c'est bien les horaires d'ouverture de la bibliothèque. (Elle se tut un moment et tourna légèrement la tête d'abord vers Cole, toujours prostré, puis vers moi.) C'était qui ? Le loup, je veux dire.

Je jetai un coup d'œil vers la table que je voyais tout juste de ma place sur le canapé. Je savais que Cole nous entendait.

— C'était Victor, l'ami de Cole.

Isabel eut un petit sursaut brusque de la tête dans sa direction.

— Je ne savais pas qu'il en avait…

Elle parut soudain réaliser combien sa remarque manquait de tact et poursuivit :

— … dans la région.

— Si, confirmai-je fermement.

Elle eut l'air hésitante, regarda Cole, puis moi.

— Je suis venue voir ce que vous avez décidé.

— Décidé ? demandai-je. À quel propos ?

Le regard d'Isabel se tourna de nouveau vers Cole, avant de s'attarder un peu sur Grace, puis elle pointa le doigt sur moi.

— Je peux te parler un instant ? me demanda-t-elle avec un sourire crispé. Dans la cuisine.

Grace souleva faiblement la tête en fronçant les sourcils, mais se déplaça pour me permettre de me lever et de suivre Isabel.

J'avais à peine franchi le seuil que celle-ci m'apostrophait d'un ton mordant :

— Je t'avais pourtant *prévenu* que les loups rôdaient autour de chez nous, et que mon père ne les supporte pas ! Qu'est-ce que tu attendais ?

Mes sourcils se levèrent.

— Quoi ?! Ce que ton père a fait aujourd'hui, tu aurais voulu que moi, je puisse éviter ça ?

— C'est *toi* le chef ! C'est ta meute, maintenant ! Tu ne peux pas te contenter de rester assis là à ne rien faire.

— Je ne pensais pas qu'il irait jusqu'à…

— Il tire sur tout ce qui ne peut pas répondre, c'est bien connu, m'interrompit-elle. J'espérais que tu ferais quelque chose !

— Mais comment veux-tu que j'empêche les loups d'entrer sur votre propriété ! Ils viennent souvent près du lac, parce que les bois des environs sont giboyeux. Je n'imaginais pas que ton père avait la gâchette facile au point de bafouer ouvertement les lois sur la chasse et les armes à feu, protestai-je d'un ton injustement accusateur.

Isabel partit d'un petit rire sec et bref comme un jappement.

— Tu es pourtant le mieux placé pour savoir de quoi il est capable, bon sang ! Et tu comptes faire semblant que tout va bien pour Grace pendant combien de temps encore ?

Je cillai.

— Ne me regarde pas avec ces yeux de veau ! Tu restes planté là, à côté d'elle, alors qu'elle a une tête de déterrée, une mine épouvantable, et qu'elle dégage exactement la même odeur que ce loup crevé. Qu'est-ce qu'il se passe ?

— Je ne sais pas, Isabel, dis-je avec une grimace, d'une voix qui me parut, même à moi, fatiguée. Nous sommes allés au dispensaire, aujourd'hui. Ils n'ont rien trouvé.

— Alors, conduis-la à l'hôpital !

— Et que crois-tu qu'ils lui feront, là-bas ? Il est possible, *éventuellement*, qu'ils analysent son sang. Pour y trouver quoi ? Je doute que « garou » figure dans leurs manuels, et il n'existe pas de diagnostic pour un symptôme comme « dégage une odeur de loup malade ».

J'aurais voulu ne pas paraître si en colère. J'étais moins furieux contre Isabel que contre moi-même.

— Ce qui veut dire que tu vas… quoi ? Attendre qu'une catastrophe se produise ?

— Qu'est-ce que je peux faire ? L'amener à l'hôpital et exiger des médecins qu'ils résolvent un problème encore latent ? Un problème qui ne figure pas dans leur *Manuel Merck de diagnostic et thérapeutique* ? Tu ne crois pas que j'y ai songé, que je n'ai pas cessé d'y penser pendant toute la journée, pendant toute la semaine ? Tu crois que cela ne me tue pas, de ne pas comprendre ce qui se passe ? Nous ne savons rien avec certitude, il n'y a aucun… précédent, et personne n'a jamais été comme Grace ! Je tâtonne dans le noir complet, Isabel !

Elle me lança un regard courroucé, et je vis que ses yeux étaient un peu rougis, sous son maquillage sombre.

— *Réfléchis* ! Prends l'initiative, au lieu de te contenter de réagir ! Tu devrais être en train de chercher ce qui a tué le premier loup, plutôt que de rester à la couver des yeux. Et à quoi pensais-tu, quand tu lui as permis de passer la nuit ici ?! Ses parents ont laissé sur mon répondeur des messages assez incendiaires pour griller les circuits ! Qu'est-ce que tu crois qu'il se produira, s'ils découvrent où tu habites et qu'ils se pointent pendant que Cole est en train de se transformer ? Pas de doute, le spectacle briserait la glace ! Au fait, en parlant de lui, tu es au courant de *qui* il est vraiment ? Qu'est-ce que tu fiches, Sam, mais qu'est-ce que tu attends ?!

Je me détournai et croisai les bras derrière ma nuque.

— Enfin, bon sang, Isabel, qu'exiges-tu de moi ?

— Que tu grandisses, aboya-t-elle. Tu t'imaginais peut-être que tu allais pouvoir travailler éternellement dans ta librairie en coulant des jours heureux dans un monde de rêve avec Grace ! Beck est parti, et désormais, lui, c'est toi ! Commence à te comporter en adulte, si tu ne veux pas tout perdre. Tu crois que mon père va se contenter d'une seule victime ? Parce que je peux te dire dès maintenant qu'il n'en a pas fini avec les loups. Et lorsque les gens viendront chercher Cole jusqu'ici, il se passera quoi, à ton avis ? Et quand ce qui est arrivé à ce premier loup arrivera à Grace ? Vous êtes *vraiment* allés à un *studio d'enregistrement*, hier ? Je rêve !

Je me retournai. Elle serrait les poings sous ses aisselles et crispait les mâchoires. J'aurais voulu lui demander si elle était venue parce que Jack était mort et qu'elle ne pouvait supporter que cela se reproduise, ou parce que j'avais survécu alors que lui avait succombé, ou parce qu'elle faisait à présent partie intégrante de notre histoire, qu'elle se retrouvait inextricablement liée à Grace, Cole, moi et la meute ? Mais, tout compte fait, peu importait pourquoi elle était là et pourquoi elle me parlait ainsi : je savais qu'elle avait raison.

Cole

J'ai relevé les yeux en entendant des éclats de voix venus de la cuisine, et Grace et moi avons échangé un regard. Elle s'est levée, un verre d'eau et quelques comprimés à la main, elle s'est assise en face de moi à la table de la salle à manger et elle a avalé les cachets et reposé le verre, ce qui a eu l'air de lui coûter un effort considérable, mais comme elle n'a rien dit, je n'ai pas parlé moi non plus. Des cernes sombres soulignaient ses paupières, la fièvre lui empourprait les joues, et elle semblait épuisée.

Le ton continuait à monter dans l'autre pièce entre Isabel et Sam. Je sentais la tension tendre l'air à le rompre.

— J'ai du mal à y croire ! j'ai dit.

— Cole, tu peux m'expliquer ce qui se produira, quand les gens découvriront que tu es ici ? Ça ne t'embête pas que je te pose la question ?

Elle m'interrogeait avec une franchise et une simplicité parfaites, sans la moindre allusion à ma célébrité.

J'ai secoué la tête.

— Je ne sais pas. Pour ma famille, ça ne fera ni chaud ni froid, il y a un bail qu'ils ont abandonné tout espoir en ce qui me concerne, mais quant aux médias, c'est autre chose. (J'ai repensé aux pimprenelles qui m'avaient pris en photo avec leur portable.) La presse adore ces trucs-là, Mercy Falls deviendrait célèbre.

Grace a expiré et elle a posé une main sur son ventre précautionneusement, comme si elle craignait d'écraser sa peau. Avait-elle déjà l'air aussi mal en point, plus tôt dans la journée ?

— Tu aimerais bien qu'on te retrouve ?

J'ai levé un sourcil.

— Ah, je vois. (Elle s'est tue un instant, pensive.) Beck croyait sans doute que tu resterais loup pendant plus longtemps.

— Il pensait que j'allais me tuer. À mon avis, il n'a pas vu plus loin que ça. Il essayait de me sauver.

On a entendu la voix indistincte de Sam, puis celle d'Isabel :

— Je sais bien que vous parlez de tout le reste, Grace et toi, alors, pourquoi pas de ça ?

Au ton douloureux dont elle a prononcé ces mots, on aurait dit qu'elle avait un faible pour Sam, et cette idée m'a fait tout drôle et m'a laissé un peu sonné.

Grace me regardait. Elle ne pouvait pas ne pas avoir entendu, mais elle n'a rien laissé paraître de sa réaction.

Isabel et Sam sont alors entrés dans la pièce. Sam avait l'air abattu et Isabel frustrée. Sam est venu derrière Grace et il a posé la main sur son cou, d'un geste tout simple, qui suggérait moins une *possession* qu'une *connexion*. Les yeux d'Isabel ont suivi la main, un peu comme les miens, j'imagine.

J'ai fermé les paupières, puis je les ai rouvertes. Dans l'intermède, j'ai vu Victor. Soudain, je n'en pouvais plus – je n'en pouvais plus d'être conscient.

— Je vais me coucher, j'ai annoncé.

Les yeux d'Isabel et de Sam se sont encore croisés, poursuivant leur conflit en silence, puis Isabel a annoncé :

— Je rentre. Grace ? Rachel a raconté à tes parents que tu dormais chez moi, et j'ai confirmé, mais je sais bien qu'ils ne m'ont pas crue. Tu comptes vraiment rester ici, cette nuit ?

Grace a soulevé une main et enserré le poignet de Sam.

— Autrement dit, a énoncé sèchement Isabel, c'est à moi de parler avec la voix de la raison ! Celle qu'on n'écoute jamais, un comble !

Sur ce, elle est sortie, hors d'elle. J'ai attendu une seconde, puis je l'ai suivie dans la nuit noire et je l'ai rattrapée à la hauteur de la portière de sa Chevrolet blanche. L'air froid me brûlait le fond de la gorge.

— Quoi ? Crache-le, Cole, enfin *qu'est-ce qu'il y a ?*

Je devais avoir les nerfs encore à vif de l'avoir entendue crier contre Sam.

— Pourquoi tu le traites comme ça ?

— Qui, Sam ? Il en a besoin ! Personne d'autre ne viendra le secouer.

Des larmes de fureur lui embuaient les yeux. Pour l'avoir vue pleurer sur son lit, je reconnaissais ces émotions qui la rongeaient et qu'elle se refusait à exprimer.

— Et toi, qui te secoue ?

Elle m'a toisé.

— Crois-moi, je m'en occupe moi-même, et à plein temps.

— Je te crois, j'ai dit.

Elle a eu l'air une seconde sur le point de se remettre à pleurer, puis elle s'est assise au volant et elle a claqué sa portière. Elle a fait marche arrière sans me regarder et elle est partie. Je suis resté planté dans l'allée, à fixer l'espace vide, dans le vent froid qui me tiraillait sans parvenir à me transformer.

Tout allait mal et tout était fichu. Ne pouvoir me métamorphoser aurait dû me paraître catastrophique, mais pour une fois, c'était mieux comme ça.

chapitre 46

Sam

Une fois de plus, nous nous retrouvions à nous quitter.

Grace était allongée à plat dos sur mon lit, les genoux relevés. Son tee-shirt avait remonté légèrement, dévoilant quelques centimètres carrés de ventre pâle. Ses cheveux blonds s'étalaient à côté de sa tête comme si elle volait dans les airs ou flottait au fil de l'eau. Debout près de l'interrupteur, je la regardais et… brûlais de désir.

— N'éteins pas encore, me dit-elle d'une voix singulière. Viens plutôt t'asseoir près de moi quelques instants, je n'ai pas sommeil.

Je passai outre néanmoins – plongée dans une obscurité soudaine, Grace émit un petit bruit irrité –, puis me penchai pour allumer la guirlande électrique de Noël agrafée autour du plafond. Les petites ampoules s'illuminèrent entre les formes étranges des oiseaux qui pivotaient lentement sur leur axe et projetèrent sur le visage de mon amie des ombres mouvantes comme des flammes. Sa contrariété se mua en admiration.

— C'est comme…, commença-t-elle, puis elle se tut.

Je vins la rejoindre sur le lit et m'assis en tailleur près d'elle.

— Comme quoi ? lui demandai-je en faisant courir le dos de mes doigts sur son ventre.

— Mmmmm…

Elle ferma à demi les paupières.

— Comme quoi ?

— Comme regarder les étoiles, quand une immense nuée d'oiseaux passe.

Je soupirai.

— Sam, tu sais, je voudrais vraiment une cafetière rouge, si ça existe.

— Je t'en trouverai une !

Je posai ma main à plat sur son ventre et la retirai, glacé d'effroi : sa peau était effroyablement chaude. Isabel m'avait enjoint d'interroger Grace sur son état, sans attendre qu'elle m'en parle d'elle-même, car mon amie, qui cherchait à m'épargner, ne s'y résoudrait pas avant qu'il ne soit trop tard.

— Grace ?

Ses yeux glissèrent des oiseaux tournant doucement au-dessus de nos têtes à mon visage. Elle prit ma main et l'encastra dans la sienne, le bout de nos doigts sur nos lignes de vie respectives.

— Oui ?

Son souffle sentait le cuivre et le médicament, le sang et le paracétamol.

Je savais qu'il me fallait la questionner, mais je voulais encore un petit sursis, une minute de répit avant d'affronter la réalité, et c'est pourquoi je lui posai une question que je savais, à présent, ne pas avoir de bonne réponse, une question qui se rapportait à un autre couple et un autre futur :

— Quand on sera mariés, on pourra aller au bord de l'océan ? Je ne l'ai jamais vu.

— Quand on sera mariés, on ira au bord de tous les océans, si tu veux, dit-elle, et cela ne sonnait pas comme un mensonge, bien qu'elle ait parlé d'une voix faible et triste. Rien qu'histoire de pouvoir dire qu'on l'a fait !

Je m'étendis auprès d'elle, épaule contre épaule, et, les mains toujours nouées sur son ventre, nous contemplâmes ensemble l'essaim de souvenirs heureux qui planaient au-dessus de nos têtes, prisonniers de la pièce. Lorsque leurs ailes mouvantes interceptaient les clins d'œil scintillants de la guirlande de Noël, j'avais l'impression que nous nous balancions, bercés dans une nef géante, sous des constellations inconnues.

Il était temps.

Je fermai les yeux.

— Maintenant, dis-moi ce qu'il t'arrive, au juste ?

Grace resta si longtemps silencieuse que je commençai à douter avoir posé la question à voix haute.

— Je ne veux pas dormir, dit-elle enfin. Ça me fait peur.

Mon cœur ne faiblit pas, mais ses battements ralentirent affreusement.

— Comment te sens-tu ?

— Parler me fait mal, murmura-t-elle. Et mon ventre, il est vraiment... (Elle posa ma main à plat sur son estomac et la recouvrit de la sienne.) J'ai peur, Sam !

Il m'était presque une torture de poursuivre après un tel aveu.

— Cela vient des loups, dis-je dans un murmure car je n'avais plus de voix. Tu crois que tu as pu l'attraper de ce loup mort, d'une façon ou d'une autre ?

— Je crois que *c'est* un loup, déclara Grace, celui que je n'ai jamais été. C'est ce que je ressens, en tout cas. On dirait que je brûle de me transformer, mais que je n'y arrive jamais.

Je passai rapidement en revue dans mon esprit tout ce que j'avais pu entendre raconter sur les loups et de notre fâcheuse affection, mais sans rien y découvrir qui ressemblât à *ceci*. Grace était la seule.

— Dis-moi, demanda-t-elle, tu le sens toujours, le loup en toi, ou est-ce qu'il t'a quitté maintenant ?

Je posai en soupirant le front contre sa joue. Oh oui, bien sûr qu'il était là !

— Je t'emmène à l'hôpital, Grace ! On les obligera à trouver ce qui ne va pas avec toi, et peu importe ce qu'il faudra inventer pour qu'ils nous croient.

— Je ne veux pas mourir à l'hôpital !

— Il est hors de question que tu meures, l'assurai-je en soulevant la tête pour voir son visage. Vu le nombre de chansons que je n'ai pas fini d'écrire pour toi !

Elle eut un demi-sourire, m'attira à elle pour mettre sa tête sur ma poitrine et ferma les yeux.

Je gardai les miens grands ouverts. Je suivais du regard les ombres des oiseaux qui traversaient son visage, brûlant du désir d'autres souvenirs heureux à suspendre au plafond, de tant de beaux souvenirs avec elle qu'ils empliraient tout l'espace, qu'ils envahiraient en battant des ailes le couloir et s'envoleraient de la maison.

Une heure plus tard, Grace vomit du sang.

Comme je ne pouvais pas m'occuper d'elle tout en composant le numéro des urgences, je dus l'abandonner, affalée en boule contre le mur à l'extrémité d'un mince filet rouge qui la reliait au lit, tandis que sur le seuil, téléphone en main, je ne la quittais pas des yeux.

Cole – que je ne me souvenais pas d'avoir appelé – apparut en haut de l'escalier et alla en silence chercher des serviettes.

— Sam, s'exclama Grace d'une voix défaite, pitoyable. Mes cheveux !

Ce n'était rien, rien qu'une toute petite trace de sang au bout d'une mèche, mais c'était énorme : la situation échappait à son contrôle. Cole l'aida à tenir une serviette contre son nez et sa bouche, et je lui attachai les cheveux en arrière en une queue-de-cheval maladroite pour qu'ils ne la gênent pas. Nous entendîmes alors l'ambulance approcher. Nous aidâmes Grace à se relever et nous nous efforçâmes de lui faire descendre l'escalier sans qu'elle se remette à vomir. Autour de nous, les oiseaux battaient des ailes comme s'ils avaient voulu nous accompagner, mais que leurs fils, trop courts, les en empêchaient.

chapitre 47

Grace

Il était une fois une fille nommée Grace Brisbane. Elle n'avait rien de spécial, sinon qu'elle était douée avec les chiffres et très douée pour mentir, et qu'elle s'était établie entre des pages de livres. Elle aimait tous les loups qui rôdaient derrière sa maison, mais l'un d'eux en particulier, plus encore que les autres.

Et lui l'aimait aussi, au point où même ce qui chez elle n'avait rien de spécial le devenait : sa façon de tapoter son crayon contre ses dents, de chanter faux sous la douche, et celle dont, quand elle l'embrassait, il savait que c'était pour toujours.

Sa mémoire à elle se composait d'instantanés : se sentir traînée dans la neige par une meute de loups, un premier baiser au goût d'orange, un adieu derrière un pare-brise fracassé.

Une vie de promesses de ce qui serait peut-être : liasse de formulaires de candidature pour l'université, frisson de plaisir anticipé à l'idée de passer la nuit sous un toit nouveau, et l'avenir reflété dans le sourire de Sam.

Une vie que je ne voulais pas abandonner.

Que je ne voulais pas oublier.

Je n'en avais pas encore fini, il restait tant à dire.

chapitre 48

Sam
Lumières intermittentes
portes anonymes
mon cœur goutte et s'échappe
je me réveille encore
tandis qu'elle dort toujours
cette rencontre :
l'Unité de Soins Intensifs
un hôtel pour les morts

chapitre 49

Cole

Je ne savais pas pourquoi j'accompagnais Sam à l'hôpital. On pouvait m'y reconnaître, quoique avec les valises que je me trimballais sous les yeux et mon visage pas rasé, cela paraisse assez peu probable, et je risquais de me métamorphoser, si mon corps décidait de céder aux caprices du temps. Mais, au moment d'ouvrir la portière de sa voiture pour suivre l'ambulance, j'ai surpris Sam à contempler une interminable seconde sa main ensanglantée, avant de s'y reprendre à deux fois pour insérer la clef dans la serrure.

J'étais resté un peu en arrière, prêt à m'éclipser si je sentais le froid de ce matin obscur sur le point de me transformer soudain en loup. Je me suis approché et j'ai pris la clef.

— Monte, ai-je ordonné en désignant de la tête le siège passager.

Et il a obéi.

Je me retrouvais donc là, debout dans la chambre d'une fille que je connaissais à peine et en compagnie d'un garçon que je ne connaissais guère plus, sans trop savoir pourquoi je me sentais concerné. La pièce était pleine de monde – deux médecins, un type que je pensais être un chirurgien et toute une armada d'infirmières. Ils ne cessaient d'échanger des remarques à voix basse en utilisant assez de termes techniques pour soulever le cœur d'un asticot, mais j'en ai saisi les grandes lignes : on ne s'expliquait absolument pas ce dont souffrait Grace, et elle se mourait.

Ils ne voulaient même pas autoriser Sam à rester près d'elle. Il était assis sur une chaise dans un coin de la pièce, les coudes sur les genoux, le visage froissé dans une main.

Je suis resté debout à côté de lui, désemparé. Je me demandais si j'aurais perçu cette odeur de mort qui imprégnait l'air de l'unité de soins intensifs, avant de devenir garou.

Quelque part à mes pieds, un portable a sonné d'un ton alerte et diligent. Cela provenait de la poche de Sam. Il l'a sorti comme au ralenti et a regardé l'écran.

— Isabel, a-t-il annoncé d'une voix rauque. Je ne peux pas lui parler.

Il m'a laissé prendre l'appareil sans protester.

— Allô, Isabel ?

— Cole ? C'est toi, Cole ?

— Ouais.

Ce qu'elle a dit à ce moment-là était sans doute la chose la plus sincère de tout ce que j'avais pu entendre de sa bouche jusqu'alors :

— Oh, non !

Je n'ai pas soufflé mot, mais le bruit de fond a dû la renseigner.

— Vous êtes à l'hôpital ?

— Oui.

— Et qu'est-ce qu'ils disent ?

— Comme toi, ils n'y comprennent rien.

Elle a proféré une kyrielle de jurons à voix basse.

— Elle va vraiment très mal, Cole ? Tu peux me répondre ?

— Sam est juste à côté de moi.

— Génial ! a-t-elle rétorqué durement.

— Atten… ! s'est exclamée une infirmière.

Grace s'est redressée à demi et elle a encore vomi du sang, aspergeant copieusement celle qui venait de parler. L'infirmière a reculé sans s'émouvoir et elle est partie se nettoyer, tandis qu'une collègue, une serviette à la main, prenait sa place.

Grace s'est laissée retomber sur le lit et elle a dit quelque chose que les infirmières n'ont pas entendu.

— Qu'est-ce qu'il y a, mon chou ?

— *Sam !* a gémi Grace d'une voix atroce, mi-humaine, mi-animale, et qui me rappelait horriblement le râle de la biche.

Il a bondi sur ses pieds et, juste à ce moment-là, j'ai vu un homme et une femme fendre la foule pour traverser la pièce.

Le couple a foncé droit sur nous. Une infirmière a ouvert la bouche pour protester, mais elle n'a pas eu le temps d'intervenir. L'homme a hurlé « Espèce d'ordure ! » et il a expédié son poing dans la mâchoire de Sam.

chapitre 50

Sam

Le coup de poing que m'avait décoché Lewis Brisbane prit un certain temps avant de commencer à me faire mal, comme si mon corps restait incrédule devant ce qu'il venait de lui arriver. Puis la douleur surgit, des bourdonnements et des détonations envahirent mon oreille gauche, et je dus me raccrocher au mur pour ne pas m'écrouler sur une chaise. La voix de Grace me chavirait encore.

Un bref instant, j'eus une vision extraordinairement nette de la mère de Grace qui observait passivement la scène, d'un air vacant, comme si elle attendait qu'une expression se pose sur son visage. Le père de Grace lança alors derechef son bras dans ma direction.

— Je vais te tuer ! annonça-t-il.

Je fixai sa main, les oreilles sifflantes. La petite partie de mon cerveau que Grace sur son lit d'hôpital n'accaparait pas entièrement trouvait difficile de croire que Lewis Brisbane s'apprêtait vraiment à recommencer, et je ne réagis même pas.

Mais juste avant de m'atteindre, je le vis chanceler et reculer d'un pas et, lorsque ma vue et mon ouïe se furent rétablis, Cole le tirait en arrière tel un simple sac de pommes de terre.

— Mollo le malabar ! intima-t-il, et aux infirmières : Qu'est-ce que vous regardez comme ça ? Allez donc soigner celui qu'il vient de cogner !

Je refusai d'un signe de tête la glace que l'une me proposait, mais acceptai une compresse pour éponger la plaie béante de mon front. J'entendis alors Cole annoncer à M. Brisbane :

— Je vais vous lâcher maintenant, mais ne m'obligez pas à me conduire de façon à nous faire expulser tous les deux de cet hôpital !

Les parents de Grace se frayèrent de force un passage jusqu'à son lit, tandis que je restai là à les regarder, ne sachant que faire. Tout ce qu'il y avait de solide dans ma vie se fissurait, et je ne comprenais plus où était ma place.

Je vis Cole me fixer, ce qui me rappela, je ne sais trop pourquoi, la serviette que je tenais et le sang sourdant de ma peau. Le geste de lever le bras pour porter le tissu à ma tête fit naître tout au bord de mon champ de vision des spirales mouvantes de points multicolores.

— Excusez-moi, Sam ? me dit alors une infirmière. Seuls les parents proches sont autorisés dans la chambre d'un malade, et on nous a demandé de vous faire sortir.

Je la regardai sans réagir. Je me sentais complètement vidé. Qu'étais-je donc censé lui répondre ?

C'est ma vie dans ce lit, alors laissez-moi rester, je vous en prie ! ?

— Je suis *sincèrement* désolée, poursuivit l'infirmière avec une grimace en jetant un coup d'œil aux parents de Grace. Vous avez très bien fait de nous l'amener !

Je fermai les yeux, je voyais toujours les tourbillons colorés. J'avais l'impression que si je ne me résolvais pas bientôt à m'asseoir, mon corps le ferait de sa propre initiative.

— Je peux lui dire que je pars ?

— Cela ne me paraît pas une bonne idée, conseilla à sa collègue une autre infirmière qui passait à la hâte en portant quelque chose dans ses bras. Il vaut mieux qu'elle le croie présent. Il pourra revenir si…

Elle se ravisa, puis ajouta :

— Dis-lui de rester dans les parages !

J'oubliai un instant de respirer.

— Allez, viens ! me dit Cole.

Il eut un regard par-dessus son épaule pour M. Brisbane qui assistait à mon départ, une expression complexe sur le visage.

— C'est *vous*, l'ordure ! l'apostropha-t-il. Sam a plus sa place ici que vous !

Mais l'amour ne s'apprécie pas administrativement, et je dus quitter Grace.

Cole

Isabel est arrivée à l'hôpital quand l'aube commençait juste à poindre derrière le verre trouble des fenêtres de la cafétéria.

Grace agonisait. J'avais au moins réussi à faire cracher ça aux infirmières. Elle vomissait tout son sang, on lui donnait de la vitamine K et on lui faisait des transfusions pour ralentir le processus, mais, au bout du compte, elle allait mourir.

Je ne l'avais pas encore dit à Sam, mais il devait le savoir.

Isabel a posé brusquement une serviette en papier sur la table devant moi, à côté de la compresse ensanglantée de Sam. Il m'a fallu un moment pour reconnaître le schéma que j'avais tracé pendant le dîner, et le mot *METH* écrit en gros m'a remis en mémoire tout ce que je lui avais confié. Elle s'est assise abruptement sur la chaise en face de moi. Chacune de ses cellules paraissait hurler de rage. Mis à part une épaisse ligne de mascara qui cernait ses yeux et semblait là depuis un certain temps, elle ne portait pas de maquillage.

— Où est Sam ?

J'ai désigné d'un geste les fenêtres de la cafétéria. La silhouette de Sam se découpait, obscure, sur le coin de ciel encore sombre. Debout, bras croisés derrière la tête, il regardait fixement dans le vide. Tout dans la pièce, sauf lui, avait bougé avec le passage du temps : la lumière sur les murs outrageusement orange au fur et à mesure que le soleil s'élevait lentement au-dessus de l'horizon, les chaises tirées et repoussées par le personnel soignant venu déjeuner, le préposé au nettoyage, avec son balai éponge et sa pancarte *Attention, sol glissant !* Sam était comme l'axe autour duquel tous gravitaient.

— Pourquoi tu es ici, toi ? m'a lancé Isabel.

Je ne le savais toujours pas. J'ai haussé les épaules.

— Pour aider, je suppose.

— Alors, fais-le !

Elle a poussé la serviette en papier plus près de moi.

— Sam ! a-t-elle appelé d'une voix forte.

Il a baissé les bras, sans se retourner. À vrai dire, j'étais même surprise qu'il réagisse autant.

— *Sam !*

Cette fois-ci, il s'est tourné vers nous.

Elle a désigné du doigt le comptoir du self et l'employé derrière, à l'autre bout de la pièce.

— Va nous chercher du café !

Je ne savais pas ce qui était le plus extraordinaire : entendre Isabel lui parler sur ce ton péremptoire, ou le voir obéir docilement, quoique sans manifester la moindre expression.

— Chapeau ! Et moi qui croyais t'avoir déjà vue te la jouer mégaglaciale !

— Ça, c'était moi quand je suis aimable ! a-t-elle rétorqué avec hargne. À quoi ça lui sert, de rester planté là, à regarder par la fenêtre ?

— Je ne sais pas, à se remémorer tous les jours heureux qu'il a vécus avec son amie avant qu'elle meure, peut-être.

Elle m'a fixé dans le blanc des yeux.

— Et tu crois que ça te soulagera, pour Victor ? Parce que penser à Jack, ça ne m'aide jamais vraiment, moi ! (Elle a enfoncé un doigt dans la serviette.) Parle-moi de ça, maintenant, explique !

— Je ne vois pas le rapport avec Grace.

Sam a posé deux gobelets de café sur la table, un devant moi et l'autre devant Isabel ; rien pour lui-même.

— Ce qui ne va pas avec Grace, c'est aussi ce qui a tué ce loup que vous avez trouvé, elle et toi, a-t-il annoncé d'une voix éraillée. L'odeur est caractéristique, c'est la même chose.

Il restait debout près de la table, comme si s'asseoir aurait signifié accepter quelque chose.

J'ai regardé Isabel.

— Qu'est-ce qui te fait croire que je peux être utile, quand les docteurs en sont incapables ?

— Le fait que tu sois un génie.

— Mais *ces gens-là* le sont ! j'ai objecté.

— Sauf que toi, tu sais, est intervenu Sam.

Isabel a encore rapproché la serviette de moi. Je me suis retrouvé à la table du dîner, où mon père me soumettait un problème ; à seize ans, dans un de ses cours d'université, où il scrutait ma copie à la recherche de signes indiquant que je marchais dans ses traces ; à une cérémonie où on lui décernait un prix, entouré d'hommes aux chemises amidonnées et cravates aux couleurs d'écoles célèbres, à qui il déclarait d'un ton sans réplique que j'irais loin, très loin.

J'ai revu ce geste que Sam avait eu un peu plus tôt, quand il avait posé la main sur la clavicule de Grace.

J'ai songé à Victor.

J'ai pris la serviette.

— Je vais avoir besoin de plus de papier.

chapitre 51

Sam

Jamais il n'y eut nuit plus longue que celle-ci : dans la cafétéria, avec Cole, nous passâmes en revue tout ce que nous savions des loups, jusqu'à ce que celui-ci, le cerveau fourmillant de données, nous renvoie, Isabel et moi, pour rester seul, la tête dans les mains, devant une feuille de papier.

Je trouvais effarant de songer que tout ce que je désirais, tout ce à quoi j'avais toujours aspiré, reposait à présent sur Cole St. Clair, assis derrière une table en plastique face à une serviette griffonnée. Mais quel autre recours me restait-il ?

Je désertai la cafétéria et partis m'asseoir, le dos appuyé contre le mur et la tête entre les mains, à la porte de la chambre de mon amie. Mon cerveau enregistrait malgré moi les moindres détails de ces murs, de ce lieu, de cette nuit.

Je ne m'attendais pas à ce qu'on me laisse entrer.

Je priai donc pour que personne ne sorte de la pièce, pour que personne ne vienne m'annoncer qu'elle n'était plus. Pour que la porte ne s'ouvre pas.

Reste en vie !

chapitre 52

Sam

Isabel vint me chercher et me traîna dans les couloirs pleins d'effervescence matinale, jusqu'à une cage d'escalier déserte où Cole m'attendait. Débordant d'énergie bouillonnante, celui-ci ne cessait d'entrechoquer légèrement ses poings superposés.

— Bon, je ne peux rien vous promettre, déclara-t-il, et ce ne sont que des conjectures, mais j'ai une… théorie. Le hic, c'est que, même en admettant que j'aie raison, ça reste impossible à prouver. En fait, on peut seulement prouver que je me suis trompé.

Je n'ai rien dit.

— Quelle est la chose principale que Grace et ce loup ont en commun ?

Il fit une pause, et je compris qu'il attendait que je parle.

— L'odeur.

— C'est ce que je lui ai dit, moi aussi, intervint Isabel, mais quand Cole donne la réponse, ça paraît plutôt évident.

— Le changement, annonça-t-il. Ni le loup ni Grace ne se sont transformés pendant… combien de temps ? Dix ans ? Plus ? C'est le nombre clef, le nombre d'années qui restent à un loup qui ne se transforme plus, pas vrai ? Je sais bien que tu as dit que ça correspondait à l'espérance de vie normale d'un loup, mais je ne crois pas qu'il s'agisse de ça. À mon avis, chaque loup qui est mort sans s'être transformé est mort comme celui-là – de *quelque chose*, et pas seulement de vieillesse. Et je pense que c'est ça qui est en train de tuer Grace.

— Le loup qu'elle n'a jamais été, fis-je remarquer en me souvenant brusquement de ce qu'elle m'avait dit la veille au soir.

— Exactement, approuva Cole. Je crois que les loups meurent parce qu'ils ne se transforment plus. Autrement dit, le mal ne réside pas dans la métamorphose, mais dans ce qui ordonne au corps de se transformer.

Je cillai.

— Ce n'est pas pareil, poursuivit Cole. Si la transformation, c'est la maladie, c'est une chose, mais si c'est à cause de la maladie qu'on se transforme, c'en est une tout autre. Alors, voici ma théorie, pour ce qu'elle vaut, c'est-à-dire des clopinettes, d'un point de vue strictement scientifique. C'est de la science sans microscope, ni analyse de sang, ni quoi que ce soit de concret. En tout cas : Grace a été mordue. À ce moment-là, la toxine lupine – appelons-la comme ça – s'est introduite dans son corps. La toxine est contenue dans la salive et elle est vraiment nocive. Supposons que la métamorphose soit bénéfique pour l'organisme, et que quelque chose dans la salive de ce loup déclenche dans le corps une réaction de défense – la métamorphose, qui vise à le débarrasser de la toxine. Chaque fois qu'on se transforme, cela affaiblit la toxine. Et il se trouve que les métamorphoses suivent les variations de la température atmosphérique. Sauf, bien sûr, si…

— … on les empêche de se produire, compléta Isabel.

— Ouais, approuva Cole, et il jeta un coup d'œil vers le bas de la cage d'escalier, en direction de l'étage où se trouvait Grace. Si, d'une manière ou d'une autre, on détruit la capacité du corps à utiliser le chaud et le froid pour déclencher les transformations, alors, on a l'air guéri, mais on ne l'est pas. On est en train de… s'empoisonner.

Je n'avais pas l'esprit scientifique et je me sentais épuisé. À ce stade, Cole aurait aussi bien pu me raconter que la toxine lupine vous faisait pondre des œufs, l'idée m'aurait paru raisonnable.

— Bon, d'accord, dis-je. Tout cela me semble parfait, même si ça reste un peu flou, mais où veux-tu en venir ? Qu'est-ce que tu suggères ?

— Je crois qu'elle a besoin de se transformer, dit Cole.

Il m'a fallu un bon moment pour réaliser toute la portée de ces mots.

— De devenir loup ?

Il haussa les épaules.

— Si j'ai raison, oui, c'est ça.

— Et tu as raison ?

— Je ne sais pas.

Je fermai les yeux puis, sans les rouvrir, repris :

— Laisse-moi deviner, tu as pensé à un moyen de la faire se transformer.

Oh, Seigneur, Grace. Je n'arrivais pas à croire que je prononçais ces mots.

— Le plus simple serait le mieux, dit Cole.

J'eus une soudaine vision des yeux bruns de mon amie me fixant d'une face de loup et j'enroulai mes bras autour de mon corps.

— Il faut faire en sorte qu'elle soit de nouveau mordue.

Mes yeux se rouvrirent d'un coup et je dévisageai Cole.

— Mordue !

Il grimaça.

— Simple déduction logique. Quelque chose a cessé de fonctionner dans le processus qui déclenche la métamorphose. La réactivation du signal déclencheur d'origine permettrait peut-être de remettre le mécanisme en marche en repartant à zéro. Mais, cette fois, autant éviter de la griller dans une voiture.

Tout en moi se révoltait contre cette suggestion : l'idée de perdre Grace, de perdre ce qui la faisait elle ; celle de s'attaquer à elle alors qu'elle gisait à l'article de la mort ; celle de prendre une telle décision, à la va-vite, parce que nous étions pressés par le temps.

— Mais il peut s'écouler des semaines, sinon des mois, pour qu'on se transforme après avoir été mordu !

— Je soupçonne qu'il s'agit du délai nécessaire pour que la toxine se développe initialement, mais de toute évidence, elle est déjà présente. Si je ne me trompe pas, Grace se transformera immédiatement.

Je croisai les bras derrière la nuque, me détournai et fixai les yeux sur le mur de béton bleu clair.

— Et si tu te trompes ?

— Avec de la salive de loup dans une plaie ouverte (il se tut un instant), elle succombera sans doute rapidement à l'hémorragie, puisqu'il semble que la toxine empêche son sang de se coaguler.

Ils me laissèrent arpenter la pièce en silence un bon moment.

— Sam aussi va mourir, si tu as raison, dit alors la voix d'Isabel dans le silence.

— Oui, répondit Cole d'un ton si égal que je sus qu'il avait déjà considéré la chose. Sauf erreur, dans une dizaine ou une douzaine d'années, la guérison de Sam n'en sera plus une.

Comment croire en cette science bricolée à une table de cafétéria d'hôpital, devant des gobelets de café tiède et des serviettes en papier froissées ?

Je n'avais rien d'autre.

Je me tournai finalement vers Isabel. Avec son maquillage qui avait coulé, ses cheveux en pétard, ses épaules ployées d'incertitude, elle ressemblait à une tout autre jeune fille, qui se serait déguisée en Isabel.

— Comment on entre dans sa chambre ? demandai-je.

chapitre 53

Isabel

C'est moi qui ai dû m'y coller, pour extraire les parents de Grace de sa chambre, car ni Sam, qu'ils détestaient, ni Cole, dont les muscles seraient requis ailleurs, ne pouvait s'en charger. J'ai donc descendu le couloir en cliquetant des talons, et j'ai soudain réalisé que nous ne pouvions pas espérer vraiment que le plan de Cole fonctionne. Car cela nous vaudrait de sérieux ennuis.

J'ai attendu qu'une infirmière sorte, puis j'ai entrebâillé légèrement la porte. J'avais de la chance : seule sa mère était là, assise près du lit, à contempler le paysage au lieu de sa fille. J'ai essayé de ne pas regarder Grace, couchée muette et pâle, la tête abandonnée sur le côté.

— Madame Brisbane ? me suis-je enquise du ton de la parfaite lycéenne.

Quand elle a levé la tête, j'ai vu que ses yeux étaient rougis, et cela m'a fait plaisir pour Grace.

— Isabel, je suppose ?

— Oui. Je suis venue dès que j'ai appris... Pourrais-je... pourrais-je vous entretenir de quelque chose ?

Elle m'a fixée un moment avant de paraître comprendre ce que je lui demandais.

— Bien sûr !

Debout près de la porte, j'ai hésité. *Vas-y, fonce, Isabel !*

— Hummm, pas ici ! Grace risque de… (J'ai montré mon oreille du doigt.)

— Oh ! a dit sa mère. Oui, très bien.

Elle devait être curieuse d'entendre ce que j'allais lui dire. Honnêtement, moi aussi. Mes paumes étaient moites de nervosité.

Elle a tapoté de la main la jambe de Grace et elle s'est levée. En sortant dans le couloir, j'ai désigné discrètement Sam, qui attendait comme prévu à quelques mètres de là. Il avait l'air sur le point de vomir, et je me sentais à peu près dans le même état.

— Pas près de lui non plus ! ai-je chuchoté.

Je me suis soudain rappelée comment j'avais un jour dit à Sam qu'il n'était pas taillé pour le mensonge et, tout en mettant au point, l'estomac noué, ce que j'allais raconter à la mère de Grace, j'ai pensé que le karma était vraiment une chose affreuse.

Cole

Dès qu'Isabel a fait sortir Mme Brisbane de la chambre – je me demandais si personne d'autre n'était au chevet de Grace, mais il n'y avait sans doute qu'un seul moyen de le savoir – ça a été à moi d'agir. Pendant que Sam faisait le guet pour s'assurer qu'aucune infirmière ne venait, je me suis faufilé dans la pièce. L'air y empestait le sang, la pourriture et la peur, il révulsait mes instincts lupins, qui me soufflaient de déguerpir.

Je les ai ignorés et j'ai marché droit sur Grace, qui semblait composée d'éléments assemblés sur le lit selon des angles improbables. Je savais qu'il me fallait agir vite.

Je me suis accroupi à son niveau et j'ai constaté avec surprise que ses yeux étaient entrouverts, malgré ses paupières lourdes.

— Cole, a-t-elle murmuré d'une voix sourde et assoupie de petite fille, la voix de quelqu'un qui céderait bientôt au sommeil. Cole, où est Sam ?

— Ici, j'ai menti. Près de moi, mais n'essaie pas de tourner la tête !

— Je suis en train de mourir, n'est-ce pas ?

— N'aie pas peur, je lui ai dit, mais je ne parlais pas de la même chose qu'elle.

J'ai ouvert l'un après l'autre les tiroirs du chariot près du lit, jusqu'à ce que je trouve ce que je cherchais : une collection de tout petits objets acérés. J'ai choisi celui qui me paraissait le plus approprié et j'ai pris la main de Grace.

— Qu'est-ce que tu fais ? m'a-t-elle demandé, mais elle était déjà trop faible pour s'en soucier réellement.

— Je te transforme en loup.

Elle n'a pas tiqué, elle n'a même pas eu l'air intriguée. J'ai inspiré à fond, j'ai tiré sur sa peau pour bien la tendre et j'ai pratiqué une petite incision sur sa main. Là encore, pas de réaction. La blessure saignait salement.

— Je suis désolé, j'ai murmuré, mais la suite va être vraiment répugnante, et je suis malheureusement le seul à pouvoir le faire.

Grace a soulevé légèrement les paupières. Je rassemblais une boule de salive en me disant que je ne savais même pas quelle dose serait nécessaire pour la réinfecter. Beck, lui, avait étudié la chose et calculé son coup : il était équipé d'une minuscule seringue qu'il conservait au frais dans une glacière. *Ça laisse moins de cicatrices*, m'avait-il expliqué.

La crainte que la mère de Grace puisse échapper à Isabel me desséchait la bouche. Le sang giclait de l'entaille, à croire que j'avais tranché une veine.

Les yeux de Grace se refermaient, je la voyais lutter pour les garder ouverts. Une flaque de sang s'était formée à la verticale de sa main. Si je me trompais, je la tuais.

Sam

Cole apparut, me toucha le coude et me tira dans la chambre. Il verrouilla la porte et poussa un chariot de matériel médical devant, comme si cela pouvait arrêter qui que ce soit.

— C'est le moment de vérité, déclara-t-il d'une voix mal assurée. Si ça rate, elle meurt, mais dans ce cas-là, tu as encore quelques instants avec elle. Si ça marche, par contre, il faudra… la faire sortir d'ici fissa ! Maintenant, accroche-toi et serre les dents, parce que…

Je le contournai, et ma vue se brouilla. Il m'était déjà arrivé de voir autant de sang, quand les loups venaient de tuer une proie et que la neige se teintait d'écarlate sur des mètres et des mètres alentour, et autant de sang de Grace également, lorsque j'étais loup et elle petite fille, et qu'elle gisait mourante, mais je n'en restai pas moins désemparé.

— *Grace*, dis-je dans une ombre de murmure, la forme des mots à peine ébauchée sur mes lèvres.

J'étais tout près, à son chevet, et à des milliers de kilomètres.

Elle tremblait et toussait à présent, les mains agrippées aux barres de son lit d'hôpital.

À l'autre extrémité de la pièce, Cole ne quittait pas des yeux la porte dont la poignée s'agitait.

— La fenêtre ! me souffla-t-il.

Je le regardai sans comprendre.

— Elle n'est pas en train de mourir, affirma-t-il, les yeux écarquillés. Elle se transforme !

Je contemplai la jeune fille étendue sur le lit. Elle fixa les yeux sur moi.

— Sam !

Elle tressautait, ses épaules se courbaient. La scène m'était insoutenable : Grace, en proie aux affres et aux tortures de la métamorphose, Grace qui se muait en loup, Grace s'évanouissant, comme Beck, Ulrik, et tous les autres avant elle, dans les bois !

Je la perdais.

Cole courut à la fenêtre et souleva le loquet.

— Désolé, les stores ! dit-il en les défonçant d'un grand coup de pied.

Je restais là, les bras ballants.

— Sam, tu ne veux quand même pas qu'ils la trouvent comme ça !

Il se précipita vers le lit. Nous soulevâmes Grace ensemble.

J'entendis la porte céder, des cris, des gens appeler de l'autre côté.

La fenêtre surplombait le sol d'un mètre cinquante environ. Le matin était lumineux, ensoleillé, et parfaitement ordinaire, sinon qu'il ne l'était pas. Cole sauta le premier et il jura en atterrissant dans les buissons. Je soutenais mon amie dans mes bras sur le rebord de la fenêtre. De seconde en seconde, elle s'éloignait un peu plus d'elle-même, et lorsque Cole la déposa doucement par terre, elle vomit sur l'herbe.

— Grace ? (Son sang maculant mes poignets me brouillait la vue.) Grace, tu m'entends ?

Elle hocha la tête et se redressa maladroitement sur ses genoux. Je m'accroupis auprès d'elle. Ses yeux semblaient énormes et effrayés. Mon cœur se brisait.

— Je viendrai te chercher, Grace, je te le promets ! Ne m'oublie pas. Ne… ne te perds pas !

Elle eut un geste pour me saisir la main, la manqua et faillit s'affaler.

Elle fondit soudain en larmes, puis la jeune fille que je connaissais avait disparu. Seule me fixait une louve gris sombre aux yeux bruns.

Ne pouvant me résoudre à me relever, je restai agenouillé, effondré, tandis que l'animal amorçait un lent mouvement de recul pour nous éviter et fuir notre humanité. Je n'imaginais pas pouvoir continuer à respirer.

Grace !

— Sam, je peux te faire partir avec elle, si tu veux, me proposa Cole. Je peux t'inciter à te transformer, toi aussi.

En un éclair, je me revis, secoué de spasmes, me muer en loup ; puis au printemps, fuyant les courants d'air ; je m'entends de nouveau me perdre ; je me souvins de ce moment où j'avais cru que je vivais ma dernière année d'humain, avant de rester à jamais captif d'un autre corps ; de cet autre, debout au milieu de la rue, devant la librairie, plein de confiance en l'avenir ; et de combien, en entendant les loups hurler derrière la maison, je m'étais senti heureux de me savoir humain.

Non, impossible. Grace *devait* le comprendre. Je ne pouvais pas.

— Va, Cole, file ! lui dis-je. Ne leur donne pas plus d'occasions de voir ton visage. Tu pourrais…

— Oui, j'emmène Grace dans la forêt, Sam, acheva-t-il pour moi.

Je me remis lentement sur pied, contournai le bâtiment jusqu'à l'entrée des urgences, franchis les portes de verre qui s'ouvrirent en chuintant devant moi et, couvert du sang de mon amie, pour la première fois de ma vie, je mentis avec aisance :

— J'ai essayé de l'arrêter !

chapitre 54

Sam

On en revient à cela : dans tous les cas, je l'aurais perdue.

Si Cole ne l'avait pas réinfectée, la mort l'aurait prise sur son lit d'hôpital. À présent dans ses veines court la toxine lupine, et ce sont les bois qui me la ravissent, comme tout ce que j'aime.

Me voici donc, un garçon que l'on guette – les parents de Grace me surveillent, méfiants, et me soupçonnent sans pouvoir le prouver d'avoir enlevé leur fille –, un garçon sur ses gardes – l'animosité de Tom Culpeper me poursuit dans cette petite ville de province, et *je refuse* d'enterrer Grace – et un garçon qui attend – la chaleur des beaux jours, les loups surgis des bois, et le retour de son amie, sa charmante fille d'été.

Quelque part, le destin rit et se moque, car c'est moi maintenant l'humain, et Grace que je vais perdre, encore et encore, *immer wieder*, à chaque retour de l'hiver et un peu plus chaque année. À moins que je trouve un remède, un vrai cette fois, et non un simple expédient.

Grace, bien entendu, n'est pas la seule en cause. Dans quinze ans, ce sera moi, et Cole, et Olivia ; et Beck – son esprit dort-il encore sous son pelage lupin ?

Je la regarde toujours, et ses yeux bruns me fixent de sa face lupine.

Ceci est l'histoire d'un garçon qui a été loup et d'une fille qui l'est devenue.

Nul adieu : j'ai plié mille grues en souvenir de Grace et de moi, et fait mon vœu.

Je découvrirai un remède, puis je retrouverai mon amie.

CE ROMAN VOUS A PLU ?

Donnez votre avis
et retrouvez la communauté
jeunes adultes sur le site

www.Lecture-Academy.com

Découvrez un extrait du roman
Si jamais
de Meg Rosoff

1

D'ici, la vue est belle. J'observe la Terre entière, rien ne m'échappe. Ainsi, je vois un garçon de quinze ans et son frère.

2

Le petit frère de David Case venait d'apprendre à marcher, même s'il n'était pas encore ce qu'on appellerait un expert dans ce domaine. Profitant de l'inattention de son aîné, il se dirigea d'un pas mal assuré vers les carreaux grands ouverts de la chambre fraternelle. Après bien des efforts, il réussit à se hisser sur l'appui de la fenêtre, s'y recroquevilla comme une chenille, poussa de toutes ses forces, s'accroupit et se redressa. Chancelant dangereusement, il planta un regard solennel sur le clocher de l'église, quatre cents mètres plus loin.

Il s'inclina un peu vers le vide, juste à l'instant

où un gros oiseau noir passait devant lui. L'animal s'arrêta et vissa sa prunelle rouge et rusée sur celle du bébé.

— Et si tu volais, toi aussi ? suggéra le volatile.

L'enfant écarquilla les yeux, séduit par l'idée. En bas, dans la rue, un lévrier se tenait aux aguets, sa belle tête pâle tournée en direction de la catastrophe imminente. Posément, le chien déplaça l'angle de son museau, créant ainsi une ligne invisible qui repoussa de quelques centimètres le sacripant et lui rendit son équilibre. Plus en sécurité à présent, mais ravi qu'un oiseau lui eût adressé la parole, le petit lança les bras en avant et se dit : Voler ? Oui !

David n'entendit pas son frère penser. Ce fut autre chose qui l'amena à réagir. Une voix. Un doigt tapotant son épaule. Des lèvres effleurant son oreille.

C'est donc ici que nous commençons : un garçon sur le point de mourir. Un autre sur le point de plonger dans quelque chose de bien plus complexe.

Dès qu'il eut levé la tête, David prit la mesure de la situation. Hurlant : *Charlie !*, il se précipita vers la fenêtre, saisit son frère par la cape de son pyjama Batman, le serra contre lui avec assez d'énergie pour lui briser les côtes et s'affala sur le plancher, enfouissant le visage du bébé dans le creux protecteur de son propre cou.

Offusqué, Charlie piailla, David le perçut à peine. Haletant, il l'écarta, le tint à bout de bras.

— Qu'est-ce que tu fichais là-dessus ? brailla-t-il. Mais qu'est-ce qui t'a pris ?

Eh bien, répondit Charlie, moi j'en avais assez de mes joujoux et toi tu ne faisais pas attention à moi alors j'ai eu l'idée sympa de contempler le monde d'en haut. J'ai grimpé sur la fenêtre ce qui n'a pas été fastoche crois-moi et quand j'ai enfin réussi je me suis senti bizarre et joyeux avec juste le ciel tout autour de moi et voilà que soudain un oiseau est arrivé et m'a contemplé et m'a dit que je pouvais voler moi aussi et c'était la première fois qu'un oiseau m'adressait la parole et j'ai pensé qu'un oiseau ne pouvait pas se tromper en la matière et qu'il avait sûrement raison. Oh et il y avait aussi un beau chien gris sur le trottoir qui regardait en l'air et dirigeait son nez sur moi si bien que je ne suis pas tombé et juste au moment où j'allais sauter et planer tu m'as attrapé et tu m'as fais très mal ce qui m'a mis très en colère et je n'ai même pas eu la chance de voler alors que je suis sûr que j'aurais pu.

Le bébé expliqua tout cela lentement et soigneusement, de façon à ce qu'il n'y eût aucun malentendu.

« Pour l'éditeur, le principe est d'utiliser des papiers composés de fibres naturelles, renouvelables, recyclables et fabriquées à partir de bois issus de forêts qui adoptent un système d'aménagement durable. En outre, l'éditeur attend de ses fournisseurs de papier qu'ils s'inscrivent dans une démarche de certification environnementale reconnue. »

Composition Nord Compo
Achevé d'imprimer en Espagne par BLACKPRINT CPI IBERICA S.L.
32.05.3299.8/01 - ISBN : 978-2-01-323299-9
Loi n° 49-956 du 16 juillet 1949 sur les publications destinées à la jeunesse
Dépôt légal : 1er publication juin 2012
Édition 01 – juin 2012
Édité par Hachette Livre, 43 quai de Grenelle, 75905 Paris Cedex 15